中国古代散文名篇选读

本书为黑龙江省高等教育教学改革重点委托项目『疫情防控背景下以学为中心的在线教学设计与实施——以《中国古代文学》课程为例』（项目编号：SJGZ20200102）、黑龙江省教育科学规划重点课题『中国古典诗教传统的当代建构与黑龙江高校实践探索』（项目编号：GJB1425261）研究成果。

鲁慧 凌天松 王博施 主编

哈尔滨工业大学出版社

图书在版编目（CIP）数据

中国古代散文名篇选读 / 鲁慧，凌天松，王博施主编. -- 哈尔滨 : 哈尔滨工业大学出版社，2025. 4.
ISBN 978-7-5767-2100-3

Ⅰ. I207.62

中国国家版本馆 CIP 数据核字第 2025VP5016 号

策划编辑　闻　竹
责任编辑　佟　馨
封面设计　博鑫设计
出版发行　哈尔滨工业大学出版社
社　　址　哈尔滨市南岗区复华四道街 10 号　邮编 150006
传　　真　0451-86414749
网　　址　http：//hitpress. hit. edu. cn
印　　刷　哈尔滨起源印刷有限公司
开　　本　787 mm×1 092 mm　1/16　印张 19. 5　字数 317 千字
版　　次　2025 年 4 月第 1 版　2025 年 4 月第 1 次印刷
书　　号　ISBN 978-7-5767-2100-3
定　　价　48. 00 元

前　言

中华优秀传统文化源远流长、博大精深，是中华文明的智慧结晶。中国古代散文作为中华优秀传统文化的重要载体，对于传播中华文明功不可没。可以说，若欲了解历史悠久、底蕴深厚的中华文明，就不能不熟悉我国的历代散文，尤其是那些时至今日仍熠熠发光、带给人以无限思想与审美启迪的散文名篇。

高校的汉语言文学专业承担着传承、弘扬优秀传统文化的重要使命，如何将这些散文名篇与“育人”实践相结合，是我们一直在努力探索的课题。在多年的教学实践中，我们发现，地方普通高等院校的学生普遍存在古代散文基础不扎实，相关文化背景不熟悉等问题，这直接导致了对古代散文名篇理解的隔阂，从而无法触及精髓，难以建立其当代价值。基于此，我校开设了中国古代散文名篇选读课程，在多轮教学实践和反馈的基础上，经过反复改进、精心打磨，最终形成了这本教材，借此以期做出一些有益的尝试。

本教材在选篇上力求达成三项目标。第一，在广度方面，覆盖自先秦至清末历朝经典篇目，以反映中国古代散文基本发展脉络和各阶段特征，满足高校汉语言文学专业教与学理论的深度要求。第二，在重点方面，对照师范类学生的培养目标，以选入中学语文教材中的名篇为侧重，务求帮助学生加深对这些经典名篇之理解，以便学生毕业后能尽快适应工作岗位，为成长为优秀的“高素质应用型教师”奠定坚实基础。第三，在普及方面，所选篇目大都为传世的文学美篇，蕴含着中国古代散文写作的基本技法，以编者扎实深入的赏析文字为辅助，亦适合广大文学爱好者及各阶段语文学习者阅读与欣赏。

在体例设计上，本教材主要包括以下内容：

一、作者简介或相关背景知识介绍。此部分着意于“知人论世”，使学生大致了解作者其人或相关创作背景，为学生更好地理解文本奠定基础，增强学生学习的信心。

二、文本及注释。本教材文本内容均选自原始文献或公认的经典版本，注释部分力求详略得当，既可以满足一般文学爱好者的阅读需求，消除文字障碍，也可以满足高校师范生的中学语文教学学习需求，具有相当开阔的讲授空间。

三、文本赏析。本教材从学生的实际学情出发，尽量用通俗易懂的语言对选入的这些经典名篇进行赏析，力图做到深入浅出，切实帮助学生克服对中国古代散文学习的畏难心理，提高学生学习的兴趣，在潜移默化中培养学生的家国情怀，增强文化自信。

四、思考练习。本教材根据日常教学经验，结合学生身心发展特点，精心设置了思考练习题，其中既有对文本内容、艺术特点等方面的考察，又有对当下启示意义的审视，真正做到使学生学有所思、学有所获，提升学生文化素养，助力学生成长为对国家、社会有贡献的栋梁之材。

五、拓展阅读。本教材特设置了“拓展阅读”部分。这些篇目亦是编者根据多年教学经验、配合正文篇目内容精心挑选而成，一方面便于开拓学生的视野，扩大学生的知识面；另一方面可以使学生把学到的知识及时迁移，检验自己的学习效果，真正做到学以致用，提升审美能力。

在本教材编写过程中，我们尽可能参阅了相关学术研究成果，保证本教材质量，但由于时间、精力有限，疏漏之处在所难免，敬请方家批评指正。

编者

2025 年 1 月

目　　录

《左传》

一般认为,《左传》是春秋时期鲁国史官左丘明所作。此书所记载的历史年代大致与《春秋》相当,同以鲁隐公元年(前722年)为起点,讫于鲁哀公二十七年(前468年),较《春秋》向后延伸了28年。后来,人们用它配合《春秋》作为解经之作,全称《春秋左氏传》。

《左传》比较系统地记述了春秋时代各国政治、经济、军事和文化方面的史实,叙述战争和复杂的事件有条不紊,较为真实地反映了当时的社会风貌。同时,《左传》在文学和语言上也具有很高的成就,文辞优美,形象生动,被公认为叙事散文的典范。

自东汉以来,为《左传》作注释的书很多,比较通行的是晋杜预注、唐孔颖达疏《春秋左传注疏》(《十三经注疏》本)。

郑伯克段于鄢①

初②,郑武公③娶于申④,曰武姜⑤。生庄公及共叔段⑥。庄公寤生⑦,惊姜氏,故名曰寤生,遂恶之⑧。爱共叔段,欲立之。亟请于武公⑨,公弗许⑩。

及庄公即位⑪,为之请制⑫。公曰:“制,岩邑也⑬,虢叔死焉⑭。佗邑唯命⑮。”请京,使居之,谓之京城大叔⑯。祭仲曰⑰:“都城过百雉⑱,国之害也。先王之制:大都不过叁国之一⑲,中五之一,小九之一。今京不度⑳,非制也㉑,

君将不堪[22]。"公曰:"姜氏欲之,焉辟害[23]?"对曰:"姜氏何厌之有[24]?不如早为之所[25],无使滋蔓[26],蔓难图也[27]。蔓草犹不可除,况君之宠弟乎?"公曰:"多行不义必自毙[28],子姑待之[29]。"

既而大叔命西鄙、北鄙贰于己[30]。公子吕曰[31]:"国不堪贰,君将若之何[32]?欲与大叔[33],臣请事之[34];若弗与,则请除之,无生民心[35]。"公曰:"无庸[36],将自及[37]。"大叔又收贰以为己邑[38],至于廪延[39]。子封曰:"可矣,厚将得众[40]。"公曰:"不义不昵,厚将崩[41]。"大叔完聚[42],缮甲兵[43],具卒乘[44],将袭郑[45]。夫人将启之[46]。公闻其期,曰:"可矣!"命子封帅车二百乘以伐京[47]。京叛大叔段,段入于鄢,公伐诸鄢[48]。五月辛丑[49],大叔出奔共[50]。

书曰:"郑伯克段于鄢。"段不弟[51],故不言弟;如二君,故曰克[52];称郑伯,讥失教也[53];谓之郑志[54]。不言出奔,难之也。

遂置姜氏于城颍[55],而誓之曰[56]:"不及黄泉,无相见也[57]。"既而悔之。颍考叔为颍谷封人[58],闻之,有献于公。公赐之食[59],食舍肉[60]。公问之,对曰:"小人有母,皆尝小人之食矣,未尝君之羹[61],请以遗之[62]。"公曰:"尔有母遗[63],繄我独无[64]!"颍考叔曰:"敢问何谓也[65]?"公语之故[66],且告之悔[67]。对曰:"君何患焉[68]?若阙地及泉[69],隧而相见[70],其谁曰不然[71]?"公从之。公入而赋:"大隧之中,其乐也融融!"姜出而赋:"大隧之外,其乐也泄泄[72]!"遂为母子如初。

君子曰:"颍考叔,纯孝也,爱其母,施及庄公[73]。《诗》曰:'孝子不匮,永锡尔类[74]'其是之谓乎!"

(选自:李梦生撰:《左传译注》,上海古籍出版社 2004 年版,第 2~4 页。)

【注释】

① 本文出自隐公元年(前 722 年)。《左传》原来没有分篇目,篇名是后加上的。

② 初:当初。史书中追述往事时常用的说法。

③ 郑武公:郑桓公之子,郑国第二位国君,姬姓,名掘突。

④ 申:国名,姜姓,故址在今河南南阳。

⑤ 武姜:“姜”是母家的姓,“武”是丈夫郑武公的谥号。

⑥ 共叔段:“叔”表示排行在末,“段”是郑庄公胞弟的名字,因此称“叔段”。其后来叛乱出奔“共”地。

⑦ 寤:通“牾”,逆,倒着。生产时胎儿的脚先出来,也就是难产。

⑧ 遂:因而。恶(wù):厌恶,憎恶。之:指庄公。遂恶之:(姜氏)因此就厌恶庄公。

⑨ 亟(qì):多次,屡次。

⑩ 弗:不。许:答应。

⑪ 及:到了。即位:天子或诸侯就职。

⑫ 请:请求。制:又名虎牢,在今河南荥阳东北。制邑原来是东虢国的领地,公元前767年东虢国为郑所灭。

⑬ 岩:险要。邑:人所聚居的地方。

⑭ 焉:在那里。

⑮ 佗:同“他”。唯命:“唯命是听”的省略。虢叔死焉:东虢国的国君死在那里。

⑯ 大:同“太”。京:郑邑名,在今河南荥阳东南。

⑰ 祭(zhài)仲:郑大夫,即祭足。

⑱ 都:都邑。城:城墙。雉:量词,长三丈,高一丈。

⑲ 国:国都。古制,侯伯之国城墙为三百雉。“叁国之一”即国都的三分之一,下文“五之一”即国都的五分之一,“九之一”即国都的九分之一。

⑳ 不度:不合法度。

㉑ 非制也:违背先王的制度。

㉒ 不堪:受不了,控制不住。

㉓ 焉:疑问词,哪里。辟:后来写作“避”。焉辟害:哪里能逃避祸害。

㉔ 厌:同“餍”,满足。之:代词,复指前置的宾语“何厌”。姜氏哪有什么满足呢?

㉕ 为:动词,这里是安排的意思。之:指共叔段。所:处所。

㉖ 无:通“毋”,不要。

㉗ 蔓:滋长、蔓延。图:图谋,这里指设法对付共叔段。

㉘ 毙:倒下,垮台。

㉙ 子:对祭仲的尊称。姑:姑且,暂且。

㉚ 既而:不久。鄙:边邑。贰:两属。共叔段命令原属庄公的西部和北部边境城邑同时臣属于自己。

㉛ 公子吕:字子封,郑国大夫。

㉜ 若之何:奈何,拿它怎么办。之:指"大叔命西鄙、北鄙贰于己"事。

㉝ 与:给予。

㉞ 事:作动词,侍奉。如果想把国家交给共叔段,那么我请求去侍奉他。

㉟ 生:使动用法,这里指使民生出异心。

㊱ 庸:通"用"。无庸:用不着。

㊲ 及:本意是赶上、追上。将自及:将自己赶上祸灾。

㊳ 贰:指原来贰属的西鄙、北鄙。以为:"以之为"的省略。收贰以为己邑:共叔段把两属的地方收为自己的领地。

㊴ 廪延:郑邑名,在今河南延津北。

㊵ 厚:指土地扩大。众:指百姓。

㊶ 不义不昵,厚将崩:共叔段对君不义,百姓就对他不亲,势力扩大反而更容易崩溃。

㊷ 完:修葺城郭。聚:聚集百姓。

㊸ 缮:修理。甲:铠甲。兵:兵器。

㊹ 具:准备。卒:步兵。乘(shèng):四匹马拉的战车。

㊺ 袭:偷袭。杜预注,"轻行掩其不备曰袭"。

㊻ 夫人:指武姜。启之:给段开城门,即做他的内应。

㊼ 帅:通"率",率领。春秋时都是车战,每辆兵车配备甲士三人,步卒七十二人。二百乘:共甲士六百人,步卒一万四千四百人。

㊽ 诸:"之于"的合音。鄢:郑邑名,在今河南鄢陵附近。

㊾ 辛丑:古人以干支纪日,即隐公元年五月二十三日。

㊿ 奔:逃亡。共(gōng):本为国名,在今河南辉县。

51 不弟:不守为弟之道,共叔段不遵守做弟弟的本分。

52 克:战胜。亲兄弟如同两个国君一样争斗,所以用"克"字。

53 讥:讽刺。失教:庄公本有教弟之责而未教。

㊹ 谓之郑:称庄公为“郑伯”,是讥讽他对弟弟失教。志:意愿。赶走共叔段是郑庄公蓄谋已久,出自他的本意。

㊺ 城颍:郑邑名,在今河南临颍。

㊻ 誓之:对她发誓。

㊼ 黄泉:地下的泉水,黄泉喻指墓穴,庄公的誓言本意是说母子终生不再见面。

㊽ 颍考叔:郑国大夫。颍谷:在今河南登封西。封人:管理边界的官吏。

㊾ 公赐之食:郑庄公赏给他吃的。

㊿ 舍:放着,后来写作“捨”。食舍肉:把肉放在一边不吃。

61 羹:带汁的肉。

62 遗(wèi)之:赠送给母亲。

63 尔:你。

64 緊(yī):句首语气词。緊我独无:我却独独没有啊!

65 敢:冒昧地。敢问何谓也:冒昧地问问你说的是什么意思呢?

66 语(yù):告诉。故:缘故。语之故:告诉他缘故。

67 告之悔:与“语之故”语法结构相同,庄公告诉颍考叔自己内心的悔恨。

68 患:忧虑。焉:语气词。君何患焉:您在这件事上忧虑什么呢?

69 阙:通“掘”,挖。

70 隧:用作动词,挖隧道。隧而相见:挖个隧道,在那儿见面。

71 其谁曰不然:谁能说不是这样(与誓词一致)呢?

72 赋:赋诗。融融、泄泄:都是愉快的样子。“入”和“出”是互文,庄公和姜氏进出隧道,共同赋诗。

73 施(yì):延及,扩大影响。

74 匮(kuì):穷尽。锡:通“赐”,给予。引诗出自《诗经·大雅·既醉》。

【文本赏析】

本文是《左传》的名篇之一。其历史背景是春秋时期,周王室日渐衰微,各诸侯国内部的争权夺利斗争日益尖锐,“礼崩乐坏”的形势下,不乏父子反目、手足相残的惨剧。

隐公元年(前 772 年),郑国国君之胞弟共叔段在母亲姜氏的纵容和帮助下谋夺郑庄公的君位。然而,郑庄公对此了然于胸,早有谋划,他欲擒故纵,步步为营,诱使共叔段得寸进尺,不断助长其骄横跋扈的气焰,最终在时机成熟时一举将之击溃,逼迫共叔段“出奔”。

驱逐了胞弟后,郑庄公对支持共叔段的母亲姜氏也毫不留情,马上将其放逐,并发誓终生不再相见。虽然文章结尾处写出“遂为母子如初”,但从春秋笔法的层面看,不妨认作作者的“微言大义”。从全文看来,以郑伯一贯之阴狠老辣作风,他对放逐母亲的悔恨恐怕很大程度上来源于维护自己孝子形象的政治需求。为了避免国君仁孝的形象设定崩塌,他听从颍考叔的建议与母亲在地道相会,母子相对赋诗,“融融”“泄泄”之表象其实是母子虚伪内心之掩饰。姜氏因难产而厌恶长子,帮助幼子谋夺长子的君位,她蛮横、昏聩,为长不尊;郑伯对母亲纵容胞弟及胞弟的日渐跋扈了如指掌,然而以国君之身份,兼负长子和兄长之责任,他既不劝谏母亲,也不教导胞弟,而是推波助澜,布下天罗地网,伺机诛之而后快。这对母子的种种言行暴露出人性极端丑恶的一些侧面,因此,读者很难相信他们能够完全消除芥蒂,乃至洗心革面,和好如初。

《左传》的作者秉承“以一字寓褒贬”之春秋笔法,善于见微知著,我们学习这个故事也应注意其多方面的典型意义。首先,它揭示了郑国内部夺权斗争的尖锐性、血腥性、残酷性。其次,本文也为人性和亲情伦理关系的研究贡献了一个范例,甚至可以说,本文亦可当作家庭伦理剧来观摩。千百年后的今天,如何更好地构建亲子关系、和谐的家庭关系,避免郑伯与共叔段的悲剧重演,今人也许能够从中获得不少启示。最后,《左传》作为儒家的经典,从儒家对仁人君子修身、齐家、治国、平天下的理想来看本文,郑伯作为国君,他如何处理家庭内部的关系,放大来看,也就是他如何治国理政。为人子、为人兄弟与做君主,其本质是相通的。有子有言:“孝弟也者,其为仁之本与”

(《论语·学而》),儒家学者已从本质上指出了识别君子和小人的要诀。因此,郑伯的家庭悲剧也自然不应仅局限于伦常的层面来阅读,而应关注其深远的意义及更为广泛的影响。

【思考练习】

1. 请根据本文情节概括郑伯的人物形象。
2. 本文结尾的“遂为母子如初”有哪些言外之意?
3. 结合本文谈一谈《左传》“以一字寓褒贬”的“春秋笔法”。

【拓展阅读】

春秋

夏五月,郑伯克段于鄢。

(选自:李梦生撰:《左传译注》,上海古籍出版社 2004 年版,第 1 页。)

公羊传

克之者何?杀之也。杀之,则曷为谓之克?大郑伯之恶也。曷为大郑伯之恶?母欲立之,己杀之,如勿与而已矣。段者何?郑伯之弟也。何以不称弟?当国也。其地何?当国也。齐人杀无知,何以不地?在内也。在内,虽当国,不地也。不当国,虽在外,亦不地也。

(选自:王维堤、唐书文撰:《春秋公羊传译注》,上海古籍出版社 2004 年版,第 5~6 页。)

穀梁传

“克”者何?能也。何能也?能杀也。何以不言杀?见段之有徒众也。

段，郑伯弟也。何以知其为弟也？杀世子、母弟目君，以其目君知其为弟也。段，弟也，而弗谓弟；公子也，而弗谓公子，贬之也。段失子、弟之道矣，贱段而甚郑伯也。何甚乎郑伯？甚郑伯之处心积虑成于杀也。于鄢，远也，犹曰取之其母之怀中而杀之云尔，甚之也。然则为郑伯者宜奈何？缓追逸贼，亲亲之道也。

（选自：承载撰：《春秋穀梁传译注》，上海古籍出版社 2004 年版，第 4 页。）

郑世家第十二

二岁，犬戎杀幽王于骊山下，并杀桓公。郑人共立其子掘突，是为武公。

武公十年，娶申侯女为夫人，曰武姜。生太子寤生，生之难，及生，夫人弗爱。后生少子叔段，段生易，夫人爱之。二十七年，武公疾。夫人请公，欲立段为太子，公弗听。是岁，武公卒，寤生立，是为庄公。

庄公元年，封弟段于京，号太叔。祭仲曰："京大于国，非所以封庶也。"庄公曰："武姜欲之，我弗敢夺也。"段至京，缮治甲兵，与其母武姜谋袭郑。二十二年，段果袭郑，武姜为内应。庄公发兵伐段，段走。伐京，京人畔段，段出走鄢。鄢溃，段出奔共。于是庄公迁其母武姜于城颍，誓言曰："不至黄泉，毋相见也。"居岁余，已悔思母。颍谷之考叔有献于公，公赐食。考叔曰："臣有母，请君食赐臣母。"庄公曰："我甚思母，恶负盟，奈何？"考叔曰："穿地至黄泉，则相见矣。"于是遂从之，见母。

（选自：司马迁撰：《史记》（第五册），中华书局 1959 年版，第 1759～1760 页。）

曹刿论战

十年春①，齐师伐我②。公将战，曹刿请见③。其乡人曰："肉食者谋之④，又何间焉。"刿曰："肉食者鄙⑤，未能远谋。"乃入见⑥。

问:“何以战[7]?”公曰:“衣食所安,弗敢专也[8],必以分人。”对曰:“小惠未遍,民弗从也。”公曰:“牺牲玉帛,弗敢加也,必以信[9]。”对曰:“小信未孚[10],神弗福也[11]。”公曰:“小大之狱,虽不能察,必以情[12]。”对曰:“忠之属也[13],可以一战,战则请从。”公与之乘[14],战于长勺[15]。

公将鼓之[16],刿曰:“未可。”齐人三鼓,刿曰:“可矣。”齐师败绩[17]。公将驰之[18],刿曰:“未可。”下,视其辙[19],登,轼而望之[20],曰:“可矣。”遂逐齐师。

既克[21],公问其故,对曰:“夫战,勇气也[22]。一鼓作气,再而衰,三而竭[23]。彼竭我盈[24],故克之。夫大国难测也,惧有伏焉[25]。吾视其辙乱,望其旗靡[26],故逐之。”

(选自:李梦生撰:《左传译注》,上海古籍出版社 2004 年版,第 119~120 页。)

【注释】

① 十年:鲁庄公十年(前 684 年)。

② 齐师:齐国的军队。我:指鲁国。《左传》以鲁史编年为纲,故称鲁国为“我”。

③ 曹刿(guì):鲁国人。据说他就是《刺客列传》中记载的用匕首劫持齐桓公的曹沫。

④ 肉食者:吃肉的人,代指居高位、做大官的人。

⑤ 鄙:鄙陋,目光短浅。

⑥ 乃:于是,就。

⑦ 以:用,凭。何以战:以何战,靠什么去作战?

⑧ 安:安逸,这里有“养”的意思。弗:不。专:个人专有。这两句是说,衣食这类养生的东西,不敢独自享用。

⑨ 牺牲:祭祀用的猪、牛、羊等。玉:玉器。帛(bó):丝织品。信:信用。这三句是说,祭祀用的物品按照规定的数量,不敢自行增加,在向神明和祖先祷告时,必定诚实守信。

⑩ 孚:信用,这里指使人信服。

⑪ 福:用作动词,赐福,保佑。

⑫ 狱:诉讼事件。察:彻底明察。情:符合情理。必以情:必定处理得合乎情理。

⑬ 忠:尽力做好分内的事。属:种类。这是尽了国君职分的一项。

⑭ 之:指曹刿。乘:鲁庄公和曹刿共坐一辆战车。

⑮ 长勺:鲁国地名,今山东莱芜东北。

⑯ 鼓之:击鼓进兵。

⑰ 败绩:大败,溃败。

⑱ 驰之:驱车追赶敌人。

⑲ 辙:车轮碾出的痕迹。

⑳ 轼:车前作为扶手的横木。

㉑ 既克:已经战胜了齐军。

㉒ 夫(fú):句首发语词,没有实际意义。这句是说,打仗全靠将士的勇气。

㉓ 作:振作。第一次击鼓能振作士气,第二次击鼓士气衰落,第三次击鼓士气就耗尽了。

㉔ 彼:指齐军。盈:这里指士气旺盛。敌军的士气已尽,我们的士气正旺。

㉕ 伏:伏兵。

㉖ 靡(mǐ):倒下。

【文本赏析】

春秋前期,齐国襄公乱政,管仲奉公子纠奔鲁,鲍叔牙奉公子小白奔莒。鲁庄公八年(前 686 年),公孙无知弑齐襄公自立。庄公九年(前 685 年),鲁国派兵护送公子纠归齐争位,公子小白也同期归国,结果小白占得先机,即位,是为齐桓公。桓公以鲁庇护公子纠为借口,发兵击鲁,鲁被迫杀死公子纠,交出管仲。庄公十年(前 684 年),齐桓公挥师南下伐鲁,齐鲁战于长勺。本文以齐鲁长勺之战为背景,仅用二百二十二字,文章层次分明、波澜起伏、处处照应、句句扎实,刻画出曹刿既具远见卓识,又十分沉稳周密的人物形象。

面对来势汹汹的齐国,弱小的鲁国如何应对,这是摆在鲁庄公面前的难题。史家没有描写庄公和满朝文武怎样谋划,而是用“曹刿请见”直接引入正题。乡人对远离庙堂的曹刿欲进见国君表示不解,史家借助曹刿的回答引出全文中心:“肉食者鄙,未能远谋。”“远谋”二字即是曹刿论战的关键。曹刿“乃入见”，之后通篇围绕“远谋”运笔，分别通过备战、交战、克敌三个层面展开叙述。

备战之时，曹刿劈头询问庄公“何以战”，这是从国君德行层面进行考察。庄公先后三次予以回答，从保障百姓衣食的“必以分人”，到祭祀之牺牲玉帛“必以信”，再升级到体贴民心的“必以情”。答问逐层递进，曹刿的评语从“民弗从也”到“神弗福也”，再到表示肯定态度的“可以一战”。史官用这段对话树立了生动的人物形象，二人形象亦形成了鲜明对照，庄公的骄矜和曹刿的审慎相映成趣。从这番对话不难看出，《左传》的笔者十分推崇仁君之德，《季梁谏追楚师》(《左传·桓公六年》)篇也说：“所谓道，忠于民而信于神也。”这也是儒家学者的一贯主张。比照《孟子·梁惠王上》的《寡人之于国也》篇，梁惠王“尽心焉耳矣”的困惑与鲁庄公此篇答问可说是异曲同工。

下文对交战和克敌层面的剪裁详略得当。交战之际，重视保养士气；克敌之后，必须探查敌情。史官用两“未可”与两“可矣”相互穿插，映衬出庄公之盲动、混沌；曹刿之稳健、清醒。再于末段揭晓谜底：“一鼓作气，再而衰，三而竭。”庄公如梦初醒之际，正又照应了开篇的“肉食者鄙”，也再一次验证了曹刿的“远谋”论断。

值得一提的是，这位曹刿颇具传奇色彩。据《史记》载，鲁庄公十三年(前681年)，齐鲁在柯地会盟，曹沫以匕首劫持齐桓公，胁迫其归还侵夺的鲁国土地，并最终获得了胜利。有研究者说，“刿”“沫”近音互通，曹沫即是曹刿。按这种看法来说，曹刿两番为鲁国解围纾困，堪称智勇双全的楷模。

【思考练习】

1. 曹刿为什么面见鲁庄公？会面时为什么要他回答“何以战”的问题？
2. 总结一下，曹刿的“远谋”是通过哪几个层面体现出来的？
3. 本文仅有二百余字，其详略安排有什么特点？

【拓展阅读】

曹刿论战

长勺之役,曹刿问所以战于庄公。公曰:“余不爱衣食于民,不爱牲玉于神。”对曰:“夫惠本而后民归之志,民和而后神降之福。若布德于民而均平其政事,君子务治而小人务力;动不违时,财不过用;财用不匮,莫不能使共祀。是以用民无不听,求福无不丰。今将惠以小赐,祀以独恭。小赐不咸,独恭不优。不咸,民不归也;不优,神弗福也。将何以战?夫民求不匮于财,而神求优裕于享者也。故不可以不本。”公曰:“余听狱虽不能察,必以情断之。”对曰:“是则可矣。知夫苟中心图民,智虽弗及,必将至焉。”

(选自:尚学峰、夏德靠译注:《国语》,中华书局2012年版,第34页。)

烛之武退秦师

晋侯、秦伯围郑[①],以其无礼于晋[②],且贰于楚也[③]。晋军函陵[④],秦军氾南[⑤]。佚之狐言于郑伯曰[⑥]:“国危矣,若使烛之武见秦君,师必退。”公从之。辞曰[⑦]:“臣之壮也,犹不如人,今老矣,无能为也已[⑧]。”公曰:“吾不能早用子,今急而求子,是寡人之过也。然郑亡,子亦有不利焉[⑨]!”许之[⑩],夜缒而出[⑪],见秦伯,曰:“秦、晋围郑,郑既知亡矣。若亡郑而有益于君,敢以烦执事[⑫]。越国以鄙远[⑬],君知其难也,焉用亡郑以陪邻[⑭]?邻之厚[⑮],君之薄也[⑯]。若舍郑以为东道主[⑰],行李之往来[⑱],共其乏困[⑲],君亦无所害。且君尝为晋君赐矣[⑳],许君焦、瑕[㉑],朝济而夕设版焉[㉒],君之所知也。夫晋何厌之有[㉓]?既东封郑[㉔],又欲肆其西封[㉕],若不阙秦[㉖],将焉取之?阙秦以利晋,唯君图之[㉗]。”秦伯说[㉘],与郑人盟[㉙],使杞子、逢孙、杨孙戍之[㉚],乃还。

子犯请击之[31],公曰:“不可。微夫人之力不及此[32]。因人之力而敝之,不仁[33]。失其所与,不知[34]。以乱易整,不武[35]。吾其还也。”亦去之。

(选自:李梦生撰:《左传译注》,上海古籍出版社2004年版,第318~319页。)

【注释】

① 晋侯:晋文公。秦伯:秦穆公。

② 以:因为。晋文公为公子时流亡在外,来到郑国时,郑文公没有以应有的礼节接待他。

③ 贰于楚:同时依附于晋和楚两国。

④ 军:用作动词,驻军,屯兵。函陵:郑国地名,在今河南新郑北。

⑤ 氾(fàn)南:在今河南中牟南,也属于郑地。

⑥ 佚(yì)之狐:郑国大夫。郑伯:郑文公。

⑦ 辞:推辞。

⑧ 壮:指壮年时。犹:尚且。无能为也已:不能做什么了。

⑨ 是:指示代词,这。寡人:诸侯的谦称,寡德之人。过:过错。然:然而。

⑩ 许:答应。

⑪ 缒(zhuì):这里指用绳子拴着烛之武从城墙上送下来。

⑫ 敢:表示谦敬的态度,冒昧地。执事:办事的官员,这里指秦伯本人。

⑬ 鄙:边邑,这里用作动词。远:指郑国。越国以鄙远:越过晋国把郑国这个偏远的国家当作秦国的边邑。

⑭ 焉用:哪里用得着。陪:增加。邻:邻国,此指晋国。

⑮ 厚:用作动词,势力变雄厚了。

⑯ 薄:用作动词,势力削弱了。

⑰ 舍:放弃。东道主:东方道路上(指秦国东边的郑国)的主人。

⑱ 行李:使者。

⑲ 共:同“供”,供给。其:使者。乏困:不足,缺少(的资粮等)。

⑳ 尝:曾经。为:给予。赐:恩惠。这里指秦穆公曾帮助晋公子夷吾(晋惠公)归国即位的往事。

㉑ 焦、瑕:故址在今河南陕州附近。夷吾(晋惠公)曾经许诺把这两座城池送给秦穆公。

㉒ 济:渡河。设版:修筑防御工事,即准备与秦穆公对抗。

㉓ 厌:同“餍”,满足。之:代词,复指前置的宾语“何厌”。何厌之有:指晋国永远不会满足。

㉔ 封:疆界。东封郑:向东扩张使郑国成为晋的边境。

㉕ 肆:延伸,扩张。肆其西封:扩展晋国西边的疆界。

㉖ 阙(quē):削减。阙秦:削减秦国的土地。

㉗ 唯:句首语气词,希望。图:考虑。之:指晋国将要阙秦以利晋这件事。

㉘ 说:同“悦”。

㉙ 盟:结盟。

㉚ 杞子、逢孙、杨孙:这三人都是秦国大夫。戍:戍守。秦穆公派这三人驻扎在郑国,既是守卫郑国,也有监视的意图。

㉛ 子犯:晋大夫狐偃的字。

㉜ 微:没有。夫人:远指代词,那人,即秦穆公。没有那个人的力量,我是不会有今天这个地位的。此前,晋文公为公子时流亡在外十九年,最终在秦穆公的军事力量支持下回到晋国即位。

㉝ 因:依靠。敝:损害。因人之力而敝之,不仁:借助别人的力量,又回头来损害他,这是算不上仁义的。

㉞ 知:同“智”。与:结交,结盟。失其所与,不知:失掉自己的同盟者,这是算不上明智的。

㉟ 易:代替。以乱易整,不武:用相互攻伐代替联手合作,这是算不上威武的。

【文本赏析】

本文的历史背景是前630年(鲁僖公三十年,晋文公七年),秦、晋两国联军围攻郑国。此前两年(前632年(鲁僖公二十八年,晋文公五年)),晋、楚在宋国城濮交战,楚国大败,晋国称霸。城濮之战中,郑国曾经出兵助楚,因而结怨于晋,这也是此次晋、秦攻打郑国的直接原因。郑国夹在大国之间,不得不借助高超的外交手段左右周旋。

本文行文简洁,“晋军函陵,秦军氾南”两句勾勒出兵临城下,郑国危在旦夕的紧张局势。紧接着写郑国君臣谋划对策。为了化解危难,郑大夫佚之狐向郑文公推荐了烛之武。从烛之武出场的“臣之壮也,犹不如人,今老矣,无能为也已”言论看来,这位老臣显然被国君冷落已久。这番被重新启用,先毫不客气地抒发了他的满腹牢骚,在听到国君道歉之后,这位老臣又欣然“许之”,只身犯险。史家仅用寥寥数语便活脱脱地写出这位一心报国、社稷忠臣的形象。

烛之武深夜面见秦穆公,围绕“退师”的目标展开四个层次的游说。第一句“秦、晋围郑,郑既知亡矣”,烛之武开门见山,直陈郑国接受灭亡的命运,面对两大国围攻毫无还手之力。这样说有利于化解秦穆公的敌意,使其放下戒备,方便展开后文。紧接着,烛之武站在秦穆公的立场,体贴入微地为他分析亡郑之后的局势。从地理位置看,秦国远处西陲,要控制郑国实在鞭长莫及。而晋国不同,晋与郑接壤,素有瓜葛,郑文公之子公子子兰逃奔晋国,接受晋文公庇护,此次也随晋军围郑。试想,灭郑之后,晋无疑是直接和最大受益者。这也意味着秦不仅劳而无功,为人作嫁,长远来看还为本国向东扩张设置了障碍,确实得不偿失。反之,如果保存郑国,则可为秦国提供东方的保障和支持,对秦穆公称霸中原的蓝图有所助力。面对灭郑益晋和存郑益秦这两个选择,秦穆公自然倒向了后者。

在此基础上,烛之武更进一步,勾起秦穆公被晋君欺诈、围攻的惨痛回忆。晋献公骊姬之乱后,献公之子公子夷吾请求秦穆公庇护,穆公派百里奚率军送其归国即位,是为晋惠公。惠公归国后,不但撕毁割河西八城的约定,反而构筑工事,对秦穆公严加防范。后数年,秦穆公与晋惠公交战,穆公被击伤,险些丧命。这一层论说,烛之武揭露晋君忘恩负义和贪得无厌的本来面目,抓住秦晋联军的薄弱点加以瓦解。此番说辞体现了他超群的洞察力,秦穆公想来对晋君亦早有疑虑,也便很自然地被烛之武说服,“退师”便水到渠成了。

【思考练习】

1. 请根据本文概括烛之武的人物形象。
2. 归纳一下,烛之武劝退秦师的辞令可分为哪几个层次?
3. 结合本文历史背景谈一谈,秦穆公退兵背后的深层原因。

【拓展阅读】

晋世家第九

七年,晋文公、秦缪公共围郑,以其无礼于文公亡过时,及城濮时郑助楚也。围郑,欲得叔瞻。叔瞻闻之,自杀。郑持叔瞻告晋。晋曰:“必得郑君而甘心焉。”郑恐,乃间令使谓秦缪公曰:“亡郑厚晋,于晋得矣,而秦未为利。君何不解郑,得为东道交?”秦伯说,罢兵。晋亦罢兵。

(选自:司马迁撰:《史记》(第五册),中华书局 1959 年版,第 1669 页。)

古文观止·卷一

郑近于晋,而远于秦,秦得郑而晋收之,势必至者。越国鄙远,亡郑陪邻,阙秦利晋,俱为至理。古今破同事之国,多用此说。篇中前段写亡郑,乃以陪晋。后段写亡郑、即以亡秦。中间引晋背秦一证,思之毛骨俱悚。宜乎秦伯之不但去郑,而且戍郑也。

(选自:吴楚材、吴调侯选:《古文观止》,中华书局 1963 年版,第 36 页。)

《战国策》

《战国策》简称《国策》,又名《国事》《事语》等,分为东周、西周、秦、齐、楚、赵、魏、韩、燕、宋、卫、中山十二国,是一部战国的史料汇编。其作者和成书年代均不确定。此书记事上承《春秋》,下讫秦汉之交,记载战国二百三四十年间的策士言论及活动,保留了许多重要史料,司马迁《史记》亦由此取材。

《战国策》语言流畅,气势纵横,善于运用寓言说理,对人物的刻画也往往准确而具体,对后来的文学语言有很大的影响。需要注意的是,本书对策士的作用多夸大之辞,不完全符合历史事实。

西汉刘向对此书文字进行校正,并按照国别重新编排体例,分为三十三卷,定名为《战国策》。东汉学者高诱曾为其作注,后来残缺,目前通用的版本为清黄丕烈重刊宋姚氏本。今人著作有范祥雍《战国策笺证》(上海古籍出版社 2006 年版)、缪文远《战国策新校注》(修订版)(巴蜀书社 1998 年版)等。

邹忌修八尺有余①

邹忌修八尺有余②,身体昳丽③,朝服衣冠,窥镜,谓其妻曰:"我孰与城北徐公美④?"其妻曰:"君美甚。徐公何能及君也⑤!"城北徐公,齐国之美丽者也。忌不自信,而复问其妾曰:"吾孰与徐公美?"妾曰:"徐公何能及君也!"旦日⑥,客从外来,与坐谈,问之客曰:"吾与徐公孰美?"客曰:"徐公不若君之美也!”

明日,徐公来,孰视之,自以为不如;窥镜而自视,又弗如远甚。暮寝而思之,曰:“吾妻之美我者,私我也⑦! 妾之美我者,畏我也! 客之美我者,欲有求于我也。”

于是入朝见威王曰:“臣诚知不如徐公美⑧,臣之妻私臣,臣之妾畏臣,臣之客欲有求于臣,皆以美于徐公。今齐地方千里⑨,百二十城。宫妇左右,莫不私王;朝廷之臣,莫不畏王;四境之内,莫不有求于王。由此观之,王之蔽甚矣⑩!”王曰:“善。”乃下令:“群臣吏民能面刺寡人之过者⑪,受上赏! 上书谏寡人者,受中赏! 能谤议于市朝⑫,闻寡人之耳者,受下赏!”

令初下,群臣进谏,门庭若市;数月之后,时时而间进⑬;期年之后⑭,虽欲言,无可进者。燕、赵、韩、魏闻之,皆朝于齐。此所谓战胜于朝廷⑮。

(选自:缪文远、罗永莲、缪伟译注:《战国策》,中华书局2016年版,第118~120页。)

【注释】

① 本文也题作“邹忌讽齐威王纳谏”,《战国策》原无标题,题目是编者后加的。邹忌:善鼓琴,有辩才,后被齐威王委任为相。讽:下级对上级以委婉曲折的言语进行规劝。纳谏:接受劝谏。

② 修:身长。八尺:战国的一尺约合今天的七寸左右。

③ 昳(yì)丽:指气度不凡,容貌美丽。

④ 孰:“熟”的本字,孰视,仔细看。

⑤ 及:比得上。

⑥ 旦日:明日,第二日。

⑦ 私我:偏爱我。

⑧ 诚:实在。

⑨ 地方:土地方圆。

⑩ 蔽:蒙蔽。王之蔽:君王遭受的蒙蔽。

⑪ 面刺:当面批评。

⑫ 谤议:这里指批评国君的过失。

⑬ 时时:隔一段时间。间:间或。这句说隔一段时间偶尔有人进谏。

⑭ 期年:满一年。

⑮ 战胜于朝廷:身在朝堂就臣服了敌国。意思是不动用武力就能使别国畏惧臣服。

【文本赏析】

本文以小见大,通过邹忌比美的生活小事,引出广开言路、治国理政的大节,立意高远,技巧娴熟,行文活泼有趣。

开篇直陈邹忌容止出众,既而笔锋一转,用“窥镜”暗示了这位美男子缺乏自信的心理状态。接下来,邹忌对妻、妾、客三次追问,继续强化了他的犹疑态度。第二天,徐公来访,他仔细观察对方,“自以为不如”,又“窥镜而自视”,终于得出了“弗如远甚”这一更符合客观情况的结论。

正确认识自我从来不是易事,《道德经》云:“知人者智,自知者明。胜人者有力,自胜者强。”邹忌与徐公比美虽是生活小事,却与广开言路、治国理政的大节逻辑相通。接下来,文章描述邹忌入朝见威王,现身说法,揭示出“王之蔽甚矣”的大问题,也就十分顺理成章了。

本文的笔法细致又生动。从妻、妾、客的回答语句来看,文字仅稍加变化,却令读者能够分辨出三者的差异。妻对邹忌不吝赞美,充满偏爱;妾对邹忌的问话有所保留,似有畏惧之意;客对邹忌逢迎、巴结,还流露出些许敷衍。

文章描写齐威王纳谏时仅用“善”一字,威王虚怀若谷、从谏如流的胸襟和气魄就展示出来了。“上”“中”“下”三种等级的赏赐,与“令初下”“数月之后”“期年之后”三个时间维度亦形成排比和照应。结尾处“皆朝于齐”“此所谓战胜于朝廷”写得十分痛快,虽然于史无证,却十分符合《战国策》纵横恣肆的一贯风格。

此外,跳出《战国策》的框架来看,邹忌形象的典型意义恐怕还在于他具有难能可贵的务实求真之精神,即“诚”。《中庸》云:“自诚明,谓之性。自明诚，谓之教。诚则明矣，明则诚矣。”也许可以说，邹忌也同时具备儒家意义上的勤学、慎思、明诚之特征。他举一反三，由身修而家齐，由家齐而推进国治的实践经验也与儒家理论契合。

【思考练习】

1. 本文中心句“此所谓战胜于朝廷”有哪些含义？
2. 结合本文来分析《战国策》纵横恣肆的语言风格。
3. 邹忌的故事给我们带来哪些启发？

【拓展阅读】

赵太后新用事

赵太后新用事，秦急攻之。赵氏求救于齐。齐曰：“必以长安君为质，兵乃出。”太后不肯，大臣强谏。太后明谓左右：“有复言令长安君为质者，老妇必唾其面。”

左师触龙言愿见太后，太后盛气而胥之。入而徐趋，至而自谢，曰：“老臣病足，曾不能疾走，不得见久矣。窃自恕，而恐太后玉体之有所郄也，故愿望见太后。”太后曰：“老妇恃辇而行。”曰：“日食饮得无衰乎？”曰：“恃粥耳。”曰：“老臣今者殊不欲食，乃自强步，日三四里，少益嗜食，和于身也。”太后曰：“老妇不能。”太后之色少解。

左师公曰：“老臣贱息舒祺，最少，不肖，而臣衰，窃爱怜之，愿令得补黑衣之数，以卫王宫，没死以闻。”太后曰：“敬诺。年几何矣？”对曰：“十五岁矣。虽少，愿及未填沟壑而托之。”太后曰：“丈夫亦爱怜其少子乎？”对曰：“甚于妇人。”太后笑曰：“妇人异甚。”对曰：“老臣窃以为媪之爱燕后贤于长安君。”曰：“君过矣，不若长安君之甚。”左师公曰：“父母之爱子，则为之计深远。媪之送燕后也，持其踵为之泣，念悲其远也，亦哀之矣。已行，非弗思也，祭祀必祝之，祝曰：'必勿使反。'岂非计久长，有子孙相继为王也哉！”太后曰：“然。”

左师公曰：“今三世以前，至于赵之为赵，赵主之子孙侯者，其继有在者乎？”曰：“无有。”曰：“微独赵，诸侯有在者乎？”曰：“老妇不闻也。”“此其近者祸及身，远者及其子孙。岂人主之子侯则必不善哉？位尊而无功，奉厚而无劳，而挟重器多也。今媪尊长安君之位，而封之以膏腴之地，多予之重器，而不及今令有功于国，一旦山陵崩，长安君何以自托于赵？老臣以媪为长安君计短也，故以为其爱不若燕后。”太后曰：“诺。恣君之所使之。”于是为长安君约车百乘质于齐，齐兵乃出。

子义闻之曰：“人主之子也，骨肉之亲也，犹不能恃无功之尊、无劳之奉，而守金玉之重也，而况人臣乎！”

（选自：缪文远、罗永莲、缪伟译注：《战国策》，中华书局 2016 年版，第 298~302 页。）

齐人有冯谖者[①]

齐人有冯谖者，贫乏不能自存，使人属孟尝君[②]，愿寄食门下。孟尝君曰：“客何好？”曰：“客无好也。”曰：“客何能？”曰：“客无能也。”孟尝君笑而受之曰：“诺。”

左右以君贱之也[③]，食以草具[④]。居有顷[⑤]，倚柱弹其剑，歌曰：“长铗归来乎[⑥]！食无鱼。”左右以告。孟尝君曰：“食之，比门下之客。”居有顷，复弹其铗，歌曰：“长铗归来乎！出无车。”左右皆笑之，以告。孟尝君曰：“为之驾，比门下之车客[⑦]。”于是乘其车，揭其剑[⑧]，过其友曰：“孟尝君客我[⑨]。”后有顷，复弹其剑铗，歌曰：“长铗归来乎！无以为家。”左右皆恶之，以为贪而不知足。孟尝君问：“冯公有亲乎？”对曰，“有老母。”孟尝君使人给其食用，无使乏。于是冯谖不复歌。

后孟尝君出记[10]，问门下诸客："谁习计会[11]，能为文收责于薛者乎[12]？"冯谖署曰[13]："能[14]。"孟尝君怪之，曰："此谁也？"左右曰："乃歌夫长铗归来者也。"孟尝君笑曰："客果有能也，吾负之[15]，未尝见也。"请而见之，谢曰[16]："文倦于事，愦于忧，而性懦愚[17]，沉于国家之事，开罪于先生[18]。先生不羞[19]，乃有意欲为收责于薛乎？"冯谖曰："愿之。"于是约车治装[20]，载券契而行[21]，辞曰："责毕收，以何市而反[22]？"孟尝君曰："视吾家所寡有者。"

驱而之薛[23]，使吏召诸民当偿者，悉来合券。券遍合[24]，起，矫命[25]，以责赐诸民。因烧其券[26]。民称万岁。

长驱到齐[27]，晨而求见。孟尝君怪其疾也，衣冠而见之[28]，曰："责毕收乎？来何疾也！"曰："收毕矣。""以何市而反？"冯谖曰："君之'视吾家所寡有者'。臣窃计[29]，君宫中积珍宝，狗马实外厩[30]，美人充下陈[31]。君家所寡有者，以义耳！窃以为君市义。"孟尝君曰："市义奈何？"曰："今君有区区之薛，不拊爱子其民[32]，因而贾利之[33]。臣窃矫君命，以责赐诸民，因烧其券，民称万岁。乃臣所以为君市义也。"孟尝君不说[34]，曰："诺，先生休矣[35]！"

后期年[36]，齐王谓孟尝君曰[37]："寡人不敢以先王之臣为臣[38]。"孟尝君就国于薛[39]，未至百里[40]，民扶老携幼，迎君道中正日[41]。孟尝君顾谓冯谖[42]："先生所为文市义者，乃今日见之。"

冯谖曰："狡兔有三窟，仅得免其死耳；今君有一窟，未得高枕而卧也。请为君复凿二窟。"孟尝君予车五十乘，金五百斤，西游于梁[43]，谓惠王曰："齐放其大臣孟尝君于诸侯[44]，诸侯先迎之者，富而兵强。"于是梁王虚上位[45]，以故相为上将军，遣使者黄金千斤，车百乘，往聘孟尝君。冯谖先驱[46]，诫孟尝君曰[47]："千金，重币也；百乘，显使也[48]。齐其闻之矣。"梁使三反[49]，孟尝君固辞不往也[50]。

齐王闻之，君臣恐惧，遣太傅赍黄金千斤[51]、文车二驷[52]，服剑一[53]，封书，谢孟尝君曰[54]："寡人不祥[55]，被于宗庙之祟[56]，沉于谄谀之臣，开罪于君[57]。寡人不足为也[58]；愿君顾先王之宗庙[59]，姑反国统万人乎[60]！"冯谖诫孟尝君曰：

“愿请先王之祭器[61]，立宗庙于薛。”庙成，还报孟尝君曰：“三窟已就[62]，君姑高枕为乐矣。”

孟尝君为相数十年，无纤介之祸者[63]，冯谖之计也。

（选自：缪文远、罗永莲、缪伟译注：《战国策》，中华书局 2012 年版，第 306~312 页。）

【注释】

① 本文也题作“冯谖客孟尝君”。《战国策》原无标题，题目是编者后加的。冯谖（xuān）：孟尝君门客。客：用作动词。孟尝君：名田文。齐靖郭君田婴少子，接替父亲担任齐相数十年。战国养士之风盛行，孟尝君招致门客数千人，与魏信陵君、赵平原君、楚春申君并称“战国四公子”。

② 属：同“嘱”，嘱托，请托。

③ 左右：指孟尝君手下办事的人。以：因为。贱：用作动词，看不起。

④ 食（sì）：给……吃。草具：装着粗劣食物的餐具。

⑤ 居有顷：过了不久。

⑥ 铗：剑柄。长铗：长剑。

⑦ 车客：能乘车的门客。孟尝君门客分三等：上客食肉，中客食鱼，下客食菜。

⑧ 揭：举着。

⑨ 客我：以我为门客。

⑩ 出记：出文告。

⑪ 计会：会计。

⑫ 责：通“债”。薛：孟尝君领地，在今山东枣庄附近。

⑬ 署：签自己的名。

⑭ 能：在文告上写“能”。

⑮ 负：对不起，亏待。之：冯谖。

⑯ 谢：道歉。

⑰ 倦于事：为国事劳碌。愦（kuì）于忧：困于思虑而心中昏乱。懦：怯弱。这是孟尝君接见冯谖时致歉的话。

⑱ 开罪：得罪。

⑲ 不羞：不认为（被怠慢）是羞辱。

⑳ 约车：预备车子。治装：治办行装。

㉑ 券契：债务契约，双方各保存一份，可以合验。

㉒ 市：买。以何市而反：买些什么东西回来。

㉓ 驱：赶车。之：到。

㉔ 遍合：都核对了一番。

㉕ 矫命：假托（孟尝君的）命令。

㉖ 因：于是，就。

㉗ 长驱：赶车一路跑，中途不停留。

㉘ 衣冠：用作动词，穿好衣服戴上帽子。

㉙ 窃：谦辞，私自。计：考虑。

㉚ 实：充实，充满。厩：马厩。

㉛ 充：充满。下陈：排在后列。

㉜ 拊：抚慰。子：用作动词。子其民：爱薛地的人民如同自己的子女。

㉝ 贾（gǔ）利：以商人的手段在百姓这儿谋取暴利。

㉞ 说：同“悦”，高兴。

㉟ 休矣：算了，罢了。

㊱ 期（jī）年：满一年。

㊲ 齐王：齐湣王。

㊳ 先王：指湣王之父齐宣王。这句是齐王的托词，目的是把孟尝君撤职。

㊴ 就国：到自己封地去住。

㊵ 未至百里：距薛地还有一百里路程。

㊶ 正日：终日，整整一天。

㊷ 顾：回头看。

㊸ 梁：魏国都大梁，在今河南开封。

㊹ 放：弃，罢免。于：给。这句的意思是齐王罢免孟尝君，给诸侯任用他制造了良机。

㊺ 虚上位：空出最高的职位（指相位）。虚：用作动词，把……空出来。

㊻ 先驱:先赶车回去。

㊼ 诫:劝诫,告诫。

㊽ 显使:显贵的使臣。

㊾ 反:同“返”,往返。

㊿ 固辞:坚决推辞。

51 赍(jī):给人送东西。

52 文车:雕刻或绘画着花纹的车。驷:四匹马拉的车。

53 服剑:齐王随身佩戴的剑。

54 谢:道歉。

55 不祥:不善、不好。

56 被:遭受。宗庙:指祖先。祟:神降下的祸。被于宗庙之祟:指受到祖宗神灵的处罚。

57 开罪:得罪。

58 不足为(wéi):不值得顾念和帮助。

59 顾:顾念。

60 姑:姑且,暂且。统:统率。万人:指全国百姓。

61 愿:表祈使,希望。请:向齐王请求允许。祭器:宗庙里祭祀祖先的器物。

62 就:完成。三窟已就:指的是孟尝君首先得到了薛地百姓的拥护,其次保存祖先祭器,再次拥有齐国宗庙的庇护。这样齐王不能随便剥夺他的封地,如果薛地遇到外敌侵扰,齐王也会施以援手。

63 介:通“芥”,草。纤介:细微,细小。

【文本赏析】

战国时期,天下大乱,“合从连横,力政争强”(《汉书·游侠传》)。列国诸侯迫切需要广纳人才来提供助力,以在激烈的纷争中站稳脚跟,并不断壮大,进而称雄、称霸。当时养士的风气盛行,规模和声望较大的共四位:齐孟尝君、赵平原君、魏信陵君、楚春申君,他们并称为“战国四公子”。四公子在《史记》中各有本传,可与《战国策》选篇比勘。

本文记述的是孟尝君及其门客冯谖的一段故事。全文运用对比和衬托手法,把孟尝君和冯谖的语言行动进行了对照书写,又以孟尝君“左右”和其他门客的反应来照应冯谖的形象塑造,行文曲折多致,故事引人入胜。

开篇介绍冯谖“贫乏不能自存”,请求寄身孟尝君的门下,以解决生活问题。孟尝君接见了冯谖,两人对话十分简洁,“客何好”与“客无好”,“客何能”与“客无能”两番问答相映成趣,语带谐谑。冯谖本人当然不是“无好”和“无能”之辈,如此回答显然是在试探和考验孟尝君,看一看他是否如传闻中所说“客无所择,皆善遇之”(《史记·孟尝君列传》)。孟尝君的反应则是“笑而受之”。他的笑颇有层次,既带有不以为然的轻视态度,也有来者不拒的随性和泰然。孟尝君手下办事的人惯于察言观色,“左右以君贱之也”一句即从侧面透露了孟尝君对冯谖的轻视和鄙夷态度。

接下来,冯谖用富有戏剧性的弹铗而歌来进一步试探。他前后三次弹铗,不断要求提高生活待遇,孟尝君则爽快地一一给予兑现。在这一轮轮交锋中,文章并未正面描写他对冯谖的态度,而是用“左右以告”“左右皆笑之”“左右皆恶之”三句来暗示、映衬。我们可以推测,随着冯谖要求的步步升级,孟尝君手下办事的人的耐心和底线也在不断被挑战,同时意味着孟尝君对冯谖的评价不断下滑。冯谖刻意贬低自我,成功迷惑了“左右”、其他门客和孟尝君,为后文大展身手、大放异彩的情节做出绝佳的铺垫。人物的前后反差愈大,其形象愈突出,喜剧效果也愈浓厚,这自然是《战国策》文学技巧出众的有力证明。

从第三段开始,文章集中笔墨描写了赴薛收债和营造三窟行动。二事内在逻辑相通:孟尝君的不明就里、后知后觉与冯谖的运筹帷幄、远见卓识相互映衬,结尾处更是不吝使用“无纤介之祸”的夸张手法来强化冯谖的光辉形象。

《战国策》所录策士言论辩丽恣肆,行文一气贯注,读来使人畅快。但客观地来看,若把本文塑造的冯谖形象放在《史记》刻画的战国四公子门客群像中比较，冯谖的光环恐怕就没有这么耀眼了，可以说，在战国的人才群体中，冯谖之才能、见识、品格均谈不上一流。笔者试举一例，同处乱离之际，信陵君下交之侯嬴、朱亥，其贫乏困窘的物质条件与冯谖相仿佛。然而二人却并未造门自荐、乞食献媚。侯嬴宁愿做个看门人，朱亥则隐身于肉市场。侯嬴说："臣修身洁行数十年，终不以监门困故而受公子财。"(《史记·魏公子列传》)其节操之崇高，意志之坚忍皆非冯谖等人所能望其项背。

进一步来看，侯嬴、朱亥策划并参与信陵君窃符救赵之大计也不是为了满足贵族主子的一己私利，而是顾忌唇亡齿寒、出于保全魏国社稷的大义。相形之下，冯谖的才能和见识却仅贡献给孟尝君用来助其明哲保身，"仅得免其死"，境界自是狭小了许多。无怪乎太史公评价孟尝君"好客自喜"(《史记·孟尝君列传》)。太史公此评提示读者，孟尝君以齐国国相之尊广纳门客，仅服务于为自己装点门面、壮大声威，以沾沾自喜、自我麻醉罢了。同理，王安石鄙夷孟尝君"特鸡鸣狗盗之雄耳"(《读孟尝君传》)，《史记评林》引王世贞语："三公之好士也，以自张也。"都是类似的意思。

【思考练习】

1. 冯谖为孟尝君营造"三窟"分别是指什么？
2. 本文是怎样运用对比手法来塑造人物的？
3. 请评价冯谖的策士形象。

【拓展阅读】

孟尝君传赞

太史公曰：吾尝过薛，其俗闾里率多暴桀子弟，与邹、鲁殊。问其故，曰："孟尝君招致天下任侠，奸人入薛中盖六万余家矣。"世之传孟尝君好客自喜,名不虚矣。

(选自:司马迁撰:《史记》(第七册),中华书局 1959 年版,第 2363 页。)

读《孟尝君传》

世皆称孟尝君能得士,士以故归之,而卒赖其力以脱于虎豹之秦。嗟乎!孟尝君特鸡鸣狗盗之雄耳,岂足以言得士?不然,擅齐之强,得一士焉,宜可以南面而制秦,尚何取鸡鸣狗盗之力哉?夫鸡鸣狗盗之出其门,此士之所以不至也。

(选自:李之亮注译:《王安石集》,中州古籍出版社 2010 年版,第 134 页。)

秦王使人谓安陵君①

秦王使人谓安陵君曰②:"寡人欲以五百里之地易安陵,安陵君其许寡人!"安陵君曰:"大王加惠③,以大易小,甚善。虽然④,受地于先王,愿终守之,弗敢易!"秦王不说⑤。安陵君因使唐雎使于秦。

秦王谓唐雎曰:"寡人欲以五百里之地易安陵⑥,安陵君不听寡人,何也?且秦灭韩亡魏,而君以五十里之地存者,以君为长者⑦,故不错意也⑧。今吾以十倍之地,请广于君⑨,而君逆寡人者⑩,轻寡人与⑪?"唐雎对曰:"否,非若是也。安陵君受地于先王而守之,虽千里不敢易也,岂直五百里哉⑫?"

秦王怫然怒⑬,谓唐雎曰:"公亦尝闻天子之怒乎⑭?"唐雎对曰:"臣未尝闻也。"秦王曰:"天子之怒,伏尸百万⑮,流血千里。"唐雎曰:"大王尝闻布衣之怒乎⑯?"秦王曰:"布衣之怒,亦免冠徒跣⑰,以头抢地耳⑱。"唐雎曰:"此庸夫之怒也⑲,非士之怒也。夫专诸之刺王僚也⑳,彗星袭月㉑;聂政之刺韩傀也㉒,白虹贯日㉓;要离之刺庆忌也㉔,仓鹰击于殿上㉕。此三子者,皆布衣之士也,怀怒未发,休祲降于天,与臣而将四矣㉖。若士必怒,伏尸二人㉗,流血五步，天下缟素[28]，今日是也。”挺剑而起。

秦王色挠[29]，长跪而谢之曰[30]：“先生坐！何至于此！寡人谕矣[31]：夫韩、魏灭亡，而安陵以五十里之地存者，徒以有先生也[32]。”

（选自：缪文远、罗永莲、缪伟译注：《战国策》（下册），中华书局2012年版，第806~809页。）

【注释】

① 本文也题作“唐雎不辱使命”。《战国策》原无标题，题目是编者后加的。

② 秦王：秦始皇嬴政，当时他还没有称皇帝。安陵君：安陵国的国君。安陵是当时的一个小国，在河南鄢陵西北，原是魏国的附属国。战国时魏襄王封其弟为安陵君。

③ 加惠：施与恩惠。

④ 虽然：虽然如此。

⑤ 说：同“悦”。

⑥ 易：交换。

⑦ 长者：有德行的人。

⑧ 错：同“措”。错意：放在心上。

⑨ 广：用作动词，扩大土地。

⑩ 逆：违背。

⑪ 轻：用作动词，轻视。与：同“欤”，疑问词，吗。

⑫ 直：仅，只只。

⑬ 怫然：嗔怒的样子。

⑭ 公：相当于“先生”，您。尝：曾经。

⑮ 伏：使动用法，使……伏。伏尸：使尸体倒下。

⑯ 布衣：平民，古代平民百姓多穿麻、葛材质的衣服。

⑰ 免冠徒跣（xiǎn）：摘掉帽子，光着脚。徒：光着。

⑱ 抢：撞。

⑲ 庸夫：平庸无能的人。

⑳ 专诸之刺王僚:专诸是春秋时期的刺客,王僚是当时的吴国国王。公子光不满王僚,经伍子胥推荐雇佣专诸做刺客,在酒宴上杀死了王僚,公子光即位,即吴王阖闾。事见《左传·昭公二十七年》及《史记·刺客列传》。

㉑ 彗星袭月:彗星的光芒挡住月亮。古人认为天象变化与人事对应,彗星袭月预示着刺杀王僚这一大事。

㉒ 聂政之刺韩傀:聂政是战国时人,受韩国大夫严仲子请托,当堂刺杀了相国韩傀(《史记·刺客列传》写作“侠累”)。

㉓ 白虹贯日:有一道白光直冲太阳,白虹贯日被认为是大事变的征兆。白虹:白气。

㉔ 要(yāo)离之刺庆忌:要离是春秋时吴国人,庆忌是吴王僚之子。吴王僚被刺之后,庆忌逃难到魏国,为了斩草除根,吴王阖闾(公子光)派要离追杀,要离用苦肉计获得庆忌信任,之后伺机把他刺死。事见《吴越春秋》。

㉕ 仓:同“苍”。

㉖ 休:吉祥。祲(jìn):不祥。休祲降于天,与臣而将(jiāng)四矣:上天降示了征兆,(专诸、聂政、要离)加上我,将成为四个人了。这是唐雎暗示秦王,他将效仿三人行刺。

㉗ 伏尸二人:指自己要与秦王同归于尽。

㉘ 缟(gǎo)素:白色的丝绸,丧服皆白。这里指全国为秦王之死服丧。

㉙ 挠:屈服。色挠:变了脸色,神情沮丧。

㉚ 跪:古时席地而坐,坐时两膝据地,臀部压着足跟。长跪:伸直腰股,直身而跪,这里指秦王因紧张而挺起身躯。谢:道歉。

㉛ 谕:同“喻”,明白,懂得。

㉜ 徒:只。以:因为。徒以有先生也:只是因为有您的缘故。

【文本赏析】

本文选自《战国策·魏策四》,其历史背景是秦王政二十二年(前225年),秦灭亡魏国后,向安陵君提出以五百里土地交换其五十里疆土。安陵君是魏国宗室,安陵国为魏国附庸,其旧址在今河南鄢陵附近。秦王灭魏之后,以“易地”为托词,实际上意图吞并安陵国。

安陵君识破了秦王的野心，他答复说：“受地于先王，愿终守之，弗敢易！”委婉而坚定地拒绝了这一无理要求。安陵君意识到秦王不会就此罢休，因此派出策士唐雎到秦国进行外交斡旋，希望既能够保住先王的土地，同时也可以获得秦王的谅解。本文就是这次外交斗争的记录。

面对强秦，唐雎能否担负起重托、不负安陵君期望呢？这是开篇留给读者的一大悬念。下文以秦王与唐雎的两段对话为线索，运用映衬的笔法，塑造了两个生动、饱满、丰富、立体的人物形象。

甫一会面，秦王就气势汹汹地质问唐雎，我用十倍的土地与安陵国交换，为什么遭到拒绝？安陵君轻视我堂堂秦王吗？唐雎义正词严地回答：当然不是这样，安陵君在先王那里接受土地，为先王守护社稷，哪怕是上千里的土地也不能交换，又何况是您的区区五百里呢？

唐雎毫不妥协、据理力争的态度彻底激怒了秦王。秦王也卸下伪装，勃然大怒，用“伏尸百万，流血千里”来威胁、恐吓唐雎。秦王所谓的“天子之怒”并非空穴来风，自秦孝公用商鞅变法以来，秦人“奋六世之余烈”，特别是从秦昭襄王到秦王嬴政数十年间，秦军纵横奔突，逐次剪灭六国，不乏尸横遍野、血流成河之例。由此背景来看，唐雎的从容不迫愈显难得。他用专诸刺王僚、聂政刺韩相、要离刺庆忌三事给予反击。三位刺客都是布衣之士，然而，当他们发怒之时，感天动地、泣鬼惊神、风云为之变色。在极尽渲染三位刺客的勇力之后，唐雎以“伏尸二人，流血五步，天下缟素”的铿锵语句浇灭秦王气焰，“挺剑而起”的动作描写有力地配合了其言辞。读者完全可以想象出当时剑拔弩张的气氛，以及唐雎怒发冲冠、目眦尽裂的姿态。

文章结尾处，“秦王色挠”“长跪而谢之”两个短句刻画出色厉而内荏的秦王形象。这与开篇那位气势汹汹、骄横无理的秦王形象相互映衬，形成了绝妙的反差。就笔法而言，这样的结尾出乎意料，也在情理之中。

通观全文，开篇巧设悬念，牢牢抓住读者的注意力。行文中一步一步扎实推进，随着唐雎和秦王外交斗争的不断升级，气氛也愈来愈紧张，在达到高潮时又戛然而止。篇幅不到五百字,叙事波澜起伏,情节环环相扣,语言犀利峭拔,文辞雄健有力。

值得注意的是,就史实来考察,唐雎不辱使命的人物和故事还是值得商榷的。《战国策》中,唐雎的名字在《魏策四》"秦、魏为与国""信陵君窃符救赵"两篇就已出现过。前篇介绍齐、楚两国欲攻魏,唐雎(有的版本也写作"唐且","且""雎"通用)主动为魏王出使秦国搬救兵,最终解除了魏国危难,当时,唐雎已"年九十余"。窃符救赵故事发生在魏安釐王二十年(前257年),较本文的背景早约三十年之久。试想,两文中的唐雎若为同一人,那么此时他将以一百二十岁左右的高龄出使秦国,并威胁行刺秦王嬴政,使正当壮年的秦王"色挠"、服输。这显然是不合常理的,其故事的戏剧成分应当高于事实成分。加之,秦王政二十年(前227年)时,荆轲曾在秦大殿行刺秦王未果,三年后,再面对唐雎,及其"挺剑而起"预备行刺的姿态,秦王应当更有防备,未必如此仓皇。事实上,参照《史记·刺客列传》和《战国策·燕策三》的记载,秦王大殿上不允许携带兵器,查阅《资治通鉴》(始皇帝二十二年)也能够发现,安陵君婉拒"易地"后,"王义而许之"。《资治通鉴》没有书写唐雎及他出使秦国外交斡旋的情节。综上,《战国策》所述唐雎和秦王的言行应是更接近逻辑的真实。

【思考练习】

1. 本文善于通过对白来展现人物的精神面貌,请概括安陵君、唐雎和秦王的形象特征。

2. 唐雎对秦王的外交斗争进行了针锋相对的两个回合,请加以总结。

3. 秦王彻底放弃了他的野心吗?谈一谈你的看法。

【拓展阅读】

秦、魏为与国

秦、魏为与国。齐、楚约而欲攻魏，魏使人求救于秦，冠盖相望，秦救不出。

魏人有唐雎者，年九十余，谓魏王曰："老臣请出西说秦，令兵先臣出，可乎？"魏王曰："敬诺。"遂约车而遣之。

唐雎见秦王，秦王曰："丈人芒然乃远至此，甚苦矣。魏来求救数矣，寡人知魏之急矣。"唐雎对曰："大王已知魏之急而救不至者，是大王筹筴之臣无任矣。且夫魏一万乘之国，称东藩，受冠带，祠春秋者，以为秦之强足以为与也。今齐、楚之兵已在魏郊矣，大王之救不至，魏急则且割地而约齐、楚，王虽欲救之，岂有及哉？是亡一万乘之魏，而强二敌之齐、楚也。窃以为大王筹筴之臣无任矣。"

秦王喟然愁悟，遽发兵，日夜赴魏。齐、楚闻之，乃引兵而去。魏氏复全，唐雎之说也。

（选自：缪文远、罗永莲、缪伟译注：《战国策》，中华书局2016年版，第358~359页。）

信陵君杀晋鄙

信陵君杀晋鄙，救邯郸，破秦人，存赵国，赵王自郊迎。

唐雎谓信陵君曰："臣闻之曰，事有不可知者，有不可不知者；有不可忘者，有不可不忘者。"信陵君曰："何谓也？"对曰："人之憎我也，不可不知也；吾憎人也，不可得而知也。人之有德于我也，不可忘也；吾有德于人也，不可不忘也。今君杀晋鄙，救邯郸，破秦人，存赵国，此大德也。今赵王自郊迎，卒然见赵王，臣愿君之忘之也。”信陵君曰：“无忌谨受教。”

（选自：缪文远、罗永莲、缪伟译注：《战国策》，中华书局 2016 年版，第 362 页。）

秦纪二（始皇帝二十二年）

王贲伐魏，引河沟以灌大梁。三月，城坏。魏王假降，杀之，遂灭魏。

王使人谓安陵君曰：“寡人欲以五百里地易安陵。”安陵君曰：“大王加惠，以大易小，甚幸。虽然，臣受地于魏之先王，愿终守之，弗敢易！”王义而许之。

（选自：司马光编著：《资治通鉴》（第一册），古籍出版社 1956 年版，第 228~229 页。）

《论语》

孔子(前551—前479年),名丘,字仲尼,春秋时期鲁国陬邑(今山东曲阜东南)人,祖籍宋国栗邑(今河南夏邑)。他幼年丧父,生活“贫且贱”(《史记·孔子世家》)。成年后在鲁国做过几任官,也曾赴周问礼于老子,约五十岁时为鲁大司寇。五十六岁时,孔子去鲁周游列国,十四年后返鲁,七十三岁病逝。

《论语》是孔子门人记录有关孔子及弟子言行的著作。孔子是儒家学派的创始者,也是第一位开办私学的教育家,据说他有弟子三千人,其中“受业身通者七十有七人”(《史记·仲尼弟子列传》)。孔子去世后,其弟子及后学把孔子和弟子的言行及思想记录下来,编成《论语》。

《论语》全书共二十篇,篇名通常取自该篇的前两个字。《论语》较为集中地体现了孔子及儒家学派的政治主张、伦理思想、道德观念及教育原则等,是研究孔子生活、思想的重要资料。全书以语录体为主,文字风格简朴,一些篇章形象生动,意蕴深远,用简单的对话和行动展示出生动的人物形象。

《论语》通行注本有魏何晏集解、宋邢昺疏《论语注疏》(《十三经注疏本》),宋朱熹《论语集注》(《四书集注》本),今人杨伯峻《论语译注》等。

子路曾皙冉有公西华侍坐章

子路、曾皙、冉有、公西华侍坐[①]。

子曰:“以吾一日长乎尔,毋吾以也[②]。

居则曰[③]:‘不吾知也[④]!’如或知尔,则何以哉[⑤]?”

子路率尔而对曰[⑥]:“千乘之国[⑦],摄乎大国之间[⑧],加之以师旅[⑨],因之以饥馑[⑩],由也为之,比及三年[⑪],可使有勇,且知方也[⑫]。”夫子哂之[⑬]。

“求!尔何如[⑭]?”对曰:“方六七十[⑮],如五六十[⑯],求也为之,比及三年,可使足民[⑰]。如其礼乐,以俟君子[⑱]。”

“赤!尔何如?”对曰:“非曰能之,愿学焉。宗庙之事[⑲],如会同[⑳],端章甫[㉑],愿为小相焉[㉒]。”

“点!尔何如?”鼓瑟希[㉓],铿尔[㉔],舍瑟而作[㉕],对曰:“异乎三子者之撰[㉖]。”

子曰:“何伤乎[㉗]?亦各言其志也。”曰:“莫春者[㉘],春服既成,冠者五六人[㉙],童子六七人,浴乎沂[㉚],风乎舞雩[㉛],咏而归。”

夫子喟然叹曰[㉜]:“吾与点也[㉝]!”

三子者出,曾皙后[㉞]。曾皙曰:“夫三子者之言何如?”子曰:“亦各言其志也已矣[㉟]。”曰:“夫子何哂由也?”曰:“为国以礼。其言不让,是故哂之[㊱]。”

“唯求则非邦也与[㊲]?”“安见方六七十如五六十而非邦也者[㊳]?”“唯赤则非邦也与?”“宗庙会同,非诸侯而何?赤也为之小,孰能为之大[㊴]?”

(选自:程树德撰:《论语集释》(第三册),中华书局 1990 年版,第 797~814 页。)

【注释】

① 子路:仲氏,名由,字子路。曾皙:名点,字皙,曾参(曾子)的父亲。冉有:名求,字子由。公西华:公西氏,名赤,字子华。四人均为孔门弟子。侍坐:在孔子身旁陪侍。

② 以吾一日长乎尔,毋吾以也:不要因为我比你们的年龄稍长一些,就拘束着不敢说话。

③ 居:平日。

④ 不吾知:“吾”宾语前置,即“不知吾”,不了解我。

⑤ 如或知尔,则何以哉:如果有人了解你们,那么你们将要怎么治国理政呢?

⑥ 率尔:轻率、急切的样子。

⑦ 千乘(shèng)之国:一千辆兵车。指春秋时期拥有一千辆兵车,面积约一百平方公里的中等规模诸侯国。

⑧ 摄:迫于、夹于。

⑨ 师旅:指战争。师:古代军队组织单位,两千五百人规模。旅:五百人规模。

⑩ 因:接着,接续。饥馑:泛指灾荒。

⑪ 比及:接近,等到。比:近。

⑫ 方:犹“义”,合乎礼义的行为准则。

⑬ 夫子:对孔子的敬称。哂(shěn)之:微笑。

⑭ 何如:怎么样?这句省略了“子曰”,与下文的“赤!尔何如”“点!尔何如”都是孔子的提问。

⑮ 方:方圆,指面积。方六七十:面积为六七十平方公里的小国。

⑯ 如:或者。

⑰ 足民:使百姓衣食富足。

⑱ 如其礼乐,以俟君子:至于礼乐教化的事,不是自己能办到的,要等待君子来处理。这是冉有表示谦逊的话。

⑲ 宗庙:祭祀祖先的地方。宗庙之事:祭祀之事。

⑳ 如:或者。会同:诸侯朝见天子、会盟。

㉑ 端:玄端,古代的礼服。章甫:古代的礼帽。这里用作动词。穿着礼服,戴着礼帽。

㉒ 相(xiàng):宗庙祭祀、诸侯会盟时的赞礼人,司仪。小相:是公西华表示谦逊的话。

㉓ 鼓:用作动词,演奏。希:同“稀”,弹奏瑟的速度放慢,节奏逐渐稀疏,可能是到了乐曲的尾声。也可能是准备回答孔子的问题,暂停演奏。

㉔ 铿而:放下瑟的声音。或说是所演奏乐曲的余音。

㉕ 作:起身,站起来。

㉖ 撰：述说。这句意思是，我和他们三人的志向不同。

㉗ 何伤乎：有什么妨碍呢？

㉘ 莫：同“暮”。莫春：夏历三月。

㉙ 冠（guàn）者：成年人。古代男子二十岁举行冠礼，代表已经成年。

㉚ 沂：水名，在今山东曲阜南。浴乎沂：在水边盥洗头面手足。据《周礼·春官》和应劭《风俗通》记载，古人暮春在水边举办“修禊”和“祓除”仪式。

㉛ 风：用作动词，迎风乘凉。舞雩（yú）：古代求雨祭天，设坛命女巫为舞。

㉜ 喟然：叹息的样子。

㉝ 与：赞同，赞成。

㉞ 后：用作动词，最后出来。

㉟ 也已矣：语气助词连用，罢了。

㊱ 是故：因此。

㊲ 唯：语气词。邦：国。与：同“欤”，吗。这句是曾皙追问孔子的话，难道冉有讲的不是国家的政事吗？

㊳ 安见：哪里见得。

㊴ 孰：谁。这两句意思是，如果公西华只能给诸侯做小相，谁又能做大相呢？

【文本赏析】

相传孔子有弟子三千人，他的门下贤人众多，在《论语》中就曾经提到十位佼佼者：“德行：颜渊，闵子骞，冉伯牛，仲弓。言语：宰我，子贡。政事：冉有，季路。文学：子游，子夏”（《论语·先进》），一般称作“孔门十哲”。子路和冉有是政事科公认的代表人物，二人在鲁国辅佐季孙氏，参见《论语·季氏将伐颛臾》章。曾皙是曾参的父亲，父子均就学于孔子。公西华，名赤，也位列七十二贤人。

在《论语·公冶长》篇中，孔子集中点评过弟子的专长，子路和冉有长于从政：“由也，千乘之国，可使治其赋也，不知其仁也。”“求也，千室之邑、百乘之家，可使为之宰也，不知其仁也。”公西华这位弟子具备优秀的外交才能：

“赤也，束带立于朝，可使与宾客言也。不知其仁也。”

以《论语》全文为背景来对照本章，我们会发现，此处记载的四位弟子与夫子的对话，是颇具文学色彩的。

文章以孔子启发弟子言志开篇，引出弟子们各述志向，最终又以孔子的点评结束。全文结构完整，对话传神，不同弟子的个性均鲜活、生动。

在孔子的启发下，子路率先回答。子路为人质直莽撞，在《论语·先进》篇中就收录了孔子对这位弟子的多个评价，如：“由也喭”“由也升堂矣，未入于室也”。本篇中，子路毫不掩饰地陈述了一番辅政大国的人生理想，这与他一贯的抱负远大、坦诚直率，然而又好勇鲁莽的性格特征十分相符。“夫子哂之”的态度暗示读者，孔子对此了然于胸，他非常了解子路，对其莽撞的态度既表示宽容，同时也有些许不以为然。

冉有第二位发言，目标也聚焦在为政。冉有特别强调，自己在礼乐教化方面不敢擅专。笔者认为有两种可能性：一种可能是他说话有分寸，比较谨慎和谦逊；另一种也可能是他不敢担当，做事有畏缩不前的心理。这个推断的依据是，孔子曾经评价他说“求也退”（《论语·先进》）。“退”的积极面为谨慎，反面便是畏缩。

第三位发言的是公西华，他首先谦虚地说，愿意以学生的身份学习怎样治理国家。其次，表达了做宗庙祭祀、诸侯会盟礼仪官的政治理想，“愿为小相”与他谦逊的态度谐和而统一，称得上言语委婉、辞令典雅。

最后发言的是曾皙，他的回答也是最为出众的。记载这一段语录的文笔也与其他弟子的有所区别。“鼓瑟希，铿尔”，说明曾皙一直在聆听着师生对话，这也从侧面折射出孔门师生座谈的和谐气氛。曾皙放下瑟、站起身回答问题，态度十分郑重、知礼。在他充满诗意的描绘中，人们悠然自得，徜徉天地之间，这幅“浴乎沂，风乎舞雩”的图画既有着浓厚的生活气息，也符合儒家的政治理想。

“兴于诗，立于礼，成于乐。”（《论语·泰伯》）儒家重视礼乐教化的意义,孔子赞同曾皙,可以理解为赞同曾皙所描绘的礼乐教化达成之后的太平盛世图景。

换一个角度来看,“吾与点也”也可以看作孔子出世隐居心态的反映。由《论语》中出现的“饮水曲肱”“浮海居夷”(《论语·述而》:“饭疏食,饮水,曲肱而枕之,乐亦在其中矣。”《论语·公冶长》:“道不行,乘桴浮于海。”《论语·子罕》:“子欲居九夷。或曰:‘陋,如之何?’子曰:‘君子居之,何陋之有?’”)等语录看来,其喟叹既表现出对曾皙的赞许,也蕴含着对出世隐居的向往之情。

【思考练习】

1. 根据本文内容概括这几位孔门弟子的人生理想。
2. 通过“各言其志”能够看出这几人分别具有怎样的性格特征?
3. 结合你对孔子思想的理解,谈一谈:为什么孔子说“吾与点也”?

【拓展阅读】

孔子世家第十七

太史公曰:《诗》有之:“高山仰止,景行行止。”虽不能至,然心向往之。余读孔氏书,想见其为人。适鲁,观仲尼庙堂车服礼器,诸生以时习礼其家,余祗回留之不能去云。天下君王至于贤人众矣,当时则荣,没则已焉。孔子布衣,传十余世,学者宗之。自天子王侯,中国言《六艺》者折中于夫子,可谓至圣矣!

(选自:司马迁撰:《史记》(第六册),中华书局 1959 年版,第 1947 页。)

长沮桀溺耦而耕章

长沮、桀溺耦而耕[①],孔子过之,使子路问津焉[②]。

长沮曰:“夫执舆者为谁[③]?”子路曰:“为孔丘。”曰:“是鲁孔丘与[④]?”曰:“是也。”曰:“是知津矣[⑤]。”

问于桀溺。桀溺曰:“子为谁?”曰:“为仲由。”曰:“是鲁孔丘之徒与?”对曰:“然。”曰:“滔滔者天下皆是也[⑥],而谁以易之[⑦]? 且而与其从辟人之士也[⑧],岂若从辟世之士哉[⑨]?”耰而不辍[⑩]。

子路行以告。夫子怃然曰[⑪]:“鸟兽不可与同群,吾非斯人之徒与而谁与[⑫]? 天下有道,丘不与易也[⑬]。”

(选自:程树德撰:《论语集释》(第四册),中华书局 1990 年版,第 1265~1270 页。)

【注释】

① 长沮、桀溺:不是真实姓名,这里是用在泥水中耕作的两人外形来形容,其真实姓名和身世不详。耦而耕:两人合力耕作。

② 津:渡口。

③ 夫:那个。执舆者:执辔者,拿着马缰绳的人。

④ 与:同“欤”,吗。

⑤ 是:代词,这。这人知道渡口在哪里。这是两位隐士讥讽孔子周游列国,应熟知道路,不用询问他人。

⑥ 滔滔者:大水奔流的样子,这里指纷乱的时代。

⑦ 而:你。谁以:“以谁”的倒装,与谁。易:改变现实,变革。这句意思是,你和谁去改变乱世呢?

⑧ 从:跟随。辟:同“避”。辟人之士:指孔子。孔子遇到思想不合的人,往往避开。

⑨ 岂:哪里。若:如,比得上。辟世之士:指隐士,这里是二人自喻。

⑩ 耰:农具,形状像榔头。用作动词,用农具击碎土块,覆盖种子。辍:停止。

⑪ 怃(wǔ)然:怅然若失的样子。

⑫ 斯:这。

⑬ 天下有道,丘不与易也:天下如果太平的话,我就不用参与变革的工作了。

【文本赏析】

本文选自《论语·微子》篇,全篇共十一章,主要讨论了孔子的政治思想以及仕与隐的关系等内容。以《论语·微子》篇为背景扩展阅读,综合《论语》相关内容,有助于我们理解孔子以及后世的儒家学者如何看待出处行藏这一重要问题。

《论语·微子》开篇引述孔子对微子、箕子、比干的评价,"微子去之,箕子为之奴,比干谏而死""殷有三仁焉"是孔子给予三人的赞誉。即,孔子认为在乱世选择归隐的微子不失为仁人,其行为是符合"仁"之标准的。

《论语·微子》篇第二条评柳下惠。柳下惠做典狱官接连三次被罢免,孔子说:"直道而事人,焉往而不三黜?枉道而事人,何必去父母之邦?"即,君子按照正道侍奉君主,必然会遭遇贬谪乃至罢黜。反之,那些青云直上、名利双收的人不过是逢迎奉承的谄谀之徒罢了。

从这两条语录不难看出,在礼崩乐坏的春秋时代,孔子逆潮流而动,办私学、游列国,不遗余力地宣传儒家救世主张,"知其不可而为之"(《论语·宪问》)。然而,终其有生之年,大志未成,四处碰壁,乃至被侮为"丧家之狗"(《史记·孔子世家》:孔子适郑,与弟子相失,孔子独立郭东门。郑人或谓子贡曰:"东门有人,其颡似尧,其项类皋陶,其肩类子产,然自要以下不及禹三寸。累累若丧家之狗。"子贡以实告孔子。孔子欣然笑曰:"形状,末也。而谓似丧家之狗,然哉!然哉!")。由此看来,孔子效法许由、夷、齐、微子等先贤,萌生归隐之意也是事有必至、理有固然的。《论语·述而》篇记载,孔子曾对颜渊说过:"用之则行,舍之则藏,惟我与尔有是夫!"综上,可以说,孔子自身有归隐的心理动机,同时,他对高蹈出世的隐士也是理解和具有认同感的。

由此出发,再来看"问津"故事,也许能够获得一些新的认识。

本选文共分四段。第一段短小精悍,用三句话交代了故事的起因、地点以及人物。显然,长沮、桀溺是就其劳作的姿态和身体外形所起的代称。由第二段和第三段两人充满智慧的语句看来,其真正身份绝不是普通农夫,大约是不满黑暗现实、"游戏污渎之中自快,无为有国者所羁"(《史记·老子韩非列传》评价庄子语)的隐逸之士。

他们避居于风尘之外,摈弃名利、洁身自好。虽然选择了归隐,却不完全隔绝人世,而是对时代动向有所关注。因此,当听说问路人是孔子时,两人以"是知津矣"巧妙地回复。这句话含有两层意思,一是,两人对孔子周游天下,孜孜以求的人生态度不甚认同,故而语带讥讽。另外一层是,天下滔滔,追名逐利,孔子又哪里能找到一起救世的君王呢?隐士们试图启发并说服孔子及弟子改弦更张,与自己同归山林。

第四段记叙孔子的感慨,并昭示其人格操守。孔子一贯安贫乐道,享受疏食、饮水、曲肱之乐,也怀有浮海、居夷之思。然而,孔子虽久处逆境,但其拯民于水火、心忧天下的抱负从来不曾变改。"岁寒,然后知松柏之后凋也"(《论语·子罕》),不畏艰险、勇毅前行,造福社会是儒家思想的精髓,也是儒家留给后人的精神财富。闻言"怃然"的孔子,从人格操守看,其形象更为伟岸;从文学笔法看,其人物更为丰满。

需要补充说明的是,我们赞赏孔子的入世理想,并不意味着要批评或贬低隐士群体。这既不符合本文主旨,也与孔子的态度相左。从长沮、桀溺出发,读者倒可以打开思路,一瞥隐逸之士群像。比如同在《论语·微子》篇的楚狂接舆、荷蓧丈人,《楚辞》中的渔父,乃至《史记》传记中出现的侯嬴、朱亥、毛公、薛公、商山四皓、黄石公等人。清人姚祖恩对隐士群体的评价至为精当,也引人遐思:"乱离之际,老死无闻。黄鹄高飞,冥鸿何慕。风尘之外,可胜道哉!"(《史记菁华录》)

【思考练习】

1. 文中的“长沮”和“桀溺”是否为两人真实姓名？为什么？

2. 解释“岂若从辟世之士哉”的深层含义。

3. 孔子为什么“怃然”？结尾所说的话表现了孔子怎样的精神境界？

【拓展阅读】

楚狂接舆章

楚狂接舆歌而过孔子曰:“凤兮凤兮！何德之衰？往者不可谏,来者犹可追。已而,已而！今之从政者殆而。”

孔子下,欲与之言。趋而辟之,不得与之言。

(选自:程树德撰:《论语集释》(第四册),中华书局 1990 年版,第 1261~1264 页。)

子路从而后章

子路从而后,遇丈人,以杖荷蓧。子路问曰:“子见夫子乎?”丈人曰:“四体不勤,五谷不分,孰为夫子?”植其杖而芸。

子路拱而立。

止子路宿,杀鸡为黍而食之,见其二子焉。明日,子路行以告。子曰:“隐者也!”使子路反见之,至,则行矣。

子路曰:“不仕无义。长幼之节,不可废也;君臣之义,如之何其废之?欲洁其身,而乱大伦。君子之仕也,行其义也。道之不行,已知之矣。”

(选自:程树德撰:《论语集释》(第四册),中华书局 1990 年版,第 1272~1277 页。)

孟子

孟子(约前372—前289年),名轲,字子舆,战国时邹(今山东邹城东南)人。孟子与孔子并称“孔孟”,是孔子之后儒家学派的代表人物。他自称受业于子思子(孔伋,孔子之孙)之门人(《史记·孟子荀卿列传》),对孔子备极尊崇。

孟子宣扬“王道”“仁政”,提出“民贵君轻”思想,希望在诸侯中能够选出一位仁君。为了实现政治抱负,他带着弟子游历齐、宋、滕、魏、鲁等国,前后有二十多年,一生力图将儒家的政治理论和治国理念推行于天下。然而当时列国诸侯大多崇尚霸权,连年征伐混战,认为他的主张不切实际,不予采纳。孟子晚年回到故乡,专心从事教育和著述,写成《孟子》一书。

《孟子》共七篇十四卷:《梁惠王》上、下卷;《公孙丑》上、下卷;《滕文公》上、下卷;《离娄》上、下卷;《万章》上、下卷;《告子》上、下卷;《尽心》上、下卷。孟子善于辩论,善用譬喻,他的文章风格恣肆,感情奔放,行文气势磅礴,对后世散文影响很大。

宋代时,《孟子》被列入经部,朱熹将《孟子》与《论语》《大学》《中庸》合在一起,并为之做集注,即《四书集注》。现在通行的注本有汉赵岐注、宋孙奭疏《孟子注疏》(《十三经注疏》本),清焦循《孟子正义》等。

齐桓晋文之事章[1]

齐宣王问曰[2]："齐桓、晋文之事可得闻乎[3]？"孟子对曰："仲尼之徒无道桓、文之事者[4]，是以后世无传焉[5]。臣未之闻也。无以[6]，则王乎[7]？"曰："德何如，则可以王矣？"曰："保民而王[8]，莫之能御也[9]。"曰："若寡人者，可以保民乎哉？"曰："可。"曰："何由知吾可也？"曰："臣闻之胡龁曰[10]：'王坐于堂上，有牵牛而过堂下者，王见之，曰："牛何之[11]？"对曰："将以衅钟[12]。"王曰："舍之！吾不忍其觳觫[13]，若无罪而就死地[14]。"对曰："然则废衅钟与[15]？"曰："何可废也？以羊易之！"'不识有诸[16]？"曰："有之。"曰："是心足以王矣。百姓皆以王为爱也[17]，臣固知王之不忍也。"王曰："然。诚有百姓者[18]。齐国虽褊小[19]，吾何爱一牛？即不忍其觳觫，若无罪而就死地，故以羊易之也。"曰："王无异于百姓之以王为爱也[20]。以小易大，彼恶知之[21]？王若隐其无罪而就死地[22]，则牛羊何择焉[23]？"王笑曰："是诚何心哉[24]？我非爱其财。而易之以羊也，宜乎百姓之谓我爱也[25]。"曰："无伤也[26]，是乃仁术也[27]，见牛未见羊也。君子之于禽兽也，见其生，不忍见其死；闻其声，不忍食其肉。是以君子远庖厨也[28]。"王说曰："《诗》云：'他人有心，予忖度之[29]。'夫子之谓也。夫我乃行之，反而求之，不得吾心。夫子言之，于我心有戚戚焉[30]。此心之所以合于王者，何也？"曰："有复于王者曰[31]：'吾力足以举百钧[32]'，而不足以举一羽；明足以察秋毫之末[33]，而不见舆薪[34]，则王许之乎[35]？"曰："否。""今恩足以及禽兽，而功不至于百姓者，独何与？然则一羽之不举，为不用力焉；舆薪之不见，为不用明焉；百姓之不见保[36]，为不用恩焉。故王之不王，不为也，非不能也。"曰："不为者与不能者之形何以异[37]？"曰："挟太山以超北海[38]，语人曰：'我不能'，是诚不能也。为长者折枝[39]，语人曰[40]：'我不能'，是不为也，非不能也。故王之不王，非挟太山以超北海之类也；王之不王，是折枝之类也。老吾老，以及人之老；幼吾幼，以及人之幼[41]。天下可运于掌[42]。《诗》云：'刑于寡妻,至于兄弟,以御于家邦[43]。'言举斯心加诸彼而已[44]。故推恩足以保四海,不推恩无以保妻子。古之人所以大过人者 无他焉[45],善推其所为而已矣。今恩足以及禽兽,而功不至于百姓者,独何与?权[46],然后知轻重;度[47],然后知长短。物皆然,心为甚。王请度之。抑王兴甲兵[48],危士臣[49],构怨于诸侯[50],然后快于心与[51]?"王曰:"否。吾何快于是?将以求吾所大欲也[52]。"曰:"王之所大欲可得闻与?"王笑而不言。曰:"为肥甘不足于口与[53]?轻暖不足于体与[54]?抑为采色不足视于目与[55]?声音不足听于耳与?便嬖不足使令于前与[56]?王之诸臣皆足以供之,而王岂为是哉?"曰:"否。吾不为是也。"曰:"然则王之所大欲可知已。欲辟土地,朝秦楚[57],莅中国而抚四夷也[58]。以若所为求若所欲,犹缘木而求鱼也[59]。"王曰:"若是其甚与[60]?"曰:"殆有甚焉[61]。缘木求鱼,虽不得鱼,无后灾。以若所为,求若所欲,尽心力而为之,后必有灾。"曰:"可得闻与?"曰:"邹人与楚人战,则王以为孰胜?"曰:"楚人胜。"曰:"然则小固不可以敌大,寡固不可以敌众,弱固不可以敌强。海内之地方千里者九[62],齐集有其一。以一服八,何以异于邹敌楚哉?盖亦反其本矣[63]。今王发政施仁,使天下仕者皆欲立于王之朝[64],耕者皆欲耕于王之野,商贾皆欲藏于王之市[65],行旅皆欲出于王之涂[66],天下之欲疾其君者皆欲赴诉于王[67]。其若是,孰能御之[68]?"王曰:"吾惛[69],不能进于是矣[70]。愿夫子辅吾志[71],明以教我。我虽不敏[72],请尝试之。"曰:"无恒产而有恒心者[73],惟士为能。若民,则无恒产,因无恒心。苟无恒心,放辟邪侈[74],无不为已。及陷于罪,然后从而刑之,是罔民也[75]。焉有仁人在位,罔民而可为也?是故明君制民之产[76],必使仰足以事父母,俯足以畜妻子[77],乐岁终身饱[78],凶年免于死亡[79]。然后驱而之善[80],故民之从之也轻[81]。今也制民之产,仰不足以事父母,俯不足以畜妻子,乐岁终身苦,凶年不免于死亡。此惟救死而恐不赡[82],奚暇治礼义哉[83]?王欲行之,则盍反其本矣[84]!五亩之宅[85],树之以桑,五十者可以衣帛矣[86];鸡豚狗彘之畜[87],无失其时,七十者可以食肉矣;百亩之田[88],勿夺其时,八口之家可以无饥矣;谨庠序之教[89],申之以孝悌之义[90],颁白者不负戴于道路矣[91]。

老者衣帛食肉,黎民不饥不寒[92],然而不王者,未之有也。”

(选自:朱熹撰:《四书章句集注》,中华书局 1983 年版,第 207~212 页。)

【注释】

① 选自《孟子·梁惠王上》,题目是编者加的。齐桓,即齐桓公(?—前 643 年),名小白。春秋时齐国国君。晋文,即晋文公(前 697—前 628 年),名重耳。春秋时晋国国君。两人先后称霸,为诸侯盟主。

② 齐宣王(?—前 301 年):田氏,名辟疆,战国时齐国国君,前 320—前 301 年在位,齐威王之子。

③ 齐桓、晋文之事可得闻乎:宣王有志效法齐桓、晋文称霸诸侯,故以此问孟子。

④ 道:说。儒家学者宣扬仁政,以尧、舜、禹、汤等先王为榜样,反对霸道,所以孟子这样回答。

⑤ 传:传述。

⑥ 已:停止。无已:不停止。

⑦ 王(wàng):用作动词,指用王道(仁政)统一天下。

⑧ 保:安抚,安定。

⑨ 御:抵御,阻挡。莫之能御:没有人能抵御他。

⑩ 胡龁(hé):齐王身边的近臣。

⑪ 之:往,到……去。

⑫ 衅(xìn)钟:用牲畜的血涂在钟的缝隙中来祭神求福。

⑬ 觳(hú)觫(sù):恐惧的样子。

⑭ 就:接近,走向。

⑮ 废:放弃。

⑯ 识:知道。诸:“之乎”的合音。

⑰ 爱:吝啬。

⑱ 诚:的确,确实。

⑲ 褊(biǎn)小:土地面积狭小。

⑳ 无异:不要感到奇怪。

㉑ 恶(wū):哪里,如何。

㉒ 隐:心里难过,哀怜。

㉓ 何择:有什么分别。

㉔ 是:这。

㉕ 宜:应当。乎:表示感叹。

㉖ 无伤:没有什么妨碍,此指没有什么关系。

㉗ 仁术:仁爱之道,实施仁政的途径。

㉘ 庖厨:这里指厨房。

㉙ 忖(cǔn)度(duó):揣测。他人有心,予忖度之:引用《诗经·小雅·巧言》,他人有想法,我可以推测。

㉚ 戚戚:心动的样子,指有同感。

㉛ 复:报告。

㉜ 钧:三十斤为一钧。

㉝ 明:视力。秋毫之末:鸟兽秋天生出的绒毛的尖端,比喻极其细小的东西。

㉞ 舆:车。薪:烧柴。

㉟ 许:赞同。王许之乎:大王同意吗?

㊱ 见:被。见保:受到保护或安抚。

㊲ 形:具体的表现。异:区别。

㊳ 挟(xié):夹在腋下。太山:泰山。超:跳过。北海:指齐国北边的渤海。

㊴ 枝:通"肢",肢体。折枝:指按摩。一说是折树枝。均指比较容易办到的事情。

㊵ 语:用作动词。对人说。

㊶ 老吾老:第一个"老"字作动词用,尊敬;第二个"老"字作名词用,老人。下句"幼吾幼"句法相同。

㊷ 运于掌:在手掌上运转,比喻称王天下很容易办到。

㊸ 刑:同"型",用作动词,以身作则。寡妻:寡德之妻,指国君的正妻。御:治理。家邦:卿大夫之家和诸侯天子之国。刑于寡妻,至于兄弟,以御于家邦:引用《诗经·大雅·思齐》,给妻子作好榜样,推及兄弟,以此德行来治理国家。

㊹ 言举斯心加诸彼而已:就是说把你这种爱自己人的心,推广到别人罢了。这是孟子总结的话。

㊺ 大过:大大超过。

㊻ 权:秤锤,用作动词,指用秤称量。

㊼ 度(duó):衡量。

㊽ 抑:还是。兴甲兵:发动战争。

㊾ 危士臣:使士卒和臣子受到危害。

㊿ 构怨:结仇。

(51) 快:畅快。

(52) 所大欲:最想得到的东西。

(53) 肥甘:肥美香甜的食物。

(54) 轻暖:轻柔暖和的衣裘。

(55) 采:同"彩"。采色:绚丽的颜色。

(56) 便(pián)嬖(bì):宠幸亲近的人。

(57) 朝:使……称臣、朝见。莅(lì):居高临下、统治。

(58) 抚:安抚,使……归顺。四夷:称呼带有轻蔑意味,指四方的少数民族政权。

(59) 缘木而求鱼:爬到树上去捉鱼,比喻不可能达到目的。

(60) 若是:如此。甚:厉害。若是其甚与:有这样厉害吗?

(61) 殆:恐怕,大概。

(62) 方千里者九:海内有九倍方圆千里的土地。

(63) 盖:同"盍"(hé),何不,为什么不呢。

(64) 仕者:做官的人。

(65) 藏:储存。

(66) 行旅:外出的人。涂:同"途",道路。疾:痛恨。

(67) 诉:告诉。

(68) 御:阻拦,阻挡。

(69) 惛:同"昏",思想昏乱,糊涂。

(70) 进:进一步。

⑺ 辅吾志：帮助（实现）我的愿望。

⑿ 不敏：不聪慧。

⒀ 恒产：可以维持生活的固定财产。

⒁ 放：放纵。辟：同“僻”，不正。侈：过度。放辟邪侈：放纵而不遵守礼仪法度。

⒂ 罔：同“网”，用作动词。罔民：张开罗网陷害百姓。

⒃ 制：规定。

⒄ 畜：同“蓄”，抚养，抚育。

⒅ 乐岁：丰收的年头。

⒆ 凶年：荒年。

⒇ 驱：督促，驱使。之：往，到。

㉑ 轻：容易。

㉒ 赡（shàn）：足，及。

㉓ 奚：何，哪里。

㉔ 盍（hé）：何不，为什么不。

㉕ 五亩之宅：五亩大的住宅。古时五亩合现在一亩二分多。

㉖ 衣：穿。帛：丝织品。

㉗ 豚（tún）：小猪。彘（zhì）：大猪。

㉘ 百亩之田：相传周代实行井田制，一个男丁可以分到一百亩土地。

㉙ 谨：重视。庠（xiáng）序：学校的名称。周代叫庠，殷代叫序。

㉚ 申：反复教导。

㉛ 颁：同“斑”。颁白者：头发半白半黑的老人。负：背着东西。戴：顶着东西。

㉜ 黎民：黑头发的民众。这里指少壮者，与上文老者对举。

【文本赏析】

本文是孟子的代表作。孟子受业于子思子的门人，他继承并发扬了孔子思想，提出仁政学说，并以此游说君王，宣扬“王道”。然而，孟子学说与当时天下大势相违背，“当是之时，秦用商君，富国强兵；楚、魏用吴起，战胜弱敌；

齐威王、宣王用孙子、田忌之徒,而诸侯东面朝齐”(《史记·孟子荀卿列传》)。本文中孟子和齐宣王的对话就是在这个背景下展开的。

齐宣王醉心于“霸道”,崇尚功伐,好战、好利,追求速效。“齐桓、晋文之事可得闻乎”,开篇齐宣王之问暴露了他急功近利的心理需求。

孟子对宣王的意图心领神会。他巧妙地转移话题,以不了解“桓文之事”“后世无传”荡开一笔,自然地引出“王道”主题。

从齐宣王请教“德何如,则可以王矣”,文章开始进入了孟子的逻辑。孟子从容地游说宣王,抛出观点“保民而王”。接下来,他并没有进行枯燥的说教,而是主动谈起衅钟之事。通过分析得出结论,齐宣王“以羊易牛”并非百姓揣测的吝啬之举,而是“不忍人之心”在发挥作用。这种天性的善,若加以阐发、发扬光大,也便是“仁政”的基础。这一番引导,宣王“心有戚戚焉”,对孟子接下来的论述产生了极大的兴趣。以上是论证“保民而王”的第一个层次,即宣王具备“不忍人之心”。

接下来,孟子巧妙地指出,齐宣王行仁政并非没有能力,而是没有采取行动。他用了一组充满寓言意味的比喻,得出结论:推行“王道”是“不为也,非不能也”。孟子以“挟太山以超北海”和“为长者折枝”两个比喻对举,直观地展现出不能和不为的差异。就执政而言,齐宣王仅需要在自己能力范围内最大限度地“推恩”,就可以实现“王道”。以上是论证“保民而王”的第二个层次,即宣王可以通过发扬仁者之心,采取实际行动来实现“王道”。

文章的第二部分从反面来论证,“兴甲兵,危士臣,构怨于诸侯”列举了攻伐的种种害处。齐宣王不得不承认,他发动战争是为了实现“大欲”,得到最想要的东西。孟子追问“大欲”所指,齐宣王“笑而不言”。这四字刻画出了宣王醉心于霸道,在听了孟子宣教之后有所醒悟,欲对本心加以掩饰,言辞闪烁的态度。

为了击碎宣王的霸道幻想,孟子用“缘木求鱼”来比喻,提醒齐宣王,想要实现君临天下的理想,需要选择正确的道路,否则只会南辕北辙、贻笑大方。如果齐宣王能够“发政施仁”,天下人都会亲附。若是赢得了最广泛的民心,谁又能抵御这样的政权呢。

这一番描述打动了齐宣王,他终于不再摆架子,而是谦虚地向孟子请教施政方针,愿意付诸行动。于是,孟子水到渠成地阐述了自己的政治构想:“制民之产”和“谨庠序之教”。这套方案与《论语》提出的“庶之、富之、教之”(《论语·子路》:子适卫,冉有仆,子曰:“庶矣哉!”冉有曰:“既庶矣,又何加焉?”曰:“富之。”曰:“既富矣,又何加焉?”曰:“教之。”)内涵相同。即,增长人口数量,提高百姓生活水平,重视礼义和教化。做到以上几点,老百姓自然会如百川入海一般归附,成就“孰能御之”之势。这一幅王道乐土的美好画卷正是孟子一生的追求,是他民本治国理念的形象表现。这种思想虽然在当时历史环境下不能获得广泛推行,但是其卓越的思想价值和为民请命的精神是值得肯定的。

从文章技巧上来说,本文也体现了孟子散文的典范特征。其文论点清晰、逻辑严密、说理充分、气势磅礴。本文的譬喻很多,形象而生动,如,“‘吾力足以举百钧’,而不足以举一羽”“明足以察秋毫之末,而不见舆薪”“挟太山以超北海”“为长者折枝”“缘木求鱼”“邹人与楚人战”等,虽然带有寓言性质和夸张特征,却又显得合乎情理,具有强烈的代入感和真实感。

【思考练习】

1. 本文中孟子阐述了哪些观点?
2. 列举孟子“保民而王”的施政纲领。
3. 结合本文总结孟子的散文风格。

【拓展阅读】

天时不如地利，地利不如人和章

天时不如地利，地利不如人和。三里之城，七里之郭，环而攻之而不胜。夫环而攻之，必有得天时者矣；然而不胜者，是天时不如地利也。城非不高也，池非不深也，兵革非不坚利也，米粟非不多也；委而去之，是地利不如人和也。故曰：域民不以封疆之界，固国不以山溪之险，威天下不以兵革之利。得道者多助，失道者寡助。寡助之至，亲戚畔之；多助之至，天下顺之。以天下之所顺，攻亲戚之所畔；故君子有不战，战必胜矣。

（选自：朱熹撰：《四书章句集注》，中华书局 1983 年版，第 241 页。）

生于忧患死于安乐章①

舜发于畎亩之中②，傅说举于版筑之间③，胶鬲举于鱼盐之中④，管夷吾举于士⑤，孙叔敖举于海⑥，百里奚举于市⑦。故天将降大任于是人也⑧，必先苦其心志，劳其筋骨，饿其体肤，空乏其身⑨，行拂乱其所为⑩，所以动心忍性⑪，曾益其所不能⑫。人恒过⑬，然后能改；困于心⑭，衡于虑⑮，而后作⑯；征于色⑰，发于声，而后喻⑱。入则无法家拂士⑲，出则无敌国外患者⑳，国恒亡。然后知生于忧患而死于安乐也㉑。

（选自：朱熹撰：《四书章句集注》，中华书局 1983 年版，第 348 页。）

【注释】

① 选自《孟子·告子下》，篇名是后加的。

② 发：起用。畎：田间的水沟。亩：田垄。畎亩：泛指田野。据说舜在历山耕田，三十岁

时被尧推举出来。

③ 傅说：殷高宗武丁的相。举：被选拔。版：筑土墙用的夹板。筑：捣土用的杵。据说傅说在傅岩为别人筑墙，后来武丁就命他以傅为氏。

④ 胶鬲：最初贩鱼盐，后来被周文王推荐给商纣。

⑤ 管夷吾：管仲。齐国内乱时，管仲辅佐公子纠奔鲁，鲍叔牙辅佐公子小白奔莒。齐襄公死后，二位公子归国争位。小白先行回国，即位为齐桓公。公子纠被杀，管仲做了俘虏。后来鲍叔牙举荐他担任齐桓公的相。士：狱官。举于士：在狱官手里放出来被任用。

⑥ 孙叔敖：春秋时楚庄王的国相。举于海：他在隐居的海滨被举荐出来。

⑦ 百里奚：春秋时虞国大夫。晋献公灭虞，百里奚被俘，作为陪嫁奴隶被送到秦国。后百里奚逃离秦国流落到楚国放牛，终被秦穆公用五张黑羊皮赎买到秦国，称“五羖大夫”，辅佐秦穆公称霸西戎。举于市：从奴隶市场上被拔擢。

⑧ 大任：重大的任务。

⑨ 空乏：使资财缺乏，遭受贫穷之苦。

⑩ 行：行为。拂：违背。乱：扰乱。所为：想要做的。

⑪ 忍：使……坚忍。

⑫ 曾（zēng）：增加。益：增加。其所不能：他本来不能做到的。

⑬ 恒：经常。过：错，这里指犯错误。

⑭ 困：苦。困于心：苦苦思索。

⑮ 衡：同“横”，横亘，阻塞。

⑯ 作：奋起，有所作为。

⑰ 征：表现出来。色：脸色。

⑱ 喻：明白。

⑲ 入：国内。法家：讲究法度的臣子。拂（bì）：同“弼”，匡正过错。

⑳ 出：国外。敌国：力量匹敌的强国。

㉑ 生于忧患：忧患使人振奋进步，生生不息。死于安乐：安乐使人怠慢消沉，走向灭亡。

【文本赏析】

本文是一篇论证严密、雄辩有力的议论文。开篇气势恢宏，孟子按历史次序列举了六位先贤，从五帝时代受禅的虞舜；到殷高宗、周文王之重臣傅说和胶鬲，再到辅佐齐桓公、楚庄王、秦穆公称霸的管仲、孙叔敖、百里奚三贤，他们大多经历生死考验，面对过家国兴亡的危机。这六位贤才凭借超群的意志力，在忧患的环境中坚守，展现出强大的韧性，迸发出巨大的能量，最终既实现了个人理想，也推动着历史车轮滚滚向前。

孟子用以上六例论证忧患激发出的生命力和创造力，铿锵有力、振聋发聩。接下来，便自然地推出结论：怀抱理想志趣的人在面对考验时，不会怨天尤人，而是以前贤为榜样，把磨难当作历练。心绪的苦恼、筋骨的劳累、饥饿的煎熬、贫困的处境以及行动的不遂，都可转化为对意志的激励和锤炼，最终使性情变得坚韧，能力获得突破，进而扭转逆境、战胜自我。老子所说"自胜者强"（《道德经》），便是这类意思。

下一段，孟子从反面展开论证。就个人而言，犯了错误之后才能改正；遭遇了困惑和阻塞才能激起奋发的力量；脸色和语言有所变化，才能被人所知。就国家来说，国内需要坚守法度的大臣和辅佐君王的贤士；国外需要实力相当的敌对国家来制造祸患。如果缺乏了内在的支持与外在的刺激，国家常常会失去方向，乃至走向灭亡。文末归纳得出中心论点："生于忧患，死于安乐。"这里的生和死并非基于物理意义，而是具有鲜明的精神属性。孟子告诉我们，人生的困境在所难免，生命的意义和价值在拼搏中才能得到实现。耽于享乐、意志薄弱的个人和国家不会迎来光明，在忧患境遇中矢志不渝、坚韧而奋进者能够得偿夙愿，这也确乎是被古今中外的史实证明了的。即便就文学的范畴来说，"生于忧患"也具有真理属性，太史公司马迁惨遭宫刑后忍辱负重、"发愤著书"；屈原、杜甫、曹雪芹这样的大文豪"九死不悔""穷而后工""满纸荒唐言，一把辛酸泪"；就连"齐天大圣"孙悟空也要沉心潜志，随着师傅西天取经，历经"九九八十一难"方成正果。

就散文成就而言，全文运用类推的方法说明道理，结构清晰，论证严谨有力，观点掷地有声，笔法影响深远。清代吴闿生《重订孟子文法读本》说："通体盘旋,为末二句蓄势,章法极奇,贾生《过秦》所自出。”

【思考练习】

1. 孟子引述了哪些“生于忧患”的先贤?
2. 阐述“生于忧患死于安乐”的内涵。
3. 论述孟子忧患意识的价值和意义。

【拓展阅读】

孟　子　传

太史公曰:余读孟子书,至梁惠王问“何以利吾国”,未尝不废书而叹也。曰:嗟乎,利诚乱之始也!夫子罕言利者,常防其原也。故曰“放于利而行,多怨”。自天子至于庶人,好利之弊何以异哉!

孟轲,邹人也。受业子思之门人。道既通,游事齐宣王,宣王不能用。适梁,梁惠王不果所言,则见以为迂远而阔于事情。当是之时,秦用商君,富国强兵;楚、魏用吴起,战胜弱敌;齐威王、宣王用孙子、田忌之徒,而诸侯东面朝齐。天下方务于合从连衡,以攻伐为贤,而孟轲乃述唐、虞、三代之德,是以所如者不合。退而与万章之徒序《诗》《书》,述仲尼之意,作《孟子》七篇。

(选自:司马迁撰:《史记》,中华书局 1959 年版,第 2343 页。)

鱼我所欲也章

鱼,我所欲也;熊掌,亦我所欲也,二者不可得兼,舍鱼而取熊掌者也。生,亦我所欲也;义,亦我所欲也,二者不可得兼,舍生而取义者也。生亦我所欲,所欲有甚于生者,故不为苟得也;死亦我所恶,所恶有甚于死者,故患有所不辟也。如使人之所欲莫甚于生，则凡可以得生者，何不用也？使人之所恶莫甚于死者，则凡可以辟患者，何不为也？由是则生而有不用也，由是则可以辟患而有不为也。是故所欲有甚于生者，所恶有甚于死者，非独贤者有是心也，人皆有之，贤者能勿丧耳。一箪食，一豆羹，得之则生，弗得则死。呼尔而与之，行道之人弗受；蹴尔而与之，乞人不屑也。万钟则不辩礼义而受之。万钟于我何加焉！为宫室之美、妻妾之奉、所识穷乏者得我与？乡为身死而不受，今为宫室之美为之；乡为身死而不受，今为妻妾之奉为之；乡为身死而不受，今为所识穷乏者得我而为之，是亦不可以已乎？此之谓失其本心。

（选自：朱熹撰：《四书章句集注》，中华书局 1983 年版，第 332~333 页。）

庄子

庄子(约前369—约前286年),名周,战国时宋国蒙(今河南商丘东北)人。庄子崇尚自由、淡泊名利,仅做过宋国地方的漆园吏,与梁惠王、齐宣王同时。

庄子是著名的思想家,与老子并称“老庄”。他也是杰出的文学家,“著书十余万言,大抵率寓言也”(《史记·老子韩非列传》)。他的文章构思精妙、想象奇特,语言纵横恣肆、灵活多变,善于用引人入胜的寓言表达精微深奥的哲理,后世学者在思想、文学风格、文章体制、写作技巧上多受其影响。

《庄子》一书约成于先秦时期,《汉书·艺文志》著录“《庄子》五十二篇”。今本《庄子》仅三十三篇:其中内篇七、外篇十五、杂篇十一。一般认为内篇是庄子所写,外篇和杂篇或为庄子的弟子追记。

《庄子》比较通行的版本有晋郭象注、清郭庆藩《庄子集释》(《新编诸子集成》本)。

五石之瓠[①]

惠子谓庄子曰[②]:“魏王贻我大瓠之种[③],我树之成而实五石[④],以盛水浆,其坚不能自举也。剖之以为瓢,则瓠落无所容[⑤]。非不呺然大也[⑥],吾为其无用而掊之[⑦]。”

庄子曰:“夫子固拙于用大矣。宋人有善为不龟手之药者[⑧],世世以洴澼絖为事[⑨]。客闻之,请买其方百金。聚族而谋曰:‘我世世为洴澼絖,不过数金;今一朝而鬻技百金[⑩],请与之。’客得之,以说吴王[⑪]。越有难[⑫],吴王使之将[⑬],冬与越人水战,大败越人,裂地而封之。能不龟手,一也;或以封[⑭],或不免于洴澼絖,则所用之异也。今子有五石之瓠,何不虑以为大樽而浮乎江湖[⑮],而忧其瓠落无所容?则夫子犹有蓬之心也夫[⑯]!”

(选自:郭庆藩撰:《庄子集释》(第一册),中华书局1961年版,第36~37页。)

【注释】

① 选自《逍遥游》,篇名是后加的。

② 惠子:惠施,庄子的朋友,战国时期名家思想家,曾做过魏国相。

③ 贻:赠送。瓠(hù):葫芦。

④ 树:培植。实:容纳。石:古代重量单位,一石相当于一百二十斤。

⑤ 瓠落:廓落,大而平浅的样子。无所容:没有可以容纳的东西。

⑥ 呺(xiāo)然:空空的样子。

⑦ 掊(pǒu):打破,击破。

⑧ 为:配制。龟(jūn):同“皲”,皮肤冻裂,下同。不龟手之药:防止冻伤的药。

⑨ 洴(píng)澼(pì):漂洗。絖(kuàng):同“纩”,絮衣服的细丝绵。

⑩ 鬻(yù):卖。

⑪ 说(shuì):游说。

⑫ 难(nàn):发动军事行动。越有难:指越国入侵吴国。

⑬ 将(jiàng):率领军队。

⑭ 或:有的人。

⑮ 虑:打结捆缚。一说同“摅”(shū),挖空的意思。樽:腰舟,形如酒器,可以捆在腰间漂浮在水上。

⑯ 蓬:茎叶不直的草。一说同“蒙”,蒙蔽之意。蓬之心:蓬心,比喻不能通达,或所有蒙蔽。

【文本赏析】

本文选自《逍遥游》,《逍遥游》是《庄子》的第一篇,集中体现了庄子的哲学思想。理解本文需要以《逍遥游》全篇为背景进行考察。

《逍遥游》开篇到"至人无已,神人无功,圣人无名"为第一部分。庄子用鲲鹏之化、蜩与学鸠、朝菌、蟪蛄、彭祖、列子等例证阐释了"逍遥"的内涵,即,绝对的精神自由。从这个层面审视,鲲鹏虽然展翅万里,"去以六月息者也",列子御风而行,"旬有五日而后反"等等,均不是真正的逍遥,因为它们尚且有所依凭。唯有"无已、无功、无名",摆脱外在的束缚,超越名利的烦忧,物我两忘,达到天人合一的境界,才算到达了"逍遥"之境。

第二部分从"尧让天下于许由"到"窅然丧其天下焉",庄子论证了"无已"的境界。

第三部分从"惠子谓庄子曰"到结尾,共两段。本文出自前段,庄子借助寓言讨论了有用和无用的关系。

"有"与"无"《道德经》已有辩证。《道德经》说:"故有之以为利,无之以为用。"本文庄子的"无用之用说"与老子的思想较为接近。惠子对大瓠之种感到为难,是从其实用属性来评价。庄子教导惠子,换一种视角来看待,就可以发掘出大瓠之种的"无用之用",如以葫芦为腰舟"浮乎江湖"之议。"浮乎江湖"既是对葫芦价值的认定,也蕴含着庄子的精神境界和人生意趣,其语言表达也透露着畅游天地、逍遥自在的意味。前此孔子之"乘桴浮于海"(《论语·公冶长》),后此李白之"明朝散发弄扁舟"(《宣州谢朓楼饯别校书叔云》)、李商隐之"欲回天地入扁舟"(《安定城楼》)、苏轼之"造物者之无尽藏"(《赤壁赋》)、黄庭坚之"万里归船弄长笛"(《登快阁》)等语句与此同工,或为化用。

就文学成就及风格而言,庄子之文无疑代表了先秦散文的最高成就。他的文章想象奇特,笔致变化多端,具有浓厚的浪漫主义色彩。庄子善用寓言来说理,擅长幽默与讽刺,“意出尘外,怪生笔端”(《艺概·文概》)。鲁迅之评价中肯而扼要:“其文汪洋捭阖,仪态万方,晚周诸子之作,莫能先也。”(《汉文学史纲要》)

【思考练习】

1. 概括“五石之瓠”故事及寓意。

2. 结合本文总结《逍遥游》的主题思想。

3. (清)刘熙载《艺概·文概》评庄子的文章“意出尘外,怪生笔端”,结合本文论述其内涵。

【拓展阅读】

北冥有鱼

北冥有鱼,其名为鲲。鲲之大,不知其几千里也。化而为鸟,其名为鹏。鹏之背,不知其几千里也;怒而飞,其翼若垂天之云。是鸟也,海运则将徙于南冥。南冥者,天池也。

《齐谐》者,志怪者也。《谐》之言曰:“鹏之徙于南冥也,水击三千里,抟扶摇而上者九万里,去以六月息者也。”野马也,尘埃也,生物之以息相吹也。天之苍苍,其正色邪?其远而无所至极邪?其视下也,亦若是则已矣。

且夫水之积也不厚,则其负大舟也无力。覆杯水于坳堂之上,则芥为之舟;置杯焉则胶,水浅而舟大也。风之积也不厚,则其负大翼也无力。故九万里,则风斯在下矣,而后乃今培风;背负青天而莫之夭阏者,而后乃今将图南。

蜩与学鸠笑之曰:“我决起而飞,抢榆枋,时则不至而控于地而已矣,奚以之九万里而南为?”适莽苍者,三餐而反,腹犹果然;适百里者,宿舂粮;适千里者,三月聚粮。之二虫又何知!

小知不及大知，小年不及大年。奚以知其然也？朝菌不知晦朔，蟪蛄不知春秋，此小年也。楚之南有冥灵者，以五百岁为春，五百岁为秋；上古有大椿者，以八千岁为春，八千岁为秋。而彭祖乃今以久特闻，众人匹之，不亦悲乎！

汤之问棘也是已。穷发之北有冥海者，天池也。有鱼焉，其广数千里，未有知其修者，其名为鲲。有鸟焉，其名为鹏，背若太山，翼若垂天之云，抟扶摇羊角而上者九万里，绝云气，负青天，然后图南，且适南冥也。斥鴳笑之曰："彼且奚适也？我腾跃而上，不过数仞而下，翱翔蓬蒿之间，此亦飞之至也。而彼且奚适也？"此小大之辩也。

故夫知效一官，行比一乡，德合一君，而征一国者，其自视也亦若此矣。而宋荣子犹然笑之。且举世而誉之而不加劝，举世而非之而不加沮，定乎内外之分，辩乎荣辱之境，斯已矣。彼其于世未数数然也。虽然，犹有未树也。夫列子御风而行，泠然善也，旬有五日而后反。彼于致福者，未数数然也。此虽免乎行，犹有所待者也。若夫乘天地之正，而御六气之辩，以游无穷者，彼且恶乎待哉？故曰，至人无己，神人无功，圣人无名。

（选自：郭庆藩撰：《庄子集释》（第一册），中华书局1961年版，第2~17页。）

庖丁解牛[①]

庖丁为文惠君解牛[②]，手之所触[③]，肩之所倚[④]，足之所履[⑤]，膝之所踦[⑥]，砉然向然[⑦]，奏刀騞然[⑧]，莫不中音[⑨]。合于桑林之舞[⑩]，乃中经首之会[⑪]。

文惠君曰："嘻，善哉！技盖至此乎[⑫]？"

庖丁释刀对曰[⑬]："臣之所好者[⑭]，道也，进乎技矣。始臣之解牛之时，所见无非牛者。三年之后，未尝见全牛也[⑮]。方今之时[⑯]，臣以神遇而不以目视[⑰]，官知止而神欲行[⑱]。依乎天理[⑲]，批大郤[⑳]，导大窾[㉑]，因其固然[㉒]。技经肯綮之未尝[㉓]，而况大軱乎[㉔]！良庖岁更刀[㉕]，割也；族庖月更刀[㉖]，折也[㉗]。今臣之刀十九年矣，所解数千牛矣，而刀刃若新发于硎[28]。彼节者有间[29]，而刀刃者无厚；以无厚入有间，恢恢乎其于游刃必有余地矣[30]，是以十九年而刀刃若新发于硎。虽然，每至于族[31]，吾见其难为，怵然为戒[32]，视为止，行为迟。动刀甚微，謋然已解[33]，如土委地。提刀而立，为之四顾，为之踌躇满志[34]，善刀而藏之[35]。"

文惠君曰："善哉！吾闻庖丁之言，得养生焉[36]。"

（选自：郭庆藩撰：《庄子集释》（第一册），中华书局 1961 年版，第 117～124 页。）

【注释】

① 选自《养生主》，篇名是后加的。

② 庖（páo）丁：名叫丁的厨工。先秦古书往往把职业放在人名前。文惠君：梁惠王，也称魏惠王。解牛：宰牛，这里指把整个牛分剖。

③ 所触：接触的地方。

④ 倚：靠。

⑤ 履：用作动词，踩。

⑥ 踦（yǐ）：这里指用一条腿的膝盖顶牛。

⑦ 砉（huā）然：皮骨相离的声音。向：同"响"。

⑧ 騞（huō）然：形容比"砉然"更大的解牛声。

⑨ 中（zhòng）音：合乎音乐节拍。

⑩ 桑林：传说商汤时的乐曲名。

⑪ 经首：传说尧乐曲《咸池》中的一章。

⑫ 盖（hé）：同"盍"，何，怎么。

⑬ 释：放下。

⑭ 好（hào）：喜好，爱好。

⑮ 未尝见全牛：不曾看见完整的牛。

⑯ 方：当。

⑰ 神：精神，指思维活动。遇：合，接触。神遇：用心神和牛体接触。

⑱ 官知:这里指视觉。神欲:指精神活动。

⑲ 天理:天然的组织结构。

⑳ 批:击。批大郤:击入大的缝隙。

㉑ 导:引向,顺着。窾(kuǎn):空隙。导大窾:顺着(骨节间的)空处用刀。

㉒ 因:依。固然:指牛体本来的结构。

㉓ 技:应是"枝"字,指支脉。经:经脉。技经:经络。肯:紧附在骨上的肉。綮(qìng):筋肉聚结处。技经肯綮之未尝:是"未尝技经肯綮"前置。

㉔ 軱(gū):股部的大骨。

㉕ 良庖:好厨师。

㉖ 族:众,普通的。

㉗ 折:砍断。

㉘ 硎(xíng):磨刀石。

㉙ 节:骨节。间(jiàn):间隙。

㉚ 恢恢乎:宽绰的样子。游刃:游动刀刃,指刀在牛体内运转。余:宽裕。

㉛ 族:筋骨交错聚结处。

㉜ 怵(chù)然:警惧的样子。为戒:因为它的缘故而警惕起来。

㉝ 謋(huò)然:骨肉分离的声音。

㉞ 踌躇:从容自得的样子。满志:心满意足。

㉟ 善:同"缮",这里是擦拭的意思。

㊱ 养生:指养生之道。

【文本赏析】

此文出自《养生主》,庄子用寓言来阐发"养生"之理。

开篇由庖丁解牛引出主题。庄子对庖丁的动作描写简洁又生动。先用其手、肩、足、膝四个身体部位配合恰当的动词勾勒出一幅解牛的动态场景;再用三个四字短语从听觉角度描摹音响,最终用两个充满艺术之美的比喻来完成收束。庄子如同高明的导演兼摄影师,他的文字像直播镜头一般,引领读者步入他营造的场景，流连忘返。

“嘻，善哉！技盖至此乎？”解牛描写结束之后，庄子借用文惠君充满赞叹和惊异的三个短句来引出寓意，即本文的主题：“技”与“道”。庖丁答复：“臣之所好者，道也，进乎技矣。”意即，体悟“道”是解牛（养生）的目标和终极追求，精于“技”则是解牛（养生）的手段和必然途径。

接下来，作者借庖丁之口进行了两组对比，一是庖丁始解牛时与三年之后的对比；一是庖丁用刀与良庖及普通厨工的对比。三年间，庖丁对“技”的训练遵循规律，“依乎天理”“因其固然”，最终进于“道”，达到炉火纯青、“游刃有余”的境地。就解牛而言，庖丁和其他厨师的本质区别在于是否志于“道”。就养生来说，顺应自然、参天尽物，乃至达到物我合一、物我两忘的境界，正是庄子倡导的，这也符合道家一贯的主张。正如《道德经》所云，“道法自然”“无为而无不为”。

当然，掌握了“固然”的规律并非意味着就能一劳永逸。庄子提醒我们，即便是庖丁这样的高手，遇到筋骨盘结处，也总是谨慎戒惧，“视为止，行为迟”，没有一点儿麻痹、懈怠或莽撞。在战国纷乱的时代背景下，智者欲求全身免祸，“临事而惧”的态度实在与逍遥自得的精神互为表里，由此可知，终生不仕的庄子确乎是悟到了“养生”至道的。

【思考练习】

1. 用原文回答：庖丁解牛经过哪三个阶段？
2. 总结“庖丁解牛”故事的寓意。
3. 结合《逍遥游》和《养生主》概括《庄子》的散文风格。

【拓展阅读】

庄 子 传

庄子者，蒙人也，名周。周尝为蒙漆园吏，与梁惠王、齐宣王同时。其学无所不窥，然其要本归于老子之言。故其著书十余万言，大抵率寓言也。作《渔父》、《盗跖》、《胠箧》，以诋訿孔子之徒，以明老子之术。《畏累虚》、《亢桑子》之属，皆空语无事实。然善属书离辞，指事类情，用剽剥儒、墨，虽当世宿学不能自解免也。其言洸洋自恣以适己，故自王公大人不能器之。

楚威王闻庄周贤，使使厚币迎之，许以为相。庄周笑谓楚使者曰："千金，重利；卿相，尊位也。子独不见郊祭之牺牛乎？养食之数岁，衣以文绣，以入大庙。当是之时，虽欲为孤豚，岂可得乎？子亟去，无污我。我宁游戏污渎之中自快，无为有国者所羁，终身不仕，以快吾志焉。"

（选自：司马迁撰：《史记》（第七册），中华书局 1959 年版，第 2143~2145 页。）

《晏子春秋》

《晏子春秋》又称《晏子》，约成书于战国，旧题晏婴撰，据学者考证，实为后人根据史料和传说编辑而成，并非出于一时一人之手，《四库全书》归其为史部传记类。此书所记人物和故事，可与《左传》《国语》《论语》等先秦史籍相互印证，反映了春秋后期齐国的社会风貌。刘向《别录》将其定为八篇，共二百一十五章，通行本有吴则虞编著《晏子春秋集释》(新编诸子集成本)。

《晏子春秋》行文简练，情节生动，富有文学色彩。内容以记言为主，如晏子与景公之间的君臣对话，晏子与齐灵公、齐庄公等人的言语事迹。文中的晏子或直谏，或讽喻，从不同侧面刻画了其高尚、正直、机智、简朴的形象。

晏子使楚[①]

晏子使楚，以晏子短[②]，楚人为小门于大门之侧而延晏子[③]。晏子不入，曰："使狗国者，从狗门入；今臣使楚，不当从此门入。"傧者更道从大门入，见楚王[④]。王曰："齐无人耶？"晏子对曰："临淄三百闾[⑤]，张袂成阴[⑥]，挥汗成雨，比肩继踵而在[⑦]，何为无人？"王曰："然则子何为使乎？"晏子对曰："齐命使，各有所主，其贤者使使贤王，不肖者使使不肖王[⑧]。婴最不肖，故直使楚矣。"

晏子将至楚，楚闻之，谓左右曰[⑨]："晏婴，齐之习辞者也[⑩]，今方来，吾欲辱之,何以也[11]?”左右对曰:“为其来也[12],臣请缚一人[13],过王而行,王曰:‘何为者也[14]?’对曰:‘齐人也。’王曰:‘何坐[15]?’曰:‘坐盗。’晏子至,楚王赐晏子酒,酒酣,吏二缚一人诣王[16],王曰:“缚者曷为者也[17]?”对曰:“齐人也,坐盗。”王视晏子曰:“齐人固善盗乎[18]?”晏子避席对曰[19]:“婴闻之,橘生淮南则为橘,生于淮北则为枳[20],叶徒相似,其实味不同[21]。所以然者何[22]?水土异也。今民生长于齐不盗,入楚则盗,得无楚之水土使民善盗耶[23]?”王笑曰:“圣人非所与熙也[24],寡人反取病焉[25]。”

(选自:吴则虞撰:《晏子春秋集释》(下册),中华书局1962年版,第389~392页。)

【注释】

① 本文选自《晏子春秋》,题目是后加的。晏子:晏婴(?—前500年),字仲,史称“晏子”,春秋时期齐国著名政治家、思想家、外交家。晏子辅政齐灵公、庄公、景公三朝,五十余年。

② 短:矮小。

③ 延:请。

④ 傧者:礼宾的人。更(gēng)道:改道。楚王:楚灵王(?—前529年),芈姓,熊氏,春秋时楚国国君。《墨子·兼爱中》有“楚灵王好士细腰”语,批评他骄奢任性。

⑤ 临淄:齐国都城,故址在今山东临淄东北。三百闾:二十五家为一闾,这里指人口众多。

⑥ 张袂:展开袖子。

⑦ 比肩继踵:肩膀挨着肩膀,脚跟挨着脚跟,形容人口密集。

⑧ 不肖者:没有能力的人。

⑨ 左右:身边的侍臣。

⑩ 习辞:善于辞令。

⑪ 何以:“以何”的倒装,用什么办法呢?

⑫ 为其来也:于其来也。在到他来的时候。

⑬ 缚:用绳子捆。

⑭ 何为:“为何”的倒装,是什么(人)。

⑮ 何坐:“坐何”的倒装,犯了什么(罪)。坐:犯罪。

⑯ 诣:到……去。

⑰ 曷:同“何”。

⑱ 固:本来。

⑲ 避席:离开座席,表示尊重的态度。

⑳ 枳:枸橘。“南橘北枳”可能是生物的基因变异,多用来比喻环境对人的巨大影响。

㉑ 其实:它的果实。

㉒ 所以然者何:造成这种情况的原因是什么。

㉓ 得无:表示猜测,该不会是……吧。

㉔ 熙:同“嬉”,开玩笑。

㉕ 反取病焉:反而自取其辱。

【文本赏析】

晏子是春秋时期齐国著名的政治家和外交家,他先后辅政齐灵公、庄公、景公三朝,为国相累计五十余年。本文出使楚国事可能是其为相的早期活动。

楚国国君灵王是春秋霸主楚庄王之孙、楚共王之子。当年,楚庄王韬光养晦,最终一鸣惊人,使楚国由偏居一隅的蛮夷之国跃升为声震华夏的大国和强国,自己也跻身“春秋五霸”的行列。半个世纪以来,楚灵王挟其余威,楚国之雄风尚存。反观齐国,桓公称霸的盛世早已远去,景公在位的时代,整体上,楚国居于上升态势,而齐国相对衰弱。加上楚灵王本人骄奢淫逸、任性妄为的个性,他对来访的晏子加以戏弄也就不足为怪了。

本文一共叙了楚灵王对晏子的三次羞辱,也即是晏子的三次外交胜利。

第一次交锋发生在楚国城门。据太史公司马迁记载,“晏子长不满六尺”(《史记·管晏列传》),换算一下,他的身高应该不足一米四,即便在古时,其身长也没有达到成年男子的标准。因此,楚国人准备从晏子的外形缺陷着手加以羞辱。楚人在大门边造了一个小门,请晏子钻进去。晏子虽然不因自己身材矮小而自卑,但也不能钻小门,忍受对自己的羞辱,也损害齐国的国威。他义正词严地回答:出使狗国的使者从狗门入,如今我出使的是楚国,不应当从狗门入。这个类比十分巧妙,楚国人自然不能承认自己是狗国,礼宾人员打开大门,晏子堂堂正正地进入了楚国,第一次外交斗争获得了胜利。

接下来,楚王亲自登场。他问“齐无人耶?”四字暗含讥讽,楚王依然抓住外形缺陷来攻击晏子。晏子应声而答,临淄城人口众多,“张袂成阴、挥汗成雨、比肩接踵”,这三个成语形象地传达了齐国国都的繁盛气象。楚王并不罢休,追问:那为什么派您来出使呢?楚王的潜台词想必是,晏子身材矮小,不配充任大国使者。不出意外,晏子再一次用类比法巧妙地化解了刁难:齐国按照使者的才智等级对应诸侯国君的才智等级进行分派。贤才出使贤王之国,才能不足的出使不肖之国。晏子谦逊地说,自己是最不肖者,只能出使楚国这样的国家了。也就意味着,楚王是诸侯国中才智最低等的。文章没有描写楚灵王的反应,读者自然不难推测,楚灵王想必尴尬万分、哑口无言了。第二次外交斗争晏子又大获全胜。

值得注意的是,这两次斗争楚国君臣抓住晏子外形缺陷来羞辱,其做法自然是无礼而卑鄙的。若是从史料的视角来观察,对容貌、外形的重视正是周代社会风俗的折射。《史记·管晏列传》也记载了一个关于晏子外形的故事。故事说,晏子的车夫身材高大,他驾车出门时意气扬扬、骄傲自得。车夫的妻子看到了,对丈夫进行劝谏,大意是说:晏子贵为国相,行动却深沉稳重,待人虚怀若谷。你不过区区车夫,怎能如此骄傲自得,目中无人。车夫闻言十分惭愧、痛改前非。

这个故事提示我们,古人对于外形的凝视早已有之,并且普遍存在。无独有偶,《战国策》中《邹忌讽齐王纳谏》的故事,邹忌向齐威王进谏的灵感也是从外形的美丑评价生发而来。可想而知,在古往今来的历史长河中,邹忌一类的美男子天然能够获得更多的关注、更好的机会;晏子即便贵为国相,因其外形缺陷也难免遭受冷眼乃至白眼,遑论普通人。这些文字记载有意无意暴露出的人性弱点,可以说十分可叹、亦值得警醒。

回到本文,在晏子来到楚国之前,楚灵王和臣子就共同策划了第三次羞辱,君臣还进行了模拟演练。如今,晏子到场,与楚灵王宴饮酣畅之际,两位官吏捆绑着一个罪犯模样的人来到楚王面前,楚王明知故问:“缚者曷为者也?”官吏回答:他是齐国人,犯了盗窃罪。灵王看着晏子问:齐国人本来就善于偷盗吗?晏子不慌不忙地离开酒席,郑重地回答:“橘生淮南则为橘,生于淮北则为枳。”晏子巧妙地用“南橘北枳”来类比齐人和楚人。齐人在齐国遵纪守法,如橘生淮南;到了楚国却偷盗犯罪,好比生于淮北。楚国如同淮北之地,并非齐人善盗,而是楚人带坏了齐人。这一番言语让楚王不得不甘拜下风,承认自取其辱。“王笑曰”传神地勾勒出他无可奈何之状。

从入门到宴席全程,晏子展示出了娴于辞令、不卑不亢、气节凛然,又诙谐有趣的外交家气度和超群的谋略。其外交斗争也形象地阐释了“使于四方,不辱君命”(《论语·子路》)的定义。无怪乎太史公说:“假令晏子而在,余虽为之执鞭,所忻慕焉。”(《史记·管晏列传》)就散文成就来说,本文语言精练,生动传神,南朝文学理论家刘勰称《晏子》一书“事核而言练”(《文心雕龙·诸子》),这个评价是十分准确的。

【思考练习】

1. 楚国君臣是怎样计划羞辱晏子的?
2. 在这场外交斗争中,晏婴运用类比的手法有什么巧妙之处?
3. 结合本文归纳《晏子春秋》的语言风格。

【拓展阅读】

二桃杀三士

公孙接、田开疆、古冶子事景公,以勇力搏虎闻。晏子过而趋,三子者不起,晏子入见公曰:“臣闻明君之蓄勇力之士也,上有君臣之义,下有长率之伦,内可以禁暴,外可以威敌,上利其功,下服其勇,故尊其位,重其禄。今君之蓄勇力之士也,上无君臣之义,下无长率之伦,内不以禁暴,外不可威敌,此危国之器也,不若去之。”公曰:“三子者,搏之恐不得,刺之恐不中也。”晏子曰:“此皆力攻勍敌之人也,无长幼之礼。”因请公使人少馈之二桃,曰:“三子何不计功而食桃?”公孙接仰天而叹曰:“晏子,智人也!夫使公之计吾功者,不受桃,是无勇也,士众而桃寡,何不计功而食桃矣。接一搏猏而再搏乳虎,若接之功,可以食桃而无与人同矣。”援桃而起。田开疆曰:“吾仗兵而却三军者再,若开疆之功,亦可以食桃,而无与人同矣。”援桃而起。古冶子曰:“吾尝从君济于河,鼋衔左骖以入砥柱之流。当是时也,冶少不能游,潜行逆流百步,顺流九里,得鼋而杀之,左操骖尾,右挈鼋头,鹤跃而出。津人皆曰:‘河伯也!’若冶视之,则大鼋之首。若冶之功,亦可以食桃而无与人同矣。二子何不反桃!”抽剑而起。公孙接、田开疆曰:“吾勇不子若,功不子逮,取桃不让,是贪也;然而不死,无勇也。”皆反其桃,挈领而死。古冶子曰:“二子死之,冶独生之,不仁;耻人以言,而夸其声,不义;恨乎所行,不死,无勇。虽然,二子同桃而节,冶专其桃而宜。”亦反其桃,挈领而死。

(选自:吴则虞撰:《晏子春秋集释》(上册),中华书局1962年版,第164~165页。)

荀子

荀子(约前313—前238年),名况,又称荀卿,后因避汉宣帝讳改孙卿,战国末期赵国人。

荀子曾三次担任齐国稷下学宫祭酒,两度出任楚兰陵令,晚居兰陵著书立说,传道授业,韩非和李斯都是他的学生。

荀子是百家争鸣的集大成者,其思想基本归于儒家。他推崇孔子,主张隆礼重法,“制天命而用之”,重视人为的力量;他主张“性恶论”,强调习俗和教育的影响,重视后天改造,力求学以致用。荀子的文章擅长说理,结构严整,分析透彻,感染力和说服力都很强,有“学者之文”的美誉。

《荀子》一书今存三十二篇, 大部分为荀子自著,少量出于门人记录,清王先谦采集各家之说,发挥己见,其《荀子集解》为现在通行的版本。

劝　学

君子曰[①]:学不可以已[②]。青,取之于蓝而青于蓝[③];冰,水为之而寒于水。木直中绳[④],輮以为轮[⑤],其曲中规[⑥],虽有槁暴[⑦],不复挺者[⑧],輮使之然也。故木受绳则直[⑨],金就砺则利[⑩],君子博学而日参省乎己[⑪],则知明而行无过矣[⑫]。故不登高山,不知天之高也;不临深溪,不知地之厚也;不闻先王之遗言[⑬],不知学问之大也。干、越、夷、貉之子[⑭],生而同声,长而异俗,教使之然也。《诗》曰:“嗟尔君子,无恒安息。靖共尔位,好是正直。神之听之,介尔景福[15]。”神莫大于化道[16],福莫长于无祸。吾尝终日而思矣,不如须臾之所学也[17],吾尝跂而望矣[18],不如登高之博见也。登高而招,臂非加长也,而见者远;顺风而呼,声非加疾也[19],而闻者彰[20]。假舆马者[21],非利足也[22],而致千里[23];假舟楫者,非能水也[24],而绝江河[25]。君子生非异也[26],善假于物也。南方有鸟焉,名曰蒙鸠[27],以羽为巢而编之以发,系之苇苕[28],风至苕折,卵破子死。巢非不完也,所系者然也。西方有木焉,名曰射干[29],茎长四寸,生于高山之上而临百仞之渊;木茎非能长也,所立者然也。蓬生麻中,不扶而直。白沙在涅,与之俱黑[30]。兰槐之根是为芷[31]。其渐之滫[32],君子不近,庶人不服[33],其质非不美也,所渐者然也[34]。故君子居必择乡,游必就士[35],所以防邪辟而近中正也[36]。物类之起,必有所始[37]。荣辱之来,必象其德[38]。肉腐出虫,鱼枯生蠹[39]。怠慢忘身[40],祸灾乃作。强自取柱[41],柔自取束[42]。邪秽在身,怨之所构[43]。施薪若一,火就燥也[44];平地若一,水就湿也[45]。草木畴生[46],禽兽群焉,物各从其类也。是故质的张而弓矢至焉[47],林木茂而斧斤至焉[48],树成荫而众鸟息焉,醯酸而蜹聚焉[49]。故言有召祸也,行有招辱也,君子慎其所立乎[50]!

积土成山,风雨兴焉[51];积水成渊,蛟龙生焉;积善成德,而神明自得[52],圣心备焉[53]。故不积跬步[54],无以致千里;不积小流,无以成江海。骐骥一跃[55],不能十步;驽马十驾[56],功在不舍[57]。锲而舍之[58],朽木不折;锲而不舍,金石可镂[59]。蚓无爪牙之利,筋骨之强,上食埃土,下饮黄泉,用心一也[60]。蟹六跪而二螯[61],非蛇蟮之穴无可寄托者,用心躁也。是故无冥冥之志者无昭昭之明[62],无惛惛之事者无赫赫之功[63]。行衢道者不至[64],事两君者不容。目不能两视而明[65],耳不能两听而聪。螣蛇无足而飞[66],鼫鼠五技而穷[67]。《诗》曰:“尸鸠在桑,其子七兮。淑人君子,其仪一兮。其仪一兮,心如结兮[68]。”故君子结于一也[69]。

(选自:王先谦撰:《荀子集解》(上册),中华书局1988年版,第1~11页。)

【注释】

① 君子:指有学问、有修养的人。君子曰:古书中引用前人言论常用的表达。

② 已:停止。学不可以已:学习不能停止。

③ 青:靛青,一种染料。蓝:蓼蓝,一年生草本植物,叶子含蓝汁,可以做蓝色染料。青取之于蓝:靛青从蓝草中取得。青于蓝:比蓝草颜色更深。

④ 绳:墨线,匠人取直的工具。中(zhòng)绳:(木材)合乎拉直的墨线。

⑤ 輮(róu):同"煣",古代用火烤使木条弯曲的一种工艺。

⑥ 规:画圆的工具,圆规。

⑦ 有(yòu):同"又"。槁:枯。暴(pù):同"曝",晒干。虽有槁暴:即使又晒干了。

⑧ 挺:伸直。

⑨ 受绳:经过墨线比量。

⑩ 金:指金属制的刀剑等。就:接近,靠近。砺:磨刀石。就砺:拿到磨刀石上去磨。

⑪ 博学:广博地学习。日:每天。参(cān):检验、审查;一说同"叁",多次。省(xǐng):反省、省察。乎:相当于"于"。日参省乎己:每天对自己多次省察。

⑫ 知(zhì):同"智",智慧。明:明达。行无过:行为没有过错。

⑬ 遗言:犹古训。

⑭ 干:古国名,在今江苏扬州东北,春秋时被吴国所灭而成为吴邑,此指代吴国。夷:古代居住在东部的民族。貉(mò):同"貊",古代居住在东北部的民族。

⑮ "嗟尔君子"六句:引《诗经·小雅·小明》。靖:安。共:同"供"。介:给予。景:大。诗句的意思是,你这个君子啊,不要总是贪图安逸。恭谨对待你的本职,爱好正直的德行。神明听到这一切,就会赐给你洪福祥瑞。

⑯ 神:学问修养最高境界的状态。化道:指受到道的熏陶感染,气质有所变化。

⑰ 须臾(yú):片刻,一会儿。

⑱ 跂(qǐ):踮起脚后跟。

⑲ 疾:声音宏大。

⑳ 彰:这里指听得更清楚。

㉑ 假:借助,利用。舆:车厢,这里指车。

㉒ 利足：行走迅速。

㉓ 致：到达。

㉔ 水：用作动词，游泳。

㉕ 绝：横渡。

㉖ 生（xìng）：同“性”，天赋，资质。

㉗ 蒙鸠：鹪鹩，又称巧妇鸟，常取茅苇筑巢。

㉘ 苇：芦苇。苕（tiáo）：芦苇的花穗。

㉙ 射（yè）干：又名乌扇，一种草本植物，根入药，茎细长，多生于山崖之间，形似树木。

㉚ “蓬生麻中”四句：草长在麻地里，不用扶持也能挺立住；白沙混进了黑土里，就会变得和土一样黑。即近朱者赤近墨者黑的意思。蓬：蓬草。麻：麻丛。涅（niè）：黑泥。今本无“白沙”两句，据王念孙说补。

㉛ 兰槐：又叫白芷，开白花，味香。古人称其苗为“兰”，称其根为“芷”。

㉜ 渐（jiān）：浸泡。滫（xiǔ）：已酸臭的淘米水，此引为臭水。

㉝ 服：穿戴。

㉞ 然：这样。所渐者然也：受环境影响变成这样的。

㉟ 游：有目的地旅行。就：接近，这里指结交。

㊱ 邪辟：品行不端的人。中正：品德正直的人。

㊲ 必有所始：必定有起始的原因。

㊳ 象：同“像”。必象其德：必定依照个人的德行。

㊴ 蠹（dù）：蛀蚀器物的虫子。

㊵ 忘身：忘记了自身的利害。

㊶ 柱：同“祝”，折断。强自取柱：物性过硬反而容易折断。

㊷ 柔自取束：柔弱的东西自己招来约束。

㊸ 构：造成。

㊹ 施：放，铺开。薪：柴火。若一：像一样。这两句说，柴火同等地放在那里，火总是烧向干燥的柴。

㊺ 水就湿也：水流向潮湿的地方。

㊻ 畴：同“俦”，同类。

㊼ 质:箭靶。的(dì):靶心。张:挂起来。

㊽ 斤:斧子。

㊾ 醯(xī):醋。蜹(ruì):蚊类飞虫名。

㊿ 立:指立身行事。

51 焉:在那里。

52 神明:指智慧。

53 圣心:圣人之心。

54 跬(kuǐ):半步。行走时跨出一脚为跬,跨出两脚为步。

55 骐(qí)骥(jì):骏马,千里马。

56 驽马:劣马。驾:马车一天的行程。驽马十驾:劣马连走十天的路。

57 舍:舍弃。不舍:指不放弃行走。

58 锲(qiè):用刀雕刻。

59 镂(lòu):雕刻。

60 一:专一,专心。

61 跪:蟹脚。六跪:是八跪之误。螯(áo):螃蟹的大钳。六跪而二螯:六只爪子,两个钳子。

62 冥冥:昏暗不明的样子,形容专心致志、埋头苦干。

63 惛(hūn)惛:这里指专心致志、埋头苦干的样子。

64 衢道:四通八达的路,指歧路。

65 两视:同时看两样东西。

66 螣(téng)蛇:古代传说中一种能飞的神蛇。

67 鼫(shí)鼠:此本作"梧鼠",据《大戴礼记·劝学》改。鼫鼠形状像兔子。五技:指鼫鼠能飞但不能飞上屋面,能爬树但不能爬到树梢,能游泳但不能渡过山谷,能挖洞但不能藏身,能奔跑但不能追过人,所以说它"五技而穷"。穷:困窘。

68 "尸鸠在桑"六句:引文出自《诗经·曹风·鸤鸠》。鸤鸠,即布谷鸟。仪:同"义"。这六句是说,鸤鸠喂小鸟时平等对待,始终如一。善良的君子们行为也要专一不偏邪,意志坚定如磐石。

69 故君子结于一也:君子为人处世应该聚焦在一点上。

【文本赏析】

荀子是战国末期思想家,其学说基本归于儒家而集各家之大成。荀子主张“性恶论”,提出“其善者伪也”(《荀子·性恶》),他强调后天改造,重视后天学习的意义。《劝学》是《荀子》首篇,历来被视为荀子代表作。

《劝学》的说理结构十分严密。本文所选片段可划分为三个层次:开篇至“福莫长于无祸”为一层,强调后天学习的必要性;“吾尝终日而思矣”至“君子慎其所立乎”为一层,阐明学习的方式和方法;“积土成山”至文末为一层,指出了正确的学习态度。

第一层开宗明义,抛出观点——“学不可以已”。接下来,荀子连用四组比喻,详细论证终生学习的必要性。分别是,“青出于蓝”“冰寒于水”“木受绳则直”和“金就砺则利”。前两组比喻运用正面论证的技巧,强调后天学习的起点和能够实现的成就。“蓝”与“水”为学习的起点,“青”与“冰”喻指学习的成果。这两组比喻十分成功,既充满生活气息,又生动、形象、精准、深刻,即便是千载以下的读者,也能够直观地领悟其寓意。“青出于蓝而胜于蓝”这样的语句今日仍然活跃在人们口头、笔端,足以说明其典范性。

后两组比喻继续从正面进行论证,强调后天学习对人的改造过程及学习成果。“木”“金”比喻学习的起点,“直”“利”喻指学习的成果,“绳”“砺”则突出了学习的过程。即,经历绳墨和磨刀石的检验、历练之后,人们方能突破自我,甚至脱胎换骨,最终有所成就。这类道理先贤孟子在“生于忧患”篇曾有所论述,俗语“宝剑锋从磨砺出”也是同类意思。

接下来,荀子顺其自然地推出结论,君子只有“博学而日参省乎己”,不断积累、反省、磨炼,才能最终达到“知明而行无过矣”的境界。荀子十分重视知行合一,“知明”侧重“知”的层面,“行无过”侧重“行”的层面。二者兼备,并能相互验证,才算尽善尽美。《论语》“学而时习之”,《大学》篇“博学之,审问之,慎思之,明辨之,笃行之”等儒家学者的论述与荀子此论亦可互通。

荀子用举例法和引证法进一步强调后天学习的必要性。对“干、越、夷、貉之子，生而同声，长而异俗”的评价想必从《论语》“性相近，习相远”（《阳货》）生发出来，《论语》成书于古代散文的早期阶段，文辞较简洁，重在启示性。到荀子这里，他加入“干、越、夷、貉”地域文化差异的例证，文章篇幅增加，可读性增强，论点呈现也更为直观了。这也可以看出诸子散文从春秋时期语录体发展到战国末期走向成熟的变化过程。接下来，荀子援引《诗经》做支撑，强调后天学习对人的改造，增加了论点的权威性。

第二层侧重阐明学习的方式和方法。“善假于物也”“君子慎其所立乎”是中心句。荀子从“学而思”的关系导入，“学”“思”二者关系的讨论可以上溯到《论语》“学而不思则罔，思而不学则殆”（《为政》），孔门“学”“思”并重，到荀子这里，则更加重视筑牢“学”的根基。他用“登高而招”“顺风而呼”两组对偶句突出“学”的重要性和收效；进而，再用“假舆马”“假舟楫”两组对偶句来类比。荀子提醒读者，学习找到了合适的方式和方法，才能够事半功倍。接着，荀子继续运用大量例证阐发道理，“君子居必择乡，游必就士”是对《论语》“里仁为美，择不处仁，焉得知”（《里仁》）和“无友不如己者”（《学而》）的整合及进一步阐发。本段结论“君子慎其所立乎”与《中庸》之“莫见乎隐，莫显乎微，故君子慎其独也”也可互证。

最后，阐述学习的正确态度。这一段名句迭出，历来脍炙人口。荀子大量运用正反对比，论证学习需要具备持恒精神这一观点。他先从反面强调：积累“跬步”，方能行至千里；聚集“小流”，方可汇成江海。这组例证与《老子》“千里之行，始于足下”有异曲同工之妙。接下来，连用两组正反对比，“骐骥一跃”“锲而舍之”为反，“驽马十驾”“锲而不舍”为正。加上“蚓”与“蟹”，“螣蛇”与“鼫鼠”两组具有寓言色彩的正反对比，其结论“故君子结于一也”也就顺理成章了。

从本篇出发，结合《荀子》全书，不难发现，荀子散文的特色极为鲜明：他善于运用形象生动的比喻来说明枯燥深奥的道理,论证方法灵活多变,虽被誉为“学者之文”,然绝无学究之气,而是一片浑厚朴实,充满勃勃生机,似有源头活水,汩汩不绝,令人百读不厌。与先秦诸子散文相比,《论语》雍容而含蓄,《老子》朴素而辩证,《庄子》瑰奇而恣肆,《孟子》雄辩而浩然,《墨子》严密而理性,《荀子》文风则另辟蹊径、自成一派,值得反复涵咏、玩味。

【思考练习】

1.《劝学》怎样运用比喻来说明深奥的道理?

2. 在对比手法的运用上,《劝学》有哪些特色?

3. 有人曾将《荀子》一书概括为“学者之文”,谈谈你的理解。

【拓展阅读】

荀 子 传

荀卿,赵人。年五十始来游学于齐。驺衍之术迂大而闳辩;奭也文具难施;淳于髡久与处,时有得善言。故齐人颂曰:“谈天衍,雕龙奭,炙毂过髡。”田骈之属皆已死齐襄王时,而荀卿最为老师。齐尚修列大夫之缺,而荀卿三为祭酒焉。齐人或谗荀卿,荀卿乃适楚,而春申君以为兰陵令。春申君死而荀卿废,因家兰陵。李斯尝为弟子,已而相秦。荀卿嫉浊世之政,亡国乱君相属,不遂大道而营于巫祝,信禨祥,鄙儒小拘,如庄周等又猾稽乱俗,于是推儒、墨、道德之行事兴坏,序列著数万言而卒。因葬兰陵。

(选自:司马迁撰:《史记》(第七册),中华书局 1959 年版,第 2348 页。)

劝学(节选)

君子知夫不全不粹之不足以为美也,故诵数以贯之,思索以通之,为其人以处之,除其害者以持养之,使目非是无欲见也,使耳非是无欲闻也,使口非是无欲言也,使心非是无欲虑也。及至其致好之也,目好之五色,耳好之五声,口好之五味,心利之有天下。是故权利不能倾也,群众不能移也,天下不能荡也。生乎由是,死乎由是,夫是之谓德操。德操然后能定,能定然后能应,能定能应,夫是之谓成人。天见其明,地见其光,君子贵其全也。

(选自:王先谦撰:《荀子集解》(上册),中华书局 1988 年版,第 18~20 页。)

《礼记》

《礼记》是儒家的经典之一，为孔门七十子及其再传弟子所作，原有《大戴礼记》与《小戴礼记》两种。《小戴礼记》是比较通行的版本，西汉戴圣编，分为四十九篇。东汉郑玄为它作注，唐孔颖达疏证，即《礼记注疏》(《十三经注疏本》)。

《礼记》内容庞杂、繁富，主要记录了战国、秦汉间的政治典制、名物制度，特别是冠礼、婚礼、丧礼、祭礼、宴饮、交际、朝拜、聘问等诸多礼仪制度。它较为深入而详尽地探讨了儒家的社会政治理念、天道与人伦的观念、心性修养的方法和准则等。可以说，《礼记》是一部儒家关于各种礼仪的论著以及礼学文献汇编。

曾子易箦①

曾子寝疾②，病，乐正子春坐于床下③，曾元、曾申坐于足④，童子隅坐而执烛⑤。童子曰："华而睆⑥，大夫之箦与⑦？"子春曰："止！"曾子闻之，瞿然曰⑧："呼！"曰："华而睆，大夫之箦与？"曾子曰："然。斯季孙之赐也⑨。我未之能易也，元起易箦！"曾元曰："夫子之病革矣⑩，不可以变⑪。幸而至于旦，请敬易之。"曾子曰："尔之爱我也不如彼。君子之爱人也以德，细人之爱人也以姑息⑫。吾何求哉？吾得正而毙焉，斯已矣⑬。"举扶而易之，反席未安而没⑭。

(选自：孙希旦撰：《礼记集解》(上册)，中华书局 1989 年版，第 177 页。)

【注释】

① 选自《礼记》,题目是编者后加的。

② 寝疾:卧病在床。

③ 乐正子春:曾子的学生。

④ 曾元、曾申:都是曾子的儿子。

⑤ 隅坐:坐在角落。

⑥ 华而睆(huàn):华丽又美好。睆:明亮,美好。

⑦ 箦(zé):席子。

⑧ 瞿(jù)然:吃惊的样子。

⑨ 季孙:鲁国大夫季孙氏,春秋后期鲁国掌权的贵族,“三桓”之首。

⑩ 革(jí):同“亟”,指病情加重。

⑪ 变:这里指移动身体。

⑫ 细人:小人。姑息:无原则的宽容。

⑬ 正而毙:合于礼仪而死去。

⑭ 反:同“返”。没(mò):同“殁”,死。

【文本赏析】

曾子(前505—前436年),名参,字子舆,春秋末期鲁国南武城(今山东平邑南)人,曾子与其父亲曾皙均为孔子弟子。曾子位列孔门七十二贤人,也是儒家学派的代表人物之一,据说《大学》和《孝经》都是他的作品。

曾子在孔门为后学,年最幼,天资也不算高,孔子曾说“参也鲁”(《论语·先进》)。曾子非常好学,“吾日三省吾身”就是他的名言。翻阅《论语》对曾子的记载,可以总结其人的若干特征。从“为人谋而不忠乎”可以看出曾子办事讲求尽心竭力;从“与朋友交而不信乎”能够看出曾子为人言而有信;“传不习乎”则显示出曾子重视理论和实践的一致性,这也正是夫子“学而时习之”所教。综上,可以说,曾子是孔门弟子中踏实稳健、知行合一的楷模。

本文也是曾子知行合一之品格有力的佐证，也可以看作曾子作为老师的最后一课。文章开篇叙述曾子病重，接下来三句介绍弟子、儿子、童子座次，简明扼要，文字错落有致。童子虽然所处位置远，但观察能力一流，他敏锐地发现曾子卧席“华而睆”。曾子没有做过大夫，但使用了大夫的席子，这是不合礼法的。童子发问，“大夫之箦与?”其童言无忌应该也是曾子日常教导的成果。

“子春曰：‘止！’”“止”字与曾子听到童子问题之后略带惊讶的“呼”字相互映衬，子春对曾子安危十分关切，“止”传达出他制止童子的严厉语气，“呼”则刻画出曾子虽一息尚存亦对礼法毫不含糊的态度。

童子被唤到身边之后，又重复了一遍“大夫之箦”的问题，曾子完全没有回避和遮掩地予以回答：这是季孙氏的礼物，并马上要求儿子帮忙更换。曾元恳切地劝说父亲等一等，“幸而至于旦”生动地表现出儿子对父亲安危的忧虑和殷切关怀。然而，曾子却不领情，反而严肃地批评他，“君子之爱人也以德，细人之爱人也以姑息”这两句话语掷地有声，刻画了曾子严于律己的高尚品格，这也当然就是“三省吾身”的具体例证。在“礼崩乐坏”的时代背景下，曾参不惜以身护礼、反对苟且取安。其换席的行动诠释了“过则勿惮改”(《论语·学而》)的君子之风。曾子称得上死得其所，了无遗恨。其肉身虽消灭，其精神却足为楷模、千载长存。

【思考练习】

1. 根据本文概括童子的形象特征。
2. 根据本文概括曾子的形象特征。
3. 在儒家思想背景下，怎样评价曾子“克己复礼”的行为?

【拓展阅读】

曾子语录举要

曾子有疾,召门弟子曰:“启予足!启予手!《诗》云‘战战兢兢,如临深渊,如履薄冰。’而今而后,吾知免夫!小子!”

(选自:朱熹撰:《四书章句集注》,中华书局 1983 年版,第 103 页。)

曾子有疾,孟敬子问之。曾子言曰:“鸟之将死,其鸣也哀;人之将死,其言也善。君子所贵乎道者三:动容貌,斯远暴慢矣;正颜色,斯近信矣;出辞气,斯远鄙倍矣。笾豆之事,则有司存。”

(选自:朱熹撰:《四书章句集注》,中华书局 1983 年版,第 103 页。)

曾子曰:“以能问于不能,以多问于寡;有若无,实若虚,犯而不校,昔者吾友尝从事于斯矣。”

(选自:朱熹撰:《四书章句集注》,中华书局 1983 年版,第 104 页。)

曾子曰:“可以托六尺之孤,可以寄百里之命,临大节而不可夺也。君子人与?君子人也。”

(选自:朱熹撰:《四书章句集注》,中华书局 1983 年版,第 104 页。)

曾子曰:“士不可以不弘毅,任重而道远。仁以为己任,不亦重乎?死而后已,不亦远乎?”

(选自:朱熹撰:《四书章句集注》,中华书局 1983 年版,第 104 页。)

虽有嘉肴[①]

虽有嘉肴,弗食不知其旨也[②]。虽有至道[③],弗学不知其善也。是故学然后知不足[④],教然后知困[⑤]。知不足,然后能自反也[⑥]。知困,然后能自强也。

故曰:教学相长也[⑦]。《兑命》曰[⑧]:“学学半[⑨]。”其此之谓乎[⑩]!

(选自:孙希旦撰:《礼记集解》(中册),中华书局1989年版,第957页。)

【注释】

① 本文选自《礼记·学记第十八》,题目是后加的。虽:即使。嘉肴:精美的菜肴。

② 旨:滋味美。

③ 至道:达到极致的学说、理想。

④ 是故:因此,所以。

⑤ 困:困惑,疑惑。

⑥ 自反:自我反省。

⑦ 相长(zhǎng):相互增长、促进。

⑧《兑命》:兑(yuè),同“说”,《兑命》为《尚书》篇名,共上、中、下三篇。记载了商王武丁推举傅说为相的过程,以及君臣议政和傅说的言论。

⑨ 学学半:引文出自《兑命》下篇,学,同“斅”(xiào),教导。“学学半”的意思是,教导和学习各得一半。

⑩ 其:表推测,大概。其此之谓乎:大概说的就是这个意思吧。

【文本赏析】

本篇选自《礼记·学记》,全篇只有八句,短小精悍,道理却说得十分明白透彻、逻辑严密。

第一、二句用“佳肴”为例证,引出实践出真知的道理。品尝“佳肴”就是追寻“至道”,不进行实践,也就不能获得真知。第三至五句说明“学”与“教”的必要性及应对策略。“学”与“教”两个环节都是促进人成长的途径。从学习的角度出发,“才须学也”“非学无以广才”(《诫子书》),学习是进步的阶梯,并且永无止境;从教育者的角度出发,“贤者以其昭昭使人昭昭”,避免“以其昏昏使人昭昭”(《孟子·尽心下》),教育者既需要“台下十年功”的积累,也需要终身学习来持续更新知识体系及教育方法,“知困”是更新和进步的推动力。积极地自我反省,付诸行动去突破阻碍,并始终自强不息,正是"教学相长"的要义,也符合认识论与方法论、理论与实践的辩证统一关系。第六句总结全文。第七、八句引用武丁贤相傅说名言加以佐证,提升文章的权威性。

从散文的技巧来说,本文语言流畅,句式简洁,多使用对偶句,读来朗朗上口。结尾引经据典,耐人寻味,留下袅袅余音。

【思考练习】

1. 本文的写作手法有什么特色?

2. 为什么说"教学相长"体现了认识论与方法论的辩证统一关系?

【拓展阅读】

大道之行也

大道之行也,天下为公,选贤与能,讲信修睦。故人不独亲其亲,不独子其子,使老有所终,壮有所用,幼有所长,矜、寡、孤、独、废、疾者皆有所养,男有分,女有归。货恶其弃于地也,不必藏于己;力恶其不出于身也,不必为己。是故谋闭而不兴,盗窃乱贼而不作,故外户而不闭。是谓大同。

(选自:孙希旦撰:《礼记集解》(中册),中华书局 1989 年,第 582 页。)

大学之道

大学之道,在明明德,在亲民,在止于至善。知止而后有定,定而后能静,静而后能安,安而后能虑,虑而后能得。物有本末,事有终始,知所先后,则近道矣。古之欲明明德于天下者,先治其国;欲治其国者,先齐其家;欲齐其家者，先修其身；欲修其身者，先正其心；欲正其心者，先诚其意；欲诚其意者，先致其知；致知在格物。物格而后知至，知至而后意诚，意诚而后心正，心正而后身修，身修而后家齐，家齐而后国治，国治而后天下平。自天子以至于庶人，壹是皆以修身为本。其本乱而末治者否矣，其所厚者薄，而其所薄者厚，未之有也！

（选自：朱熹撰：《四书章句集注》，中华书局1983年版，第3~4页。）

司马迁

司马迁(约前145或前135—?),字子长,夏阳(今陕西韩城南)人。西汉史学家、文学家。司马迁出身史学世家,先人世为周代史官,他的父亲司马谈在武帝时任太史令。

司马迁十岁随父入长安,诵读古文。二十岁开始游历名山大川,考察风俗,采集史迹。武帝元丰三年(前108年),他继任为太史令,也因此得以饱览中央藏书,又数次随汉武帝巡游天下,增广了见闻。太初元年(前104年),司马迁在主持历法修改工作的同时,正式动笔写《太史公书》(《史记》),这也是为了完成父亲的遗愿。

天汉二年(前99年),名将李广后人李陵领兵出征匈奴,转战千里,最终因寡不敌众,矢尽粮绝而投降。司马迁在武帝征询意见时说了一些同情李陵的话,触怒了皇帝,遂被幽于缧绁,最终惨遭宫刑。太始元年(前96年),司马迁出狱任中书令。他继续发愤著书,最终于征和初年(前92年)左右,基本完成了这部鸿篇巨制的纪传体通史。司马迁之卒年史料无明确记载,据《报任安书》推断,大约与武帝相始终。

《史记》为二十四史之首,记载了上至传说中的黄帝时代,下至汉武帝太初四年间共三千多年的历史,全书约五十二万字,共一百三十篇。体例包括十二本纪(记历代帝王政绩)、三十世家(记诸侯国和汉代诸侯、勋贵兴亡)、七十列传(记重要人物的言行事迹,主要叙人臣,其中最后一篇为自序)、十表(大事年表)、八书(记各种典章制度记礼、乐、音律、历法、天文、封禅、水利、财用)。其中有少数篇章如《三代世表》《陈涉世家》《滑稽列传》等为汉元帝、成帝时博士褚少孙补写。

《史记》规模巨大,体系完备,立意高远,“欲以究天人之际,通古今之变,成一家之言”(司马迁《报任安书》)。同时,《史记》具备极高的文学价值,它的文章对魏晋小说、唐宋古文、宋元戏曲、明清小说都有很大影响,成为中国文学的源头活水。鲁迅先生誉之为“史家之绝唱,无韵之离骚”(《汉文学史纲要》)。

鸿 门 宴[1]

沛公旦日从百余骑来见项王[2],至鸿门[3],谢曰[4]:“臣与将军戮力而攻秦[5],将军战河北,臣战河南[6],然不自意能先入关破秦[7],得复见将军于此。今者有小人之言,令将军与臣有郤[8]。”项王曰:“此沛公左司马曹无伤言之;不然,籍何以至此。”项王即日因留沛公与饮。项王、项伯东向坐[9],亚父南向坐[10]。亚父者,范增也。沛公北向坐,张良西向侍。范增数目项王[11],举所佩玉玦以示之者三[12],项王默然不应。范增起,出召项庄[13],谓曰:“君王为人不忍,若入前为寿,寿毕,请以剑舞,因击沛公于坐,杀之。不者[14],若属皆且为所虏[15]。”庄则入为寿。寿毕,曰:“君王与沛公饮,军中无以为乐,请以剑舞。”项王曰:“诺。”项庄拔剑起舞,项伯亦拔剑起舞,常以身翼蔽沛公[16],庄不得击。于是张良至军门,见樊哙[17]。樊哙曰:“今日之事何如?”良曰:“甚急。今者项庄拔剑舞,其意常在沛公也。”哙曰:“此迫矣,臣请入,与之同命[18]。”哙即带剑拥盾入军门。交戟之卫士欲止不内[19],樊哙侧其盾以撞,卫士仆地[20],哙遂入,披帷西向立[21],瞋目视项王[22],头发上指,目眦尽裂[23]。项王按剑而跽曰[24]:“客何为者?”张良曰:“沛公之参乘樊哙者也[25]。”项王曰:“壮士,赐之卮酒。”则与斗卮酒。哙拜谢,起,立而饮之。项王曰:“赐之彘肩[26]。”则与一生彘肩。樊哙覆其盾于地,加彘肩上,拔剑切而啖之[27]。项王曰:"壮士,能复饮乎?"樊哙曰:"臣死且不避,卮酒安足辞!夫秦王有虎狼之心,杀人如不能举[28],刑人如恐不胜[29],天下皆叛之。怀王与诸将约曰[30]:'先破秦入咸阳者王之。'今沛公先破秦入咸阳,毫毛不敢有所近,封闭宫室,还军霸上,以待大王来。故遣将守关者,备他盗出入与非常也。劳苦而功高如此,未有封侯之赏,而听细说[31],欲诛有功之人,此亡秦之续耳,窃为大王不取也。"项王未有以应,曰:"坐。"樊哙从良坐。坐须臾,沛公起如厕[32],因招樊哙出。

沛公已出,项王使都尉陈平召沛公[33]。沛公曰:"今者出,未辞也,为之奈何?"樊哙曰:"大行不顾细谨[34],大礼不辞小让[35]。如今人方为刀俎[36],我为鱼肉,何辞为[37]。"于是遂去。乃令张良留谢。良问曰:"大王来何操[38]?"曰:"我持白璧一双,欲献项王,玉斗一双,欲与亚父,会其怒[39],不敢献。公为我献之。"张良曰:"谨诺。"当是时,项王军在鸿门下,沛公军在霸上,相去四十里。沛公则置车骑,脱身独骑[40],与樊哙、夏侯婴、靳强、纪信等四人持剑盾步走[41],从郦山下,道芷阳间行[42]。沛公谓张良曰:"从此道至吾军,不过二十里耳。度我至军中[43],公乃入。"沛公已去,间至军中,张良入谢,曰:"沛公不胜杯杓[44],不能辞。谨使臣良奉白璧一双,再拜献大王足下[45];玉斗一双,再拜奉大将军足下[46]。"项王曰:"沛公安在?"良曰:"闻大王有意督过之[47],脱身独去,已至军矣。"项王则受璧,置之坐上。亚父受玉斗,置之地,拔剑撞而破之,曰:"唉!竖子不足与谋[48]。夺项王天下者,必沛公也,吾属今为之虏矣。"沛公至军,立诛杀曹无伤[49]。

(选自:司马迁撰:《史记》(第一册),中华书局 1959 年版,第 312~315 页。)

【注释】

① 选自《史记·项羽本纪》,题目是编者后加的。

② 沛公:刘邦(前 256 或前 247—前 195 年),字季。他是沛县(今江苏徐州下辖县)人,起兵后称沛公。旦日:第二天早晨。项王:项羽(前 232—前 202 年),名籍,字羽。下

相(今江苏宿迁西南)人,从叔父项梁起兵反秦。

③ 鸿门:在新丰(今陕西临潼东北鸿门堡村)。

④ 谢:谢罪,道歉。

⑤ 勠力:合力。

⑥ 河北,河南:黄河之北,黄河之南。秦二世三年(前 207 年),楚怀王命令项羽渡黄河救赵,又命刘邦沿黄河南进攻秦。

⑦ 不自意:没想到。

⑧ 郤:同“隙”,嫌隙,隔阂。

⑨ 东向坐:面朝东坐,表示尊贵。

⑩ 亚父:项羽对范增的尊称。

⑪ 数(shuò):多次。目:用眼色示意。

⑫ 玦(jué):环形而有缺口的玉。三:这里指好几次。

⑬ 项庄:项羽的堂弟。

⑭ 不:同“否”。不者:不这样的话。

⑮ 若属:你们这些人。

⑯ 翼:充当状语,张开双臂。翼蔽:遮蔽,掩护。

⑰ 樊哙(kuài):沛人,原来以屠狗为业,与刘邦一起起义,战功卓著。

⑱ 与之同命:与沛公共生死。

⑲ 交戟:把戟交叉起来禁止出入。内:同“纳”,进入。

⑳ 仆:倒下。

㉑ 披帷:揭开帷幕。西向立:朝向西边站着,也即直视项羽。

㉒ 瞋(chēn)目:睁大眼睛怒目而视。

㉓ 眦(zì):眼眶。头发上指,目眦尽裂:形容极度愤怒。

㉔ 跽:挺直上身、长身而跪。古人席地而坐,臀部压在脚跟上,挺直上身是项羽戒备的姿态。

㉕ 参乘(shèng):“骖乘”,古代主将战车上在右侧担任护卫的武士,又叫车右。

㉖ 彘(zhì)肩:猪前腿。

㉗ 啖(dàn):吃。

㉘ 举:尽。

㉙ 刑人:给人施加刑罚。胜:尽,极。

㉚ 怀王:名心,是战国楚怀王之孙。项梁起兵,立他为王,也称楚怀王。

㉛ 细说:小人的谗言。

㉜ 如厕:上厕所。

㉝ 都尉:武官名。陈平:阳武(今河南原阳东南)人,这时属项羽,后来归顺刘邦,屡出奇谋。

㉞ 大行:干大事。细谨:小的礼节。

㉟ 大礼:把握大节。辞:推辞,这里有回避的意思。小让:小的责备。

㊱ 俎:切肉的砧板。

㊲ 何辞为(wéi):还告辞什么。

㊳ 何操:带了什么。

㊴ 会:正赶上。

㊵ 独骑:一个人骑马。

㊶ 樊哙、夏侯婴、靳强、纪信:这四人均为沛公部下。步走:徒步快走。

㊷ 道:取道。芷阳:在今西安白鹿原霸川上的西阪。间行:抄小路走。

㊸ 度(duó):估计。

㊹ 不胜:不能承受。杯杓:酒器,这里指饮酒。不胜杯杓(sháo):禁不起多饮酒。

㊺ 再拜:拜两次,表示恭敬的礼节。

㊻ 大将军:指范增。

㊼ 督过:责备。

㊽ 竖子:骂人的话,小子。

㊾ 立:立刻、马上。

【文本赏析】

《鸿门宴》节选自《项羽本纪》,它是《史记》的名篇,也是彰显《史记》文学价值的代表作,千百年来脍炙人口。

第一段正面描写沛公、项王以及二人身边的谋臣武士们在鸿门宴上的明争暗斗;第二段描写沛公与部下谋划脱离虎口,记叙沛公行动路线、张良如何善后及项王君臣知晓沛公逃归后的反应,段末以沛公诛杀曹无伤收束。

历史上,鸿门宴事件标志着抗秦义军队伍开始公开分化,揭开了楚汉相争的序幕,也可看作项王从人生巅峰走向没落、最终败亡的转折点。从文学层面来看,全文篇幅不过千字,在这一大事件的脉络呈现、情节叙述、人物塑造方面都极为成功,太史公用如椽巨笔把这场发生两千年前的觥筹交错、剑拔弩张的斗争写得活灵活现,无愧"绝唱"之评价。

赏析本文需要先了解其历史背景,并理清几组人物关系。就背景来看,楚怀王命项王和沛公西进灭秦,沛公先入关中,与父老"约法三章",赢得了民心。项王则遇到秦将章邯的大军,双方相持不下。后章邯投降项王,项王进击函谷关,听说沛公已定关中。至鸿门,沛公左司马曹无伤派人传来消息,"沛公欲王关中,使子婴为相,珍宝尽有之"(《高祖本纪》),项王大怒,亚父范增力劝项王击破沛公军,大战一触即发。

项王叔父项伯与沛公谋臣张良有旧交,遂连夜至沛公军,向张良和盘托出项王作战计划,欲救张良。张良不但不随他离去,反把他引荐给沛公,沛公自知实力不敌项王,当即与项伯结为亲家,并请他为自己在项王面前斡旋:解释沛公完全没有称王之意云云。当晚,项王听到项伯的转述,态度就发生了转变,许诺按照项伯的意思善待沛公。

以上是沛公赴宴鸿门前情。结合本篇内容,需要关注以下几组人物关系。分别是:项羽与沛公,范增与张良,项庄与樊哙,项伯与曹无伤。这四组人物对应君主、谋臣、武士和奸细(两面派),太史公巧妙地借助四组人物进行对比映衬,塑造项王的复杂形象。

从君主对照组来看,项王的才智和管理能力与沛公不可同日而语。

首先,他优柔寡断、易受干扰,缺乏领袖的决断力,也就是太史公所说"妇人之仁"。其优柔从宴席前夜项伯劝谏项王应善待沛公,"项王许诺"一句可以看出。宴席上,亚父范增用玉玦对他三番两次地示意,项王却“默然不应”。他并非不明白范增的暗示,而是选择视而不见。在樊哙撞击卫士、闯入军帐之后,项王不但不对之问罪,反而赏赐酒肉、表现得十分赞赏。这两件事足以证明项王之寡断。

其次,他又十分刚愎自用。项王无视范增暗示,试分析其心理活动,可能包括:区区沛公,其军事势力既弱又小,对我盖世英雄项籍而言,不足为虑,不值一提。这么说的依据是,项王对自己的作战能力一贯自负。至楚汉相争五年之后,东城快战到乌江自刎之时,他强调自己“所击者服,未尝败北,遂霸有天下”的战力,先后重复两次“此天之亡我,非战之罪也”的自评,可见项王自负、自大的性格特征是一以贯之的。

再次,在政治斗争谋略和经验上,项王也是十分匮乏乃至幼稚的。鸿门相见之初,沛公谦卑地致歉,并表示两人的嫌隙都是小人谗言所导致的。项王说,“此沛公左司马曹无伤言之;不然,籍何以至此”。项王的应声回答表明他对两人当下所处的形势完全没有判断。即,他既没有重视此前范增“急击勿失”的忠告,也没有把沛公这位潜在对手放在眼里,甚至为了摆脱同室操戈的口实而放下应有的戒备心,不自觉地被沛公的逻辑俘虏。更具有破坏力的是,他当场出卖了曹无伤,也就意味着,项王这位君主是不值得托付的,真正具有远见卓识的人才是不会投靠他的,投靠之人亦不会有好下场,范增的悲剧结局也证明了这一点。

反观沛公,他对张良、樊哙等人的劝谏言听计从,决定果断,行动坚决,绝不拖泥带水。虽然在鸿门面对项王时居于弱势,但他善于韬晦、知人善任,从善如流的个性特征处处预示着其最终消灭诸侯势力、诛杀项羽、统一天下的必然性。

此外,从范增与张良、项庄与樊哙、项伯与曹无伤三个对照组来看,读者也能够得出类似的结论。就笔法而言,太史公让几组人物呈镜像式出现,相互照应和衬托,通过其神态、语言、动作等描写来立体式刻画,多维透视,引领读者见微知著,举一反三。

综上可知,鸿门宴故事称得上太史公文学笔法的高度浓缩。在《项羽本纪》传赞中,太史公评项羽:“自矜功伐,奋其私智而不师古。谓霸王之业,欲以力征经营天下。五年卒亡其国,身死东城,尚不觉寤而不自责,过矣。乃引‘天亡我,非用兵之罪也’,岂不谬哉!”项羽形象的过错与谬误一面,从本文内容已足窥一斑。

【思考练习】

1.(清)郭嵩焘《史记札记》:“鸿门之宴写得子房如龙,樊哙如虎,是史公极得意文字。”谈谈你对这段文字的理解。

2. 实力强大的项羽最终败给了刘邦,落得乌江自刎的结局。其原因何在?从本文中,你看出了哪些原因?

3. 结合本文论述《史记》的多维透视法。

【拓展阅读】

项羽本纪赞

太史公曰:吾闻之周生曰“舜目盖重瞳子”,又闻项羽亦重瞳子。羽岂其苗裔邪?何兴之暴也!夫秦失其政,陈涉首难,豪杰蜂起,相与并争,不可胜数。然羽非有尺寸乘势,起陇亩之中,三年,遂将五诸侯灭秦,分裂天下,而封王侯,政由羽出,号为“霸王”,位虽不终,近古以来未尝有也。及羽背关怀楚,放逐义帝而自立,怨王侯叛己,难矣。自矜功伐,奋其私智而不师古,谓霸王之业,欲以力征经营天下,五年卒亡其国,身死东城,尚不觉寤而不自责,过矣。乃引“天亡我,非用兵之罪也”,岂不谬哉!

(选自:司马迁撰:《史记》(第一册),中华书局 1959 年版,第 338~339 页。)

信陵君窃符救赵[①]

魏有隐士曰侯嬴，年七十，家贫，为大梁夷门监者[②]。公子闻之，往请，欲厚遗之[③]。不肯受，曰："臣修身絜行数十年，终不以监门困故而受公子财。"公子于是乃置酒大会宾客[④]。坐定，公子从车骑，虚左[⑤]，自迎夷门侯生。侯生摄敝衣冠[⑥]，直上载公子上坐，不让[⑦]，欲以观公子。公子执辔愈恭。侯生又谓公子曰："臣有客在市屠中，愿枉车骑过之[⑧]。"公子引车入市，侯生下见其客朱亥，俾倪故久立[⑨]，与其客语，微察公子[⑩]。公子颜色愈和[⑪]。当是时，魏将相宗室宾客满堂，待公子举酒。市人皆观公子执辔。从骑皆窃骂侯生。侯生视公子色终不变，乃谢客就车[⑫]。至家，公子引侯生坐上坐，遍赞宾客[⑬]，宾客皆惊。酒酣，公子起，为寿侯生前[⑭]。侯生因谓公子曰："今日嬴之为公子亦足矣。嬴乃夷门抱关者也，而公子亲枉车骑，自迎嬴于众人广坐之中，不宜有所过，今公子故过之。然嬴欲就公子之名，故久立公子车骑市中，过客以观公子，公子愈恭。市人皆以嬴为小人[⑮]，而以公子为长者能下士也[⑯]。"于是罢酒，侯生遂为上客。

侯生谓公子曰："臣所过屠者朱亥，此子贤者，世莫能知，故隐屠间耳。"公子往数请之[⑰]，朱亥故不复谢，公子怪之。

魏安釐王二十年，秦昭王已破赵长平军，又进兵围邯郸。公子姊为赵惠文王弟平原君夫人，数遗魏王及公子书[⑱]，请救于魏。魏王使将军晋鄙将十万众救赵[⑲]。秦王使使者告魏王曰："吾攻赵旦暮且下[⑳]，而诸侯敢救者，已拔赵[㉑]，必移兵先击之。"魏王恐，使人止晋鄙，留军壁邺[㉒]，名为救赵，实持两端以观望。平原君使者冠盖相属于魏[㉓]，让魏公子曰[㉔]："胜所以自附为婚姻者，以公子之高义，为能急人之困。今邯郸旦暮降秦而魏救不至，安在公子能急人之困也！且公子纵轻胜[㉕]，弃之降秦，独不怜公子姊邪？"公子患之[㉖]，数请魏王，及宾客辩士说王万端[㉗]。魏王畏秦，终不听公子。公子自度终不能得之于王[28]，计不独生而令赵亡，乃请宾客，约车骑百余乘，欲以客往赴秦军，与赵俱死。

行过夷门，见侯生，具告所以欲死秦军状。辞决而行，侯生曰："公子勉之矣，老臣不能从。"公子行数里，心不快，曰："吾所以待侯生者备矣，天下莫不闻，今吾且死而侯生曾无一言半辞送我[29]，我岂有所失哉[30]？"复引车还，问侯生。侯生笑曰："臣固知公子之还也。"曰："公子喜士，名闻天下。今有难，无他端而欲赴秦军[31]，譬若以肉投馁虎[32]，何功之有哉？尚安事客？然公子遇臣厚，公子往而臣不送，以是知公子恨之复返也[33]。"公子再拜[34]，因问。侯生乃屏人间语[35]，曰："嬴闻晋鄙之兵符常在王卧内，而如姬最幸，出入王卧内，力能窃之。嬴闻如姬父为人所杀，如姬资之三年[36]，自王以下欲求报其父仇，莫能得。如姬为公子泣，公子使客斩其仇头，敬进如姬。如姬之欲为公子死，无所辞[37]，顾未有路耳。公子诚一开口请如姬，如姬必许诺，则得虎符夺晋鄙军，北救赵而西却秦，此五霸之伐也[38]。"公子从其计，请如姬。如姬果盗晋鄙兵符与公子。

公子行，侯生曰："将在外，主令有所不受，以便国家。公子即合符，而晋鄙不授公子兵而复请之，事必危矣。臣客屠者朱亥可与俱，此人力士。晋鄙听，大善；不听，可使击之。"于是公子泣。侯生曰："公子畏死邪？何泣也？"公子曰："晋鄙嚄唶宿将[39]，往恐不听，必当杀之，是以泣耳，岂畏死哉？"于是公子请朱亥。朱亥笑曰："臣乃市井鼓刀屠者，而公子亲数存之[40]，所以不报谢者，以为小礼无所用。今公子有急，此乃臣效命之秋也[41]。"遂与公子俱。公子过谢侯生。侯生曰："臣宜从，老不能。请数公子行日，以至晋鄙军之日，北乡自刭[42]，以送公子。"公子遂行。

至邺，矫魏王令代晋鄙[43]。晋鄙合符，疑之，举手视公子曰："今吾拥十万之众，屯于境上，国之重任，今单车来代之，何如哉？"欲无听。朱亥袖四十斤铁椎，椎杀晋鄙，公子遂将晋鄙军。勒兵下令军中曰："父子俱在军中，父归；兄弟俱在军中，兄归；独子无兄弟，归养。"得选兵八万人，进兵击秦军。秦军解去，遂救邯郸，存赵。赵王及平原君自迎公子于界，平原君负韊矢为公子先引[44]。赵王再拜曰："自古贤人未有及公子者也。"当此之时，平原君不敢自比于人。公子与侯生决，至军，侯生果北乡自刭。

（选自：司马迁撰：《史记》（第七册），中华书局 1959 年版，第 2378~2381 页。）

【注释】

① 选自《魏公子列传》，题目是后加的。

② 大梁：魏国都城。夷门监者：大梁东门的守门人。

③ 遗（wèi）：赠送。厚遗：赠送厚礼。

④ 大会：大规模招待。

⑤ 虚左：空出左边座位。左边为尊者位置。

⑥ 摄：整理。

⑦ 让：推脱，推辞。

⑧ 枉：绕路。过：拜访。

⑨ 俾（pì）倪（nì）：同"睥睨"，斜着眼睛看。

⑩ 微察：暗地里观察。

⑪ 和：和颜悦色。

⑫ 谢客：与客人告别。

⑬ 赞：介绍。遍赞：向宾客一一介绍。

⑭ 为寿：祝寿。

⑮ 以：认为。

⑯ 下士：礼贤下士。

⑰ 数（shuò）：多次。

⑱ 遗（wèi）：给。这里指给魏王和魏公子送信。

⑲ 将（jiàng）：率领。

⑳ 旦暮：形容时间很短。

㉑ 拔：攻克。

㉒ 壁：驻扎。

㉓ 相属（zhǔ）：连续不断。

㉔ 让：责备。

㉕ 轻：轻视。

㉖ 患：忧患、担忧。

㉗ 说（shuì）：游说，劝说。

㉘ 自度（duó）：自己揣度、猜测。

㉙ 曾（zēng）：竟然。

㉚ 失：过失，过错。

㉛ 无他端：没有其他办法。

㉜ 譬若：好比。馁（něi）：饥饿。这句意思是，好比把肉扔给饥饿的老虎。

㉝ 恨：遗憾，憾恨。

㉞ 再拜：拜了两次，表示尊重。

㉟ 屏人间（jiàn）语：叫旁人走开，悄悄地说。

㊱ 资之：出钱悬赏。

㊲ 无所辞：不推辞。

㊳ 伐：功业。

㊴ 嚄（huò）唶（zè）宿将：有威势的老将。嚄唶：高声呼叫，形容气势威严。

㊵ 存：慰问。

㊶ 效命之秋：效劳的时候。

㊷ 乡：同“向”。北乡：朝着北方。

㊸ 矫：假托。

㊹ 负：背着。韊矢：箭筒。背着箭筒引路是当时隆重的礼节。

【文本赏析】

从《史记》编排次序看，战国四公子的传记前后相连，分别是《孟尝君列传》《平原君列传》《魏公子列传》和《春申君列传》。本文选自第三篇《魏公子列传》。明茅坤曾说“信陵君是太史公胸中得意人”(《史记钞》),玩味四传的“太史公曰”可知,司马迁评孟尝君用“好客自喜”,评平原君用“未睹大体”,评春申君“当断不断、反受其乱”。反观魏公子,太史公的论断则是“不耻下交”“名冠诸侯”。与其他三位相比,他对魏公子的评价确实是最高的。为何魏公子能够拔得头筹呢?这个问题熟读本篇便可以解答。

本文情节可分两部分。第一部分描写魏公子下交侯嬴、朱亥的故事。第二部分叙述魏公子如何在二人的帮助下窃符救赵,解邯郸之围。

在战国乱离的时代背景下,征伐不断,百姓流离失所,穷贱无聊、含垢忍耻之徒甚众,如《战国策·冯谖客孟尝君》篇文本赏析所述。侯嬴、朱亥等人却与俗流迥异,虽然他们物质上贫乏困窘,但精神上洁身自好,泰然处之,宁愿做看门人,混迹于肉市场,也不会像鸡鸣狗盗之徒、冯谖、毛遂之类人物造门自荐,乃至乞食献媚。他们是战国风云中真正意义上的隐士,藏身以待明主。本文中,太史公即从魏公子访求隐士入笔来塑造其“仁而下士”的形象。

“臣修身絜行数十年,终不以监门困故而受公子财”,面对魏公子的厚礼,侯嬴坚定地予以拒绝。其“岩穴隐者”之崇高节操,坚忍意志可见一斑。这是本文设置的第一处悬念,同时也是对魏公子的第一轮考验,面对淡泊名利的侯嬴,魏公子怎样才能成功地请他出山?

魏公子的对策是,举办高规格宴会,遍邀魏国达官显贵。而后,亲自执辔充当车夫,赴夷门迎接侯嬴。侯嬴的反应又一次异乎寻常,他毫不推辞,整理了破旧的衣服,大摇大摆登车,直接坐在尊者的位置上。放在当时的背景下考量,这一系列举动十分不合情理,然而“公子执辔愈恭”。太史公用六个字刻画出了魏公子谦逊、诚恳的人物形象。

接着,侯嬴的挑衅进一步升级,他请魏公子带领车驾绕路看望屠夫朋友朱亥。在喧闹的市场里,侯嬴“俾倪”的傲慢态度、“故久立”的拖拖拉拉,处处刻意为之,与此同时,他不露声色地观察魏公子,而“公子颜色愈和”。这个句子与上文“执辔愈恭”句遥相呼应。

行文至此，太史公没有直线式地记叙返程赴宴，而是打乱节奏，宕开一笔，以旁观者视角巡视了这一充满戏剧性的场景。“当是时，魏将相宗室宾客满堂，待公子举酒。市人皆观公子执辔。从骑皆窃骂侯生。”从宗室宾客的焦急、期盼、困惑之态，到市井百姓的看客心态，再到随从人员的不满、愤懑又无可奈何的情态，行文峰峦迭起，颇有一波三折之妙。

接下来，太史公聚焦笔墨记叙宴会场景。魏公子引侯嬴上座，并带着他“遍赞宾客”。“宾客皆惊”四字意味深长，既从侧面刻画了侯嬴老迈又衣衫褴褛的形貌，又成功地烘托了魏公子慧眼识珠、“仁而下士”的品格，同时也制造了又一个悬念：这样的侯嬴配得上魏公子的礼遇吗？当魏公子举酒为侯嬴祝寿时，他的一番话揭开了谜底。此前种种不合情理的行为，本都是为了给魏公子造势，扩大他的贤名，也就是说，侯嬴不惜自污来成就魏公子的荣耀。

第二部分“窃符救赵”是本传的高潮部分，也是魏公子获得真才的佐证。

长平之战后，邯郸被围，赵国危在旦夕。平原君发书遣使，多次向魏求救。魏公子乐于急人之难，且深谙唇亡齿寒之理，力劝魏王发兵救赵。奈何魏王畏秦淫威，命晋鄙带领大军驻扎魏国边境按兵不动。魏公子无计可施，最终决定亲自带领门客赴赵，临行前到侯嬴处诀别。此处，太史公又一次制造波澜，对于魏公子以卵击石的莽撞计划，侯嬴并没有出言劝阻，而用“公子勉之矣，老臣不能从”两句话淡淡地敷衍过去。侯嬴忘恩负义的表现自然引起魏公子疑心，公子去而复返，虚心求教，侯嬴才顺理成章地献出他的谋划。这一重波澜为侯嬴老练、稳健、运筹帷幄的形象特征添上了有力佐证，也为“窃符救赵”的悲壮故事增加了些许戏剧性。

后文如姬窃符、朱亥椎杀晋鄙、夺军救赵等均按照侯嬴的谋划一一付诸实践。到文末，太史公又特别补上一笔，“侯生果北乡自刭”，作者提醒我们，侯嬴用生命为公子壮行，其“舍生取义”的精神可歌可泣，其死而无悔的态度也曲折映衬出魏公子的形象，彰显他不畏强暴、不计个人安危、为国求才的远见卓识和光辉品格。

换一个角度来看，就魏公子矫命窃符的行为定性来说，荀子早有定论，“有能抗君之命，窃君之重，反君之事，以安国之危，除君之辱，功伐足以成国之大利，谓之拂……信陵君之于魏可谓拂矣”（《荀子·臣道·从道不从君》）。太史公对魏公子的书写实与儒家观点一脉相承，从四传的篇名就可看出差别，“孟尝、平原、春申皆以封邑系，此独曰‘公子’者，盖尊之，以国系也”（《史记评林》引顾璘语）。就文字层面而言，本传通篇洋溢着对魏公子的敬慕、赞叹和惋惜的感情，据统计，文中称“公子”即有一百四十七次之多，一唱三叹、余味悠长。

【思考练习】

1. 解释魏公子“不耻下交”的含义。
2. 为什么（明）茅坤说“信陵君是太史公胸中得意人”（《史记钞》）？
3. 结合“太史公曰”深入分析司马迁对四公子人物形象的评价。

【拓展阅读】

平原君传赞

太史公曰：平原君，翩翩浊世之佳公子也，然未睹大体。鄙语曰“利令智昏”，平原君贪冯亭邪说，使赵陷长平兵四十余万众，邯郸几亡。

（选自：司马迁撰：《史记》（第七册），中华书局1959年版，第2376页。）

魏公子传赞

太史公曰：吾过大梁之墟，求问其所谓夷门。夷门者，城之东门也。天下诸公子亦有喜士者矣，然信陵君之接岩穴隐者，不耻下交，有以也。名冠诸侯，不虚耳。高祖每过之而令民奉祠不绝也。

（选自：司马迁撰：《史记》（第七册），中华书局1959年版，第2385页。）

春申君传赞

太史公曰：吾适楚，观春申君故城，宫室盛矣哉！初，春申君之说秦昭王，及出身遣楚太子归，何其智之明也！后制于李园，旄矣。语曰："当断不断，反受其乱。"春申君失朱英之谓邪？

（选自：司马迁撰：《史记》（第七册），中华书局1959年版，第2399页。）

诸葛亮

诸葛亮(181—234年),字孔明,琅邪阳都(今山东沂南南)人,三国蜀汉政治家、军事家和文学家。早年避乱荆州,藏器待时,自比于管仲、乐毅。建安十二年(207年)十月,经刘备三顾茅庐出山,辅佐刘备联吴抗曹,取益州为基地,三分天下,建立蜀汉政权,刘备称帝后拜为丞相。

建兴元年(223年)刘备病逝,托孤诸葛亮辅佐后主刘禅,封武乡侯。此后诸葛亮为蜀鞠躬尽瘁,先后出师北伐曹魏,未果,病卒于五丈原,谥忠武。有《诸葛丞相集》传世。

出　师　表[①]

先帝创业未半而中道崩殂[②],今天下三分[③],益州疲弊[④],此诚危急存亡之秋也[⑤]。然侍卫之臣不懈于内,忠志之士忘身于外者,盖追先帝之殊遇[⑥],欲报之于陛下也。诚宜开张圣德[⑦],以光先帝遗德[⑧],恢弘志士之气[⑨],不宜妄自菲薄[⑩],引喻失义[⑪],以塞忠谏之路也[⑫]。宫中府中[⑬],俱为一体,陟罚臧否[⑭],不宜异同。若有作奸犯科及为忠善者[⑮],宜付有司论其刑赏[⑯],以昭陛下平明之理,不宜偏私[⑰],使内外异法也。侍中、侍郎郭攸之、费祎、董允等[⑱],此皆良实[⑲],志虑忠纯,是以先帝简拔以遗陛下[⑳]。愚以为宫中之事,事无大小,悉以咨之[㉑],然后施行,必能裨补阙漏[㉒],有所广益。将军向宠[㉓],性行淑均[㉔],晓畅军事,试用于昔日,先帝称之曰能,是以众议举宠为督。愚以为营中之事,悉以咨之,必能使行陈和睦[25],优劣得所[26]。亲贤臣,远小人,此先汉所以兴隆也[27];亲小人,远贤臣,此后汉所以倾颓也[28]。先帝在时,每与臣论此事,未尝不叹息痛恨于桓、灵也[29]。侍中、尚书、长史、参军[30],此悉贞良死节之臣[31],愿陛下亲之信之,则汉室之隆,可计日而待也[32]。

臣本布衣,躬耕于南阳[33],苟全性命于乱世,不求闻达于诸侯[34]。先帝不以臣卑鄙[35],猥自枉屈[36],三顾臣于草庐之中[37],咨臣以当世之事,由是感激,遂许先帝以驱驰[38]。后值倾覆[39],受任于败军之际,奉命于危难之间,尔来二十有一年矣[40]。先帝知臣谨慎,故临崩寄臣以大事也[41]。受命以来,夙夜忧叹[42],恐托付不效,以伤先帝之明,故五月渡泸,深入不毛[43]。今南方已定,兵甲已足,当奖率三军[44],北定中原,庶竭驽钝[45],攘除奸凶[46],兴复汉室,还于旧都[47]。此臣所以报先帝,而忠陛下之职分也。

至于斟酌损益[48],进尽忠言,则攸之、祎、允之任也。愿陛下托臣以讨贼兴复之效;不效,则治臣之罪,以告先帝之灵。若无兴德之言,则责攸之、祎、允等之慢[49],以彰其咎[50]。陛下亦宜自谋,以咨诹善道[51],察纳雅言[52]。深追先帝遗诏[53],臣不胜受恩感激。今当远离,临表涕零[54],不知所言。

(选自:陈寿撰:《三国志》(第四册),中华书局 1959 年版,第 919~920 页。)

【注释】

① 表:是古代臣子对君主有所陈请的文书。

② 先帝:指刘备。创业未半:刘备在章武元年(221 年)称帝,第三年死去,未能实现兴复汉室的愿望。中道:中途。崩殂(cú):天子死曰崩、殂。

③ 三分:天下分为魏、蜀、吴三国。

④ 益州:蜀汉所在地。汉置益州,在今四川及云南、贵州等部分地区。疲弊:民生凋敝,困苦穷乏。益州疲弊:指蜀汉国力薄弱,处境艰难。

⑤ 秋:时候。

⑥ 殊遇:特殊的优待、厚遇。

⑦ 诚:实在,确实。宜:应该。开张:扩大。开张圣德:指广泛地听取群臣的意见。

⑧ 光:发扬光大。遗德:遗留的美德。

⑨ 恢弘:用作动词,发扬扩大。

⑩ 妄自菲(fěi)薄:过分看轻自己。

⑪ 引喻:称引、譬喻。义:适宜,恰当。引喻失义:说话不恰当。

⑫ 塞(sè):阻塞。

⑬ 宫中:指宫中皇帝的侍臣。府中:指丞相所属官吏,即政府一般官吏。建兴元年(223年),诸葛亮被封为武乡侯,开府治事。丞相负责国家行政工作,统率百官,因此丞相府就是国家行政部门。

⑭ 陟(zhì):提拔。罚:惩罚。臧否(pǐ):用作动词,评论人物的好坏。

⑮ 作奸犯科:做奸邪事情,触犯科条法令。

⑯ 有司:职有专司,专门管理某种事务的官吏。

⑰ 偏私:偏袒挟私,不公正。

⑱ 侍中、侍郎:都是皇帝亲近的侍臣。郭攸之、费祎(yī)、董允:郭攸之、费祎为侍中,董允任黄门侍郎。三人都是当时具有德才的人,被诸葛亮拔擢。

⑲ 良实:忠良诚实。

⑳ 简:挑选。拔:选拔。简拔:选拔。

㉑ 咨:征求意见。悉以咨之:都拿来问问他们。

㉒ 裨补阙漏:能够弥补缺点和疏漏之处。

㉓ 向宠:字巨违,襄阳人。刘备时为牙门将。刘备伐吴兵败,宠营完好无损。刘禅即位,封都亭侯,为中部督,掌管宿卫兵。诸葛亮北伐时,上表提拔他为中领军。

㉔ 性行(xíng)淑均:性情品德和善平正。

㉕ 行(háng)陈:部队。

㉖ 得所:得到恰当的位置。

㉗ 先汉:西汉。

㉘ 后汉:东汉。倾颓:倾覆衰败。

㉙ 桓、灵:东汉末桓、灵二帝。他们都因信任宦官,加深了政治腐败,造成汉末大乱。

㉚ 侍中、尚书、长(zhǎng)史、参军:都是官名。侍中指郭攸之、费祎、董允,尚书指陈震,长史指张裔,参军指蒋琬。

㉛ 此悉贞良死节之臣:这些都是坚贞可靠,能够以死报国的忠臣。

㉜ 计日:指很短的时间。

㉝ 躬耕:亲自耕种,指隐居。南阳:《三国志·诸葛亮传》裴松之注引《汉晋春秋》说:"亮家于南阳之邓县,在襄阳城西二十里,号曰隆中。"

㉞ 闻达:闻名显达。

㉟ 卑鄙:身份低微,见识短浅。

㊱ 猥(wěi):发声词,有乃字义。枉屈:委屈。

㊲ 顾:拜访,探望。

㊳ 驱驰:这里指奔走效劳。

㊴ 倾覆:指兵败。

㊵ 二十有一年:从刘备访诸葛亮于隆中到此次出师北伐已经二十一年。

㊶ 临:将要。临崩寄臣以大事:刘备在临死的时候,把国家大事托付给诸葛亮,并且对刘禅说:"汝与丞相从事,事之如父。"

㊷ 夙:清晨。夙夜忧叹:从早至晚都担忧叹息。

㊸ 不毛:指人烟稀少的地方。后主建兴元年(223年),南中诸郡发生事变,三年诸葛亮率军南征,连战皆胜,其秋,南方全部平定。

㊹ 奖率:激励、率领。

㊺ 庶:希望。竭:竭尽。驽(nú)钝:指才能平庸,这是诸葛亮自谦的话。

㊻ 攘(rǎng)除:排除,铲除。

㊼ 旧都:西汉建都西安,东汉都城洛阳。蜀以汉室正统自居,故要攻取二地为还旧都。

㊽ 斟酌损益:斟酌情理,决定如何去取。

㊾ 慢:怠慢,指不尽职。

㊿ 咎:过失。

51 诹(zōu):询问。咨诹善道:询问(治国的)良策。

52 雅言:正言。

53 遗诏:刘备给后主的遗诏见《三国志·蜀志·先主传》注引:"勿以恶小而为之,勿以善小而不为。惟贤惟德,能服于人。”

54 涕:眼泪。零:落泪。

【文本赏析】

蜀汉后主建兴五年(227 年),诸葛亮率军驻扎汉中,准备北伐曹魏。临行前,他上表给后主刘禅,也即《出师表》写作背景。

全文共分三段。第一段先分析蜀国危急存亡的形势,劝谏后主广开言路。

蜀汉章武三年(223 年),先主刘备于白帝城崩逝,武侯临危受命,挑起蜀汉重担,裁夺政事,事无巨细。起句“先帝创业未半而中道崩殂”即是从这一段艰辛历程入笔,颇具峥嵘之气。古人曾评,武侯“万难心事倾泻于二语”。此时益州疲弊,蜀国偏居一隅,兵力薄弱,然而北有曹魏虎视眈眈,蜀汉政权欲北伐中原、兴复汉室可说是困难重重、至为艰巨的,故而武侯用“此诚危急存亡之秋也”来做收束。

接下来,武侯笔锋一转,情绪由沉重转为昂扬,如拨云见日一般,点明蜀汉群臣尽忠竭力的情势,引出下文用人之道的论说。“诚宜”句与“不宜”句上下相对,力谏后主开张圣德、光大先帝遗德、弘扬志士之气;告诫后主不宜妄自菲薄,或言行失常,以致堵塞言路。

从“宫中府中”句进入本文的主题。武侯警示后主用人之道的要点,即亲贤远佞,严明赏罚。文中提到的郭攸之、费祎时任侍郎,董允任侍中,这三人都是武侯考察并提拔起来的。将军向宠在后主即位后封都亭侯,为中部督,掌管宿卫兵。此次武侯北伐时,提拔他为中领军。以上四人均为“忠志之士”,是武侯向后主重点推荐的贤才。

本段“亲贤臣,远小人”与“亲小人,远贤臣”两句亦相互照应。宦官居于宫中,与后主更为亲近,丞相府中的政府官员则相对疏远。因此武侯特别援引两汉的兴衰教训来警醒后主,揆诸史实,他这样说并非过虑,而是意有所指。《三国志·蜀书》载:后主爱宦官黄皓,“皓便辟佞慧”,擅长邀宠献媚。仰赖董允在任时多次对其加以督责并匡正后主,“后主益严惮之”。由此可见,武侯的告诫实乃见微知著、防微杜渐。董允等人之“贞良死节”也并非武侯溢美之词,而是他慧眼识才的佐证。后主执政后期宠信黄皓,此时可能已露端倪。武侯如此说,自是防备黄皓之类宵小趁出师之机蛊惑君王,败坏纲纪。因此,段末又不吝重申“愿陛下亲之信之”,武侯之反复叮咛正是出于担忧所荐贤才后主不能信用的缘故。

令人感慨的是,蜀汉后期,武侯、董允相继离世后,后主还是受惑于宦官谄谗,重蹈后汉覆辙。《三国志》后主传赞说:“后主任贤相则为循理之君,惑阉竖则为昏暗之后,传曰‘素丝无常,唯所染之’,信矣哉!”(《三国志·蜀书》)史家所言甚是。

第二段,武侯回顾了初出茅庐辅佐先帝始末,表达了对先主知遇之恩的深切感激。如果说上文重在晓之以理,本段则转为动之以情。武侯既要让后主体会到先帝创业的艰难,引导他励精图治完成先帝未竟的功业,又不能以长辈身份一味说教,引起后主的反感。故而选择现身说法,追叙早年追随先帝、以身许国的经历来打动后主。

“苟全性命于乱世,不求闻达于诸侯”两句简明概括了武侯的隐居生涯。《三国志·蜀书·诸葛亮传》载:“亮躬耕陇亩,好为《梁父吟》。身高八尺,每自比于管仲、乐毅,时人莫许之也。”隐居茅庐的武侯志向高远,自比于王佐之才,待时而动。“不求闻达于诸侯”颇具深意,孔子曾说:“夫达也者,质直而好义,察言而观色,虑以下人;在邦必达,在家必达。夫闻也者,色取仁而行违,居之不疑;在邦必闻,在家必闻。”(《论语·颜渊》)程子(程颐)说:“学者须是务实,不要近名,方是。有意近名,则大本已失,更学何事?为名而学,则是伪也。”(《二程遗书》卷十八)依程子阐释可知,“闻”求诸声名,为“伪”;“达”求诸品格,为真,乃根本。武侯不求闻达之隐世态度,约与前贤伊尹、傅说相类,远非后世“终南捷径”式的沽名钓誉之辈。

“受任于败军之际，奉命于危难之间”两句将回忆聚焦至白帝城托孤。章武三年(223年)春，先主病笃，对武侯属以后事，“若嗣子可辅，辅之；如其不才，君可自取”。先主又诏敕后主：“汝与丞相从事，事之如父。”(《三国志·蜀书》)后主建兴元年(223年)，武侯开府治事，领益州牧。“五月渡泸，深入不毛”事在建兴三年(225年)春，武侯率众南征，其秋平定叛乱，扫除北伐后顾之忧。从建安十三年(208年)孙刘联军共御曹操于赤壁，至建兴五年(227年)武侯挥师北伐时，整二十年。加上赤壁之战前一年先主三顾茅庐，武侯做隆中对，足二十一年之数。本段末再以郭攸之、费祎、董允等贤才做结，照应上文，再一次彰显武侯不厌其烦、披肝沥胆的忠挚之情。

最后一段由叙而誓，勉励后主继承先帝遗志。“咨诹善道，察纳雅言”两句呼应上文“开张圣德”。武侯为出师上表，然“出师”仅一语带过，全篇一以亲贤远佞为核心，精忠之言、勤恳之意，发自肺腑、溢诸言外。真德秀曾说：“三国非无文章，独取武侯一表者，以其发于至忠也。”(《文章正宗》卷十)诗圣杜甫在成都时专赴武侯祠，写下七律名篇《蜀相》：“三顾频烦天下计，两朝开济老臣心。出师未捷身先死，长使英雄泪满襟。”此两联高度概括并肯定了武侯一生丰功伟绩。南宋爱国诗人陆游也充满崇敬地说：“出师一表真名世，千载谁堪伯仲间”(《书愤》)。

就本篇的文学特点和成就而言，《文心雕龙·章表》将其概括为“志尽文畅”，苏轼评云“简而尽，直而不肆”(《苏轼文集》卷十)。形式上，全文多四字句，还运用了一些整齐工稳的对偶句式，如“侍卫之臣不懈于内，忠志之士忘身于外”“苟全性命于乱世，不求闻达于诸侯”“受任于败军之际，奉命于危难之间”等，抑扬顿挫，朗朗上口，增加了文章的韵律感和可读性。

【思考练习】

1. 诸葛亮对后主提出的三条建议是什么？哪一条是主旨所在？为什么？
2. 诸葛亮自述身世的目的有哪些？

3. 作为一篇奏章,全文的表达方式有什么特色?

【拓展阅读】

诸葛亮传赞

评曰:诸葛亮之为相国也,抚百姓,示仪轨,约官职,从权制,开诚心,布公道;尽忠益时者虽仇必赏,犯法怠慢者虽亲必罚,服罪输情者虽重必释,游辞巧饰者虽轻必戮;善无微而不赏,恶无纤而不贬;庶事精练,物理其本,循名责实,虚伪不齿;终于邦域之内,咸畏而爱之,刑政虽峻而无怨者,以其用心平而劝戒明也。可谓识治之良才,管、萧之亚匹矣。然连年动众,未能成功,盖应变将略,非其所长欤!

(选自:陈寿撰:《三国志》(第四册),中华书局 1959 年版,第 934 页。)

文心雕龙·章表

夫设官分职,高卑联事。天子垂珠以听,诸侯鸣玉以朝。敷奏以言,明试以功。故尧咨四岳,舜命八元,固辞再让之请,“俞往钦哉”之授,并陈辞帝庭,匪假书翰。然则敷奏以言,即章表之义也;明试以功,即授爵之典也。至太甲既立,伊尹书诫,思庸归亳,又作书以赞。文翰献替,事斯见矣。周监二代,文理弥盛。再拜稽首,对扬休命,承文受册,敢当丕显。虽言笔未分,而陈谢可见。

降及七国,未变古式,言事于王,皆称上书。秦初定制,改书曰奏。汉定礼仪,则有四品:一曰章,二曰奏,三曰表,四曰议。章以谢恩,奏以按劾,表以陈请,议以执异。章者,明也。《诗》云“为章于天”,谓文明也。其在文物,赤白曰章。表者,标也。《礼》有《表记》,谓德见于仪。其在器式,揆景曰表。

章表之目，盖取诸此也。按《七略》、《艺文》，谣咏必录。章表奏议，经国之枢机，然阙而不纂者，乃各有故事，而布在职司也。

前汉表谢，遗篇寡存。及后汉察举，必试章奏。左雄表议，台阁为式；胡广章奏，天下第一，并当时之杰笔也。观伯始谒陵之章，足见其典文之美焉。昔晋文受册，三辞从命。是以汉末让表，以三为断。曹公称为表不必三让，又勿得浮华。所以魏初表章，指事造实。求其靡丽，则未足美矣。至于文举之《荐祢衡》，气扬采飞；孔明之辞后主，志尽文畅。虽华实异旨，并表之英也。琳、瑀章表，有誉当时。孔璋称健，则其标也。陈思之表，独冠群才。观其体赡而律调，辞清而志显，应物制巧，随变生趣，执辔有余，故能缓急应节矣。

逮晋初笔札，则张华为俊。其三让公封，理周辞要；引义比事，必得其偶。世珍《鹪鹩》，莫顾章表。及羊公之《辞开府》，有誉于前谈；庾公之《让中书》，信美于往载。序志联类，有文雅焉。刘琨《劝进》，张骏《自序》，文致耿介，并陈事之美表也。

原夫章表之为用也，所以对扬王庭，昭明心曲。既其身文，且亦国华。章以造阙，风矩应明；表以致策，骨采宜耀。循名课实，以文为本者也。是以章式炳贲，志在典谟。使要而非略，明而不浅。表体多包，情伪屡迁。必雅义以扇其风，清文以驰其丽。然恳恻者辞为心使，浮侈者情为文屈。必使繁约得正，华实相胜，唇吻不滞，则中律矣。子贡云“心以制之”，“言以结之”，盖一辞意也。荀卿以为，观人美辞，丽于黼黻文章，亦可以喻于斯乎！

赞曰：敷表绛阙，献替黼扆。言必贞明，义则弘伟。肃恭节文，条理首尾。君子秉文，辞令有斐。

（选自：王志彬译注：《文心雕龙》，中华书局2012年版，第260~269页。）

陶渊明

陶渊明(365或372或376—427年),字元亮,一说名潜,号五柳先生,浔阳柴桑(今江西九江市西南)人。陶渊明早年曾任江州祭酒、镇军参军、彭泽令等职,后因厌恶官场挂冠归隐,力耕终老,卒后友朋私谥"靖节"。

陶渊明长于诗文辞赋,田园生活是其主要题材,诗歌名篇有《饮酒》二十首、《归园田居》五首等;辞赋散文名篇有《桃花源记》《五柳先生传》《归去来兮辞》等。他的诗歌不事雕琢,写意传神,有"质而实绮,癯而实腴"(《与苏辙书》)的美誉,被尊为"古今隐逸诗人之宗"(《诗品》)。有《陶渊明集》传世。

五柳先生传

先生不知何许人也[①],亦不详其姓字[②]。宅边有五柳树,因以为号焉[③]。闲静少言,不慕荣利。好读书[④],不求甚解[⑤];每有会意[⑥],便欣然忘食。性嗜酒,家贫不能常得。亲旧知其如此[⑦],或置酒而招之。造饮辄尽[⑧],期在必醉;既醉而退,曾不吝情去留[⑨]。环堵萧然[⑩],不蔽风日。短褐穿结[⑪],箪瓢屡空[⑫]。晏如也[⑬]。常著文章自娱,颇示己志。忘怀得失,以此自终[⑭]。

赞曰[⑮]:黔娄之妻有言[⑯]:"不戚戚于贫贱[⑰],不汲汲于富贵[⑱]。"极其言兹若人之俦乎[⑲]?酣觞赋诗[⑳],以乐其志[㉑],无怀氏之民欤[㉒]?葛天氏之民欤?

(选自:逯钦立校注:《陶渊明集》,中华书局2018年版,第194~195页。)

【注释】

① 何许：何处，什么地方。

② 不详：不知道。

③ 因：于是。以：用来。这句是说，于是就用五柳为号了。

④ 好：爱好。

⑤ 不求甚解：不追求过度解读，注重领会要旨。

⑥ 会意：领会意思。

⑦ 亲旧：亲朋好友。

⑧ 造：至，到。

⑨ 曾(zēng)不：一点也不。吝情：在感情上计较。去留：离开或留下。这句是说五柳先生赴宴和告辞都毫不拘礼，潇洒来去。

⑩ 堵：墙壁。萧然：萧索的样子，空无一物。环堵萧然：指居室简陋，空空荡荡。

⑪ 短褐：粗布短衣。穿：破。结：缝补。穿结：指衣服破烂。短褐穿结：粗布短衣还打着补丁。

⑫ 箪(dān)：盛饭的圆形竹器。瓢(piáo)：饮水具。屡：经常。箪瓢屡空：形容十分贫困，食不果腹。

⑬ 晏如：安泰自如的样子。

⑭ 自终：过完自己的一生。

⑮ 赞：传记结尾的评论性文字。

⑯ 黔(qián)娄：春秋时有名的隐士，甘于清贫，无意仕进。据《列女传·鲁黔娄妻》记载，他死后，曾子去吊丧，黔娄的妻子称赞黔娄"甘天下之淡味，安天下之卑位，不戚戚于贫贱，不忻忻于富贵。求仁而得仁，求义而得义"。

⑰ 戚戚：忧愁的样子。

⑱ 汲汲：极力营求、急切的样子。

⑲ 极其言：推究她(黔娄之妻)的话。兹：此，指五柳先生。若人：那样的人，指"不戚戚于贫贱，不汲汲于富贵"的人。俦(chóu)：辈，同类。

⑳ 觞(shāng)：酒杯。

㉑ 以乐其志:以自己的志向为乐。

㉒ 无怀氏:与下文“葛天氏”都是传说中上古太平盛世的帝王。

【文本赏析】

陶渊明被奉为“古今隐逸诗人之宗”(《诗品》),《晋书·隐逸传》记载,他是东晋大司马陶侃的曾孙,祖父陶茂做过武昌太守。渊明因“亲老家贫”,前后出仕累计十三年,最终在彭泽令任上因不堪吏治挂冠归隐,即“不为五斗米折腰”事,详见《归去来兮辞》序。史官评价渊明“博学善属文,颖脱不羁,任真自得,为乡邻之所贵”(《晋书·隐逸》),《五柳先生传》“时人谓之实录”,(《晋书·隐逸》)也就是当时人即以此文为他的自况。据学者推测,本文写作时间约在其辞官归隐后。

本文名为“传”,实际是借史传体例自述志趣。作者运用白描手法、史笔与文辞相互交织,浑然一体,文章篇幅短小精练,语言简洁生动,余韵悠长。

依照史传惯例,开篇记述传主郡望、家世、姓字等个人信息,渊明本文却对“五柳先生”一一进行了虚化处理,这样写既符合史传体例,又能彰显出五柳先生淡泊名利的隐士风范,还带有几分诙谐意味。

就儒家传统而言,“名”与“实”关系甚大,《论语》中有“必也正名乎”(《论语·子路》)、“君子疾没世而名不称焉”(《论语·卫灵公》)等表述,儒家讲求名实相副、实至名归。陶渊明早年接受儒家教育,自述“少年罕人事,游好在六经”(《饮酒》其十六),也有过“猛志逸四海,骞翮思远翥”(《杂诗》其五)的志向,归隐后还推崇精卫填海、“刑天舞干戚”的坚韧品格,赞赏其“猛志固常在”(《读山海经》其十)之精神。可以说,他是深受儒家濡染的正统文人。同时,陶渊明热爱自然(《归园田居》其一:“少无适俗韵,性本爱丘山”),主张顺随本性,反对后天“矫厉”(《归去来兮辞》序:“质性自然,非矫厉所得”)。道家老、庄主张之清静无为、逍遥自得的思想意识也沉淀在他的品格里。此处五柳先生的命名范式显然更为接近道家的范畴,五柳先生突破了名、实束缚,脱落形迹。《论语》中的“长沮”“桀溺”“荷蓧丈人”,《庄子·人间世》的“支离疏”,唐柳宗元做《种树郭橐驼传》,用“郭橐驼”而舍去真名等写法与五柳先生均可视作同类。

“闲静少言,不慕荣利”两个短句刻画了五柳先生的高尚节操。太史公司马迁说“举世混浊,清士乃见”(《史记·伯夷列传》),纷乱世事下,隐士的坚守至为可贵,也是一贯稀缺的品质。五柳先生“任真自得”、安贫乐道的人生态度,对应着陶渊明看破时势,脱离“樊笼”、洁身自好、回归天然的选择。朱光潜先生曾说:“渊明则如秋潭月影,澈底澄莹,具有古典艺术的和谐静穆。”(《诗论》)其“和谐静穆”的风格属实是强大精神内核的显现,近乎于儒家“不偏、不易”(《四书章句集注》:子程子曰“不偏之谓中,不易之谓庸”。)的中庸境界。

接下来,作者列出五柳先生的三大爱好:“好读书”“性嗜酒”“常著文章”。读书而“不求甚解”,嗜酒而因家贫受限,遇到亲朋款待“既醉而退,曾不吝情去留”;写文章亦超越功利,仅为“自娱”。显然,五柳先生的种种举动都是渊明“真率”品格的写照。《宋书·陶潜传》载,重阳节时太守王弘送酒,渊明“即便就酌,醉而后归”;在家中招待客人饮酒时,渊明先生也从不拘礼,醉倒后便下逐客令。

本段中还有一组描写五柳先生贫困处境的句子不容忽视,“环堵萧然,不蔽风日”,“短褐穿结,箪瓢屡空。晏如也”。“箪瓢屡空”的典故出于《论语》,颜渊居陋巷中,箪食而瓢饮,“人不堪其忧,回也不改其乐”(《论语·雍也》),家徒四壁、瓶无储粟,然而乐在其中的这位五柳先生表里皆如颜子一般,五柳先生泰然自若,“忘怀得失,以此自终”,恰是“聊乘化以归尽,乐夫天命复奚疑”(《归去来兮辞》),以及“纵浪大化中,不喜亦不惧”(《形影神》三首《神释》)的渊明化身。

第二段模仿史传赞语做结。“不戚戚于贫贱,不汲汲于富贵”两句引用古语,与上文“不慕荣利”“忘怀得失”照应。文末两设问句“无怀氏之民欤?

葛天氏之民欤?"既表达了渊明对上古盛世的向往之情,又再一次确认并彰显了他乐天知命的隐士风范。

【思考练习】

1. 概括"五柳先生"的性格特征和三大志趣。

2. 本文的中心思想是什么?

3. 结合《桃花源记》《归去来兮辞》等作品分析陶渊明的文章风格。

【拓展阅读】

陶　潜　传

尝九月九日无酒,出宅边菊丛中坐久,值弘送酒至,即便就酌,醉而后归。潜不解音声,而畜素琴一张,无弦,每有酒适,辄抚弄以寄其意。贵贱造之者,有酒辄设,潜若先醉,便语客:"我醉欲眠,卿可去。"其真率如此。

(选自:沈约撰:《宋书》(第八册),中华书局 1974 年版,第 2288 页。)

桃花源记

晋太元中,武陵人捕鱼为业;缘溪行,忘路之远近。忽逢桃花林夹岸,数百步中无杂树,芳华鲜美,落英缤纷。渔人甚异之。复前行,欲穷其林。林尽水源,便得一山。山有小口,仿佛若有光。便舍船从口入。初极狭,才通人。复行数十步,豁然开朗。土地平旷,屋舍俨然,有良田、美池、桑竹之属。阡陌交通,鸡犬相闻。其中往来种作,男女衣着悉如外人。黄发垂髫,并怡然自乐。见渔人,乃大惊。问所从来,具答之。便要还家,为设酒杀鸡作食。村中闻有此人,咸来问讯。自云先世避秦时乱,率妻子邑人,来此绝境,不复出焉,遂与外人间隔。问今是何世,乃不知有汉,无论魏晋。此人一一为具言所闻,皆叹惋。余人各复延至其家,皆出酒食。停数日,辞去。此中人语云:“不足为外人道也。”既出,得其船,便扶向路,处处志之。及郡下,诣太守说如此。太守即遣人随其往,寻向所志,遂迷不复得路。南阳刘子骥,高尚士也。闻之,欣然规往,未果,寻病终。后遂无问津者。

(选自:逯钦立校注:《陶渊明集》,中华书局 2018 年版,第 183~184 页。)

《归去来兮辞》并序

余家贫,耕植不足以自给。幼稚盈室,瓶无储粟,生生所资,未见其术。亲故多劝余为长吏,脱然有怀,求之靡途。会有四方之事,诸侯以惠爱为德,家叔以余贫苦,遂见用为小邑。于时风波未静,心惮远役,彭泽去家百里,公田之利,足以为酒,故便求之。及少日,眷然有归欤之情。何则?质性自然,非矫厉所得。饥冻虽切,违己交病。尝从人事,皆口腹自役。于是怅然慷慨,深愧平生之志。犹望一稔,当敛裳宵逝。寻程氏妹丧于武昌,情在骏奔,自免去职。仲秋至冬,在官八十余日。因事顺心,命篇曰《归去来兮》。乙巳岁十一月也。

归去来兮,田园将芜胡不归?既自以心为形役,奚惆怅而独悲!悟已往之不谏,知来者之可追;实迷途其未远,觉今是而昨非。舟遥遥以轻飏,风飘飘而吹衣。问征夫以前路。恨晨光之熹微。乃瞻衡宇,载欣载奔。僮仆欢迎,稚子候门。三径就荒,松菊犹存。携幼入室,有酒盈樽。引壶觞以自酌,眄庭柯以怡颜。倚南窗以寄傲,审容膝之易安。园日涉以成趣,门虽设而常关。策扶老以流憩,时矫首而遐观。云无心以出岫,鸟倦飞而知还。景翳翳以将入,抚孤松而盘桓。归去来兮,请息交以绝游。世与我而相违,复驾言兮焉求?悦亲戚之情话,乐琴书以消忧。农人告余以春及,将有事于西畴。或命巾车,或棹孤舟。既窈窕以寻壑,亦崎岖而经丘。木欣欣以向荣,泉涓涓而始流。善万物之得时,感吾生之行休。已矣乎,寓形宇内复几时,曷不委心任去留?胡为乎遑遑兮欲何之?富贵非吾愿,帝乡不可期。怀良辰以孤往,或植杖而耘耔。登东皋以舒啸,临清流而赋诗。聊乘化以归尽,乐夫天命复奚疑。

(选自:逯钦立校注:《陶渊明集》,中华书局 2018 年版,第 176~179 页。)

吴均

吴均(469—520年),字叔庠,南朝梁文学家、史学家,吴兴故鄣(今浙江安吉)人。吴均出身贫寒,好学有俊才,召补主簿,累迁奉朝请,后因私撰齐春秋免官。吴均诗文自成一家,文体清丽,为时人仿效,号“吴均体”。其志怪小说《续齐谐记》故事曲折生动,人物性格鲜明,被鲁迅誉为“卓然可观”(《中国小说史略》)。有《吴朝请集》(汉魏六朝百三家集本)和《续齐谐记》一卷传世。

与朱元思书①

风烟俱净,天山共色。从流飘荡②,任意东西③。自富阳至桐庐,一百许里④,奇山异水,天下独绝。水皆缥碧⑤,千丈见底。游鱼细石,直视无碍。急湍甚箭,猛浪若奔。夹岸高山,皆生寒树⑥,负势竞上⑦,互相轩邈⑧,争高直指,千百成峰。泉水激石,泠泠作响⑨;好鸟相鸣,嘤嘤成韵。蝉则千转不穷⑩,猿则百叫无绝。鸢飞戾天者⑪,望峰息心⑫;经纶世务者⑬,窥谷忘反⑭。横柯上蔽⑮,在昼犹昏;疏条交映,有时见日。

(选自:张溥辑:《吴朝请集》(汉魏六朝百三家集本),影印本5A~5B。)

【注释】

① 题名亦做“与宋元思书”,朱元思应是作者的友人,其生平不详。

② 从流飘荡:乘船随着江流漂荡。

③ 任意东西:放任船只漂流,时而向东,时而向西。

④ 富阳、桐庐:均在今浙江杭州西南部,富春江沿岸。许:概数,大约。

⑤ 缥碧:青白色。

⑥ 寒树:看了感到寒意的树,形容树密而绿。

⑦ 负势竞上:高山凭依高峻的地势,争着向上。

⑧ 轩:此指向高处伸展。邈:向远处伸展。轩邈:(这些高山仿佛都在争着)往高处和远处伸展。

⑨ 泠泠:拟声词,形容水声的清越。

⑩ 转:通“啭”,鸟鸣声。这里指蝉鸣。

⑪ 鸢飞戾天:语出《诗经·大雅·旱麓》。老鹰高飞入天,比喻追求名利、极力攀高的人。

⑫ 息:使……平息,这里是使动用法。

⑬ 经纶:筹划、治理。经纶世务者:治理事务的人。

⑭ 窥:看。反:同“返”,返回。窥谷忘反:看到这些幽美山谷就会流连忘返。

⑮ 柯:树的枝干。横柯上蔽:横斜的树枝遮蔽着天空。

【文本赏析】

《与朱元思书》是吴均的散文名作,文章以简洁而传神的文笔,描写富春江两岸清朗秀丽景色,读后如亲临其境。全文篇幅精练,章法谨严,可分四个层次解读。

开篇两句“风烟俱净,天山共色”总括登舟纵目整体感受。第三、四句“从流飘荡,任意东西”描绘江上放舟的自由情态。接下来,作者用四个短句概括富春江惹人赞叹之美景:“自富阳至桐庐,一百许里,奇山异水,天下独绝。”也即是,富春山水甲天下。这想来并非作者的溢美之词,元代画家黄公望于1350年创作的纸本水墨画《富春山居图》也以此地美景为蓝本,传之后世,享誉海内,被誉为“画中之兰亭”。

第二层描写富春江之水。“水皆缥碧，千丈见底”从正面描绘江水之清澈，以兼具丝绸般的质地和青白的色泽两个维度来进行刻画。“游鱼细石，直视无碍”则从侧面加以衬托，画面增加了动态美。唐柳宗元《小石潭记》“潭中鱼可百许头，皆若空游无所依。日光下澈，影布石上”的句子也运用了类似技巧。第三组句子“急湍甚箭，猛浪若奔”着重刻画江岸狭窄、陡峻因而江流转向湍急、气势磅礴的特点。作者连用离弦之箭和骏马狂奔两个比喻，把江水从平滑如镜到奔腾翻滚的变幻多姿景象生动地描绘出来。此种写法收效甚佳，然而也并非孤例，横向对比同时期的散文作品可知，《水经注 · 三峡》篇中的“有时朝发白帝，暮到江陵，其间千二百里，虽乘奔御风，不以疾也”与此亦有异曲同工之妙。

第三层着重描写两岸高山。“夹岸高山，皆生寒树，负势竞上，互相轩邈，争高直指，千百成峰”六句，用拟人化手法突出山势高而险。接着再连用两组对偶句，“泉水激石，泠泠作响；好鸟相鸣，嘤嘤成韵”，“蝉则千转不穷，猿则百叫无绝”，作者的妙笔融合了视觉和听觉多种感官体验，句式整齐，音韵和谐，似一部林中交响乐，荡涤心灵、引人入胜。值得一提的是，以猿鸣映衬山水、写景抒情的技法在诗文作品中十分常见。《三峡》篇的“常有高猿长啸，属引凄异，空谷传响，哀转久绝”，以及后世李白《早发白帝城》“两岸猿声啼不住”、《长干行》“五月不可触，猿声天上哀”，杜甫《登高》“风急天高猿啸哀”等均属此类。

第四层笔锋一转，推出本文主旨：“鸢飞戾天者，望峰息心；经纶世务者，窥谷忘反。”这两组对句寄寓了作者深深的感慨，既蕴含着对富春山水的赞美、留恋之情，也表明了吴均淡泊名利，避世归隐的态度和愿望。可以说，作者触景生情，从富春山水的审美感受出发，以此地的幽静、安闲隐遁生活与世俗社会的喧闹、纷乱相对照，含蓄地否定了世俗社会，表达了作者对大自然的向往和避世退隐的高洁志趣。其寄情山水的内驱力源自心中郁积之愁苦和烦闷，这与六朝时期政治黑暗、社会动乱及吴均本人坎坷的经历想来也是有着一定程度关联的。

【思考练习】

1. 作者给朱元思写这封信的用意是什么？
2. 本文怎样做到骈散结合、疏密相间的？
3. 结合本文鉴赏南朝散文寓情于山水的思想意蕴。

【拓展阅读】

吴 均 传

吴均字叔庠，吴兴故鄣人也。家世寒贱，至均好学有俊才，沈约尝见均文，颇相称赏。梁天监初，柳恽为吴兴，召补主簿，日引与赋诗。均文体清拔，有古气，好事者或学之，谓为“吴均体”。均尝不得意，赠恽诗而去，久之复来，恽遇之如故，弗之憾也。荐之临川靖惠王，王称之于武帝，即日召入赋诗，悦焉。待诏著作，累迁奉朝请。

先是，均将著史以自名，欲撰齐书，求借齐起居注及群臣行状，武帝不许，遂私撰齐春秋奏之。书称帝为齐明帝佐命，帝恶其实录，以其书不实，使中书舍人刘之遴诘问数十条，竟支离无对。敕付省焚之，坐免职。寻有敕召见，使撰《通史》，起三皇讫齐代。均草本纪、世家已毕，唯列传未就，卒。

均注范晔《后汉书》九十卷，著《齐春秋》三十卷，《庙记》十卷，《十二州记》十六卷，《钱唐先贤传》五卷，《续文释》五卷，《文集》二十卷。

（选自：李延寿撰：《南史》（第六册），中华书局 1975 年版，第 1780~1781 页。）

与顾章书

仆去月谢病，还觅薜萝。梅溪之西，有石门山者，森壁争霞，孤峰限日；幽岫含云，深溪蓄翠；蝉吟鹤唳，水响猿啼，英英相杂，绵绵成韵。既素重幽居，遂葺宇其上。幸富菊花，偏饶竹实。山谷所资，于斯已办。仁智所乐，岂徒语哉！

（选自：张溥辑：《吴朝请集》（汉魏六朝百三家集本），影印本 5A。）

与施从事书

故鄣县东三十五里，有青山绝壁干天，孤峰入汉；绿嶂百重，清崖万转。归飞之鸟，千翼竞来；企水之猿，百臂相接。秋露为霜，春罗被径。“风雨如晦，鸡鸣不已。”信足荡累颐物，悟衷散赏。

（选自：张溥辑：《吴朝请集》（汉魏六朝百三家集本），影印本 5B~6A。）

魏徵

魏徵(580—643 年),字玄成,巨鹿曲阳(今河北省晋州市鼓城村附近)人。早年参加瓦岗起义。武德元年(618 年),归降唐朝,后授太子洗马,辅佐太子李建成,玄武门之变后,归于唐太宗李世民麾下。贞观元年(627 年),升授尚书左丞,累授左光禄大夫、太子太师,封郑国公,谥号“文贞”,名列“凌烟阁二十四功臣”第四位。他多次直言进谏,辅佐李世民共创“贞观之治”,被李世民誉为“贞观之后,尽心于我,献纳忠谠,安国利民,犯颜正谏,匡朕之违者,唯魏徵而已。古之名臣,何以加也!”

自贞观三年(629 年)起,魏徵奉命总撰唐初八史中的五史,他对各史“多所损益,务存简正”,使这“五史”获得了“时称良史”的称誉。魏徵还曾参与修撰《群书治要》。在文学上提倡文质并举,反对浮华文风,有助于矫正唐初专尚骈俪的文风。其言论多见《贞观政要》。后世辑存有《魏郑公集》。

谏太宗十思疏[①]

臣闻:求木之长者[②],必固其根本;欲流之远者,必浚其泉源[③];思国之安者,必积其德义。源不深而望流之远,根不固而求木之长,德不厚而思国之安,臣虽下愚,知其不可,而况于明哲乎?人君当神器之重[④],居域中之大[⑤],

不念居安思危,戒奢以俭,斯亦伐根以求木茂,塞源而欲流长也。

凡昔元首[6],承天景命[7],善始者实繁,克终者盖寡[8]。岂取之易,守之难乎?盖在殷忧[9],必竭诚以待下[10];既得志,则纵情以傲物[11]。竭诚,则吴、越为一体[12];傲物,则骨肉为行路[13]。虽董之以严刑[14],振之以威怒[15],终苟免而不怀仁[16],貌恭而不心服[17]。怨不在大[18],可畏惟人[19]。载舟覆舟[20],所宜深慎[21]。

诚能见可欲[22],则思知足以自戒;将有作[23],则思知止以安人;念高危[24],则思谦冲而自牧[25];惧满盈,则思江海下百川;乐盘游[26],则思三驱以为度[27];忧懈怠,则思慎始而敬终[28];虑壅蔽[29],则思虚心以纳下;惧谗邪[30],则思正身以黜恶[31];恩所加,则思无因喜以谬赏[32];罚所及,则思无以怒而滥刑。总此十思,宏兹九得[33],简能而任之[34],择善而从之,则智者尽其谋,勇者竭其力,仁者播其惠,信者效其忠[35]。文武并用,垂拱而治[36]。何必劳神苦思,代百司之职役哉[37]?

(选自:阴法鲁主编:《古文观止译注》(下册),吉林人民出版社 1981 年版,第 551 页。)

【注释】

① 太宗:唐太宗李世民。疏:古代臣下向君主分条陈述事情的一种文体。本文是魏徵于贞观十一年(637 年)写给唐太宗李世民的奏议。

② 长:成长。

③ 浚(jùn):深挖,疏通。

④ 神器:指帝位。在古代君权神授的观念下,统治天下的帝位便是神器。当神器之重:这里指君王处在担负着帝王重任的位置。

⑤ 域中:指天地之间。

⑥ 元首:君王。

⑦ 景:大。承天景命:承受了上天赋予的重大使命。

⑧ 克:能够。盖:表推测语气,相当于大概。

⑨ 殷忧:深忧。

⑩ 待下:这里指对待百姓。

⑪ 物:指人和事。傲物:傲视一切。

⑫ 吴、越:春秋时期的吴国和越国。这两个国家因为地理位置相邻,在历史上常年相互征伐,这里用吴越两国来比喻仇恨很深。

⑬ 骨肉:有血缘关系的亲人。行路:过路人,这里指成为没有关系、情感的人。

⑭ 董:监督。

⑮ 振:通“震”,震压。

⑯ 苟免而不怀仁:(臣民)只会求苟免于刑罚而不会心中感激国君的仁德。

⑰ 貌恭而不心服:(臣民)表面对君主恭敬但并没有真正心悦诚服。

⑱ 大:大小。

⑲ 人:“民”,人民,百姓。因避皇上李世民之名讳而写作“人”。

⑳ 载舟覆舟:这里用船和水的关系来比喻统治者和人民的关系,决定统治者统治是否稳固的因素在于人民。出自《荀子·王制》:“君者,舟也;庶人者,水也。水则载舟,水则覆舟。”

㉑ 所宜深慎:对此(统治者处理与百姓的关系)应该十分谨慎。

㉒ 见可欲:见到能引起(自己)喜好的东西。出自《老子》第三章“不见可欲,使民心不乱”。下文的“知足”“知止”,出自《老子》第四十四章“知足不辱,知止不殆”。

㉓ 作:兴建,建造。这里指从事劳民伤财、用于君主享乐夸耀的建造事项。

㉔ 念高危:想到自己处在高高在上的帝位。

㉕ 冲:虚。牧:约束。思谦冲而自牧:想到要变得谦虚来约束自己的欲望。

㉖ 盘游:盘桓游乐,这里指打猎取乐。

㉗ 三驱:据说古代圣贤之君在打猎布网时只拦住三面而有意网开一面,从而体现圣人的“好生之仁”。另一种解释为田猎活动以一年三次为度。

㉘ 敬:慎。

㉙ 壅(yōng):堵塞。弊:蒙蔽。壅蔽:这里指担心(言路)不通受蒙蔽。

㉚ 谗:说人坏话,造谣中伤。邪:不正派。

㉛ 黜(chù):排斥,罢免。

㉜ 谬:错误。

㉝ 宏:扩大。兹:此。九得:古代的九种道德标准,即“心能制义曰度,德正应和曰莫,照

临四方曰明,勤施无私曰类,教诲不倦曰长,赏庆刑威曰君,慈和遍服曰顺,择善而从之曰比,经纬天地曰文。"出自《春秋左传·昭公二十八年》。《尚书·皋陶谟》《逸周书·常训》中对九得具体内容有不同解释。

㉞ 简:选拔。

㉟ 信者:有信义、诚实的人。

㊱ 垂拱:垂衣拱手。垂拱而治:比喻不费力气就使国家得到管理,安享太平。出自《尚书·武成》:"惇信明义,崇德报功,垂拱而天下治。"

㊲ 百司:百官。

【文本赏析】

唐太宗李世民于即位之初,吸取隋朝灭亡的教训,始终保持着励精图治、勤俭戒慎的态度,但随着天下大定,内外无事,国家发展欣欣向荣,就开始滋生骄傲自满的情绪,逐渐有骄奢忘本、贪图享乐的倾向。魏徵有见于此,心中极为忧虑,在贞观十一年(637 年)的三月到七月,"频上四疏,以陈得失",《谏太宗十思疏》就是其中第二疏。

自古谏君之道尤难,在于君臣之间地位的悬殊,所谏之事又每每是君主所私所欲、所满所厌的,如果痛切直陈,一旦不入耳,非但所谏之事不能成功,发谏之人自身命途也会堪忧,这样的例子历史上不胜枚举。所以这类文章如何用委婉中允的方式打动君主,与君主建立共识,成为能否让君主采纳所谏之议的关键步骤,因此文章开头尤为重要。

本文第一段采用以小见大,比物连类的写法,先用常识性的"求木之长者,必固其根本""欲流之远者,必浚其泉源"来类比推导出"思国之安者,必积其德义"的观点,继而又从反面强调两者之间的必然逻辑。语气委婉舒缓,道理平实易受,君主一旦认同这个道理,作者便转而开启辞锋,直刺问题的核心,语气转迫,揭示出"人君当神器之重,居域中之大,不念居安思危,戒奢以俭"错误的荒谬性,使君主读来悚然自汗。而我们若细究本段之所以能让双方形成共识的立论逻辑基础,则在于其中体现了中国人知本重本的理性精神和谦仁虚慎的儒家传统,正如《大学》所言:“自天子以至于庶人,一是皆以修身为本。其本乱而末治者,否矣。其所厚者薄,而其所薄者厚,未之有也。此谓知本,此谓知之至也。”

第二段思维方式由前面横向的推导转为纵向的列括,历史上曾经像唐太宗一样“承天景命”有所作为的君主很多,但往往逃不过“善始者实繁,克终者盖寡”的结局,由此抛出了“岂取之易,守之难乎?”的叹问,于此使太宗再无法自满于现状,转而引发对前途的隐忧。继而作者对这一问题展开剖析,认为问题的核心在于君主是采取“竭诚”还是“傲物”的态度,而这两种态度又是源自在意识层面国君是“殷忧”还是“得志”。如果不能正确对待这一问题,仅凭权势进行威压,维持表面的稳定,终究会留下祸患,因为治国之本在儒家看来在得民心,而“载舟覆舟”之间的差别理应得到细致的思考、认真的对待,而这正是“殷忧”之所在。明乎此,则君主终能够纳谏克终,辨乎此,则作者方可以疏理条明。论理层层递进,至此终于要抵达文章的核心。

第三段正是“所宜深慎”的结果,列出十条思考,供君主进行自思自检,也是作者真正疏谏的内容。通过排比句式写出的“十思”,有如警句格言,句句指实,字字铭心,相信此时的太宗读来必定条条都有所对应,继而反躬自省,于此也就能显出本文的成效了。十条虽多,但论列不乱,而且“若约言之,总一居安思危而已”(《古文析义》)。又归于“殷忧”之本。“总此十思,宏兹九得”,可见“十思”与“九得”本是一体,“九得”为本,“十思”为用,共同构筑了儒家圣明君主理想的规范。而君正臣自明,天下自治,儒家的治理观念强调各居其位、各司其职,治理天下之难不在于苦思劳神,而在于做正确的事,一旦做对治天下便不难,自然能垂拱而治,此处既能切中太宗内心之所求,又照应了开头当神器之重的责任,全文至此形成一个闭环。

《文心雕龙·奏启》:“自汉以来,奏事或称‘上疏’。”可见疏就是奏,刘勰将奏体特点概括为:“夫奏之为笔,固以明允笃诚为本,辨析疏通为首。强志足以成务，博见足以穷理，酌古御今，治繁总要，此其体也。”本文完全符合这一标准。

奏属于笔，笔的特点是突出功能性，而不以文采为重，本文正如林云铭所说：“文虽平实，当与三代谟训并垂，原不待以‘奇幻’见长也。”而全文基于儒家的道德逻辑和治理观念来立论建说，是“明允笃诚为本”；通过比物连类，层层递进，用精当的论析，引出“十思”，是“辨析疏通为首”；重“神器之重”“域中之大”以求“强志”；引“载舟覆舟”“垂拱而治”以成“博见”；“凡昔元首”为“酌古”；“简能”“择善”为“御今”；“十思”条陈，清楚分明，以为标准，可谓“治繁总要”。总此一篇为例，可见古人奏疏写法的大要。

文以人而名，人以世而立。奏疏的写法人人可以学会，但此篇能够传世，则在于作者是历史上以谏臣知名的魏徵，而魏徵能够得名，离不开能够虚心纳谏、说出“今魏徵随事谏正，多中朕失，如明鉴照形，美恶毕见”的唐太宗，而正是他们君臣一心才铸就了贞观之治的盛世。所以这篇文章也就成为封建社会儒家理想君臣关系的注脚，因而历代传扬，由此文可想见，确实“非魏公不敢为此言，非太宗亦不敢纳而用之。千古君臣，令人神往！”（《古文析义》）就此引出人们无数对历史、现实的思叹。

【思考练习】

1. 请结合本文，谈谈魏徵开列这“十思”的必要性和合理性在哪。

2. 请结合你掌握的历史史实，谈谈为什么那些“承天景命”的“凡昔元首”会“善始者实繁，克终者盖寡”。

3. 请在本文内容的基础上，结合你了解的儒家思想，总结一下儒家的治理观念都包括什么。

【拓展阅读】

答魏徵手诏

省频抗表，诚极忠款，言穷切至，披览忘倦，每达宵分。非公体国情深，匪躬义重，岂能示以良图，救其不及？

朕在衡门，尚惟童幼，未渐师保之训，罕闻先达之言。值隋祚分离，万邦涂炭，惵惵黔黎，庇身无所。朕自二九之年，有怀拯溺，发愤投袂，便提干戈。蒙犯霜露，东西征伐，日不暇给，居无宁岁。降苍昊之灵，禀庙堂之略，义旗所指，触向平夷。弱水流沙，并通輶轩之使；被发左衽，化为冠盖之域。正朔所颁，无远弗届。

及恭承宝历，寅奉帝图，垂拱无为。氛埃静息，于兹十有一载矣。盖股肱罄帷幄之谋，爪牙竭熊罴之力，协德同心。以致于此。自惟寡薄，厚享斯休，每以大宝神器，忧深责重，尝惧万几多旷，四聪不达，何尝不战战兢兢，坐以待旦。询于公卿，以至隶皂，推以赤心，庶几刑措。但顷年以来，祸衅既极，又缺嘉偶，荼毒未几，悲伤继及。凡在生灵，孰胜哀痛，岁序屡迁，触目摧感。自尔以来，心虑恍惚，当食忘味，中宵废寝。是以三思万虑，或失毫厘，刑赏之乖，实繇于此。昔者循齐睿知，资风牧以致隆平；翼善钦明，赖稷契以康至道。然后文德武功，载勒于钟石。淳风至德，永传于竹素。克播鸿名，永为称首，朕以虚薄，多惭往代。若不任舟楫，岂能济彼巨川；非藉盐梅，安得调夫鼎味。

朕闻晋武帝自平吴以后，务在骄奢，不复留心治政。何曾退朝，谓其子劭曰："吾每见主上，不论经国远图，但说平生常语，此非贻厥子孙者也。尔身犹可以免。"指诸孙曰："此等必遇乱。"及孙绥，果为淫刑所戮。前史美之，以为明于先见。朕意不然，谓曾之不忠，其罪大矣。夫为人臣，当进思竭诚，退思补过，将顺其美，规救其恶，所以为治也。曾位极台司，名器隆重。当直词正谏,论道佐时,今乃退有后言,进无廷谏,以为明智,不亦谬乎?颠而不扶,安用彼相?

公之所谏,朕闻过矣。当置之几案,事等弦韦,必望收彼桑榆,期之岁暮,不亦康哉良哉,独惭于往日,若鱼若水,遂爽于当今。迟复嘉谋,犯而无隐,朕将虚襟静志,敬伫德音。

(选自:周绍良主编:《全唐文新编》(第一部第一册),吉林文史出版社 1999 年版,第 59 页。)

李白

李白(701—762 年),字太白,号青莲居士。原籍陇西成纪(今甘肃静宁西南),凉武昭王李暠九世孙。开元十三年(725 年),“仗剑去国,辞亲远游”。离开蜀地,开始了漫游而兼求仕的生活。天宝元年(742 年)秋,因玉真公主推荐,被诏入京,受玄宗赏识,令其供奉翰林,与贺知章等为“饮酒八仙人”,名动京师。天宝三载(744 年)春,因遭馋毁,上书求还山,玄宗赐金放还。安史之乱爆发后,卷入永王之乱,流放夜郎,后遇赦归。宝应元年(762 年),病死于当涂族叔李阳冰家,享年六十二岁。

李白是盛唐诗歌顶峰的代表,与杜甫并称,被誉为“诗仙”。其非凡的自负和自信,狂傲的独立人格,豪放洒脱的气度和自由创造的浪漫情怀,充分体现了盛唐士人的时代性格和精神风貌。其诗歌中发兴无端的激情、豪放飘逸的风格、变化莫测的想象、清水芙蓉的美,使其在中国诗歌史上有着不可更替的不朽的地位,是最伟大的浪漫主义诗人。

春夜宴从弟桃花园序[①]

夫天地者,万物之逆旅也[②];光阴者,百代之过客也。而浮生若梦[③],为欢几何[④]? 古人秉烛夜游[⑤],良有以也[⑥]。况阳春召我以烟景[⑦],大块假我以文章[⑧]。会桃花之芳园,序天伦之乐事[⑨]。群季俊秀[⑩],皆为惠连[⑪];吾人咏歌,独惭康乐[⑫]。幽赏未已,高谈转清[⑬]。开琼筵以坐花[⑭],飞羽觞而醉月[⑮]。不有佳咏,何伸雅怀[⑯]?如诗不成,罚依金谷酒数[⑰]。

(选自:安旗主编:《李白全集编年笺注》(第四册),中华书局 2015 年版,第 1560 页。)

【注释】

① 从弟:堂弟。从(cóng,旧读 zòng),堂房亲属。桃花园:疑在安陆兆山桃花岩。

② 逆:迎接。旅:客。逆旅:客舍。迎客止歇,所以客舍称逆旅。

③ 浮生:人生短促,漂浮无定。

④ 几何:犹若干,多少。

⑤ 秉:执。出自《古诗十九首》其十五:"昼短苦夜长,何不秉烛游。"曹丕《与吴质书》中亦有:"少壮真当努力,年一过往,何可攀援!古人思秉烛夜游,良有以也。"秉烛夜游:谓及时行乐。

⑥ 良:确实。以:因由,道理。良有以:有原因。

⑦ 烟景:指春天气候温润,景色如烟雾笼罩般秀丽朦胧。

⑧ 大块:天地,大自然。假:借,这里是提供、赐予的意思。文章:指锦绣河山。

⑨ 序:通"叙",叙说,这里是畅谈的含义。天伦:指父子、兄弟等亲属关系。这里专指兄弟。

⑩ 群季:诸弟。古代兄弟按年龄排行,曰伯(孟)、仲、叔、季,故以季代称弟。

⑪ 惠连:指谢惠连,南朝诗人,早慧,十岁能做诗文,是当时著名诗人谢灵运的族弟,后人把他和谢灵运、谢朓合称"三谢"。这里以惠连来称赞诸弟的文才。

⑫ 康乐:南朝山水诗人谢灵运,袭封康乐公,世称"谢康乐"。此处作者自谦无谢灵运之才。

⑬ 清:清雅。

⑭ 琼筵:华贵的筵席。

⑮ 羽觞(shāng):古代一种酒器,作鸟雀状,有头尾羽翼。飞羽觞:这里比喻杯盏交错,开怀痛饮。

⑯ 伸:表白。

⑰ 金谷酒数:罚酒三斗的隐语,典出晋石崇《金谷诗序》:“遂各赋诗,以叙中怀,或不能者,罚酒三斗。”金谷园名为晋代石崇所建,在今河南省洛阳市西北,石崇曾经在这里大宴宾客并当席赋诗。

【文本赏析】

李白以“诗仙”名世,他的诗脍炙人口,大众耳熟能详,但对他的文一般人就了解有限了。其实李白的文传世不在少数,而且成就同样很高。既有才气横露、神采飞扬的《大鹏赋》,又有自信非凡、气势夺人的《与韩荆州书》,还有设思巧妙、秀逸高远的《代寿山答孟少府移文书》,这些文章无一不体现着李白的鲜明个性和旷世才华,值得认真去品读,会为我们研究其诗、理解其人打开一个新视角,这篇《春夜宴从弟桃花园序》也不例外。

李白的好诗每每出于宴饮欢歌、情性抒发、展露无遗之际,而此篇“大意谓人生短景,行乐犹恐不及,况值佳辰,岂容错过。寄情诗酒,所以为行乐之具也。青莲全集,强半是此段襟怀。此副笔墨,若出他手,则锦心绣口,不可多得矣。”(《古文析义》)正可以与其同类诗对读。以诗意行文法,文体诠诗兴,任心挥洒,其致正一,恰是李白此类文的妙处。

本文可以分成两部分,核心是抒写宴会之欢景与欢情。第一部分通过对存在的哲学观照和人生的深情感喟,为宴会展开奠定价值基点;第二部分则是具体描写宴会实况,是全文的主体,也是对上一部分的践行与生发。无前者则落入凡庸,无后者则失之浮泛。

李白作品一个特点就是气势浩大,而这来源于他常常在开篇以极宏大广阔的物象或意想来架构设思,作为后面情感奔涌展现的空间。本文开头就是运用这一方法,以天地万物、光阴百代搭建了一个无尽旷邈的时空场景,在其中对于存在的本质进行哲学层面的探询。在他看来一切都是暂时的,一切都无法留存,万事万物匆匆而过,彼此并不能形成本质的支撑与必然的联结,将读者抛入一种时空迷思当中。读者在感到错愕震惊、茫然失落的同时,精神上也被开辟出了巨大的空洞,随之被召唤而来的是一种关于本真的思辨与渴望的冲动,由他们来填充这一空洞。在这个以变化为故常、存在不过是暂过的世界中,最终落回到的是真实生存的个体,这背后的模式与《将进酒》的“君不见,黄河之水天上来,奔流到海不复回。君不见,高堂明镜悲白发,朝如青丝暮成雪”如出一辙。由此生发的人生感受就是“浮生若梦”。因为世事的变迁无常,不能成为牵系生命的依托,自然就会产生这种浮游感。以梦喻人生则源自道家的“庄周梦蝶”,在真实与虚妄、永恒与短促的复杂交错之间正是人对生命状态最直观形象的感受。接连经受茫然失落、迷离漂浮感受冲刷的读者,需要找到一个可供凭依的确指,而这个确指是伴随生命激流洗荡后浮现明晰的人的本心本情,即是文中的“欢”,这个“欢”既是感官性的,更是对生命自身迸发的美好在本质层面做出的肯定。“为欢”就是主动自发的对生命本体探寻与执着,而在李白看来,生命的本体是情感,是灵与肉的统一,所以他必然是诗性的,这也是解读李白的关键所在。对生命的意识、对情感的重视是魏晋“人”的觉醒中的核心主题,这种生命意识的重要特征是有限性,由有限性所带来的紧迫感成为推动人们珍惜以及积极践行这种情感的最主要动能。除了内在的渴望外,外部环境也为其合理性创造了依据,人的自性与大自然本质都是一样的,都是美的,彼此会相互吸引,融为一体,内外无所分别,此即是在艺术上评价中国古代山水诗常说的情景交融,具体时空场景中的秀美景色成为人性情感展露的最佳载体。

第二部分具体写春夜桃花园宴会的实况。天地良时美景萃于“芳”,人生友爱相知尽于“乐”。而在场之人也在历史中寻找到了相似性,《谢氏家录》云:“康乐每对惠连,辄得佳语。尝在永嘉西堂,思诗竟日不就。寤寐间忽见惠连,即成‘池塘生春草’。故尝云:‘此语有神助,非我语也。’”这种比拟引发的是作者的雅致与豪兴。“幽赏未已,高谈转清,”从感官的摄取上升为清雅的思致,如前面论述过的,这种思致的本体是对生命本真情感的追询与感受,而"开琼筵以坐花,飞羽觞而醉月"正是将这种生命情感挥洒得淋漓尽致、达到极致忘情的体现,在这种无拘束的情感的统摄下,交互的人情、错落的花月都已无分彼此、混融统一了,带来极强的沉浸感。"不有佳咏,何伸雅怀?"诗是记录和展现这份生命情感状态的最佳载体,也正因为承载了这些,才有了诗文百代不易的永恒价值,因为无论时空如何转变,人的本质也不会改变,对生命本身的感受永远是鲜活的,正如我们曾经在《兰亭集序》中看到的、在李白那些兴致蓬勃、诗情挥洒的篇章中看到的一样。

本文句式骈丽,情韵兼长,虽然"未脱六朝骈俪习气,然与堆砌者殊异"(《古文小品咀华》),原因就在于李白是以洋溢的生命热情来驾驭篇章的语辞句构。由此可知,为文之道当以真情实感为核心,一切的文学技巧都是为了表达这个核心来服务的,切不能本末倒置。

【思考练习】

1. 请依据"况阳春召我以烟景,大块假我以文章"谈一谈人与自然的关系,以及为什么中国古代诗文中有大量描写自然的篇章。

2. 请谈谈本文的两部分之间是如何关联呼应的。

3. 在本文的基础上,请阅读李白其他的序体文,并总结他的此类文章有什么共同特点,以及与他的同题材诗歌有什么共性与不同。

【拓展阅读】

与韩荆州书

白闻天下谈士相聚而言曰:"生不用万户侯,但愿一识韩荆州。"何令人之景慕一至于此耶?岂不以有周公之风,躬吐握之事,使海内豪俊奔走而归之,一登龙门,则声誉十倍!所以龙盘凤逸之士,皆欲收名定价于君侯。愿君侯不以富贵而骄之，寒贱而忽之。则三千宾中有毛遂，使白得颖脱而出，即其人焉。白陇西布衣，流落楚汉。十五好剑术，遍干诸侯；三十成文章，历抵卿相。虽长不满七尺，而心雄万夫。王公大人，许与气义。此畴曩心迹，安敢不尽于君侯哉？君侯制作侔神明，德行动天地，笔参造化，学究天人。幸愿开张心颜，不以长揖见拒。必若接之以高宴，纵之以清谈，请日试万言，倚马可待。今天下以君侯为文章之司命，人物之权衡，一经品题，便作佳士。而君侯何惜阶前盈尺之地，不使白扬眉吐气，激昂青云耶？

昔王子师为豫州，未下车即辟荀慈明，既下车又辟孔文举。山涛作冀州，甄拔三十余人，或为侍中尚书，先代所美。而君侯亦荐一严协律，入为秘书郎，中间崔宗之、房习祖、黎昕、许莹之徒，或以才名见知，或以清白见赏。白每观其衔恩抚躬，忠义奋发，以此感激，知君侯推赤心于诸贤腹中，所以不归他人而愿委身国士。傥急难有用，敢效微躯。

且人非尧舜，谁能尽善？白谟猷筹画，安能自矜？至于制作，积成卷轴，则欲尘秽视听，恐雕虫小技，不合大人。若赐观刍荛，请给纸墨，兼之书人，然后退扫闲轩，缮写呈上。庶青萍结绿，长价于薛卞之门。幸惟下流，大开奖饰，惟君侯图之。

（选自：安旗主编：《李白全集编年笺注》（第四册），
中华书局 2015 年版，第 1541～1544 页。）

韩愈

韩愈(768—824年),字退之,河阳(今河南孟州南)人,自谓郡望昌黎,故后人多称韩昌黎。他三岁而孤,由嫂郑氏抚育成人。贞元八年(792年)登进士第,先后任汴州观察推官、四门博士、监察御史等。贞元十九年(803年)因上书言关中旱饥,触怒权要,被贬为阳山(今属广东)令。元和十四年(819年)又因反对宪宗拜迎佛骨,被贬为潮州刺史。穆宗时,他任国子监祭酒、兵部侍郎,又转吏部侍郎。谥号为"文",后人又称之为"韩文公",有"百代文宗"之誉。

韩愈为中唐时期文界诗坛的领袖,在诗、文领域均取得了瞩目的成就,是"古文运动"的主要领导者之一,倡导"文以明道",与柳宗元、欧阳修、王安石、苏洵、苏轼、苏辙、曾巩并称为"唐宋八大家"。苏轼说他:"匹夫而为百世师,一言而为天下法","文起八代之衰,道济天下之溺"(《潮州韩文公庙碑》),明人吴讷评其墓志铭文"古今作者,惟昌黎最高。行文叙事,面目首尾,不再蹈袭"(《文章辨体序说》),堪为确评。

师　说[①]

古之学者必有师[②]。师者,所以传道受业解惑也[③]。人非生而知之者,孰能无惑？惑而不从师，其为惑也终不解矣。生乎吾前，其闻道也固先乎吾[4]，吾从而师之[5]；生乎吾后，其闻道也亦先乎吾，吾从而师之；吾师道也，夫庸知其年之先后生于吾乎？是故无贵无贱、无长无少，道之所存，师之所存也。嗟乎，师道之不传也久矣[6]，欲人之无惑也难矣！古之圣人，其出人也远矣，犹且从师而问焉；今之众人，其下圣人也亦远矣，而耻学于师。是故圣益圣[7]，愚益愚，圣人之所以为圣，愚人之所以为愚，其皆出于此乎？

爱其子，择师而教之；于其身也[8]，则耻师焉；惑矣[9]！彼童子之师[10]，授之书而习其句读者，非吾所谓传其道解其惑者也。句读之不知，惑之不解，或师焉，或不焉[11]，小学而大遗[12]，吾未见其明也。

巫医乐师百工之人[13]，不耻相师。士大夫之族，曰师、曰弟子云者，则群聚而笑之。问之，则曰：彼与彼年相若也，道相似也。位卑则足羞，官盛则近谀。呜呼，师道之不复可知矣！巫医乐师百工之人，君子不齿[14]，今其智乃反不能及[15]，其可怪也欤！

圣人无常师，孔子师郯子、苌弘、师襄、老聃。郯子之徒，其贤不及孔子[16]，孔子曰："三人行，则必有我师。"是故弟子不必不如师[17]，师不必贤于弟子，闻道有先后，术业有专攻[18]，如是而已。

李氏子蟠，年十七，好古文，六艺经传皆通习之[19]，不拘于时，学于余。余嘉其能行古道[20]，作师说以贻之。

（选自：马其昶校注：《韩昌黎文集校注》（上册），
上海古籍出版社 2021 年版，第 59~63 页。）

【注释】

① 说：古代的一种文体，通常用来发表议论或说明某种道理。

② 学者：做学问的人；求学的人。

③ 惑：疑难。

④ 闻：听见的事情，消息。此处可译为知道，懂得。

⑤ 师:效法,学习。

⑥ 师道:指师之地位、作用以及尊师之风尚。

⑦ 益:更加。

⑧ 身:自己,自身。

⑨ 惑:糊涂,令人不解。

⑩ 童子:未成年的人。

⑪ 不:同“否”,不如此,不然。

⑫ 遗:丢失,抛弃。

⑬ 百工:泛指手工业工人,各种工匠。

⑭ 齿:并列。不齿:不能同列或不与同列,表示鄙弃。

⑮ 乃:竟。

⑯ 贤:人的贤能。

⑰ 不必:无须,不一定,没有必要。

⑱ 术业:学术技艺,学业。

⑲ 通:整个,全部。

⑳ 嘉:赞美,称道、颂扬事物的美好。

【文本赏析】

《师说》作为中国古代散文名篇之一,时至今日仍具有重要的启示意义。文章开篇即说:“古之学者必有师。师者,所以传道受业解惑也。”鲜明地阐明了立场。为什么非要强调这一点呢?很显然有作者特殊的用意。在当时,很多“学者”以从师为耻,作者针对这一社会现实,开宗明义,发表了自己的看法,亦可视为全文总纲。同时,韩愈还指出,“师”的作用即在于“传道受业解惑”,这一开篇亦可与结尾遥相呼应。文章结尾说:“余嘉其能行古道,作师说以贻之。”此处所言“古道”与开篇之“师道”一脉相承,彰显出此文结构之精妙,构思之缜密。

此外,文章还指出择师的标准乃“道之所存,师之所存”,与当时“师道之不传也久矣”形成鲜明对比，明确指出“古之圣人，其出人也远矣，犹且从师而问焉；今之众人，其下圣人也亦远矣，而耻学于师”“巫医乐师百工之人，不耻相师。士大夫之族，曰师、曰弟子云者，则群聚而笑之”，痛斥“今之众人”“士大夫之族”以向“师”学习为耻的心理，从而揭示出他们“耻学于师”有悖“师道”，是不正确的。以“道”为师，而不必论贵贱长少，这一观点在今天来看也极具进步意义。最后，作者从正面提出“圣人无常师”的命题，并以孔子为例，说出“是故弟子不必不如师，师不必贤于弟子，闻道有先后，术业有专攻，如是而已”的观点，体现出韩愈对师生关系的独特思考，这也对后世影响深远，成为我国教育思想史上不可多得的名篇佳作，历久弥新，经久不衰。

柳宗元在《答韦中立论师道书》中云：“今之世，不闻有师，有辄哗笑之，以为狂人。独韩愈奋不顾流俗，犯笑侮，收召后学，作《师说》，因抗颜而为师。世果群怪聚骂，指目牵引，而增与为言辞。愈以是得狂名。”由是可见，韩愈当时的主张并不能被世人所理解，甚至被“哗笑之”，将其视为“狂人”，在此种背景之下，韩愈仍能“不顾流俗”，创作此文，其不流于世俗的精神可见一斑，诚如明人茅坤所言：“昌黎当时抗师道以号召后辈，故为此以倡赤帜云。”

本文运用对比等修辞方法，立论充分，感情充沛，一气呵成，行文又富于变化，“前起后收，中排三节，皆以轻重相形。初以圣与愚相形，圣且从师，况愚乎？次以子与身相似，子且择师，况身乎？末以巫医、乐师、百工与士大夫相形，巫、乐、百工且从师，况士大夫乎？公之提诲后学，亦可谓深切著明矣，而文法则自然而成者也”（《黄氏日钞》），带给读者独特的审美体验，令人回味无穷。

【思考练习】

1.《师说》中提到了“道之所存，师之所存也”。请结合自己的经历，谈谈你对这句话的理解。

2. 韩愈在《师说》中提到的"师"与"弟子"的关系，与现代教育中的师生关系有何异同？

3.《师说》中的观点对当代大学生有何启示意义？

【拓展阅读】

旧唐书·韩愈传

韩愈，字退之，昌黎人。父仲卿，无名位。愈生三岁而孤，养于从父兄。愈自以孤子，幼刻苦学儒，不俟奖励。大历、贞元之间，文字多尚古学，效杨雄、董仲舒之述作，而独孤及、梁肃最称渊奥，儒林推重。愈从其徒游，锐意钻仰，欲自振于一代。洎举进士，投文于公卿间，故相郑余庆颇为之延誉，由是知名于时。

寻登进士第。宰相董晋出镇大梁，辟为巡官。府除，徐州张建封又请为其宾佐。愈发言真率，无所畏避，操行坚正，拙于世务。调授四门博士，转监察御史。德宗晚年，政出多门，宰相不专机务，宫市之弊，谏官论之不听。愈尝上章数千言极论之，不听，怒贬为连州阳山令，量移江陵府掾曹。元和初，召为国子博士，迁都官员外郎。时华州刺史阎济美以公事停华阴令柳涧县务，俾摄掾曹。居数月，济美罢郡，出居公馆，涧遂讽百姓遮道索前年军顿役直。后刺史赵昌按得涧罪以闻，贬房州司马。愈因使过华，知其事，以为刺史相党，上疏理涧，留中不下。诏监察御史李宗奭按验，得涧赃状，再贬涧封溪尉。以愈妄论，复为国子博士。愈自以才高，累被摈黜，作《进学解》以自喻曰：

国子先生晨入太学，召诸生立馆下，诲之曰："业精于勤荒于嬉，行成于思毁于随。方今圣贤相逢，治具毕张，拔去凶邪，登崇俊良。占小善者率以录，名一艺者无不庸。爬罗剔抉，刮垢磨光。盖有幸而获选，孰云多而不扬？

诸生业患不能精，无患有司之不明；行患不能成，无患有司之不公。”

言未既，有笑于列者曰：“先生欺予哉！弟子事先生，于兹有年矣。先生口不绝吟于六艺之文，手不停披于百家之编。记事者必提其要，纂言者必钩其玄。贪多务得，细大不捐。烧膏油以继晷，常矻矻以穷年。先生之业，可谓勤矣。觝排异端，攘斥佛、老，补苴罅漏，张皇幽眇。寻坠绪之茫茫，独旁搜而远绍；障百川而东之，回狂澜于既倒。先生之于儒，可谓有劳矣。沉浸醲郁，含英咀华，作为文章，其书满家。上规姚、姒，浑浑无涯。《周诰》、《殷盘》，佶屈聱牙。《春秋》谨严，《左氏》浮夸。《易》奇而法，《诗》正而葩。下逮《庄》、《骚》，太史所录、子云、相如，同工异曲。先生之于文，可谓闳其中而肆其外矣。少始知学，勇于敢为；长通于方，左右具宜。先生之于为人，可谓成矣。然而公不见信于人，私不见助于友，跋前踬后，动辄得咎。暂为御史，遂窜南夷。三为博士，冗不见治。命与仇谋，取败几时。冬暖而儿号寒，年丰而妻啼饥。头童齿豁，竟死何裨？不知虑此，而反教人为！”

先生曰：“吁，子来前”。夫大木为宲，细木为桷，欂栌侏儒，椳闑扂楔，各得其宜，施以成室者，匠氏之工也。玉札丹砂、赤箭青芝、牛溲马勃、败鼓之皮，俱收并蓄，待用无遗者，医师之良也。登明选公，杂进巧拙，纡馀为妍，卓荦为杰，校短量长，惟器是适者，宰相之方也。昔者，孟轲好辩，孔道以明，辙环天下，卒老于行。荀卿守正，大论是弘，逃谗于楚，废死兰陵。是二儒者，吐辞为经，举足为法，绝类离伦，优入圣域，其遇于世何如也？今先生学虽勤而不繇其统，言虽多而不要其中，文虽奇而不济于用，行虽修而不显于众。犹且月费俸钱，岁靡廪粟；子不知耕，妇不知织；乘马从徒，安坐而食，踵常途之促促，窥陈编以盗窃。然而圣主不加诛，宰臣不见斥，兹非其幸欤？动而得谤，名亦随之。投闲置散，乃分之宜。若夫商财贿之有亡，计班资之崇庳，忘己量之所称，指前人之瑕疵，是所谓诘匠氏之不以杙为楹，而訾医师以昌阳引年，欲进其豨苓也。”

执政览其文而怜之，以其有史才，改比部郎中、史馆修撰。逾岁，转考功郎中、知制诰，拜中书舍人。

俄有不悦愈者，摭其旧事，言愈前左降为江陵掾曹，荆南节度使裴均馆之颇厚，均子锷凡鄙，近者锷还省父，愈为序饯锷，仍呼其字。此论喧于朝列，坐是改太子右庶子。元和十二年八月，宰臣裴度为淮西宣慰处置使，兼彰义军节度使，请愈为行军司马，仍赐金紫。淮、蔡平，十二月随度还朝，以功授刑部侍郎，仍诏愈撰《平淮西碑》，其辞多叙裴度事。时先入蔡州擒吴元济，李愬功第一，愬不平之。愬妻出入禁中，因诉碑辞不实，诏令磨愈文。宪宗命翰林学士段文昌重撰文勒石。

凤翔法门寺有护国真身塔，塔内有释迦文佛指骨一节，其书本传法；三十年一开，开则岁丰人泰。十四年正月，上令中使杜英奇押官人三十人，持香花，赴临皋驿迎佛骨。自光顺门入大内，留禁中三日，乃送诸寺。王公士庶，奔走舍施，唯恐在后。百姓有废业破产、烧顶灼臂而求供养者。愈素不喜佛，上疏谏曰：

伏以佛者，夷狄之一法耳。自后汉时始流入中国，上古未尝有也。昔黄帝在位百年，年百一十岁；少昊在位八十年，年百岁；颛顼在位七十九年，年九十八岁；帝喾在位七十年，年百五岁；帝尧在位九十八年，年百一十八岁；帝舜及禹年皆百岁。此时天下太平，百姓安业乐寿考，然而中国未有佛也。其后殷汤亦年百岁，汤孙太戊在位七十五年，武丁在位五十年，书史不言其寿，推其年数，盖亦俱不减百岁。周文王年九十七岁，武王年九十三岁，穆五在位百年。此时佛法亦未至中国，非因事佛而致此也。

汉明帝时始有佛法，明帝在位才十八年耳。其后乱亡相继，运祚不长，宋、齐、梁、陈、元魏已下，事佛渐谨，年代尤促。唯梁武帝在位四十八年，前后三度舍身施佛，宗庙之祭，不用牲牢，昼日一食，止于菜果；其后竟为侯景所逼，饿死台城，国亦寻灭，事佛求福，乃更得祸。由此观之，佛不足信，亦可知矣。

高祖始受隋禅，则议除之。当时群臣识见不远，不能深究先王之道、古今之宜，推阐圣明，以救斯弊，其事遂止。臣尝恨焉！伏惟皇帝陛下，神圣英武，数千百年以来未有伦比。即位之初，即不许度人为僧尼、道士，又不许别立寺观。臣当时以为高祖之志，必行于陛下之手。今纵未能即行，岂可恣之转令盛也！

今闻陛下令群僧迎佛骨于凤翔，御楼以观，舁入大内，令诸寺递迎供养。臣虽至愚，必知陛下不惑于佛，作此崇奉以祈福祥也。直以年丰人乐，徇人之心，为京都士庶设诡异之观、戏玩之具耳。安有圣明若此而肯信此等事哉？然百姓愚冥，易惑难晓，苟见陛下如此，将谓真心信佛。皆云天子大圣，犹一心敬信，百姓微贱，于佛岂合惜身命。所以灼顶燔指，百十为群，解衣散钱，自朝至暮，转相仿效，唯恐后时，老幼奔波，弃其生业。若不即加禁遏，更历诸寺，必有断臂脔身以为供养者。伤风败俗，传笑四方，非细事也。

佛本夷狄之人，与中国言语不通，衣服殊制。口不道先王之法言，身不服先王之法服不知君臣之义、父子之情。假如其身尚在，奉其国命，来朝京师，陛下容而接之，不过宣政一见，礼宾一设，赐衣一袭，卫而出之于境，不令惑于众也。况其身死已久，枯朽之骨，凶秽之余，岂宜以入宫禁！孔子曰："敬鬼神而远之"古之诸侯，行吊于国，尚令巫祝先以桃茢，祓除不祥，然后进吊。今无故取朽秽之物，亲临观之，巫祝不先，桃茢不用，群臣不言其非，御史不举其失，臣实耻心之。乞以此骨付之水火，永绝根本，断天下之疑，绝后代之惑。使天下之人，知大圣人之所作为出于寻常万万也，岂不盛哉！岂不快哉！佛如有灵，能作祸祟，凡有殃咎，宜加臣身。上天鉴临，臣不怨悔。

疏奏，宪宗怒甚。间一日，出疏以示宰臣，将加极法。裴度、崔群奏曰："韩愈上忤尊听，诚宜得罪，然而非内怀忠恳，不避黜责，岂能至此？伏乞稍赐宽容，以来谏者。"上曰："愈言我奉佛太过，我犹为容之。至谓东汉奉佛之后，帝王咸致夭促，何言之乖刺也？愈为人臣，敢尔狂妄，固不可赦。"于是人情惊惋，乃至国戚诸贵亦以罪愈太重，因事言之，乃贬为潮州刺史。

愈至潮阳，上表曰：

臣今年正月十四日，蒙恩授潮州刺史，即日驰驿就路。经涉岭海，水陆万里。臣所领州，在广府极东，去广府虽云二千里，然来往动皆逾月。过海口，下恶水，涛泷壮猛，难计期程，飓风鳄鱼，患祸不测。州南近界，涨海连天，毒雾瘴氛，日夕发作。臣少多病，年才五十，发白齿落，理不久长。加以罪犯至重，所处又极远恶，忧惶惭悸，死亡无日。单立一身，朝无亲党，居蛮夷之地，与魑魅同群。苟非陛下哀而念之，谁肯为臣言者。

臣受性愚陋，人事多所不通，唯酷好学问文章，未尝一日暂废，实为时辈推许。臣于当时之文，亦未有过人者，至于论述陛下功德，与《诗》、《书》相表里，作为歌诗，荐之郊庙，纪太山之封，镂白玉之牒，铺张对天之宏休，扬厉无前之伟迹，编于《诗》、《书》之策而无愧，措于天地之间而无亏。虽使古人复生，臣未肯多让。伏以大唐受命有天下，四海之内，莫不臣妾，南北东西，地各万里。自天宝之后，政治少懈，文致未优，武克不纲。孽臣奸隶，外顺内悖，父死子代，以祖以孙，如古诸侯，自擅其地，不朝不贡，六七十年。四圣传序，至以陛下，躬亲听断，干戈所麾，无不从顺。宜定乐章，以告神明，东巡泰山，奏功皇天，使永永万年，服我成烈。当此之际，所谓千载一时不可逢之嘉会，而臣负罪婴衅，自拘海岛，戚戚嗟嗟，日与死迫，曾不得奏薄伎于从官之内、隶御之间，穷思毕精，以赎前过。怀痛穷天，死不闭目！瞻望宸极，魂神飞去。伏惟陛下，天地父母，哀而怜之。

宪宗谓宰臣曰："昨得韩愈到潮州表，因思其所谏佛骨事，大是爱我，我岂不知？然愈为人臣，不当言人主事佛乃年促也，我以是恶其容易。"上欲复用愈，故先语及，观宰臣之奏对。而皇甫镈恶愈狷直，恐其复用，率先对曰："愈终太狂疏，且可量移一郡。"乃授袁州刺史。

初，愈至潮阳，既视事，询吏民疾苦，皆曰："郡西湫水有鳄鱼，卵而化，长数丈，食民畜产将尽，以是民贫。"居数日，愈往视之，令判官秦济炮一豚一羊，投之湫水，咒之曰：

前代德薄之君，弃楚、越之地，则鳄鱼涵泳于此可也。今天子神圣，四海之外，抚而有之。况扬州之境，刺史县令之所治，出贡赋以共天地宗庙之祀，鳄鱼岂可与刺史杂处此土哉？刺史受天子命，令守此土，而鳄鱼睅然不安溪潭，食民畜熊鹿獐豕，以肥其身，以繁其卵，与刺史争为长。刺史虽驽弱，安肯为鳄鱼低首而下哉？今潮州大海在其南，鲸鹏之大，虾蟹之细，无不容，鳄鱼朝发而夕至。今与鳄鱼约，三日乃至七日，如顽而不徙，须为物害，则刺史选材伎壮夫，操劲弓毒矢，与鳄鱼从事矣！

咒之夕，有暴风雷起于湫中。数日，湫水尽涸，徙于旧湫切六十里。自是潮人无鳄患。

袁州之俗，男女隶于人者，逾约则没入出钱之家。愈至，设法赎其所没男女，归其父母。仍削其俗法，不许隶人。

十五年，徵为国子祭酒，转兵部侍郎。会镇州杀田弘正，立王廷凑，令愈往镇州宣谕。愈既至，集军民，谕以逆顺，辞情切至，廷凑畏重之。改吏部侍郎。转京兆尹，兼御史大夫。以不台参，为御史中丞李绅所劾。愈不伏，言准敕仍不台参。绅、愈性皆褊僻，移刺往来，纷然不止，乃出绅为浙西观察使，愈亦罢尹，为兵部侍郎。及绅面辞赴镇，泣涕陈叙，穆宗怜之，乃追制以绅为兵部侍郎，愈复为吏部侍郎。

长庆四年十二月卒，时年五十七，赠礼部尚书，谥曰文。

愈性弘通，与人交，荣悴不易。少时与洛阳人孟郊、东郡人张籍友善。二人名位未振，愈不避寒暑，称荐于公卿间，而籍终成科第，荣于禄仕。后虽通贵，每退公之隙，则相与谈宴。论文赋诗，如平昔焉，而观诸权门豪士，如仆隶焉，瞪然不顾，而颇能诱厉后进，馆之者十六七，虽晨炊不给，怡然不介意。大抵以兴起名教弘奖仁义为事。凡嫁内外及友朋孤女仅十人。

常以为自魏、晋已还，为文者多拘偶对，而经诰之指归，迁、雄之气格，不复振起矣。故愈所为文，务反近体，抒意立言，自成一家新语。后学之士，取为师法。当时作者甚众，无以过之，故世称“韩文”焉。然时有恃才肆意，亦有戾孔、孟之旨。若南人妄以柳宗元为罗池神，而愈撰碑以实之；李贺父名晋，不应进士，而愈为贺作《讳辨》，令举进士；又为《毛颖传》，讥戏不近人情，此文章之甚纰缪者。时谓愈有史笔，及撰《顺宗实录》，繁简不当，叙事拙于取舍，颇为当代所非。穆宗、文宗尝诏史臣添改，时愈婿李汉、蒋系在显位，诸公难之。而韦处厚竟别撰《顺宗实录》三卷。有文集四十卷，李汉为之序。

子昶，亦登进士第。

（选自：汕头大学中文系编：《韩愈研究资料汇编》，1986 年版，第 1~7 页。）

杂说（其四）①

世有伯乐然后有千里马②。千里马常有，而伯乐不常有；故虽有名马，只辱于奴隶人之手③，骈死于槽枥之间④，不以千里称也⑤。

马之千里者，一食或尽粟一石⑥。食马者，不知其能千里而食也⑦；是马也，虽有千里之能，食不饱，力不足，才美不外见⑧，且欲与常马等⑨，不可得，安求其能千里也！

策之不以其道⑩，食之不能尽其材⑪，鸣之而不能通其意⑫，执策而临之曰⑬："天下无马。"呜呼！其真无马邪⑭？其真不知马也！

（选自：马其昶校注：《韩昌黎文集校注》（上册），
上海古籍出版社 2021 年版，第 50~51 页。）

【注释】

① 这是韩愈《杂说》四篇中的第四篇，也称为《马说》。

② 伯乐：相传春秋时秦国人，名孙阳，以善相马著称。现在引申为善于发现、推荐、培养和使用人才的人，"伯乐"不但指个人，还可以用于集体。千里马：可以日行千里的骏马。现在常用来比喻人才，特指有才华的青少年。

③ 奴隶人：奴仆。

④ 骈死：并列而死，一起死去。槽枥：喂牲口用的食器。

⑤ 不以千里称:不以千里马而著称,指人们并不知道。

⑥ 一食:吃一次。石(dàn):容量单位,十斗为一石。

⑦ 食马者,不知其能千里而食:两处“食”皆同“饲”,饲养,喂养。

⑧ 见:同“现”。

⑨ 且:尚且。

⑩ 策:古代的一种马鞭子,头上有尖刺。此处为动词,用马鞭驱赶。道:正确的方法。

⑪ “材”:通“才”,才能,能力。尽其材:竭尽它的才能。

⑫ 鸣:马叫。通:通晓,懂得。

⑬ 临:面对。

⑭ 其:表示诘问,难道。

【文本赏析】

《杂说》凡四篇,分别为龙说、医说、鹤说、马说。此篇为马说,短小精悍,乃托物寓意之作。

文章开篇即指出:“世有伯乐然后有千里马。”按照常理,千里马本为世间所有,怎么会取决于伯乐之有无呢?这就激起了读者的好奇心,发人深思。紧接着,作者又写道:“千里马常有,而伯乐不常有。”这似乎是与开篇的论断相矛盾,那千里马到底是常有还是不常有呢?紧接着,作者笔锋一转,写道:“故虽有名马,只辱于奴隶人之手,骈死于槽枥之间,不以千里称也。”一个“故”字用得极妙,既打消了读者之前的疑虑,又从正面点明了主旨,将千里马所受的委屈淋漓尽致地展现出来。正因为伯乐不常有,所以即使有千里马,也只能辱没在奴仆的手里,和普通马一样一同死在马厩里,不以千里马而著称。对于“千里马”来说,没有“伯乐”的发现,它就相当于从未被发现,甚至是从未存在过。所以从这个角度来说,作者开篇的论断就有了其合理性,发人深省。

从“马之千里者”句开始,作者开始频频更换主语,以揭示出“食马者”与

“千里马”之间的矛盾,笔锋亦随主语的不同而转。“马之千里者,一食或尽粟一石”句的主语很显然是“马”,以说明那些能日行千里的马,一顿饭可能要吃尽一石粮食。“食马者,不知其能千里而食也”句的主语是“人”,写出“食马者”不知道它能日行千里而像千里马那样喂养它。“是马也,虽有千里之能,食不饱,力不足,才美不外见,且欲与常马等,不可得,安求其能千里也!”等句的主语又是“马”,且用“食不饱,力不足,才美不外见”等排比句揭示出“千里马”的才华不被看见与吃不饱之间的密切联系,尽管“千里马”能日行千里,但却因为吃不饱,没有力气,所以才华和美德无法显露,不被看见,而且想要和普通的马一样尚且办不到,又怎么能要求它日行千里呢?其中所蕴含的深意不言自明,颇有英雄无用武之地的慨叹。

“策之不以其道,食之不能尽其材,鸣之而不能通其意”句虽未明确表明主语,但读者心领神会。很显然,前两句的主语是“人”,后一句的主语是“马”,驭马者用马鞭驱赶它,却不按照驱使千里马的正确方法,喂它,却不能让它竭尽才能,千里马鸣叫,驭马者却不能通晓它的意思。此处运用排比句式,深刻揭露出驭马者的无知与不识才的本质,作者的愤激之情可以想见。但作者却没有直接对其施以谴责,而是接着写驭马者执策而临之曰:“天下无马。”是真的没有千里马吗?很显然不是,千里马就在眼前,却要高呼“天下无马”,其无知和浅薄暴露无遗,极尽揶揄讽刺之态!最后发出了“呜呼!其真无马邪?其真不知马也”的慨叹,将“不知马”与“无马”这一矛盾鲜明地揭露出来,正所谓“语愈冷,而意愈深,声愈悲”(《林纾选评古文辞类纂》),带给读者以无限深思。

文章虽然篇幅不长,但却说理透彻,层层深入,表面上是在说“千里马”不遇“伯乐”,实则在借此说明真正的人才不能得到统治者的识别和任用,抒发了怀才不遇之感,简洁的话语中蕴含着深沉的情感,含蓄隽永,寓意深长,耐人回味。诚如林纾所言:“通篇都无火色,而言下却含无尽悲凉。真绝调也!”(《林纾选评古文辞类纂》)

【思考练习】

1. 请结合文本，简要论述文中“千里马”与“伯乐”的关系。

2. 文中“策之不以其道，食之不能尽其材，鸣之而不能通其意”这三句话，揭示出作者怎样的观点？

3. 如果你是《马说》中的伯乐，你会如何去发现和培养千里马？请说说你的见解。

【拓展阅读】

杂说（其一）

龙嘘气成云，云固弗灵于龙也；然龙乘是气，茫洋穷乎玄间，薄日月，伏光景，感震电，神变化，水下土，汩陵谷：云亦灵怪矣哉！

云，龙之所能使为灵也，若龙之灵，则非云之所能使为灵也。然龙弗得云，无以神其灵矣：失其所凭依，信不可欤？异哉！其所凭依，乃其所自为也。

《易》曰：“云从龙。”既曰龙，云从之矣。

（选自：马其昶校注：《韩昌黎文集校注》（上册），上海古籍出版社 2021 年版，第 46~47 页。）

杂说（其二）

善医者，不视人之瘠肥，察其脉之病否而已矣；善计天下者，不视天下之安危，察其纪纲之理乱而已矣。天下者，人也；安危者，肥瘠也；纪纲者，脉也。脉不病，虽瘠不害；脉病而肥者，死矣。通于此说者，其知所以为天下乎！

夏殷周之衰也，诸侯作而战伐日行矣。传数十王而天下不倾者，纪纲存焉耳。秦之王天下也,无分势于诸侯,聚兵而焚之;传二世而天下倾者,纪纲亡焉耳。是故四支虽无故,不足恃也,脉而已矣;四海虽无事,不足矜也,纪纲而已矣。忧其所可恃,惧其所可矜,善医善计者,谓之天扶与之。《易》曰:"视履考祥。"善医善计者为之。

(选自:马其昶校注:《韩昌黎文集校注》(上册),
上海古籍出版社 2021 年版,第 47~48 页。)

杂说(其三)

谈生之为《崔山君传》,称鹤言者,岂不怪哉!然吾观于人,其能尽其性而不类于禽兽异物者希矣。将愤世嫉邪,长往而不来者之所为乎?

昔之圣者,其首有若牛者,其形有若蛇者,其喙有若鸟者,其貌有若蒙倛者:彼皆貌似而心不同焉,可谓之非人邪?即有平胁曼肤,颜如渥丹,美而很者,貌则人,其心则禽兽,又恶可谓之人邪?然则观貌之是非,不若论其心与其行事之可否为不失也。怪神之事,孔子之徒不言。余将特取其愤世嫉邪而作之,故题之云尔。

(选自:马其昶校注:《韩昌黎文集校注》(上册),
上海古籍出版社 2021 年版,第 49 页。)

进　学　解[①]

国子先生晨入太学[②],招诸生立馆下[③],诲之曰:"业精于勤荒于嬉,行成于思毁于随[④]。方今圣贤相逢[⑤],治具毕张[⑥],拔去凶邪[⑦],登崇畯良[⑧]。占小善者率以录[⑨],名一艺者无不庸[⑩];爬罗剔抉[⑪],刮垢磨光[⑫]。盖有幸而获选,孰云多而不扬。诸生业患不能精,无患有司之不明[⑬];行患不能成,无患有司之不公。"

言未既[14]，有笑于列者曰[15]："先生欺余哉！弟子事先生于兹有年矣[16]。先生口不绝吟于六艺之文[17]，手不停披于百家之编[18]；记事者必提其要[19]，纂言者必钩其玄[20]；贪多务得[21]，细大不捐[22]，焚膏油以继晷[23]，恒兀兀以穷年[24]：先生之业可谓勤矣。觗排异端[25]，攘斥佛老[26]。补苴罅漏[27]，张皇幽眇[28]；寻坠绪之茫茫[29]，独旁搜而远绍[30]，障百川而东之[31]，回狂澜于既倒[32]：先生之于儒，可谓有劳矣。沉浸醲郁[33]，含英咀华[34]，作为文章[35]，其书满家。上规姚姒[36]，浑浑无涯；周诰殷盘[37]，佶屈聱牙；《春秋》谨严，《左氏》浮夸，《易》奇而法，《诗》正而葩[38]；下逮《庄》《骚》，太史所录，子云相如，同工异曲：先生之于文，可谓闳其中而肆其外矣[39]。少始知学，勇于敢为；长通于方，左右具宜：先生之于为人，可谓成矣"。

"然而公不见信于人，私不见助于友，跋前踬后[40]，动辄得咎[41]。暂为御史[42]，遂窜南夷；三年博士，冗不见治[43]；命与仇谋[44]，取败几时；冬暖而儿号寒，年丰而妻啼饥；头童齿豁[45]，竟死何裨[46]。不知虑此，而反教人为？"

先生曰："吁，子来前！夫大木为杗[47]，细木为桷[48]，欂栌侏儒[49]，椳闑扂楔[50]，各得其宜，施以成室者，匠氏之工也；玉札丹砂[51]，赤箭青芝[52]，牛溲马勃[53]，败鼓之皮[54]，俱收并蓄，待用无遗者，医师之良也；登明选公，杂进巧拙[55]，纡余为妍[56]，卓荦为杰[57]，校短量长，惟器是适者，宰相之方也[58]。昔者孟轲好辩，孔道以明，辙环天下[59]，卒老于行[60]；荀卿守正[61]，大论是弘，逃谗于楚，废死兰陵：是二儒者，吐辞为经[62]，举足为法[63]，绝类离伦[64]，优入圣域[65]，其遇于世何如也？"

"今先生学虽勤而不繇其统[66]，言虽多而不要其中[67]，文虽奇而不济于用，行虽修而不显于众，犹且月费俸钱，岁靡廪粟[68]；子不知耕，妇不知织，乘马从徒，安坐而食，踵常途之促促[69]，窥陈编以盗窃[70]；然而圣主不加诛，宰臣不见斥：兹非其幸欤？动而得谤，名亦随之，投闲置散，乃分之宜。"

"若夫商财贿之有亡[71]，计班资之崇庳[72]，忘己量之所称[73]，指前人之瑕疵：是所谓诘匠氏之不以杙为楹[74]，而訾医师以昌阳引年[75]，欲进其豨苓也[76]。"

（选自：马其昶校注：《韩昌黎文集校注》(上册)，
上海古籍出版社2021年版，第64~70页。）

【注释】

① 解：文体名。古代文体之一，旨在辩论解说。晋张华《博物志》："圣人制作曰经，贤者著述曰传、曰记、曰章句、曰解、曰论、曰读。"

② 国子先生：唐代对国子博士的尊称。元和七年（812年）春，韩愈复任国子博士，故此为作者自称。据《旧唐书·韩愈传》云："愈自以才高，累被摈黜，作《进学解》以自喻。"太学：指国子监。

③ 馆：学馆。

④ 行：德行。思：思考。

⑤ 圣贤：指圣君和贤臣。

⑥ 治具：指法令。毕：完全，全部。张：设立，建立。

⑦ 拔去：除掉。凶邪：凶险邪恶之人。

⑧ 登崇：举用推尊。畯良：贤能优良之士。

⑨ 占：有，具有。率：皆，都。

⑩ 一艺："六艺"之一。指经学的一种，谓一种才能或技艺。庸：任用，使用。

⑪ 爬：爬梳。罗：搜罗。剔：剔除。抉：挑取，选取。

⑫ 刮垢：刮去尘垢。磨光：磨去毛瑕，使之光洁。此指磨砺培养人才。

⑬ 有司：指官吏。古代设官分职，各有专司，故称。明：明察。

⑭ 既：完毕。

⑮ 列：指诸生行列。

⑯ 事：侍奉。兹：此，今。有年：多年。

⑰ 六艺：《诗》《书》《礼》《乐》《易》《春秋》六部儒家经典。

⑱ 披：翻开；翻阅。百家之编：指先秦诸子百家的著作。

⑲ 记事者：指史籍一类的著作。要：要点，纲要。

⑳ 纂:同“撰”。纂言者:指立论一类的著作。钩:钩取,钩住。钩其玄:探索深奥的道理。

㉑ 务:力求。

㉒ 捐:抛弃。

㉓ 膏油:油脂;灯油。晷:日影。此句谓夜以继日之意。

㉔ 恒:经常。兀兀:勤奋刻苦的样子。穷年:经年。

㉕ 觝(dǐ)排:抵触;排斥。异端:古代儒家称其他学说、学派为异端。

㉖ 攘斥:排斥。佛老:佛教和道教。

㉗ 补苴(jū):补缀,缝补。引申为弥补缺陷。罅(xià)漏:裂缝和漏穴,比喻事物的漏洞。

㉘ 张皇:张大。幽眇:幽深微妙。

㉙ 坠:落。绪:前人留下的事业,此指儒家道统。

㉚ 绍:继承。

㉛ 障:动词,防、堵。

㉜ 倒:倾泻。

㉝ 醲(nóng)郁:浓厚馥郁。

㉞ 含英咀华:此句谓对文章的菁华细细咀嚼、用心体味。

㉟ 作为:写作。

㊱ 规:取法。姚:虞舜之姓。姒:夏禹之姓。姚姒(sì):此指《尚书》中的《虞书》《夏书》。

㊲ 周诰:指《尚书·周书》中的《大诰》《康诰》《酒诰》《召诰》《洛诰》等篇。

㊳ 葩:华美。

㊴ 闳(hóng):宏大。肆:奔放。

㊵ 踬:“踬”多作“疐”,绊倒。《诗经·豳风·狼跋》:“狼跋其胡,载疐其尾。”指的是狼前进时会踩着下巴底下垂着的肉,后退又会被尾巴绊倒,比喻进退两难。

㊶ 辄:就,总是。咎:过失,罪过。

㊷ 御史:监察御史。

㊸ 冗:闲散。

㊹ 命与仇谋:此句谓命运与仇敌相伴。

㊺ 童:喻人秃顶。豁(huō):割裂,裂开。

㊻ 竟:最终。裨:补益。

㊼ 宊(máng):栋梁。

㊽ 桷(jué):屋椽。

㊾ 欂(bó)栌(lú):柱顶上承托栋梁的方木。侏儒:指梁上短柱。

㊿ 椳(wēi):门枢。闑(niè):古代门中央所竖的短木。扂(diàn):门闩。楔(xiè):门两旁的木柱。

51 玉札:药名,地榆。丹砂:朱砂。

52 赤箭:天麻。青芝:一种贵重的中药材,又名龙芝。

53 牛溲(sōu):牛尿,一说为车前草。马勃:菌类。

54 败:破旧。败鼓之皮:破鼓皮可作药材。比喻虽微贱,却是有用的东西。

55 杂进巧拙:谓聪敏和笨拙的人都能得到录用。

56 妍:美丽。

57 卓荦(luò):卓越、突出。

58 方:治术。

59 辙:车轮痕迹。

60 行:道路。

61 守正:遵循儒家学说。

62 吐辞:指言论。经:规范、经典。

63 举足,指行动。法:法则。

64 绝类离伦:指出众超群。

65 圣域:圣人的境界。

66 繇:通"由"。

67 中:要害。

68 靡:浪费。廪(lǐn):米仓。

69 踵:追随、跟随。常途:平常的道路。促促:拘谨小心貌。

70 陈编:古籍、古书。

71 商:谋算。财贿:财货、俸禄。亡:通"无"。

72 计:较量。班资:官阶和资格。庳:通"卑",低下。

⑬ 量:器量,才识。称:相符,相合。

⑭ 杙(yì):小木桩。楹(yíng):堂屋前部的柱子。

⑮ 訾:诋毁,指责。昌阳:菖蒲别名。引年:延年。

⑯ 豨(xī)苓(líng):猪苓,药草名。

【文本赏析】

本文当作于唐宪宗元和八年(813 年),此时韩愈四十六岁,“复为国子博士,愈自以才高,累被摈黜,作《进学解》以自喻”(《旧唐书·韩愈传》)。文章首段开篇即写“国子先生”教导“诸生”:“业精于勤荒于嬉,行成于思毁于随”,指出勤奋之于学业、思考之于德行的重要性,告诫诸生要努力学习、谨慎行事,同时讲出当前君主圣明、大臣贤明,治理国家的法令全部得以实施,国家非常重视选拔人才,不仅除掉凶恶奸邪之人,而且提拔才德优良的人,有点德行的人就能被任用,“诸生”只要关注自己的德行能不能成就,不用担心主管部门用人不公。这番言辞犹如平静湖面投下的石子,瞬间激起千层浪,看似是对学生的宽慰,实则为下文学生有理有据的反驳埋下伏笔。

第二段和第三段主要写学生针对“国子先生”的教诲发出驳难。先称扬先生“业精”,如先生勤奋研读六艺之文,写作上博采先秦、西汉文章之长,做到“闳其中而肆其外”;又肯定先生“行成”,肯定其对儒学有功劳、为人品德高尚。然而,如此才德兼备的先生,现实中却仕途坎坷,屡遭谗言、贬黜,生活窘迫。这与先生所说的君圣相贤、重视人才的情况形成强烈反差,质疑先生教诲的可信度。这种鲜明对比,亦有力地冲击着先生的说教。本段极尽铺陈渲染,详细描述先生的才学和困窘境遇,文势跌宕,感情色彩浓烈。以“先生欺余哉”开头,奠定激愤不平的基调,结尾“不知虑此,而反教人为”含讥嘲语气,凸显弟子单纯、正直且略带执拗的个性,使反驳显得自然合理。借学生之口,表面是反驳先生,实则是作者在抒发自己怀才不遇的愤懑,极称自身之才、极言自身之困,为自己大材小用、屡遭摈黜鸣不平。

第四段和第五段主要写先生针对学生的驳难平心静气的解释，以自咎自责的态度回应学生。首先指出“校短量长，惟器是适”是宰相用人之道，以匠氏建房、医师用药比喻宰相用人，强调各尽其用；接着列举孟轲、荀卿这样“绝类离伦，优入圣域”的圣贤都不遇于世；最后表明自己学、言、文、行皆不足，能有现有待遇已属幸运，“动而得谤”“投闲置散”是应有结果，不应抱怨。条理清晰，态度看似平和诚恳，实则暗含讥讽。以抑为扬，不说自己怀才不遇，却愈显悲哀，无声胜有声，蕴含着对自身遭遇的不满和对世道不公的无奈，含蓄而有力。诚如清人林云铭所言：“首段以进学发端，中段句句是驳，末段句句是解，前呼后应，最为绵密。其格调虽本《客难》《解嘲》《答宾戏》诸篇，但诸篇都是自疏己长，此则把自家许多伎俩，许多抑郁，尽数借他人口中说出，而自家却以平心和气处之。”(《古文析义》卷十一)这也进一步深化主题，从另一个角度展现出作者的复杂情感和对现实的深刻思考，表面的自我解嘲实则是对自身才华的肯定以及对不公正命运的控诉。

此文构思巧妙，行文跌宕起伏，内涵深刻，彰显出作者的匠心独运。“昌黎所长在浓淡疏密相间，错而成文，骨力仍是散文。以自得之神髓，略施丹铅，风采遂焕然于外”。(《韩柳文研究法》)虽有赋体之姿，但却能摆脱堆砌辞藻之弊，用语精警，气势酣畅，值得我们反复品味，从中领略其独特的艺术魅力。

【思考练习】

1. 韩愈在文中关于“业精于勤荒于嬉，行成于思毁于随”的论述，体现了怎样的学习态度和人生观？是否有其当代价值？

2. 李光地曾言：“此文与《解嘲》千载称绝，‘谨’‘严’‘正’‘葩’等字，并极群经要眇，故未有不精经术而能行文者”，你是否认同他的观点？请谈谈你的看法。

3. 请将《进学解》与《师说》进行比较，探讨二者在主题、风格及思想上的异同。

【拓展阅读】

解嘲并序

哀帝时，丁传董贤用事，诸附离之者或起家至二千石。时雄方草《太玄》，有以自守，泊如也。或嘲雄以玄尚白，而雄解之，号曰《解嘲》。其辞曰：

客嘲扬子曰：

“吾闻上世之士，人纲人纪，不生则已，生则上尊人君，下荣父母，析人之圭，儋人之爵，怀人之符，分人之禄，纡青拖紫，朱丹其毂。今子幸得遭明盛之世，处不讳之朝，与群贤同行，历金门，上玉堂，有日矣，曾不能画一奇，出一策，上说人主，下谈公卿。目如耀星，舌如电光，一从一衡，论者莫当，顾而作《太玄》五千文，支叶扶疏，独说十余万言，深者入黄泉，高者出苍天，大者含元气，纤者入无伦，然而位不过侍郎，擢才给事黄门。意者玄，得毋尚白乎？何为官之拓落也？”

扬子笑而应之曰：

“客徒朱丹吾毂，不知一跌将赤吾之族也！往者周罔解结，群鹿争逸，离为十二，合为六七，四分五剖，并为战国。士无常君，国无定臣，得士者富，失士者贫，矫翼厉翮，恣意所存，故士或自盛以橐，或凿坏以遁。是故邹衍以颉亢而取世资，孟轲虽连蹇，犹为万乘师。

“今大汉左东海，右渠搜，前番禺，后陶涂。东南一尉，西北一侯，徽以纠墨，制以质铁，散以礼乐，风以《诗》《书》，旷以岁月，结以倚庐。天下之士，雷动云合，鱼鳞杂袭，咸营于八区，家家自以为稷契，人人自以为咎繇，戴縰垂缨而谈者，皆拟于阿衡，五尺童子羞比晏婴与夷吾。当涂者入青云，失路者委沟渠，旦握权则为卿相，夕失势则为匹夫。譬若江湖之雀，渤解之鸟，乘雁集不为之多，双凫飞不为之少。昔三仁去而殷墟，二老归而周炽，子胥死而吴亡，种蠡存而粤伯，五羖入而秦喜，乐毅出而燕惧，范雎以折摺而危穰侯，蔡泽虽噤吟而笑唐举。故当其有事也，非萧曹子房平勃樊霍则不能安；当其亡事也，章句之徒相与坐而守之，亦无所患。故世乱，则圣哲驰骛而不足；世治，则庸夫高枕而有余。

“夫上世之士，或解缚而相，或释褐而傅，或倚夷门而笑，或横江潭而渔，或七十说而不遇，或立谈间而封侯，或枉千乘于陋巷，或拥帚彗而先驱。是以士颇得信其舌而奋其笔，窒隙蹈瑕，而无所诎也。当今县令不请士，郡守不迎师，群卿不揖客，将相不俯眉；言奇者见疑，行殊者得辟，是以欲谈者宛舌而固声，欲行者拟足而投迹。向使上世之士处乎今，策非甲科，行非孝廉，举非方正，独可抗疏，时道是非，高得待诏，下触闻罢，又安得青紫？

“且吾闻之，炎炎者灭，隆隆者绝；观雷观火，为盈为实，天收其声，地藏其热。高明之家，鬼瞰其室。攫拏者亡，默默者存；位极者宗危，自守者身全。是故知玄知默，守道之极；爰清爰静，游神之廷；惟寂惟寞，守德之宅。世异事变，人道不殊，彼我易时，未知何如。今子乃以鸱枭而笑凤皇，执蝘蜓而嘲龟龙，不亦病乎！子徒笑我玄之尚白，吾亦笑子之病甚，不遭臾跗扁鹊，悲夫！”

客曰：“然则靡《玄》无所成名乎？范蔡以下，何必《玄》哉？”

扬子曰：“范雎，魏之亡命也，折胁拉髂，免于微索，翕肩蹈背，扶服入橐，激卬万乘之主，界泾阳抵穰侯而代之，当也。蔡泽，山东之匹夫也，顉颐折頞，涕唾流沫，西揖强秦之相，搤其咽，炕其气，附其背而夺其位，时也。天下已定，金革已平，都于洛阳。娄敬委辂脱挽，掉三寸之舌，建不拔之策，举中国徙之长安，适也。五帝垂典，三王传礼，百世不易。叔孙通起于枹鼓之间，解甲投戈，遂作君臣之仪，得也。甫刑靡敝，秦法酷烈，圣汉权制，而萧何造律，宜也。故有造萧何律于唐虞之世，则悖矣。有作叔孙通仪于夏殷之时，则惑矣。有建娄敬之策于成周之世，则缪矣。有谈范蔡之说于金张许史之间，则狂矣。萧规曹随，留侯画策，陈平出奇，功若泰山，响若阺隤，唯其人之赡知哉，亦会其时之可为也。故为可为于可为之时，则从；为不可为于不可为之时，则凶。

夫蔺先生收功于章台，四皓采荣于南山，公孙创业于金马，骠骑发迹于祁连，司马长卿窃訾于卓氏，东方朔割名于细君。仆诚不能与此数公者并，故默然独守吾《太玄》。”

（选自：张震泽校注：《扬雄集校注》，上海古籍出版社 1993 年版，第 175～194 页。）

祭十二郎文

老成，率府参军韩介之子也。介二子：曰百川、曰老成。起居舍人会无子，以老成为后。老成生湘、滂。百川死，公乃命滂归后其祖介。公及会介皆仲卿子，至是会介百川皆死矣，故文云：“吾上有三兄，皆不幸早世；承先人后者，在孙惟汝，在子惟吾。”又云：“去年东野往，吾书与汝。”盖贞元十八年有《送东野序》，则是年为十九年，此文必其秋冬作，十二月则公谪阳山矣。斯文盖公所谓“喜往复善自道”者，在当时无对；后二百七十年，欧阳文忠公为其父作《泷冈阡表》，始足以追配公此作。览者当自知之。

年月日，季父愈闻汝丧之七日[①]，乃能衔哀致诚[②]，使建中远具时羞之奠[③]，告汝十二郎之灵：

呜呼！吾少孤，及长不省所怙[④]，惟兄嫂是依。中年兄殁南方，吾与汝俱幼，从嫂归葬河阳[⑤]，既又与汝就食江南[⑥]，零丁孤苦，未尝一日相离也。吾上有三兄，皆不幸早世[⑦]，承先人后者[⑧]，在孙惟汝[⑨]，在子惟吾；两世一身[⑩]，形单影只。嫂常抚汝指吾而言曰：“韩氏两世，惟此而已！”汝时尤小，当不复记忆；吾时虽能记忆，亦未知其言之悲也！

吾年十九，始来京城；其后四年，而归视汝。又四年，吾往河阳省坟墓，遇汝从嫂丧来葬。又二年，吾佐董丞相于汴州，汝来省吾，止一岁，请归取其孥[⑪]；明年丞相薨[⑫]，吾去汴州[⑬]，汝不果来。是年，吾佐戎徐州[⑭]，使取汝者始行，吾又罢去，汝又不果来。吾念汝从于东，东亦客也[⑮]，不可以久；图久远者，莫如西归，将成家而致汝。呜呼，孰谓汝遽去吾而殁乎！吾与汝俱少年，以为虽暂相别，终当久相与处；故舍汝而旅食京师，以求斗斛之禄[16]；诚知其如此，虽万乘之公相，吾不以一日辍汝而就也[17]！

去年孟东野往[18]，吾书与汝曰："吾年未四十，而视茫茫，而发苍苍，而齿牙动摇。念诸父与诸兄，皆康强而早世[19]，如吾之衰者，其能久存乎！吾不可去，汝不肯来，恐旦暮死，而汝抱无涯之戚也！"孰谓少者殁而长者存，强者夭而病者全乎！呜呼，其信然邪？其梦邪？其传之非其真邪？信也，吾兄之盛德而夭其嗣乎？汝之纯明而不克蒙其泽乎[20]？少者强者而夭殁，长者衰者而存全乎？未可以为信也，梦也，传之非其真也，东野之书，耿兰之报，何为而在吾侧也？呜呼！其信然矣[21]，吾兄之盛德而夭其嗣矣[22]！汝之纯明宜业其家者不克蒙其泽矣！所谓天者诚难测，而神者诚难明矣！所谓理者不可推，而寿者不可知矣！虽然，吾自今年来，苍苍者或化而为白矣，动摇者或脱而落矣，毛血日益衰，志气日益微，几何不从汝而死也！死而有知，其几何离；其无知，悲不几时，而不悲者无穷期矣！汝之子始十岁，吾之子始五岁，少而强者不可保，如此孩提者又可冀其成立邪[23]？呜呼哀哉，呜呼哀哉！

汝去年书云：比得软脚病[24]，往往而剧。吾曰：是疾也，江南之人常常有之。未始以为忧也。呜呼！其竟以此而殒其生乎？抑别有疾而致斯乎[25]？汝之书六月十七日也；东野云：汝殁以六月二日，耿兰之报无月日：盖东野之使者不知问家人以月日，如耿兰之报不知当言月日，东野与吾书乃问使者，使者妄称以应之耳。其然乎？其不然乎？

今吾使建中祭汝，吊汝之孤与汝之乳母[26]。彼有食可守以待终丧[27]，则待终丧而取以来；如不能守以终丧，则遂取以来。其余奴婢，并令守汝丧。吾力能改葬，终葬汝于先人之兆[28]，然后惟其所愿。呜呼！汝病吾不知时，汝殁吾不知日；生不能相养以共居，殁不得抚汝以尽哀，敛不凭其棺[29]，窆不临其穴[30]；吾行负神明而使汝夭，不孝不慈，而不得与汝相养以生，相守以死；一在天之涯，一在地之角，生而影不与吾形相依，死而魂不与吾梦相接：吾实为之，其又何尤[31]？彼苍者天，曷其有极！

自今已往，吾其无意于人世矣。当求数顷之田于伊颍之上，以待余年，教吾子与汝子幸其成[32]，长吾女与汝女待其嫁[33]：如此而已。呜呼！言有穷而情不可终，汝其知也邪？其不知也邪？呜呼哀哉，尚飨[34]！

（选自：马其昶校注：《韩昌黎文集校注》（上册），上海古籍出版社 2021 年版，第 477～483 页。）

【注释】

① 季父：叔父。

② 致诚：表达诚挚的情意。

③ 建中：当为韩愈家仆。具：准备。时羞：应时新鲜的食品。奠：祭品。

④ 省：探望，问候（多指对尊长）。怙（hù）：凭恃、倚靠。

⑤ 河阳：古地名，在现在河南省孟县西。

⑥ 就食：谋生。

⑦ 早世：过早的死去。

⑧ 先人：指已死的父亲。

⑨ 在孙惟汝：在孙辈当中只有你。

⑩ 两世一身：子辈和孙辈都只剩下了一个男丁。

⑪ 孥（nú）：妻子和儿女。

⑫ 薨（hōng）：古代诸侯或大官死亡称为“薨”。

⑬ 去：离开。

⑭ 佐戎：协理军务。

⑮ 东：指汴州和徐州。

⑯ 斗斛之禄：指微少的俸禄。

⑰ 辍：舍弃，离开。就：就任、就职。

⑱ 孟东野：孟郊，唐代著名诗人。

⑲ 康强：安乐强健。

⑳ 纯明：纯朴贤明。

㉑ 其:难道。

㉒ 嗣:子孙,后代。

㉓ 孩提:年幼,又指儿童。冀:希望,盼望。

㉔ 比:近来。软脚病:脚气病。

㉕ 斯:指死亡。

㉖ 吊:抚慰。

㉗ 终丧:服满父母去世后三年之丧。

㉘ 兆:墓地。

㉙ 敛:同“殓”,给尸体穿衣下棺。

㉚ 窆(biǎn):下葬。

㉛ 尤:归咎,怨恨。

㉜ 幸:希望。

㉝ 长:养育。

㉞ 尚飨:表示希望死者魂灵来享用祭品,多用作祭文的结语。

【文本赏析】

《祭十二郎文》创作于贞元十九年(803年),乃韩愈为悼念其侄老成而作。此文“是祭文变体,亦是祭文绝调”(《唐宋八大家文读本》卷六),之所以能打动无数人,关键在于其至真至纯的情感。韩愈与其侄十二郎自小孤苦相依,这种患难与共的经历铸就了深厚的叔侄情谊。文中追忆二人“零丁孤苦,未尝一日相离”的岁月,寥寥数语便勾勒出他们幼年时相互依靠的亲密场景。长大后,为了生活,韩愈四处奔波,本以为“虽暂相别,终当久相与处”,未曾想生离竟成死别。这种事与愿违的残酷现实,让他陷入了深深的悔恨与自责之中,发出“诚知其如此,虽万乘之公相,吾不以一日辍汝而就也”的悲叹,这悔恨之语,是他对亲情的珍视和对命运无常的无奈,情真意切,感人肺腑。听闻十二郎死讯后,韩愈的悲痛如汹涌的潮水般不可遏制。他对死讯的将信将疑,“其信然邪?其梦邪?其传之非其真邪?”生动地展现了他内心的挣扎与不愿接受的痛苦。在确认死讯后,又陷入了深深的自我谴责:“汝病吾不知时,汝殁吾不知日;生不能相养以共居,殁不能抚汝以尽哀,敛不凭其棺,窆不临其穴;吾行负神明而使汝夭,不孝不慈,而不得与汝相养以生,相守以死”,这些自责的话语,无不体现出他对十二郎深深的愧疚与眷恋,每一个字都饱含着血泪,将这份痛失至亲的哀伤抒发得淋漓尽致。

本文中的细节描写尤其引人注意,如“嫂常抚汝指吾而言曰:‘韩氏两世,惟此而已!’汝时尤小,当不复记忆;吾时虽能记忆,亦未知其言之悲也”,嫂嫂的动作和话语,瞬间将韩家两代人的孤苦无依刻画得入木三分,字里行间满是心酸与无奈,使得读者感同身受。对比手法的运用更是增强了文章的艺术感染力,以自己“苍苍者或化而为白矣,动摇者或脱而落矣”的衰老之态,衬托十二郎少而强却早逝的可悲,“孰谓少者殁而长者存,强者夭而病者全乎”的诘问,将长辈祭晚辈的悲剧意味渲染到极致,直击人心,让读者深刻体会到命运的无常和生命的脆弱。此外,面对十二郎死亡的具体日期,作者不厌其烦地进行各种猜测:“盖东野之使者不知问家人以月日,如耿兰之报不知当言月日。东野与吾书乃问使者,使者妄称以应之耳。其然乎?其不然乎?”哀伤之情自然流露,内心的悲痛溢于言表。

祭文常常采用四言韵文、骚体或者骈文等形式,而本篇祭文却纯用散体来表达他对十二郎的无尽哀思,以情驭文,一气呵成。诚如林纾所言:“至《祭十二郎文》,至痛彻心,不能为辞,则变调为散体,饱述其哀。”(《韩柳文研究法·韩文研究法》)“情之至者,自然流为至文。读此等文,须想其一面哭一面写,字字是血,字字是泪。未尝有意为文,而文无不工。祭文中千年绝调。”(《古文观止》卷八)痛彻心扉的情感表达,产生出震撼人心的巨大力量,足以打动一代又一代读者。

【思考练习】

1. 在《祭十二郎文》中,韩愈回顾与十二郎的相处经历时,提到了诸多生活琐事,试举例分析写这些琐事对抒发情感有何作用?

2. 这篇祭文打破了古人写祭文常有的固定格式,未采用四言韵文或骈文来写,请思考作者为什么要用散体来写作?

3. 宋人楼昉曾言:“文字反复曲折、悲痛凄惋,道出肺腑中事,而薰然慈良之意见于言处。”(《崇古文诀》卷八)请结合文本,谈谈你对这段话的理解。

【拓展阅读】

泷冈阡表

呜呼!惟我皇考崇公卜吉于泷冈之六十年,其子修始克表于其阡,非敢缓也,盖有待也。

修不幸,生四岁而孤。太夫人守节自誓,居穷,自力于衣食,以长以教,俾至于成人。太夫人告之曰:“汝父为吏廉,而好施与,喜宾客。其俸禄虽薄,常不使有余,曰:‘毋以是为我累。’故其亡也,无一瓦之覆,一垄之植,以庇而为生。吾何恃而能自守邪?吾于汝父,知其一二,以有待于汝也。自吾为汝家妇,不及事吾姑,然知汝父之能养也。汝孤而幼,吾不能知汝之必有立,然知汝父之必将有后也。吾之始归也,汝父免于母丧方逾年,岁时祭祀,则必涕泣曰:‘祭而丰不如养之薄也。’间御酒食,则又涕泣曰:‘昔常不足而今有余,其何及也!’吾始一二见之,以为新免于丧适然耳。既而其后常然,至其终身未尝不然。吾虽不及事姑,而以此知汝父之能养也。汝父为吏,常夜烛治官书,屡废而叹。吾问之,则曰:‘此死狱也,我求其生不得尔。’吾曰:‘生可求乎?’曰:‘求其生而不得,则死者与我皆无恨也,矧求而有得邪?以其有得,则知不求而死者有恨也。夫常求其生犹失之死,而世常求其死也。’回顾乳者剑汝而立于旁,因指而叹曰:‘术者谓我岁行在戌将死,使其言然,吾不及见儿之立也,后当以我语告之。’其平居教他子弟,常用此语,吾耳熟焉,故能详也。其施于外事,吾不能知;其居于家无所矜饰,而所为如此,是真发于中者邪。呜呼！其心厚于仁者邪，此吾知汝父之必将有后也。汝其勉之！夫养不必丰，要于孝；利虽不得博于物，要其心之厚于仁。吾不能教汝，此汝父之志也。”修泣而志之，不敢忘。

先公少孤力学，咸平三年进士及第，为道州判官，泗、绵二州推官，又为泰州判官。享年五十有九，葬沙溪之泷冈。太夫人姓郑氏，考讳德仪，世为江南名族。太夫人恭俭仁爱而有礼，初封福昌县太君，进封乐安、安康、彭城三郡太君。自其家少微时，治其家以俭约，其后常不使过之，曰：“吾儿不能苟合于世，俭薄所以居患难也。”其后修贬夷陵，太夫人言笑自若，曰：“汝家故贫贱也，吾处之有素矣，汝能安之，吾亦安矣。”

自先公之亡二十年，修始得禄而养。又十有二年，列官于朝，始得赠封其亲。又十年，修为龙图阁直学士、尚书吏部郎中，留守南京，太夫人以疾终于官舍，享年七十有二。又八年，修以非才入副枢密，遂参政事。又七年而罢。自登二府，天子推恩，褒其三世，故自嘉祐以来，逢国大庆，必加宠锡。皇曾祖府君累赠金紫光禄大夫、太师、中书令。曾祖妣累封楚国太夫人。皇祖府君累赠金紫光禄大夫、太师、中书令兼尚书令。祖妣累封吴国太夫人。皇考崇公累赠金紫光禄大夫、太师、中书令兼尚书令。皇妣累封越国太夫人。今上初郊，皇考赐爵为崇国公，太夫人进号魏国。

于是小子修泣而言曰：呜呼！为善无不报，而迟速有时，此理之常也。惟我祖考，积善成德，宜享其隆，虽不克有于其躬，而赐爵受封，显荣褒大，实有三朝之锡命。是足以表见于后世，而庇赖其子孙矣。乃列其世谱，具刻于碑。既又载我皇考崇公之遗训，太夫人之所以教而有待于修者，并揭于阡，俾知夫小子修之德薄能鲜，遭世窃位，而幸全大节不辱其先者，其来有自。

熙宁三年岁次庚戌四月辛酉朔十有五日乙亥，男推诚保德崇仁翊戴功臣、观文殿学士、特进、行兵部尚书、知青州军州事、兼管内劝农使、充京东东路安抚使、上柱国、乐安郡开国公，食邑四千三百户食实封一千二百户修表。

（选自：李逸安点校：《欧阳修全集》（第二册），中华书局2001年版，第393~395页。）

刘禹锡

刘禹锡(772—842 年),字梦得,洛阳(今属河南)人。贞元九年(793 年)进士及第。贞元末年,加入以王叔文为首的“二王八司马”政治集团。唐顺宗即位后,参与“永贞革新”,革新失败后,被贬朗州司马。元和十年(815 年),奉召回京,因作《游玄都观咏看花君子诗》得罪执政,再次遭贬,累徙连州、夔州、和州刺史。会昌二年(842 年),迁太子宾客,分司东都,卒于洛阳,享年七十一,追赠户部尚书,葬于荥阳。

刘禹锡为中唐代表诗人,早年与柳宗元并称“刘柳”,晚年与白居易相唱和,世称“刘白”,被白居易誉为“诗豪”。其诗风格鲜明,情思豪迈,简洁明快,风情俊爽,贯穿着一种豪迈刚劲之气,有一种哲人的睿智和诗人的挚情渗透其中。尤以咏史诗知名,集中两卷乐府诗,是其努力学习民歌的成果。其哲学著作《天论》三篇,论述天的物质性,分析“天命论”产生的根源,具有唯物主义思想。著有《刘梦得文集》。

陋　室　铭[①]

山不在高,有仙则名。水不在深,有龙则灵。斯是陋室[②],惟吾德馨[③]。苔痕上阶绿,草色入帘青。谈笑有鸿儒[④],往来无白丁[⑤]。可以调素琴[⑥],阅金经[⑦]。无丝竹之乱耳[⑧],无案牍之劳形[⑨]。南阳诸葛庐[⑩],西蜀子云亭[⑪]。孔子云:何陋之有[⑫]?

(选自:卞孝萱校订:《刘禹锡集》(下册),中华书局1990年版,第628页。)

【注释】

① 铭:将文字铸刻在器物上,这样不易损毁,且可以时时观看,所以往往用来警诫自己或称述功德,一般篇幅较短小,后来成为一种文体。关于本文作者是否为刘禹锡有争议,有人认为是武周时的崔沔,"沔俭约自持,禄禀随散宗族,不治居宅,尝作《陋室铭》以见志"(《新唐书》卷一百二十九)。

② 斯:这,此。

③ 馨(xīn):本意为芳香,散布很远的香气。这里指德行美好,可以流香传远。

④ 鸿:博大。鸿儒:指学识渊博的学者。

⑤ 白丁:无官职的平民,这里指没有文化的人。

⑥ 调:调弄。素琴:没有装饰的琴。

⑦ 金经:佛经。佛经多用泥金(用金箔和胶水制成的金色颜料)书写,故称金经。

⑧ 丝:指弦乐器。竹:指管乐器。丝竹:泛指乐器发出的声音。

⑨ 案牍(dú):指从事官府文书撰写审批的行政工作。

⑩ 南阳诸葛庐:诸葛亮,三国时蜀国丞相,曾隐居在南阳郡邓县之隆中(今湖北襄阳西)茅庐中,历史上有刘备三顾茅庐的说法。

⑪ 西蜀子云亭:子云,即扬雄(前53—后18年),子云是他的表字,西汉哲学家、文学家,蜀郡成都(今属四川)人。子云亭是为了纪念他在此居住读书而建造。

⑫ 何陋之有:语出《论语·子罕》:"子欲居九夷。或曰:'陋,如之何?'子曰:'君子居之,何陋之有?'"意思是有什么简陋的呢?这里只引用"何陋之有",即含有"君子居之"的意思。

【文本赏析】

《陋室铭》是一篇托物言志的铭文。通篇以陋室作为描写对象,而"陋室但作知足话头，终脱不得个'陋'字"，又"句句将'陋'字翻案"，在对比反诘过程中，突出表现了作者高洁不凡的情操和清雅淡泊的情趣。苏轼说"反常合道为趣"，本文正是通过"陋室不陋"的反常来建立奇趣，立意新奇，饶有趣味。全文结构精巧完整、层次分明，语言精练流畅、富于情韵，"虽不满百字，而具虎跳龙腾之致"(《古文赏音》)。

《世说新语·排调》载："康僧渊目深而鼻高，王丞相每调之。僧渊曰：'鼻者，面之山；目者，面之渊；山不高则不灵，渊不深则不清。'"将山水的高、深与灵、清建立联系，本是用来应付调笑的俊语，但颇见巧思。本文作者虽不见得便是本于其语立论，但是同样巧妙。只不过僧渊之言是以建立两者联系来自我肯定，而本文是破解两者联系，但目的同样是自我肯定。无论是建立也好，还是破解也罢，都是通过一套标准对山水进行评价，而这个标准则是对价值进行衡量的结果，究竟是山的高、水的深，这种外在性质层面的东西体现价值，还是居于其中的仙、灵，这种体现内在本质层面的东西能够建立价值，结论显然是后者。由此类比推导到陋室与居于陋室的作者，揭开本文的主题句："斯是陋室，惟吾德馨"。从物质角度审视外在环境得出的室之陋，是无法掩盖从道德角度评估内在品质彰显的人之德，人的品德与环境的现状孰为轻重由此可见，故可以变陋室为"不陋"。

继第一部分引出陋室，第二部分从三个方面具体介绍陋室的室中景、室中人、室中事，而在介绍中陋室的景况又处处显示着作者的"德馨"。"苔痕上阶绿，草色入帘青"是自然环境，既然去掉了从物质条件角度对奢华的追求，那么作为替代导入的审美倾向就是"苔痕""草色"所彰显的自然清新、富有生趣的美。行文妙在对"上""入"二字的运用，一方面有一种引人入胜的动态感，切合了即将展开的对陋室的介绍，另一方面表现出了陋室之中存在的感召力和吸引力，对自然景象似乎有改造的功用。"谈笑有鸿儒，往来无白丁。"物以类聚，人以群分，通过来往于陋室之人来表现陋室主人的文化水平的不凡，同时这个陋室并不寂寞，而是充斥着高雅的情趣。另一方面，"鸿儒”也说明了“德馨”从何而来，正是在儒家经典的浸润滋养下才会形成这种高尚不俗的品德。“可以调素琴，阅金经。”室中所为之事，无一不是注重对心性的调养、品德的培育，与之对应的“丝竹之乱耳”“案牍之劳形”则体现了世俗繁华和传统功名对人的戕害，两个“无”便在两者之间形成了对比和超越，表达了对于追求安贫乐道的隐逸情趣的肯定。

最后引古人为证实，增强文章的说服力。诸葛亮、扬雄都是历史上得到肯定的有高尚品德、广博学问的贤人，而他们所居的诸葛庐与子云亭也没有因为简陋而被人嫌弃，反倒因为两人的贤德而知名，令人倾慕，再次验证文章的主题“斯是陋室，惟吾德馨”，这里也隐含着作者以二人自比。接着作者就势进逼，收尾全文，以孔子的话代己言，而又“隐藏‘君子居之’四字在内，若全引便著迹，尤见其巧处”（《古文笔法百篇》），妙在机趣横生，不露自炫之迹。而如此引述也并不牵强，孔子最钟爱的弟子颜回，恰恰就是：“一箪食，一瓢饮，在陋巷，人不堪其忧，回也不改其乐。贤哉，回也！”

《历阳典录》载：“陋室，在州治内，唐和州刺史刘禹锡建，有铭，柳公权书碑。”作者在任监察御史期间，参加了王叔文的“永贞革新”，革新失败后，被贬至安徽和州县当一名通判。据说和州知县见作者被贬，就故意刁难他。半年时间，知县强迫作者搬了三次家，面积一次比一次小，最后仅是斗室。作者遂愤然提笔写下这篇《陋室铭》，并请人刻上石碑，立在门前。此事虽未必属实，但也充分体现了中国主流价值观中如何在艰难环境当中维持道德操守，坚信自我，这也是古人所说“君子固穷”的内在含义！

【思考练习】

1. 请结合赏析内容，谈谈为什么陋室不陋。
2. 请结合全文分析，作者都运用了什么方式来表现自己的“德馨”。
3. 请分析结尾“孔子云：何陋之有？”的写法，这么写有什么好处？

【拓展阅读】

文心雕龙·铭箴

昔帝轩刻舆几以弼违，大禹勒笋簴而招谏，成汤盘盂，著日新之规，武王户席，题必戒之训，周公慎言于金人，仲尼革容于欹器，则先圣鉴戒，其来久矣。铭者，名也，观器必名焉，正名审用，贵乎慎德。盖臧武仲之论铭也，曰：天子令德，诸侯计功，大夫称伐。夏铸九牧之金鼎，周勒肃慎之楛矢，令德之事也；吕望铭功于昆吾，仲山镂绩于庸器，计功之义也；魏颗纪勋于景钟，孔悝表勤于卫鼎，称伐之类也。若乃飞廉有石椁之锡，灵公有夺里之谥，铭发幽石，吁可怪矣。赵灵勒迹于番吾，秦昭刻博于华山，夸诞示后，吁可笑也！详观众例，铭义见矣。至于始皇勒岳，政暴而文泽，亦有疏通之美焉。若班固燕然之勒，张昶华阴之碣，序亦盛矣。蔡邕铭思，独冠古今，桥公之钺，吐纳典谟；朱穆之鼎，全成碑文，溺所长也。至如敬通杂器，准矱武铭，而事非其物，繁略违中。崔骃品物，赞多戒少。李尤积篇，义俭辞碎。蓍龟神物，而居博奕之下；衡斛嘉量，而在臼杵之末：曾名品之未暇，何事理之能闲哉！魏文九宝，器利辞钝。唯张载《剑阁》，其才清采，迅足骎骎，后发前至，勒铭岷汉，得其宜矣。

箴者，针也，所以攻疾防患，喻针石也。斯文之兴，盛于三代。夏、商二箴，余句颇存。及周之辛甲，百官箴阙，唯《虞箴》一篇，体义备焉。迄至春秋，微而未绝。故魏绛讽君于后羿，楚子训民于在勤。战代已来，弃德务功，铭辞代兴，箴文萎绝。至扬雄稽古，始范《虞箴》，作卿尹、州牧二十五篇。及崔、胡补缀，总称《百官》，指事配位，鞶鉴有征，信所谓追清风于前古，攀辛甲于后代者也。至于潘勖《符节》，要而失浅；温峤《侍臣》，博而患繁；王济《国子》，引多而事寡；潘尼《乘舆》，义正而体芜：凡斯继作，鲜有克衷。至于王朗

《杂箴》,乃置巾履,得其戒慎,而失其所施,观其约文举要,宪章武铭,而水火井灶,繁辞不已,志有偏也。

夫箴诵于官,铭题于器,名用虽异,而警戒实同。箴全御过,故文资确切;铭兼褒赞,故体贵弘润。其取事也必核以辨,其摛文也必简而深,此其大要也。然矢言之道盖阙,庸器之制久沦,所以箴铭寡用,罕施后代。惟秉文君子,宜酌其远大焉。

赞曰:铭实器表,箴惟德轨。有佩于言,无鉴于水。秉兹贞厉,警乎立履。义典则弘,文约为美。

(选自:王运熙、周锋撰:《文心雕龙译注》,上海古籍出版社 1998 年版,第 84~91 页。)

柳宗元

柳宗元(773—819年),字子厚,祖籍河东解(今山西运城市西南)人,世称柳河东。贞元九年(793年),登进士第,年仅二十一岁。贞元十四年(798年),登博学宏词科,授集贤殿正字。贞元十九年(803年),自蓝田尉拜监察御史里行。贞元二十一年(805年)正月,唐顺宗李诵即位,柳宗元任礼部员外郎,参与王叔文集团的政治革新活动。不久,革新失败,柳宗元被贬为永州司马。元和十年(815年),调任柳州刺史。元和十四年(819年),病逝于柳州,年仅四十七岁,人称"柳柳州",建庙祀之。

柳宗元是唐代杰出的散文家、诗人,与韩愈一起推行古文运动,并称"韩柳"。韩愈曾评价柳宗元的散文"雄深雅健,似司马子长,崔、蔡不足多也"。将其与司马迁相媲美,足见其对柳文的高度认可,此评价亦得到了刘禹锡、皇甫湜等人的赞同。柳宗元一生著述甚丰,为后世留下了宝贵的文学财富,山水游记、寓言小品等皆为后世所称道,其在中国散文史上的重要地位不言而喻。

捕蛇者说

永州之野产异蛇,黑质而白章①,触草木尽死;以啮人②,无御之者。然得而腊之以为饵③,可以已大风、挛踠、瘘、疠④,去死肌⑤,杀三虫⑥。其始,太医以王命聚之,岁赋其二[7],募有能捕之者,当其租入[8],永之人争奔走焉。

有蒋氏者,专其利三世矣[9]。问之,则曰:“吾祖死于是,吾父死于是,今吾嗣为之十二年,几死者数矣。”言之,貌若甚戚者[10]。余悲之,且曰:“若毒之乎?余将告于莅事者[11],更若役[12],复若赋[13],则何如?”

蒋氏大戚,汪然出涕曰[14]:“君将哀而生之乎?则吾斯役之不幸,未若复吾赋不幸之甚也。向吾不为斯役,则久已病矣。自吾氏三世居是乡,积于今六十岁矣,而乡邻之生日蹙[15]。殚其地之出[16],竭其庐之入,号呼而转徙,饥渴而顿踣[17],触风雨,犯寒暑,呼嘘毒疠[18],往往而死者相藉也[19]。曩与吾祖居者,今其室十无一焉;与吾父居者,今其室十无二三焉;与吾居十二年者,今其室十无四五焉,非死而徙尔[20]。而吾以捕蛇独存。悍吏之来吾乡,叫嚣乎东西,隳突乎南北[21],哗然而骇者,虽鸡狗不得宁焉。吾恂恂而起[22],视其缶[23],而吾蛇尚存,则弛然而卧[24]。谨食之[25],时而献焉。退而甘食其土之有,以尽吾齿[26]。盖一岁之犯死者二焉,其余则熙熙而乐[27],岂若吾乡邻之旦旦有是哉!今虽死乎此,比吾乡邻之死则已后矣,又安敢毒耶?”

余闻而愈悲。孔子曰:“苛政猛于虎也。”吾尝疑乎是,今以蒋氏观之,犹信。呜呼!孰知赋敛之毒,有甚是蛇者乎!故为之说,以俟夫观人风者得焉[28]。

(选自:柳宗元撰:《柳宗元集》(第二册),中华书局 1979 年版,第 455~456 页。)

【注释】

① 质:质地,指蛇体。章:斑纹。

② 啮(niè):咬。

③ 腊(xī):把肉晾干。

④ 已:止,治愈。大风:麻风病。挛(luán)踠(wǎn):手足蜷曲不能伸展之病。瘘(lòu):颈部肿。疠(lì):恶疮。

⑤ 死肌:死肉,如痈疽的腐烂部分。

⑥ 三虫:道家迷信说法,人体内有侵害人体使人疾病夭死的三尸虫。此处泛指人体内的寄生虫。

⑦ 赋:征收。

⑧ 当:抵充。

⑨ 专其利:独享以蛇抵税的好处。

⑩ 戚:忧愁,悲伤。

⑪ 莅事者:指管事的官吏。

⑫ 更若役:更换你的徭役(指捕蛇)。

⑬ 复若赋:恢复你的赋税。

⑭ 汪然:泪汪汪的样子。

⑮ 生:生计。日蹙:一天比一天窘迫。

⑯ 殚:竭尽。

⑰ 顿踣(bó):困顿跌倒。

⑱ 呼嘘毒疠:呼吸毒气。

⑲ 相藉:互相枕压。

⑳ 曩(nǎng):从前,过去。此句谓不是死亡就是流徙他乡。

㉑ 隳(huī)突:冲撞,破坏,骚扰。

㉒ 恂恂:小心谨慎的样子。

㉓ 缶(fǒu):瓦罐。

㉔ 弛然:放心的样子。

㉕ 食(sì):喂养。

㉖ 齿:年岁,年龄。

㉗ 熙熙:温和欢乐的样子。

㉘ 俟(sì):等待。

【文本赏析】

《捕蛇者说》是柳宗元贬谪永州期间所创作的传世名篇,它深刻反映出唐中叶以后赋税的沉重、官吏的横征暴敛和百姓在苛政重赋压迫下的悲惨境遇，蕴含着作者深切的同情与深刻的思考，在思想性与艺术性上均达到极高水准。“此文无选本不录，读者最广，人谈柳文，必首及是篇”(《柳文指要》)，足见其对后世影响之深远。

文章结构严谨，逻辑清晰，可分为三个部分。开篇聚焦永州之蛇，着力突出蛇之异：“黑质而白章，触草木尽死；以啮人，无御之者”，无论是人还是草木，触之必亡，无法抵抗，足见蛇之剧毒。“然得而腊之以为饵，可以已大风、挛踠、瘘、疠，去死肌，杀三虫”，由是可见此蛇之奇特的医用功效，不仅可以治疗麻风病、颈部肿、恶疮等疾病，还能够去除坏死的肌肉，杀死人体内的寄生虫。由“其始，太医以王命聚之，岁赋其二，募有能捕之者，当其租入”句可知，捕蛇能充抵应交的租赋，这也致使“永之人争奔走焉”，寥寥数语，巧妙地引出下文捕蛇者蒋氏的故事，为下文所要点明的主题埋下了伏笔。

第二部分主要包括文章的第二、三自然段，是全文的核心。本部分围绕作者与蒋氏的对话展开，蒋氏一家三代捕蛇的悲惨经历令人痛心，祖父、父亲皆死于捕蛇，自己也“几死者数矣”，三个“死”字，足见捕蛇之凶险。然而，当作者提出为其更换差使、恢复赋税时，蒋氏却“大戚，汪然出涕”，缘由是“吾斯役之不幸，未若复吾赋不幸之甚也”。接着，蒋氏从多个角度对比了自己与乡邻的生存状况。六十年来，乡邻们为赋税所迫，“殚其地之出，竭其庐之入”，不得不“号呼而转徙，饥渴而顿踣”，由此而死去的人往往积尸成堆，或死或徙，农村一片荒芜凋敝，而蒋氏却能够“以捕蛇独存”，虽然有生命危险，但面临“悍吏”来乡，依然能“弛然而卧”，“甘食其土之有，以尽吾齿”，一年仅两次冒死捕蛇，相比乡邻天天面临死亡威胁，竟成了“幸运者”。这种对比，深刻揭示出赋敛之毒甚于蛇毒的残酷现实，展现出广大农民在水深火热中的艰难挣扎。

最后一部分作者写道“余闻而愈悲”，如果从前对孔子所说的“苛政猛于虎也”还有所怀疑的话，那今日看到蒋氏一族的境遇，便深信不疑了，由此点明“赋敛之毒,有甚是蛇”的深刻主题,反映出作者对广大百姓不幸遭遇的深刻同情。

【思考练习】

1. 概述柳宗元散文的分类及其艺术成就。

2.《捕蛇者说》开篇提到“永州之野产异蛇”,作者详细描述了蛇之“异”,这对后文情节展开有何作用?

3. 捕蛇者蒋氏称“吾祖死于是,吾父死于是,今吾嗣为之十二年,几死者数矣”,却又不肯更换职业,请结合文中内容,分析他做出这种选择的原因。

【拓展阅读】

种树郭橐驼传

郭橐驼,不知始何名。病瘘,隆然伏行,有类橐驼者,故乡人号之“驼”。驼闻之曰:“甚善,名我固当。”因舍其名,亦自谓“橐驼”云。其乡曰丰乐乡,在长安西。驼业种树,凡长安豪富人为观游及卖果者,皆争迎取养。视驼所种树,或移徙,无不活,且硕茂早实以蕃。他植者虽窥伺效慕,莫能如也。

有问之,对曰:“橐驼非能使木寿且孳也,能顺木之天,以致其性焉尔。凡植木之性,其本欲舒,其培欲平,其土欲故,其筑欲密。既然已,勿动勿虑,去不复顾。其莳也若子,其置也若弃,则其天者全而其性得矣。故吾不害其长而已,非有能硕茂之也;不抑耗其实而已,非有能早而蕃之也。他植者则不然,根拳而土易,其培之也,若不过焉则不及。苟有能反是者,则又爱之太恩,忧之太勤,旦视而暮抚,已去而复顾。甚者爪其肤以验其生枯,摇其本以观其疏密,而木之性日以离矣。虽曰爱之,其实害之;虽曰忧之,其实仇之,故不我若也。吾又何能为哉!”

问者曰:“以子之道,移之官理可乎?”驼曰:“我知种树而已,理,非吾业也。然吾居乡,见长人者好烦其令,若甚怜焉,而卒以祸。旦暮吏来而呼曰:‘官命促尔耕,勖尔植,督尔获。早缫而绪,早织而缕,字而幼孩,遂而鸡豚。’鸣鼓而聚之,击木而召之。吾小人辍飧饔以劳吏者,且不得暇,又何以蕃吾生而安吾性耶?故病且怠。若是,则与吾业者其亦有类乎?”

问者曰:“嘻,不亦善夫!吾问养树,得养人术。”传其事以为官戒。

(选自:柳宗元撰:《柳宗元集》(第二册),中华书局 1979 年版,第 473~474 页。)

至小丘西小石潭记

从小丘西行百二十步,隔篁竹[①],闻水声,如鸣珮环[②],心乐之。伐竹取道,下见小潭,水尤清冽。全石以为底[③],近岸卷石底以出[④],为坻为屿[⑤],为嵁为岩[⑥]。青树翠蔓,蒙络摇缀[⑦],参差披拂。潭中鱼可百许头,皆若空游无所依。日光下澈,影布石上,怡然不动;俶尔远逝[⑧],往来翕忽[⑨],似与游者相乐。

潭西南而望,斗折蛇行[⑩],明灭可见[⑪]。其岸势犬牙差互[⑫],不可知其源。坐潭上,四面竹树环合,寂寥无人,凄神寒骨,悄怆幽邃[⑬]。以其境过清,不可久居,乃记之而去。

同游者吴武陵、龚古,余弟宗玄;隶而从者[⑭],崔氏二小生,曰恕己,曰奉壹。

(选自:柳宗元撰:《柳宗元集》(第三册),中华书局 1979 年版,第 767 页。)

【注释】

① 篁竹:竹林。

② 珮环:都是玉饰。

③ 全石以为底:以整块的石头为潭底。

④ 卷石底以出:石底翻卷,露出水面。

⑤ 坻(chí):水中高地。

⑥ 嵁(kān):不平的岩石。

⑦ 蒙络:蒙盖连接,笼罩。

⑧ 俶(chù)尔:忽然。

⑨ 翕(xī)忽:形容轻快敏捷的样子。

⑩ 斗折蛇行:形容溪流像北斗星那样曲折,像蛇那样蜿蜒前行。

⑪ 明灭:指时隐时现,忽明忽暗。

⑫ 差(cī)互(hù):交错。

⑬ 悄怆:凄凉。邃:深。

⑭ 隶:跟从。

【文本赏析】

《至小丘西小石潭记》是"永州八记"中的第四篇,前三篇分别是《始得西山宴游记》《钴鉧潭记》《钴鉧潭西小丘记》,后四篇分别是《袁家渴记》《石渠记》《石涧记》《小石城山记》。本文写景状物,匠心独具,颇为生动、传神,堪称"永州八记"中的极品,为历代文人所称道。

本文的中心是石潭,但作者并未直接写潭水之美,而是先听到水声之美,未见小潭,先闻水声,"隔篁竹,闻水声,如鸣珮环",以清脆悦耳的玉环碰撞声形容水声,不仅写出声音之美,还能够巧妙地引发读者对小石潭的好奇与向往。"伐竹取道"这一行动描写,侧面烘托出小石潭水声的吸引力,与上文环环相扣。

待见到小石潭,对潭水的描写堪称神来之笔,"清冽"二字不仅写出潭水的清澈,更透出寒冷之意,"一切景语皆情语"(《人间词话》),为下文埋下伏笔。"全石以为底"寥寥五字既写出小石潭底之奇特,又进一步间接写出水之清澈,与前文交相辉映,相得益彰。"近岸卷石底以出,为坻为屿,为嵁为岩。青树翠蔓,蒙络摇缀,参差披拂",与潭底是整块石头不同,靠近岸边的石头形态各异，有的像坻，有的像屿，有的像嵁，有的像岩，树木青青，藤蔓翠绿，枝叶繁茂，微风吹来，错落有致，摇曳多姿，宛如一幅美丽的图画呈现在面前，令人心旷神怡。紧接着，作者又写到了小石潭中的鱼大概有百余条，“皆若空游无所依”，一个“空”字，将水之透明清澈写到极致，仿佛鱼在空中游动。阳光照到水底，鱼的影子映在水底的石头上，静止不动，忽然间向远处游去，往来轻快迅即，“似与游者相乐”，以鱼影清晰可见进一步衬托潭水的至清至净，人、鱼同乐，彰显出特有的情韵。

那么，如此“清冽”、充满诗情画意的小潭，潭源在哪里呢？向西南而望，溪水像北斗星那样曲折，像蛇那样蜿蜒前行，时隐时现，“其岸势犬牙差互，不可知其源”，饶富诗情。作者坐于潭上，忽感“四面竹树环合，寂寥无人，凄神寒骨，悄怆幽邃”，一股凄冷之气迎面而来，故“以其境过清，不可久居，乃记之而去”。由“清”至“过清”，凸显出作者心境的变化，由“相乐”而生悲情，衔接得巧妙自然，不着痕迹，隐晦地展现出其被贬后内心的凄苦、寂寞与忧伤。

【思考练习】

1. 明人茅坤说：“夫古之善记山川，莫如柳子厚。”请对比阅读“永州八记”中的其他作品，概括柳宗元山水游记的特色。

2. 清人刘熙载在《艺概》中说：“昌黎之文如水，柳州之文如山。”请结合具体作品，谈谈你对这则材料的理解。

3. 假设你此刻正坐在小石潭边，会有着怎样的感受？请尝试着写出来。

【拓展阅读】

始得西山宴游记

自余为僇人，居是州，恒惴栗。其隙也，则施施而行，漫漫而游。日与其徒上高山，入深林，穷回溪，幽泉怪石，无远不到。到则披草而坐，倾壶而醉。醉则更相枕以卧，卧而梦。意有所极，梦亦同趣。觉而起，起而归。以为凡是州之山水有异态者，皆我有也，而未始知西山之怪特。

今年九月二十八日，因坐法华西亭，望西山，始指异之。遂命仆人过湘江，缘染溪，斫榛莽，焚茅茷，穷山之高而上。攀援而登，箕踞而遨，则凡数州之土壤，皆在衽席之下。其高下之势，岈然洼然，若垤若穴，尺寸千里，攒蹙累积，莫得遁隐。萦青缭白，外与天际，四望如一。然后知是山之特立，不与培塿为类，悠悠乎与颢气俱，而莫得其涯；洋洋乎与造物者游，而不知其所穷。引觞满酌，颓然就醉，不知日之入。苍然暮色，自远而至，至无所见，而犹不欲归。心凝形释，与万化冥合。然后知吾向之未始游，游于是乎始，故为之文以志。是岁，元和四年也。

（选自：柳宗元撰：《柳宗元集》（第三册），中华书局 1979 年版，第 762~763 页。）

杜牧

杜牧(803—853年),字牧之,京兆万年(今陕西西安)人。司徒杜佑之孙。少年时便显示出出众的政治才华,尤其专注于治乱与军事。大和二年(828年)进士及第。曾长期在沈传师江西观察使府、宣歙观察使府和牛僧孺淮南节度使府为幕僚。会昌年间,先后任黄州、池州、睦州刺史。大中二年(848年)被召入京为司勋员外郎、使馆修撰,转吏部员外郎。大中四年(850年),出为湖州刺史,次年入京为考功郎中、知制诰,大中六年(852年)迁中书舍人,岁暮卒于长安。

杜牧为晚唐杰出诗人,与李商隐并称"小李杜"。其苦心为诗"惟求高绝"。对晚唐浮艳诗风是种自觉的矫正,后人评价其诗"雄姿英发""如铜丸走坂,骏马注坡,谓圆快奋急也"。其诗兼具豪爽健朗与旖旎香艳的风格。以怀古咏史诗和明丽隽永的绝句诗著称。其文在继承古文运动优良传统的同时,又能独辟蹊径,自成一家,曾注解曹操所定《孙子兵法》十三篇,又写有《罪言》《战论》《守论》《原十六卫》等文论当代兵事。著有《樊川文集》。

阿房宫赋[1]

六王毕[2],四海一[3]。蜀山兀[4],阿房出[5]。覆压三百余里[6],隔离天日。

骊山北构而西折，直走咸阳[7]。二川溶溶[8]，流入宫墙。五步一楼，十步一阁。廊腰缦回[9]，檐牙高啄[10]。各抱地势[11]，钩心斗角[12]。盘盘焉[13]，囷囷焉[14]，蜂房水涡[15]，矗不知乎几千万落[16]。长桥卧波，未云何龙[17]？复道行空[18]，不霁何虹[19]？高低冥迷，不知东西。歌台暖响[20]，春光融融；舞殿冷袖，风雨凄凄。一日之内，一宫之间，而气候不齐。

妃嫔媵嫱[21]，王子皇孙，辞楼下殿，辇来于秦[22]，朝歌夜弦，为秦宫人。明星荧荧[23]，开妆镜也；绿云扰扰[24]，梳晓鬟也[25]；渭流涨腻[26]，弃脂水也；烟斜雾横，焚椒兰也[27]；雷霆乍惊，宫车过也，辘辘远听[28]，杳不知其所之也[29]。一肌一容，尽态极妍，缦立远视[30]，而望幸焉[31]。有不见者，三十六年[32]。

燕、赵之收藏[33]，韩、魏之经营，齐、楚之精英，几世几年，剽掠其人[34]，倚叠如山[35]。一旦不能有，输来其间。鼎铛玉石，金块珠砾[36]，弃掷逦迤[37]，秦人视之，亦不甚惜。嗟乎！一人之心，千万人之心也。秦爱纷奢，人亦念其家。奈何取之尽锱铢[38]，用之如泥沙？使负栋之柱[39]，多于南亩之农夫[40]；架梁之椽[41]，多于机上之工女；钉头磷磷[42]，多于在庾之粟粒[43]；瓦缝参差，多于周身之帛缕；直栏横槛，多于九土之城郭[44]；管弦呕哑[45]，多于市人之言语。使天下之人，不敢言而敢怒，独夫之心，日益骄固[46]。戍卒叫[47]，函谷举[48]，楚人一炬，可怜焦土[49]。

灭六国者，六国也，非秦也。族秦者[50]，秦也，非天下也。嗟乎！使六国各爱其人[51]，则足以拒秦。使秦复爱六国之人，则递三世可至万世而为君[52]，谁得而族灭也？秦人不暇自哀，而后人哀之；后人哀之而不鉴之[53]，亦使后人而复哀后人也。

（选自：杜牧撰：《樊川文集》，上海古籍出版社 1978 年版，第 1~2 页。）

【注释】

① 阿（ē）房（páng）：指宫殿的四阿（即四周）有宽阔宏丽的曲檐。阿房宫：秦始皇在渭南建造的宫殿，始建于公元前 212 年，至秦亡时尚未完工，遗址在今陕西西安市西南

阿房村。

② 六王：指战国时期除了秦国之外的六个大国，齐、楚、燕、赵、魏、韩的君主。毕：结束，完结。指六国被秦所灭，他们的统治结束了。

③ 四海：指天下。一：统一。四海一：天下归于一统了。

④ 兀（wù）：形容山秃。这里是说为了修建阿房宫把蜀山的树木都砍光了。

⑤ 出：出现，这里指建成。

⑥ 覆压：覆盖。里：这里为面积单位，不是长度单位。古代五户为一邻，五邻为一里。覆压三百余里：指从渭南到咸阳覆盖了三百多里地。这是形容宫殿楼阁接连不断，占地极广。

⑦ 骊山：位于陕西省西安市临潼区城南，是秦岭山脉的一个支脉。构：建构，修建。走：趋向。咸阳：古咸阳为秦朝的都城，在今陕西咸阳市东北。骊山北构而西折，直走咸阳：这里是说阿房宫自骊山北边开始建，然后向西延展，一直连绵到咸阳城，形容其占地之广大。

⑧ 二川：指渭川和樊川。溶溶：河水宽广而流动的样子。

⑨ 廊腰：连接高大建筑物的走廊，好像人的腰部，所以这样说。缦（màn）：萦绕。回：曲折。廊腰缦回：走廊长而曲折。

⑩ 檐牙：屋檐突起，犹如牙齿。檐牙高啄：突起的檐角尖耸，犹如禽鸟仰首啄物。

⑪ 各抱地势：这里是说阿房宫的宫殿楼阁随地形而建，彼此环抱呼应。

⑫ 钩心：指各种建筑物都向中心区攒聚。斗角：指屋角互相对峙，好像兵戈相斗。钩心斗角：指宫室结构的参差错落，精巧工致。

⑬ 盘盘：盘结的样子。

⑭ 囷（qūn）囷：曲折回旋的样子。

⑮ 蜂房水涡：此句比喻宫室像蜂房那样密集，像水涡那样迂回。

⑯ 矗：耸立着。落：座，所。

⑰ 未云何龙：《易经》有“云从龙”的话，所以人们认为有龙就应该有云。这是用故作疑问的话，形容长桥似龙。

⑱ 复道：楼阁之间架木构成的通道。

⑲ 霁：雨后初晴。

⑳ 暖响:指歌声充满暖意。这是通感修辞手法。

㉑ 妃嫔(pín)媵(yìng)嫱(qiáng):统指六国王侯的宫妃。她们各有等级,妃的等级比嫔、嫱高。媵是陪嫁的侍女,也可成为嫔、嫱。下文的“王子皇孙”指六国王侯的女儿、孙女。

㉒ 辇(niǎn):古代用人挽或推的车,秦、汉以后专指帝王、后妃乘坐的车。这里用作动词。

㉓ 荧荧:明亮的样子。

㉔ 扰扰:纷乱飘动的样子。

㉕ 鬟:旧时妇女梳的环形发髻。晓鬟:早上梳头。

㉖ 腻:指洗脸水中浮起的胭脂、香粉。涨腻:涨起了一层脂膏。

㉗ 椒兰:两种香料植物,焚烧以熏衣物。

㉘ 辘辘:车行的声音。

㉙ 杳:遥远得看不见踪影。

㉚ 缦:通“慢”。缦立:久立。

㉛ 幸:封建时代皇帝到某处,叫“幸”。妃嫔受皇帝宠爱,叫“得幸”。

㉜ 三十六年:嬴政在位执政的年数为三十七年(前247—前210年),作者可能误算或取其近值。

㉝ 收藏:动词作名词,指收藏的金玉珍宝等物。后面的经营、精英,所指相同。

㉞ 剽(piāo)掠:抢劫,掠夺。

㉟ 倚叠:堆叠,积累。

㊱ 铛(chēng):平底的浅锅。鼎铛玉石,金块珠砾:把宝鼎看作铁锅,把美玉看作石头,把黄金看作土块,把珍珠看作石子。

㊲ 逦(lǐ)迤(yǐ):连续不断的样子,这里说到处都是。

㊳ 锱(zī)铢(zhū):古代重量名,一锱等于六铢,一铢约等于后来的一两的二十四分之一。锱、铢连用,用来比喻其极细微。

㊴ 负栋之柱:承担栋梁的柱子。

㊵ 南亩:泛指农田。

㊶ 椽(chuán):放在梁上架屋顶的长条形木料。

㊷ 磷(lín)磷:形容物体棱角分明而突出。

㊸ 庾(yǔ):露天的谷仓。

㊹ 九土:九州,指全国。

㊺ 管弦:管乐和弦乐,此泛指音乐。呕(ōu)哑(yā):象声词,指声音嘈杂。管弦呕哑:形容音乐声音嘈杂。

㊻ 骄固:骄纵,顽固。

㊼ 戍卒叫:指陈胜、吴广起义,两人本为戍卒,被征发时因雨失期有罪而决定起义。

㊽ 函谷:关址在今河南灵宝东北。函谷举:刘邦于公元前206年率军先入咸阳,推翻秦朝统治,并派兵守函谷关。

㊾ 楚人一炬,可怜焦土:传说项羽(楚将项燕的后代)于公元前206年入咸阳,并焚烧秦的宫殿,大火三月不灭。

㊿ 族:灭族。

51 使:假使。

52 递三世可至万世而为君:秦始皇统一六国后,下诏曰:"朕为始皇帝,后世以计数,二世三世至于万世,传之无穷。"(《史记·秦始皇本纪》)然而秦朝仅传二世便灭亡了。

53 鉴:镜子,这里用作动词,作为教训来自警。

【文本赏析】

杜牧出身京兆杜氏,祖父杜佑曾任德宗、顺宗、宪宗三朝宰相,位极荣宠,所著的《通典》则开创了后世编著典章制度史的先河。在《冬至日寄小侄阿宜诗》中杜牧曾自叙其家门:"我家公相家,剑佩尝丁当。旧第开朱门,长安城中央。第中无一物,万卷书满堂。家集二百编,上下驰皇王。多是抚州写,今来五纪强。尚可与尔读,助尔为贤良。经书括根本,史书阅兴亡。"正是这样的家世背景赋予了他非凡的政治视野和治世抱负,在熟读经史基础上专注于治乱与军事,曾"追咎长庆以来朝廷措置亡术,复失山东,钜封剧镇,所以系天下轻重,不得承袭轻授,皆国家大事,嫌不当位而言,实有罪,故作《罪言》"。武宗会昌年间曾为宰相李德裕献计平虏,皆收实效。这篇《阿房宫赋》作于宝历元年(825 年),杜牧时年二十三岁,据其自述是源自“宝历大起宫室,广声色,故作《阿房宫赋》”。

唐朝自宪宗元和中兴后,继之而来的穆宗、敬宗虽在位不长,但都耽于逸乐,不理国家大事,使很多固有危机逐渐显化,国势倾落,由此渐入晚唐。宝历正是敬宗的年号,他于即位第二月起就连日在中和殿、飞龙院击球,又喜欢看人角抵,“戏酣,有碎首折臂者,至一更二更方罢”。夜间还常常去“打野狐”。如此日夜玩乐,根本无心朝政,同时还奢靡无度,因为爱观竞渡,曾下诏令王播造竞渡舟三十艘,其费用竟高达当时国家半年的转运经费,经张仲方苦谏才减去三分之二。还做出了许多荒唐的行为,据《资治通鉴》记载:“上欲幸骊山温汤,左仆射李绛、谏议大夫张仲方等屡谏不听,拾遗张权舆伏紫宸殿下,叩头谏曰:‘昔周幽王幸骊山,为犬戎所杀;秦始皇葬骊山,国亡;玄宗宫骊山而禄山乱;先帝幸骊山,而享年不长。’上曰:‘骊山若此之凶邪?我宜一往以验彼言。’十一月,庚寅,幸温汤,即日还宫,谓左右曰:‘彼叩头者之言,安足信哉!’”巧合的是敬宗于幸骊山的次年便被宦官所杀,而历史巧合的背后往往隐藏着历史的规律,值得人们去挖掘与借鉴。正是基于敬宗荒唐侈靡的行为,针对当时“帝性好土木,自春至冬,兴作相继”的现象,一贯关心国家大事、深谙历史兴亡、文采超群出众的杜牧才写下这篇有为而发的《阿房宫赋》。

对于文章起首“六王毕,四海一。蜀山兀,阿房出”,历来评家皆赞赏不已。通过连续的三字短句,音节紧凑,气势不凡,达到先声夺人的效果,以极快节奏展现出了历史变迁的摧枯拉朽之态,并铺垫烘托了阿房宫的雄伟壮观之势。而且其中巧妙蕴含比法,战国割据,六国灭亡,促成了秦朝统一天下的结果,这是大时代的政治变迁,是根本。阿房宫既是秦统一天下的结果,也是其典型象征。而“阿房出”则“蜀山兀”,恰恰说明了秦朝这种威势的象征是建立在对六国的统一和天下的剥削的基础上的,两者间存在内在的逻辑关联,将问题引入到对治理天下观念与方法的探讨中。

接下来是从宏观角度铺写阿房宫宫闱建构之宏大、密集、精巧，令人赞叹，其文笔辞气兼备，语势错落有致。“隔离天日”“直走咸阳”“二川溶溶，流入宫墙”是自其外说，突显人力之伟岸能夺纳天工之形势。“五步一楼，十步一阁”至“矗不知乎几千万落”是自其内说，宫楼鳞次栉比，而栋栋都是精工雕琢而成，其花费可想而知。“长桥卧波，未云何龙？复道行空，不霁何虹？高低冥迷，不知西东”是自其神说，惊叹于其观感上的神奇瑰丽，超越人智所能理解掌控的范畴。“一日之内，一宫之间，而气候不齐”是自其异说，夸张于其游乐场景的极端特异，展现了对于自然规律的悖反和凌驾。如此宏伟神异的宫殿不是极尽人间权力、财富的秦始皇便不能建成，同时也是其无尽奢欲的形象体现。

前面是对阿房宫宫殿本体的描写，接下来两段是描写在宫中供始皇享乐的宫人与宝物。这二者从何而来，都是来自于曾经的六国，是六国最珍贵或多年珍藏的，但随着天下大势的转变，就不得不“辞楼下殿，辇来于秦”“一旦不能有，输来其间”。一方面写阿房宫中享乐之物的体量之大、价值之高，这正是统一天下胜利者的特权。另一方面则引人思考，为什么曾经强大的六国会落至这般田地，为后面的议论张本，实际上这里已经隐约透露了其中的原因，“几世几年，剽掠其人”。同时如果秦不能守住天下，是否六国的下场就是秦的下场，秦此时拥有的一切富贵同样不能保全，那么这种奢侈的享乐与追求是否还有价值？而对于如此庞大又珍贵且来之不易的人与物，统治者的态度又是如何呢？却是“有不见者，三十六年”“秦人视之，亦不甚惜”。

至此全文的前半部分结束，这部分用传统大赋写法，用极尽铺陈夸张的笔触，以阿房宫为典型，极致表现了统一后秦始皇的奢华威势和治国理念。后半部分则不同于前人大赋劝百讽一的格局，用了近半篇幅展开议论，这一做法影响了后世赋体的写法，正如祝尧在《古赋辨体》中所说：“前半篇造句犹是赋，后半篇议论俊发，醒人心目，自是一段好文字。赋文本体，恐不如此。以至宋朝诸人之赋，大抵皆用此格。”

“一人之心,千万人之心也。”统治者的治国理念和态度之所以重要,就在于其决定了国家发展的方向,起到示范作用,即便是统治者个人正常的欲望都会产生深远的影响,所以必须慎重从事,其中蕴含着对上层统治者的规劝,起到点题的作用。而阿房宫所体现秦朝败亡的根源,就在于“纷奢”。但纷奢是人欲所好,帝王则能将其做到极致,阿房宫正是极尽天下财力而满足帝王欲望的产物,何尝不好?但问题在于“奈何取之尽锱铢,用之如泥沙”。这种享受的代价是什么?作为统治者支撑国家之本的究竟是什么?是“负栋之柱”“架梁之椽”“钉头磷磷”“瓦缝参差”“直栏横槛”“管弦呕哑”,还是“南亩之农夫”“机上之工女”“在庾之粟粒”“周身之帛缕”“九土之城郭”“市人之言语”。前者是统治者个人穷奢极欲的体现——阿房宫,后者是国家立国仰仗的百姓。选择了阿房宫的秦始皇自然失掉了民心,逃不掉“戍卒叫,函谷举,楚人一炬,可怜焦土!”同样以短句快节奏地说明秦的灭亡,与开头形成呼应。秦统一则阿房出,速也,秦灭亡则阿房成焦土,亦速也,何以都如此之快速?因为“独夫”之心难以抗衡“天下人”之怒。阿房宫的诞生与毁灭,正是对于秦始皇偏重个人享受、不顾民众生计的治国理念的强烈否定。

文章最后总结了六国、秦亡的教训,如何避免统治的崩溃,不外乎“爱其人”,回归到儒家正统的治国理念之上。统治者个人的骄奢淫逸与励精图治之间是矛盾的,务必要戒除前者,而遵循后者,这就是杜牧借助阿房宫说给敬宗的政治治理得失的教训。其实杜牧虽然将阿房宫写得极致富丽恢宏,但他真的见过阿房宫吗?显然没有,当时的阿房宫早已是一片焦土。他之所以这么写,一方面是对历史的合理推测,一方面是赋的铺排写法,但更重要的是他要通过这种夸张将人欲的奢靡渲染推衍到极致,再一举否定它,以此来使敬宗醒悟对人欲的追求到了极致也是毫无意义的,那么眼前的这些享乐就更无价值,可以停止了。结尾“秦人不暇自哀,而后人哀之;后人哀之而不鉴之,亦使后人而复哀后人也”展现了极强的历史连续感,中华文化以史为本正在于能不断地从历史中获得经验,吸取教训。实际上此论不新,汉朝京房、唐朝马周都有过与杜牧类似的言论，但知易行难，关键在于能否引以为戒，真正践行。显然作为“后人”的敬宗对秦始皇是“哀之而不鉴之”，所以今天读到这篇文章的我们作为“后人”“复哀”于敬宗，但明日的“后人”如何看待我们，还取决于今日我们的作为，这就值得我们好好去思索本文的道理。

【思考练习】

1. 本文是从几个方面对阿房宫进行描写的？各有什么特点？

2. 文中“秦人不暇自哀，而后人哀之；后人哀之而不鉴之，亦使后人而复哀后人也”几句，揭示出作者怎样的观点？

3. 杜牧曾提出“凡为文以意为主，以气为辅，以辞彩章句为之兵卫”，本文是如何体现这一观点的。

【拓展阅读】

长 城 赋

干城绝，长城列。秦民竭，秦居灭。呜呼悲夫！可得而说。原夫恣无道，戮无辜。帝语其朕，亡秦者胡。不可知也，疑是匈奴。於是先蒙恬，次扶苏。帅兵伍，役刑徒。千里万里，雨骤而云趋。入胡之乡，却胡之王。北胡之党，削胡之疆。然後自于洮至于辽，江汉汤汤。将池焉而共浚，太山巍巍。将城焉而共高，欲限华夷，决安危。一世万世，有中原而称大帝。

想其初也，辟遐荒，穷下土。极九泉而深，望九霄而树。千夫力殚，目不暇睹。有力如虎，亦不暇努。咫尺之间，或什而伍。离娄瞠瞠，亦不暇数。人气氲氲，成一方之云；洒汗潇潇，成半空之雨。驾肩而趋，踵步而履。纷纷嚣嚣，如日中之市。国不得而宁，役不得而停。伊朝继夕，自昏达明。时若炎风炽烈，川原尽竭。枯肌外焚，内火中竭。是民咿咿，忧秦未拔。至若苦雪初霁,阴风雨霜。冻髭折鬓,冰寒夜肠。是民惶惶,忧秦未亡。民之既酷,载僵载仆。饥兮不粟,寒兮不服。病不暇休,虮不暇沐。

基人之骸,压人之肉。少者不遑,老者不复。秦民呜呜,向城而哭。边云夜明,列云铧也。白日昼黑,扬尘沙也。筑之登登,约之阁阁。远而听也,如长空散雹,蛰蛰而征,沓沓而营。远而望也,如大江流萍。其呼号也,怒风訇訇。其鞭朴也,血流纵横。地祇业业,终朝忽耆。星辰悠悠,畏相其接。而况于夷狄,而况于臣妾。其运输也,巷无居人,田无稼民。牛首濈濈,大车辚辚。轮不暇徙,蹄不暇奔。其伤财也,极民之赋。虐民之赂,糊口而供,赤立而赴。饿殍塞路,亦不我顾。其民呶呶,面天而诉。将以宏其基,恢其堵。尽韩齐之土,固其壁,崇其饰。竭亿兆之力。太华方城,乃一拳之石。

既而岌岦峥嵘,向秦而横。如山之成,如云之平。缭绕无际,亘如长鲸。竖亥汲汲,步不可及;掩映天汉,势不可算。邱陵峨峨,不及其半。影人沙碛,势侵西域。残阳不来,未昏而夕。其坚如金,其峻如林。崇高不可以目辨,远大不可以数寻。鸟飞不前,其归翩翩。云不得施,其阴绵绵。风不得驰,其声喧喧。下视关塞,蜗牛蝉联。回顾宫阙,状如微烟。胡人骈连,望之巍然。如登青天,如临深渊。不敢久视,凫趋而旋。

嗟乎!城即高大,民惟艰难。闻之者攘臂而切齿,睹之者涕泣而长叹。夫如是,刑不得不暴,政不得不烦。国不得不乱,民不得不残。谓其城可以固宗社,谓其暴可以定人寰。奈何敌不在远,忧不在胡。城未毕也,而秦已无。殊不知弃秦者身,寇秦者臣。丧秦者嗣,敌秦者民。而怒秦者鬼神,此可忧也,而秦弗忧,徒欲竭生民,垒胡尘。万里而涂炭,十年而苦辛。然且丧其民,亡厥身。非城也,去仁义,积土石;非城也,是曰祸之门,是曰灭之根。安得而为防。安得而称长。

呜呼!谓险之可恃,城之可保,则右彭蠡,左洞庭。不为尧之征。面伊阙,背羊肠。不为汤之亡。是以处尧之宫,行尧之风。虽无是城也,不可得而乱,不可得而攻。用秦之威,布秦之非。虽有是城也,如藩垣之微,如闉阈之卑。无以防其患,扞其师。不然者,秦无得而殃,城无得而荒。本以为御,而反以为亡者哉。

(选自:周绍良主编:《全唐文新编》(第三部第二册),
吉林文史出版社 2000 年版,第 7008 页。)

范仲淹

范仲淹(989—1052年),字希文,苏州吴县(今属江苏苏州)人。大中祥符八年(1015年)进士及第。宋夏战争爆发后,康定元年(1040年),任陕西经略安抚招讨副使,采取“屯田久守”方针,巩固西北边防,对宋夏议和起到促进作用。仁宗庆历初回朝,授枢密副使,后拜参知政事,上《答手诏条陈十事》,推行改革,发起“庆历新政”。一年后新政失败,自请出京,历知邠州、邓州、杭州、青州。皇祐四年(1052年),改知颍州,在扶疾上任途中逝世,享年六十四岁。宋仁宗亲书其碑额为“褒贤之碑”。后累赠太师、中书令兼尚书令、魏国公,谥号“文正”,世称“范文正公”。至清代以后,相继从祀于孔庙及历代帝王庙。

范仲淹重视文章的政治教化作用,在经世济时思想的影响下,反对宋初文坛柔靡文风,提出了宗经复古、文质相救、厚其风化的文学思想,对宋初文风的革新具有积极作用。其词存世仅五首,但成就颇高,毛泽东称其词“介于婉约与豪放两派之间……既苍凉又优美,使人不厌读”。有《范文正公文集》传世。

岳阳楼记[①]

庆历四年春[②],滕子京谪守巴陵郡[③]。越明年[④],政通人和,百废俱兴[⑤]。乃重修岳阳楼,增其旧制[⑥],刻唐贤、今人诗赋于其上,属予作文以记之[⑦]。

予观夫巴陵胜状[8]，在洞庭一湖[9]。衔远山[10]，吞长江，浩浩汤汤[11]，横无际涯[12]。朝辉夕阴[13]，气象万千[14]。此则岳阳楼之大观也[15]，前人之述备矣[16]。然则北通巫峡[17]，南极潇、湘[18]，迁客骚人[19]，多会于此。览物之情，得无异乎？

若夫淫雨霏霏[20]，连月不开[21]，阴雨怒号，浊浪排空[22]，日星隐曜[23]，山岳潜形，商旅不行，樯倾楫摧[24]，薄暮冥冥，虎啸猿啼。登斯楼也，则有去国怀乡[25]，忧谗畏讥，满目萧然，感极而悲者矣[26]。

至若春和景明[27]，波澜不惊[28]，上下天光，一碧万顷，沙鸥翔集[29]，锦鳞游泳[30]，岸芷汀兰[31]，郁郁青青[32]。而或长烟一空，皓月千里，浮光耀金，静影沉璧[33]；渔歌互答，此乐何极！登斯楼也，则有心旷神怡，宠辱皆忘，把酒临风，其喜洋洋者矣。

嗟夫，予尝求古仁人之心[34]，或异二者之为，何哉？不以物喜[35]，不以己悲。居庙堂之高[36]，则忧其民；处江湖之远，则忧其君。是进亦忧[37]，退亦忧。然则何时而乐耶？其必曰“先天下之忧而忧，后天下之乐而乐”欤！噫！微斯人[38]，吾谁与归[39]！

（选自：阴法鲁编：《古文观止译注》（下册），吉林人民出版社 1981 年版，第 803～804 页。）

【注释】

① 岳阳楼：在今湖南省岳阳市岳阳楼区洞庭北路，面临洞庭湖。

② 庆历四年：公元 1044 年。庆历（1041 年 11 月—1048 年），宋仁宗赵祯的年号。

③ 谪（zhé）：封建王朝官吏降职或远调。守：做郡的长官。汉朝“守某郡”，就是做某郡的太守；宋朝废郡称州，应说“知某州”。巴陵郡：岳州，治所在今湖南岳阳，这里沿用古称。滕子京谪守巴陵郡：滕子京，名宗谅，字子京，河南人，与范仲淹同年进士，因被人诬陷，贬为岳州知州。

④ 越：经过、到。

⑤ 政通人和，百废俱兴：政令通行，百姓合乐。一切废弛的事业都兴办起来了。

⑥ 增其旧制：扩建其原有的规模和建制。

⑦ 属(zhǔ):通“嘱”,嘱托、嘱咐。

⑧ 胜状:美好的景色。

⑨ 洞庭:湖名。长江流域著名大湖,在湖南北部,岳阳市西。南纳四水,北接荆江四口,由岳阳市城陵矶注入长江。

⑩ 衔:包含。

⑪ 汤(shāng)汤:大水急流的样子。浩浩汤汤:形容水波浩荡汹涌的样子。

⑫ 横:宽广。际涯:边。际专指陆地边界,涯专指水的边界。横无际涯:形容水面浩大,宽阔无边。

⑬ 辉:日光。

⑭ 万千:千变万化。

⑮ 大观:指盛大壮观的景象。

⑯ 备:详尽,完备。

⑰ 巫峡:因巫山而得名,长江三峡之一,在湖北巴东西。

⑱ 极:尽,最远到达。潇、湘:二水名,潇水流入湘水后,又北入洞庭湖。

⑲ 迁客:谪迁的人,指降职远调的官吏。骚人:诗人。战国时屈原作《离骚》,因此后人称诗人为骚人。

⑳ 若夫:用在一段话的开头以引起下文。后面“至若”与此相同。霏霏:雨雪很多很盛的样子。淫雨霏霏:淫雨,连绵不断的雨。

㉑ 不开:不晴朗。

㉒ 排:冲向。

㉓ 曜(yào):光辉,日光。

㉔ 樯(qiáng):桅杆。倾:倾倒。楫(jí):船桨。摧:折断。樯倾楫摧:桅杆倒下,船桨折断。

㉕ 去国:离开京城。

㉖ 感极:感慨到了极致。

㉗ 景:日光。春和景明:春天气候和暖,阳光明媚。

㉘ 惊:起、动。

㉙ 沙鸥:沙洲上的鸥鸟。

㉚ 鳞:代指鱼。锦鳞:指有美丽姿彩鳞片的鱼。

㉛ 芷(zhǐ):一种香草。汀(tīng):水中或水边的平地。岸芷汀兰:岸上的小草,小洲上的兰花。

㉜ 郁郁:香气很浓郁的样子。青青:花草碧绿的色泽,这里形容花草茂盛。

㉝ 璧:圆形正中有孔的玉。沉璧:像沉入水中的璧玉。

㉞ 求:探求。

㉟ 以:因为。

㊱ 庙堂:宗庙和明堂,古代帝王举行祭祀的地方。这里指朝廷。

㊲ 进:指出仕。与后面"退"、归隐相对。

㊳ 微:如果没有。

㊴ 归:归依。这里指找到精神、价值上的归属和同道。

【文本赏析】

岳阳楼,始建于东汉建安二十年(215年),其前身为三国时期东吴将领鲁肃的阅兵楼,因其位置紧靠洞庭湖畔,可以下瞰洞庭,前望君山,是领略洞庭湖风光的最佳位置。洞庭湖古称云梦,是长江流域重要的调蓄湖泊,也是湖湘文化的重要发源地,具有极高的游赏价值,孟浩然曾用"气蒸云梦泽,波撼岳阳城"来形容其水势浩渺。岳阳楼还与湖北武汉黄鹤楼、江西南昌滕王阁并称为"江南三大名楼",而这三大名楼除了其自身地理位置得天独厚之外,更重要的是都因文章而得名,黄鹤楼有崔颢的《黄鹤楼》诗,滕王阁有王勃的《滕王阁序》,而岳阳楼则首推范仲淹这篇《岳阳楼记》。如果说洞庭湖的水势风光造就了岳阳楼的形美,那么"先天下之忧而忧,后天下之乐而乐"的仁人之心则塑成了岳阳楼的神俊,《岳阳楼记》能够为岳阳楼描形传神,精准地赋予其高度的人文内涵与不朽的文化价值,堪称此类文章的最高境界。

本文第一段记述文章作者创作的因由与背景。滕子京因冤罪被贬岳州,由此引出全文,"入手即将题点过,而'谪守'二字,已伏一篇之意"(《古文笔法百篇》)。那么,被贬的滕子京在此期间究竟做了什么?他贬于此地的感受会是什么样？他在这种境遇中应当如何自处？三个问题都由“谪守”生发而来，而又层层递进，构成本文的基本线索。首先看第一个问题，他做了什么：“越明年，政通人和，百废俱兴”，岳州在他的治理下欣欣向荣。对于他在岳州的政绩，王辟之称其“治最为天下第一”。范仲淹也说：“君知命乐职，庶务毕葺。”其间曾修建偃虹堤，被欧阳修誉为：“盖虑于民也深，则其谋始也精，故能用力少而为功多……而功未及就，退守一州，无所用心，略施其余，以利及物。”可见即便遭冤贬谪，滕子京仍然不改其心系百姓的能吏本色。正是在这个背景下他重修岳阳楼，作为岳州文化建设的一部分，而且据司马光《涑水记闻》记载：“滕宗谅知岳州，修岳阳楼，不用省库钱，不敛于民。”与某些面子工程不同，并没有加重政府和百姓的负担，这点也是值得称道的。文中提到的“刻唐贤、今人诗赋于其上”，想必会有杜甫的《登岳阳楼》：“昔闻洞庭水，今上岳阳楼。吴楚东南坼，乾坤日夜浮。亲朋无一字，老病有孤舟。戎马关山北，凭轩涕泗流。”杜甫不以个人孤独贫病的处境为念而心怀天下的精神，与滕子京在岳州的所为正相一致，范仲淹应该也是在以杜甫为代表的这些前贤身上探寻到的古仁人之心，而这也是滕子京重修此楼、请范仲淹作文以记的原因所在。据史料记载，滕子京函请范仲淹作记时，还特附上一幅《洞庭晚秋图》，并说：“山水非有楼观登览者不为显，楼观非有文字称记者不为久。”今日看来，此言甚有见地。

第二段进入正文，首先将岳阳楼、洞庭湖、巴陵郡三者建立联系，巴陵的胜状在洞庭湖，而岳阳楼能一览洞庭风貌，所以岳阳楼何尝不是巴陵的象征呢，滕子京登岳阳楼所见的又何尝不是整个巴陵郡，乃至全天下呢。接着从时空两个方面入手概括洞庭湖水之胜景，空间上看是“浩浩汤汤，横无际涯”的壮远，一“衔”一“吞”，显出洞庭湖的气势惊人。时间上看则显出变化无穷，“气象万千”，令人心荡神驰。短短几句便勾勒出洞庭湖雄壮之“大观”，而作者笔法高明之处就在于点到即止，如果由庸手来写正要在这“大观”上聚精会神饱蘸笔墨大书特书，但作者仅用“前人之述备矣”便轻轻带过，不再重复,将文章内容推到更深一层。岳阳楼同时也是“迁客骚人”会聚之地,而修建岳阳楼的滕子京便是其中之一。那“迁客骚人”面对如此“气象万千”的景致时又当有什么样的感受,这就是我们之前提到的第二个问题。全文也翻到第二个层次,同时脱出了传统描绘洞庭景致文章的窠臼,从所览之物到览物之情,实现了第一次超越。接下来两段就扣在一个“异”字上展开。

第三、四段皆是作者代“迁客骚人”设想览物之情,都是先写洞庭湖在特定场景下的景色氛围,再叙由此引发的心境情绪。由物色变化生发出的悲喜情绪,都属于人之常情,古今大量文学名篇也都是如此产生的,其中原理在《文心雕龙·物色》中所述甚详:“春秋代序,阴阳惨舒,物色之动,心亦摇焉。盖阳气萌而玄驹步,阴律凝而丹鸟羞,微虫犹或入感,四时之动物深矣。若夫珪璋挺其惠心,英华秀其清气,物色相召,人谁获安?是以献岁发春,悦豫之情畅;滔滔孟夏,郁陶之心凝。天高气清,阴沉之志远;霰雪无垠,矜肃之虑深。岁有其物,物有其容;情以物迁,辞以情发。”因此人心随物象变化所翻转,故一“登斯楼也”,就有“感极而悲者”“其喜洋洋者”之不同。这部分是全篇中文学性最高的地方,用一阴一晴、一悲一喜的极端对立情景涵盖了几乎所有构成情景交融的情况,绝大多数“迁客骚人”的览物之情都不能脱离这个范畴。陈师道《后山诗话》里曾说:“范文正公为《岳阳楼记》,用对语说时景,世以为奇。”这两段文字优美流畅,情景鲜明,饱含情绪,极富感染力。读此两段真的恍若有所见,置身其间,乍喜乍悲,令人不能自已,文字描摹之动人处,恐怕莫过于此。此外值得一提的是,这两段的顺序是有讲究的,“盖谪者多悲而少喜”,所以必然是“去国怀乡,忧谗畏讥,满目萧然”在前,受阴雨摧逼的天气环境影响将迁谪之人的悲慨之情加深到极致,怨是此类人情绪的根本色调,然后才能有“心旷神怡,宠辱皆忘,把酒临风”,借助明朗舒畅的自然环境暂时忘怀自身政治上所遭受的荣辱,以出世独善之适易入世兼济之失,这是迁谪之人进行自我解脱的常见方式。两者比较之下蕴含着第二次超越。

前两段代人设想的内容不可谓不符合人情，不可谓不诗意动人，但仍然不能让作者感到满足，因为作者有着更高的追求，所以要进行第三次超越，“予尝求古仁人之心，或异二者之为”，也就是我们之前提到的第三个问题。作者给出的答案是“不以物喜，不以己悲，居庙堂之高，则忧其民；处江湖之远，则忧其君”“先天下之忧而忧，后天下之乐而乐”。古仁人之心不因为环境境遇的变化而迁易，道之所存则心之所在，以忧乐易悲喜，正体现了其中重心的转变。悲喜与忧乐所系不同，悲喜系于境、个人，忧乐系于道、天下，悲喜之间虽趋向各异，但本质并无差别，忧乐之间则不同，有先后因果之别，不能互易。始终以天下为念，作为自己应负的责任，所以古仁人无时不忧，而其乐也正建立在天下的安泰之上，此乐之乐的价值要远超于个人一喜之喜，这是作者对儒家士人精神准则的一种简练精准的演绎。作者作此文时，刚刚经历了“庆历新政”的失败，被贬至邓州。之前在朝廷主持变法，正是因为“忧其民”，而在邓州作者也没有自怨自艾或者退居养闲，而是创建花洲书院，使邓州文运大振，为朝廷培养人才，是“忧其君”的体现。而两者背后始终如一的是作者对国家富强安泰、百姓安居乐业的理想实现之乐。文章最后落到了一个“归”字上，是向儒家道统、前代圣贤的精神归依，也是与现实中的同道知己相呼应，对正处于贬谪处境下的滕子京和自己进行勉励。本文能够千古传颂，正是在于每一位读者通过接收作者在文中彰显的精神感召，而能够归于忧国忧民、心系天下的中国主流文化传统当中。

本文层次分明、结构严谨、语词惊警华美、情绪激昂饱满。从“谪守”出发，以岳阳楼作为中心，构建了象-情-道三个认识层次，第一层写物象层面看的雄壮大观，第二层写情物互动中的悲喜淋漓，第三层写仁心统摄下的天下忧乐，实现层层递进与超越。全文融记叙、写景、抒情、议论于一炉，是千古记文的典范之作，其写法值得我们认真揣摩。

【思考练习】

1. 请用自己的语言,解释一下什么叫作“古仁人之心”,它与一般人的心有什么区别?

2. 请结合赏析内容,谈谈本文中的三个问题、三个层次、三个超越分别指的是什么?

3. 请任选一处名胜景致,模仿本文写法,写一篇记文。

【拓展阅读】

游岳阳楼记

洞庭为沅湘等九水之委,当其涸时,如匹练耳;及春夏间,九水发而后有湖。然九水发,巴江之水亦发,九水方奔腾皓森,以趋浔阳;而巴江之水,卷雪轰雷,自天上来。竭此水方张之势,不足以当巴江旁溢之波。九水始若屏息敛衽,而不敢与之争。九水愈退,巴江愈进,向来之坎窦,隘不能受,始漫衍为青草,为赤沙,为云梦,澄鲜宇宙,摇荡乾坤者八九百里。而岳阳楼峙于江湖交会之间,朝朝暮暮,以穷其吞吐之变态,此其所以奇也。楼之前,为君山,如一雀尾垆,排当水面,林木可数。盖从君山酒香朗吟亭上望,洞庭得水最多,故直以千里一壑,粘天沃日为奇。此楼得水稍诎,前见北岸,政须君山妖蒨,以文其陋。况江湖于此会,而无一山以屯蓄之,莽莽洪流,亦复何致。故楼之观,得水而壮,得山而妍也。

游之日,风日清和,湖平于熨,时有小舫往来,如蝇头细字,着鹅溪练上。取酒共酌,意致闲淡。亭午风渐劲,湖水汩汩有声。千帆结阵而来,亦甚雄快。日暮,炮车云生,猛风大起,湖浪奔腾,雪山汹涌,震撼城郭。予始四望惨淡,投箸而起,愀然以悲,泫然不能自已也。昔滕子京以庆帅左迁此地,郁郁不得志，增城楼为岳阳楼。既成，宾僚请大合乐落之，子京曰："直须凭栏大哭一番乃快！"范公"先忧后乐"之语，盖亦有为而发。夫定州之役，子京增堞籍兵，慰死犒生，边垂以安，而文法吏以耗国议其后。朝廷用人如此，诚不能无慨于心。第以束发登朝，入为名谏议，出为名将帅，已稍稍展布其才；而又有范公为知己，不久报政最矣，有何可哭？至若予者，为毛锥子所窘，一往四十余年，不得备国家一亭一障之用。玄鬓已皤，壮心日灰。近来又遭知己骨肉之变，寒雁一影，飘零天末，是则真可哭也，真可哭也！

（选自：袁中道撰：《珂雪斋集》（中册），上海古籍出版社 1989 年版，第 651～652 页。）

欧阳修

欧阳修(1007—1072年),字永叔,号醉翁,晚年又号六一居士,吉州吉水(今属江西)人。欧阳修四岁时,其父病故,因家贫,母亲郑氏"以荻画地,教以书字,多诵古人篇章,使学为诗"。他勤奋好学,于宋仁宗天圣八年(1030年)中进士。曾任枢密副使、参知政事等职。熙宁五年(1072年)闰七月二十三日,病逝于颍州。谥文忠。欧阳修领导了北宋诗文革新运动,在诗、词、散文各方面均成就卓著。有《欧阳文忠公文集》传世。

醉翁亭记

环滁皆山也。其西南诸峰,林壑尤美[①],望之蔚然而深秀者[②],琅琊也[③]。山行六七里,渐闻水声潺潺[④],而泻出于两峰之间者,酿泉也。峰回路转,有亭翼然临于泉上者[⑤],醉翁亭也。作亭者谁?山之僧曰智仙也。名之者谁?太守自谓也。太守与客来饮于此,饮少辄醉,而年又最高,故自号曰醉翁也。醉翁之意不在酒,在乎山水之间也。山水之乐,得之心而寓之酒也。

若夫日出而林霏开[⑥],云归而岩穴暝[⑦],晦明变化者,山间之朝暮也。野芳发而幽香[⑧],佳木秀而繁阴[⑨],风霜高洁[⑩],水落而石出者,山间之四时也。朝而往,暮而归,四时之景不同,而乐亦无穷也。

至于负者歌于途,行者休于树,前者呼,后者应,伛偻提携[⑪],往来而不绝者，滁人游也。临溪而渔，溪深而鱼肥，酿泉为酒，泉香而酒洌[12]，山肴野蔌[13]，杂然而前陈者，太守宴也。宴酣之乐，非丝非竹，射者中，弈者胜[14]，觥筹交错[15]，起坐而喧哗者，众宾欢也。苍颜白发，颓然乎其间者[16]，太守醉也。

已而夕阳在山，人影散乱，太守归而宾客从也。树林阴翳[17]，鸣声上下，游人去而禽鸟乐也。然而禽鸟知山林之乐，而不知人之乐；人知从太守游而乐，而不知太守之乐其乐也。醉能同其乐，醒能述以文者，太守也。太守谓谁？庐陵欧阳修也。

（选自：李逸安点校：《欧阳修全集》（第二册），中华书局2001年版，第576~577页。）

【注释】

① 壑：山沟。

② 蔚然：茂盛的样子。

③ 琅琊：琅琊山，在滁州西南十里。

④ 潺（chán）潺：水声。

⑤ 翼然：像鸟张开翅膀一样。

⑥ 霏：弥漫的云气。

⑦ 暝：昏暗。

⑧ 芳：花。

⑨ 秀：茂盛。

⑩ 风霜高洁：天高气爽，霜色洁白。

⑪ 伛（yǔ）偻（lǚ）：腰背弯曲，指老年人。提携：这里指儿童。

⑫ 洌（liè）：清。

⑬ 蔌（sù）：菜蔬。

⑭ 弈：下棋。

⑮ 觥（gōng）：酒器。觥筹交错：酒杯和酒筹交互错杂，形容许多人聚会饮酒时的热闹场景。

⑯ 颓然乎其间：醉倒在众宾客中间。

⑰ 阴翳(yì):形容枝叶繁茂成荫。

【文本赏析】

《醉翁亭记》作于宋仁宗庆历六年(1046年),这也是欧阳修因支持新政而被贬滁州的第二年。"《醉翁亭记》初成,天下莫不传诵,家至户到,当时为之纸贵。"(《曲洧旧闻》卷一)其在当时的影响可见一斑。

文章开篇,"环滁皆山也",仅五字便勾勒出滁州的地理环境,此句看似信手拈来,实则历经锤炼。据《朱子语类》载:"欧公文亦多是修改到妙处。顷有人买得他《醉翁亭记》稿,初说滁州四面有山,凡数十字。末后改定,只曰'环滁皆山也'五字而已。"由此亦可见出欧阳修的炼字之功。随后,作者写道:"其西南诸峰,林壑尤美,望之蔚然而深秀者,琅琊也。山行六七里,渐闻水声潺潺,而泻出于两峰之间者,酿泉也。峰回路转,有亭翼然临于泉上者,醉翁亭也。"从远观的琅琊山之幽深秀丽,到近闻的酿泉潺潺,再到峰回路转处所见到的主景"醉翁亭",由远及近,层层推进,仅用寥寥数语,不仅凸显了"醉翁亭",又写出了周围景色之优美,给读者以身临其境之感,仿佛与作者一同漫步于山水之间,尽享大自然所带给人的身心愉悦。紧接着,作者在交代完亭名由来之后写道:"醉翁之意不在酒,在乎山水之间也。山水之乐,得之心而寓之酒也",在"醉"的表象之下,"乐"才是根本。

第二段先写到山间早晚的阴晴变化,"日出而林霏开,云归而岩穴暝,晦明变化者,山间之朝暮也",晨曦微露,林间雾气渐渐飘散,傍晚时分,云雾聚拢,岩穴幽暗,天气阴晴变化,山间朝暮如诗如画。而后又写到山中四季之景:"野芳发而幽香,佳木秀而繁阴,风霜高洁,水落而石出者,山间之四时也",春之芬芳、夏之葱茏、秋之高洁、冬之清幽,四季更迭,景异乐同。最后以"朝而往,暮而归,四时之景不同,而乐亦无穷也"作结,反映出作者对滁州山水的喜爱。

第三段将重点转移到对人事的关注上,滁人扶老携幼,游山玩水,太守宴饮,“非丝非竹”,却有投壶弈棋之乐,觥筹交错间,宾客尽欢,太守沉醉其中。“滁人游”“太守宴”“众宾欢”“太守醉”等情景,描绘出一幅官民同乐的和谐图画,这也从侧面烘托出在欧阳修的治理下,百姓安居乐业,生活美好。

第四段在叙事中融入了更多的议论和抒情,“禽鸟知山林之乐,而不知人之乐;人知从太守游而乐,而不知太守之乐其乐也”句显现出“太守之乐”比“禽鸟之乐”“游人之乐”更高的境界,太守既知“禽鸟之乐”,又以游人之乐为自身之乐,“醉能同其乐,醒能述以文”,其“乐”已超越了个人的得失与政治的失意,升华为一种超越现实羁绊的精神境界。这体现出欧阳修虽身处逆境,却能豁达超脱,“与民同乐”,彰显出其高尚的人格与广阔的襟怀。

本文在句法上也很有特色,如全篇用了二十一个“也”字作句尾,非但未显单调,反而别具韵味,独具匠心,如罗大经所言:“用平常轻虚字,而妙丽古雅。”(《鹤林玉露》)

总之,《醉翁亭记》以其深刻的思想内涵、精湛的艺术技巧,将山水之美与作者的人格精神完美融合,寓情于景,体现出作者于逆境之中对生活的热爱、对百姓的关怀以及怡然自得的乐观精神,为后世读者带来无尽的审美享受与思想启迪。

【思考练习】

1. 文中描绘了滁州山间朝暮与四季不同的景色,选取其中你最喜欢的一幅画面,用自己的话描述,并分析作者用词的精妙之处。

2. 文章开头写“环滁皆山也”,这样简洁的开篇有何作用?

3. 吴充《欧阳公行状》中说欧阳修“文备众体,变化开阖,因物命意,各极其工”。你是否认同他的这一评价?请说明理由。

【拓展阅读】

丰乐亭记

修既治滁之明年夏，始饮滁水而甘，问诸滁人，得于州南百步之近。其上丰山耸然而特立，下则幽谷窈然而深藏，中有清泉滃然而仰出。俯仰左右，顾而乐之。于是疏泉凿石，辟地以为亭，而与滁人往游于其间。

滁于五代干戈之际，用武之地也。昔太祖皇帝尝以周师破李景兵十五万于清流山下，生擒其将皇甫晖、姚凤于滁东门之外，遂以平滁。修尝考其山川，按其图记，升高以望清流之关，欲求晖、凤就擒之所，而故老皆无在者。盖天下之平久矣。自唐失其政，海内分裂，豪杰并起而争，所在为敌国者，何可胜数！及宋受天命，圣人出而四海一。向之凭恃险阻，刬削消磨，百年之间，漠然徒见山高而水清。欲问其事，而遗老尽矣。

今滁介于江、淮之间，舟车商贾、四方宾客之所不至，民生不见外事，而安于畎亩衣食，以乐生送死。而孰知上之功德，休养生息，涵煦百年之深也。修之来此，乐其地僻而事简，又爱其俗之安闲。既得斯泉于山谷之间，乃日与滁人仰而望山，俯而听泉，掇幽芳而荫乔木，风霜冰雪，刻露清秀，四时之景，无不可爱。又幸其民乐其岁物之丰成，而喜与予游也。因为本其山川，道其风俗之美，使民知所以安此丰年之乐者，幸生无事之时也。夫宣上恩德，以与民共乐，刺史之事也，遂书以名其亭焉。庆历丙戌六月日，右正言、知制诰、知滁州军州事欧阳修记。

（选自：李逸安点校：《欧阳修全集》（第二册），中华书局 2001 年版，第 575～576 页。）

苏洵

苏洵(1009—1066年),字明允,号老泉,眉州眉山(今四川省眉山市)人。少年不好学,二十七岁始发愤读书,仁宗景祐年间多次赴京考取进士、茂才异等,皆不中。其后近二十年间,在家闭门读书,研通经史,考究古今治乱得失之道,教导其子苏轼、苏辙读书。嘉祐初年(1056年),带二子进京应试,以其所著谒见欧阳修,并得到其赞赏,公卿士大夫争相传诵其文,文名因而大盛。次年,二子同榜应试及第,轰动京师。嘉祐五年(1060年),经韩琦推荐,为秘书省校书郎,后为霸州文安县主簿,修《太常因革礼》书。治平三年(1066年)病逝于京师。

苏洵与其二子并称"三苏",为"唐宋八大家"之一。其散文以论辩文为主,善于汲取纵横家的雄辩手法,其文章气势磅礴,感情充沛,锋芒所至,所向披靡,给人一种雄健、刚强的感觉,极具鼓动性。欧阳修赞赏其文为"博辩宏伟","纵横上下,出入驰骤,必造于深微而后止"。其文风特点对苏轼、苏辙文风的形成至关重要。著有《嘉祐集》。

六国论[①]

六国破灭,非兵不利[②],战不善[③],弊在赂秦[④]。赂秦而力亏,破灭之道也。

或曰[5]:六国互丧[6],率赂秦耶[7]？曰:不赂者以赂者丧。盖失强援[8],不能独完[9],故曰:弊在赂秦也。

秦以攻取之外[10],小则获邑[11],大则得城。较秦之所得,与战胜而得者其实百倍;诸侯之所亡,与战败而亡者,其实亦百倍。则秦之所大欲,诸侯之所大患,固不在战矣。思厥先祖父暴霜露、斩荆棘[12],以有尺寸之地。子孙视之不甚惜,举以予人,如弃草芥[13],今日割五城,明日割十城,然后得一夕安寝。起视四境,而秦兵又至矣。然则诸侯之地有限,暴秦之欲无厌,奉之弥繁[14],侵之愈急,故不战而强弱胜负已判矣[15]。至于颠覆[16],理固宜然[17]。古人云:“以地事秦,犹抱薪救火,薪不尽,火不灭[18]。”此言得之[19]。

齐人未尝赂秦,终继五国迁灭[20],何哉？与嬴而不助五国也[21]。五国既丧,齐亦不免矣。燕、赵之君,始有远略,能守其土,义不赂秦。是故燕虽小国而后亡,斯用兵之效也[22]。至丹以荆卿为计,始速祸焉[23]。赵尝五战于秦,二败而三胜。后秦击赵者再[24],李牧连却之[25]。洎牧以谗诛[26],邯郸为郡[27],惜其用武而不终也。且燕、赵处秦革灭殆尽之际,可谓智力孤危[28],战败而亡,诚不得已[29]。向使三国各爱其地[30],齐人勿附于秦,刺客不行,良将犹在,则胜负之数[31],存亡之理,当与秦相较[32],或未易量[33]。

呜呼！以赂秦之地封天下之谋臣,以事秦之心礼天下之奇才,并力西向,则吾恐秦人食之不得下咽也。悲夫,有如此之势,而为秦人积威之所劫[34],日削月割,以趋于亡。为国者无使为积威之所劫哉！

夫六国与秦皆诸侯,其势弱于秦,而犹有可以不赂而胜之之势。苟以天下之大[35],下而从六国破亡之故事[36],是又在六国下矣[37]。

(选自:苏洵撰:《嘉祐集笺注》,上海古籍出版社 1993 年版,第 62~63 页。)

【注释】

① 六国:指战国时期除秦以外的六个大国,齐、楚、燕、赵、魏、韩,六国都覆灭于秦之手。

② 兵:兵器,武器。

③ 战:战斗,战术。

④ 赂:贿赂。例如《史记》:“十九年,秦伐楚,楚军败,割上庸、汉北地予秦。”赂秦:这里指向秦割地求和。

⑤ 或曰:有人质疑说。

⑥ 互:相继。

⑦ 率:全是。

⑧ 盖:承接上文,表示原因。

⑨ 独完:独自保全、存在。

⑩ 攻取:通过争战的方式占领(土地,城池)。

⑪ 邑:指较小的城市、领地。本义是人聚集的地方,《周礼·地官·小司徒》:“九夫为井,四井为邑,四邑为丘,四丘为甸,四甸为县,四县为都。”

⑫ 厥:其。祖父:祖辈与父辈。泛指他们的先人祖辈,指列国的先公先王。暴(pù)霜露、斩荆棘:冒着眼霜寒露,披荆斩棘。都是形容创业的艰苦。

⑬ 芥:小草。草芥:草和芥。比喻不足珍惜的无价值的东西。

⑭ 弥:俞,更加。

⑮ 判:决定。

⑯ 颠覆:灭亡。

⑰ 理固宜然:按照道理本来就应该这样。

⑱ 事:侍奉。以地事秦……火不灭:语见《史记·魏世家》和《战国策·魏策》,这段话是战国游士苏代对魏安厘王说的。

⑲ 得之:说得有道理。

⑳ 迁灭:灭亡。古代灭人国家,同时迁其国宝、重器,故说“迁灭”。

㉑ 嬴:秦国国君之姓。与嬴:结交秦国。

㉒ 效:效用,好处。

㉓ 至丹以荆卿为计,始速祸焉:指燕太子丹曾派遣荆轲去刺杀秦王,没有成功,秦军方才大举伐燕,燕亡。

㉔ 再:两次。

㉕ 李牧:战国末期赵国著名将领,曾“北逐单于,破东胡,灭澹林,西抑彊(强)秦,南支

韩、魏”。

㉖ 洎(jì):及,等到。牧以谗诛:指秦国买通赵国奸臣郭开,污蔑李牧有谋反之迹,李牧被杀,不久赵国为秦所灭。

㉗ 邯郸为郡:秦灭赵之后,秦国置邯郸郡,治所就在赵国的都城邯郸。

㉘ 智力:智谋与力量。

㉙ 诚:实在。

㉚ 向使:假如从前。

㉛ 数:天数,定数。和后面的“理”,皆指命运。

㉜ 当(tǎng):同“倘”,倘如。

㉝ 易量:容易判断。

㉞ 积威:久积的威势。劫:挟制,劫持。

㉟ 苟:如果。

㊱ 故事:旧事,先例。

㊲ 下:处于其下,指不如六国。

【文本赏析】

秦朝,是中国历史上第一个实现中央集权制大一统的封建王朝。同样是秦朝,在短短十五年间就由旷古的强盛走向了彻底的灭亡。这其中转变的根源是什么?六国破灭、秦覆亡有什么共通的教训、不同的谬误?“以史为鉴,可以知兴替”,这段历史背后蕴藏的治国规律,是后世每一位统治者和有志于天下的士人学者所应重点关注和认真推究的。此类史论名篇不胜枚举,前有贾谊《过秦论》、杜牧《阿房宫赋》从秦覆亡角度展开分析,后有三苏父子《六国论》从六国破灭角度切入论述。而三苏《六国论》,允以老苏所作最佳。

苏洵本以论辩文见长,其文有逻辑严密、透辟畅达、纵横捭阖、气势充沛的特点。文章开门即破题,提出核心论点,六国破灭的根源在于“赂秦”,而非传统认为的战争失利的缘故,鲜明醒目。并用一句话精练地揭示了两者间的逻辑关联,“赂秦而力亏”。第二段主动设问,提出六国中不“赂秦”的另一种情况,由此提出分论点,“不赂者以赂者丧”。并同样用精简的话语概括其原因,“盖失强援,不能独完”。分论点仍是为核心论点服务的,是对核心论点的补充,严密自身逻辑,实现自圆其说,根源仍旧是扣在“赂秦”上。后文就是针对这两个论点将六国情况分类列论、具体阐述。

首先是直接“赂秦”导致灭亡的楚、魏、韩三国。国家的统治以土地为根本依托,国家灭亡也就是土地尽数丧失。在这个过程中以什么方式失去的多,那么导致其灭亡的根源就在哪里。两相比较下,因为“赂秦”失去的土地要远远多于因战败而失去的,所以就从事实角度支撑了主论点所提出的,六国破灭不在于战争的失利,而根源是“赂秦”。然后进一步揭示“赂秦”举动内在的荒谬性,通过奉献土地来短暂求取安全,非但不能从根本上解决秦国侵略的问题,反倒加剧了自身灭亡的速度,等到“强弱胜负已判”,那么“至于颠覆,理固宜然”,因为从根本的政治决策上就是错误的。值得一提的是,这部分对先祖创业的艰苦的描写,以及“起视四境,而秦兵又至矣”的讽刺,都十分发人深省,极具说服力和感染力。借用古人“抱薪救火”的比喻,则既生动形象又惊警贴切。

其次是论述“不赂者以赂者丧”的齐、赵、燕三国。齐国是在政治决策上的失误,受秦朝连横策略的影响,选择亲秦国而远五国,等到五国覆灭,自然“不能独完”,是颠倒了主次矛盾的结果。其余两国都是选择通过战斗的方式抵抗侵略,并且都收到了成效,燕国国力虽小但却灭亡的较晚,赵国更是曾经屡次战胜秦国。两国灭亡的直接原因都是出于内部,而与选择战斗的方式无关。而且从本质上说,其时“赂秦”诸国已丧,秦国大势已成,自身“智力孤危”,那么败亡也是“不得已”的结果,再次验证了分论点的“不赂者以赂者丧”。所以反过来说,如果解决了“赂秦”这个根本问题,做出正确的政治决策,那么天下的局势会什么样就很难说了,也再一次论证了本文的核心论点,六国破灭的根源在于“赂秦”。

前面两段是通过扎实的论据和详晰的推导来说服读者,接下来一段则是通过情理结合的方式,进行一种合理的历史假设,发历史之深慨,以情动人。如果六国选择提拔贤良、相互联合共同应对秦国,那么寝食难安的将是秦人,对六国才是真正的安全。如果六国为秦的积威所劫,那么必定走向自取灭亡的道路,历史已经验证了。所以统治者的政治决策决定了国家的最终命运,而这两种不同命运的鲜明对比引发了作者强烈的感慨,使读者读来亦为之动容。

实际上,文章到了最后作者才显露出自己真正的意图,“谓此悲六国乎?非也。刘六符来求地,岁币顿增,五城十城之割,如水就下,直易易耳。借古伤今,淋漓深痛。”(《评注苏老泉集》)借六国故事,批判现实中北宋对待辽、西夏所采取的割地进贡、妥协求和的政治策略,强调这种政治策略的错误所在,从长远看必将导致宋的覆灭,而历史似乎也验证了这种担忧,正如唐德宜《古文翼》中所说的:“篇末一结,若预烛南宋之主和,而深为寄慨,识更远到。”结尾句法与杜牧《阿房宫赋》有异曲同工之妙。

苏洵生不逢时,青年时代赶上科场风气不重古文写法,所以屡试不中。因此他愤而归家钻研经史、专注古文写作,使其文章脱离时代风气弊端影响,以其雄辩远略的文风、恣肆老辣的笔法而自成一家,并培养了苏轼、苏辙兄弟。待到科场风气经欧阳修整顿一新后,大小苏适逢其时,扬名高中,故此苏洵才有“莫道登科难,小儿如拾芥”的感慨。而三苏的古文写法也成为新一代文风标准,便有了“苏文熟,吃羊肉;苏文生,吃菜羹”的说法。所以通过本文我们可以窥见古代论辩文的一些典范写法。

【思考练习】

1. 你是否认同作者对六国破灭原因的分析,请结合史实,谈谈你对这个问题的理解。

2. 仔细阅读拓展阅读里的苏辙《六国论》,与本文进行比较,两者之间有什么共同之处,又有什么不同之处。

3. 请模仿本文写法，写一篇历史论文，依据史实揭示出一条历史兴亡规律。

【拓展阅读】

六 国 论

愚读六国世家，窃怪天下之诸侯，以五倍之地，十倍之众，发愤西向，以攻山西千里之秦，而不免灭亡，常为之深思远虑，以为必有可以自安之计，盖未尝不咎其当时之士虑患之疏、而见利之浅、且不知天下之势也。

夫秦之所与诸侯争天下者，不在齐、楚、燕、赵也，而在韩魏。秦之有韩魏，譬如人之有腹心之疾也。韩魏塞秦之冲，而蔽山东之诸侯，故夫天下之所重者，莫如韩魏也。昔者范雎用于秦而收韩，商鞅用于秦而收魏；昭王未得韩魏之心，而出兵以攻齐之刚寿，而范雎以为忧。然则秦之所忌者可以见矣。秦之用兵于燕赵，秦之危事也。越韩过魏而攻人之国都，燕赵拒之于前，而韩魏乘之于后，此危道也。而秦之攻燕赵，未尝有韩魏之忧，则韩魏之附秦故也。夫韩魏，诸侯之障，而使秦人得出入于其间，此岂知天下之势邪！委区区之韩魏以当强虎狼之秦，彼安得不折而入于秦哉？韩魏折而入于秦，然后秦人得通其兵于东诸侯，而使天下遍受其祸。

夫韩魏不能独当秦，而天下之诸侯藉之以蔽其西，故莫如厚韩亲魏以摈秦。秦人不敢逾韩魏以窥齐、楚、燕、赵之国，而齐、楚、燕、赵之国因得以自安于其间矣。以四无事之国，佐当寇之韩魏，使韩魏无东顾之忧，而为天下出身以当秦兵。以二国委秦，而四国休息于内，以阴助其急，若此，可以应夫无穷，彼秦者将何为哉？不知出此，而乃贪疆埸尺寸之利，背盟败约，以自相屠灭，秦兵未出，而天下诸侯已自困矣。至使秦人得间其隙，以取其国，可不悲哉！

（选自：苏辙撰：《栾城集》（下册），上海古籍出版社 1987 年版，第 1578~1580 页。）

木假山记[1]

木之生，或蘖而殇[2]，或拱而夭[3]。幸而至于任为栋梁则伐[4]；不幸而为风之所拔，水之所漂，或破折，或腐；幸而得不破折，不腐，则为人之所材，而有斧斤之患[5]。其最幸者，漂沉汩没于湍沙之间[6]，不知其几百年，而其激射啮食之余[7]，或仿佛于山者，则为好事者取去[8]，强之以为山[9]，然后可以脱泥沙而远斧斤。而荒江之渍[10]，如此者几何！不为好事者所见，而为樵夫野人所薪者[11]，何可胜数！则其最幸者之中，又有不幸者焉！

予家有三峰，予每思之，则疑其有数存乎其间[12]。且其蘖而不殇，拱而不夭，任为栋梁而不伐，风拔水漂而不破折，不腐；不破折，不腐，而不为人所材，以及于斧斤，出于湍沙之间，而不为樵夫野人之所薪[13]，而后得至乎此，则其理似不偶然也[14]。

然予之爱之，则非徒爱其似山[15]，而又有所感焉；非徒爱之，而又有所敬焉。予见中峰魁岸踞肆[16]，意气端重，若有以服其旁之二峰[17]。二峰者庄栗刻峭[18]，凛乎不可犯，虽其势服于中峰，而岌然无阿附意[19]。吁！其可敬也夫[20]！其可以有所感也夫！

（选自：苏洵撰：《嘉祐集笺注》，上海古籍出版社 1993 年版，第 404~405 页。）

【注释】

① 木假山：用木头制成的假山。

② 蘖（niè）：泛指植物由茎的基部长出的分枝、嫩芽。殇（shāng）：早夭，未成年而死。

③ 拱：指树有两手合抱那般粗细。夭：夭亡，没有活到自然的年数。

④ 任：当作，应用。

⑤ 斤：用于砍木头的一种斧子。斧斤：泛指各种斧子、采伐工具。

⑥ 汩（gǔ）：水流之状。汩没：沉没。湍（tuān）沙：夹杂泥沙的急流。

⑦ 激射啮(niè)食:指为水流所冲刷侵蚀。

⑧ 好(hào)事者:指有某种爱好、喜欢多事的人。

⑨ 强:勉强。

⑩ 漬(fén):水边高地。

⑪ 所薪者:当作柴火来用的。

⑫ 数:定数,命理。指非人力所能及的偶然因素。

⑬ 野人:村野之人,农民。

⑭ 理:命运,理数。与前面的“数”相关,意思相近。

⑮ 徒:仅,只。

⑯ 踞(jù):同“倨”,倨傲。肆:放肆,不受拘束。魁岸踞肆:魁梧高大,傲慢舒展。

⑰ 服:使之臣服。

⑱ 庄栗(lì):庄重谨敬的样子。刻峭:严肃挺拔的样子。

⑲ 岌(jí)然:山势高耸的样子。阿(ē)附(fù):曲从依附。

⑳ 也夫:语气助词。表感叹。

【文本赏析】

木假山,是一种由外形似山的木头制成的装饰工艺品,因为其材质特殊、造型奇特,所以有较高的观赏价值。苏洵曾经在一名溪叟手中见到这种奇特而合适的材料,便用貂裘买来制成三峰,这就是本文木假山的由来。仁宗嘉祐四年(1059 年)苏洵父子离眉赴京(河南开封)做官时,将木山运至京城置于住宅的南园处,梅尧臣见到此物大为赞赏,并作《木假山诗》。其后约三十年的元祐三年(1088 年),苏轼的侄子苏千乘又得到五峰木山,苏轼、苏辙怀念旧事,又相继和梅尧臣诗。此外,苏辙还有两首写为木山引水的诗,苏轼随之和过两首。南宋陆游也曾创作过《木山》。经此,木假山已成为一个颇有意味、值得研究的文学主题,而肇始者就是苏洵这篇《木假山记》。

文章第一段以木的命运落题,扣住不幸与幸,凡六转,分三层,反复转折,层层推进,跌宕起伏,波澜动人。第一层是从树木成长自身讲,“或蘖而殇,或拱而夭”，不能长大是不幸，不成材便是无用，而能长大“任为栋梁”较之不能长大为幸，成材便是有用，但却要遭到砍伐。第二层是从树木生长环境讲，“风之所拔，水之所漂”，受环境摧残“或破折，或腐”是不幸，不能保存便是无用，而能保存“不破折，不腐”较之不能保存为幸，能保存就是有用，同样要遭到砍伐。第三层是从对树木的识用角度讲，避免上述四种情况，又经过“漂沉汩没于湍沙之间”数百年，被急流冲刷出山的形状，制成假山而后“脱泥沙而远斧斤”，这便是最幸的了，但这前面又有“为好事者所见”和“樵夫野人所薪”的区别，前者方能尽其材而大用，后者看似有用，实则毁其材，仍归于不幸。通过对木生际遇变化无常、成材之道崎岖坎坷、尽用与否因人而异的描写，实际上是借物寓慨，抒发作者对于世道中人才难成、人才难得、人才难用的客观情况的深切体认与无奈感怀。

第二段则由普遍情况的推演落到对具体个体的观照，即作者所拥有的三峰假山。整段看似是对上段的重复，实则不然，从内容上，上段是借助种种情况的假设来突出木生之艰难，本段是通过以个体为例对前者进行一一破除来感悟存在于个体命运中的数理。从写法上，上段是顺叙，本段是倒叙，上段用“不幸”与“幸”连接，形成层次错落，翻转曲折之态，本段以“不”字领起，一气呵成，有如破竹之势。

结尾再次翻转，更进一层。普通人喜欢木假山在于其造型的奇特似山，而作者除此之外还能由它引发更深的思考，既包括前面对于命运无常的感慨、数理存在的感悟，也包括后面对于人格尊严的推崇。同时作者对木假山除喜爱之外还有敬意，喜爱仅是情感，而敬意包含价值。三峰在形貌上颇有特点，中峰高耸庄严，似乎能够统领宾服其余二峰，其余二峰虽地位高度皆不及中峰，但仍然能保持自身的独立性，不阿附奉承于中峰，体现了一种自尊自强的精神价值，也就是作者所敬的原因。一般认为作者是以二峰自比，以中峰喻位高当权者，自己虽身为布衣，但面对这些权贵仍然能节操自守，保持不卑不亢的独立人格。但也有人持不同看法，认为中峰乃是作者自喻，以二峰比二子。如杨慎就认为:“大意言天下生材甚难,而公父子乃天意所与。如此切磋琢磨,自为师友。此公所以自重,不偶然也。”

全文由物兴感,托物言志,通过木假山形象地表达了作者对人才问题的感喟与思考,以及对高洁品格情操的追求与推崇。本文写作技法高超,句式错落变化,节奏急缓有度,极讲究章法,故能引人入胜。林希元称其“文字严急峻整,无一句懈怠,愈读愈不厌”。黄庭坚见此文后大为赞服,而欲向苏洵请教作文写法:“往尝观明允《木假山记》,以为文章气旨似庄周、韩非,恨不得趋拜其履舄间,请问作文关纽。”这里提到的“气旨似庄周、韩非”,在于两人都善于使用寓言方式形象地说明艰深的道理,与本文写法上有异曲同工之妙。

【思考练习】

1. 结合全文及作者生平,谈谈你对“疑其有数存乎其间”“则其理似不偶然”中的“数”和“理”的理解。

2. “文本赏析”部分对于三峰所指给出了两种不同解读,你觉得哪种是对的,并给出你的依据。

3. 阅读拓展部分梅尧臣和苏轼兄弟的诗歌,比较其与本文主题间有何异同。

【拓展阅读】

苏明允木山

空山枯楠大蔽牛,霹雳夜落鱼凫洲,鱼凫水射千秋蠹,肌烂随沙荡漾流,唯存坚骨蛟龙锹。形如三山中雄酋,左右两峰相挟翊,尊奉君长无慢尤。苏夫子见之惊且异,买于溪叟凭貂裘。因嗟大不为梁栋,又叹残不为薪槱,雨侵藓涩得石瘦，宜与夫子归隐丘。

（选自：梅尧臣撰：《梅尧臣集编年校注》（下册），
上海古籍出版社1980年版，第950~951页。）

木山并叙

吾先君子尝蓄木山三峰，且为之记与诗。诗人梅二丈圣俞，见而赋之。今三十年矣，而犹子千乘，又得五峰，益奇。因次圣俞韵，使并刻之其侧。

木生不愿回万牛，愿终天年仆沙洲。时来幸逢河伯秋，掀然见怪推不流。蓬婆雪岭巧雕锼，蛰虫行蚁为豪酋。阿咸大胆忽持去，河伯好事不汝尤。城中古沼浸坤轴，一林瘦竹吾菟裘。二顷良田不难买，三年桤木行可樵。会将白发对苍巘，鲁人不厌东家丘。

（选自：苏轼撰：《苏轼诗集》（第五册），中华书局1982年版，第1603~1604页。）

同子瞻次梅圣俞旧韵题乡舍木山

江槎出没浮犀牛，波涛掀天谷为洲。江寒水落惊霜秋，危根瘦节鸣寒流。脆朽吹去谁镌锼，连峰叠嶂立酋酋。吾家此山不易得，十年弃置空自尤。猿号鹤唳岂无意？委蛇怪我怀羔裘。西归父老拍手笑，笑忆翁子躬薪樵。去时三山今有五，不问故园惟一丘。

（选自：苏辙撰：《栾城集》（上册），上海古籍出版社1987年版，第378页。）

木山引水二首

引水穿墙接竹梢，谷藏峰底大容瓢。将流旋滴庐山瀑，已尽还来海上潮。乱点落池惊睡觉，半山含润沃心焦。瓦盆一斛何胜满，溢去犹能浸菊苗。

檐下枯槎拂荻梢,山川迤逦费公瓢。幽泉细细流岩鼻,盆水弥弥涨海潮。但爱坚如湖上石,谁怜收自灶中焦。苍崖寒溜须佳荫,尚少冬青石斛苗。

(选自:苏辙撰:《栾城集》(上册),上海古籍出版社 1987 年版,第 46 页。)

和子由木山引水二首

蜀江久不见沧浪,江上枯槎远可将。去国尚能三犊载,汲泉何爱一夫忙。崎岖好事人应笑,冷淡为欢意自长。遥想纳凉清夜永,窗前微月照汪汪。

千年古木卧无梢,浪卷沙翻去似瓢。几度过秋生藓晕,至今流润应江潮。泫然疑有蛟龙吐,断处人言霹雳焦。材大古来无适用,不须郁郁慕山苗。

(选自:苏轼撰:《苏轼诗集》(第一册),中华书局 1982 年版,第 219~220 页。)

木山

枯楠千岁遭风雷,披枝折干吁可哀。轮囷无用天所赦,秋水初落浮江来。嵌空宛转若耳鼻,峭瘦拔起何崔嵬。珠宫贝阙留不得,忽出洲渚知谁推。书窗正对云洞启,丛菊初傍幽篁栽。是间著汝颇宜称,摩挲朝暮真千回。天公解事雨十日,洗净泥滓滋莓苔。一丘一壑吾所许,不须更慕明堂材。

(选自:陆游撰:《剑南诗稿校注》(第二册),上海古籍出版社 1985 年版,第 348~349 页。)

曾巩

曾巩(1019—1083年),字子固,世称南丰先生。南丰(今属江西)人。少年便有才名,以文章见赏于欧阳修,并从其学习古文。嘉祐二年(1057年)进士及第。嘉祐六年(1061年),召编校史馆书籍。熙宁元年(1068年)为《英宗实录》检讨官,次年起任地方官吏,辗转越州、齐州、襄州、洪州、明州等地,颇有政绩。元丰四年(1081年),得迁史馆修撰、管勾编修院、判太常寺。元丰五年(1082年)四月,擢中书舍人,九月遭母丧,罢职。元丰六年(1083年)卒于江宁府。

曾巩是宋代新古文运动的重要骨干,"唐宋八大家"之一。延续其师欧阳修的古文创作主张,主张"文以明道",文风以"古雅、平正、冲和"见称,议论委曲周详,文字简练平正,结构严谨而舒缓。《宋史·曾巩传》评论其文"立言于欧阳修、王安石间,纡徐而不烦,简奥而不晦,卓然自成一家,可谓难矣"。曾文在当时享有盛名,南宋的吕祖谦、朱熹也对他评价很高,其原因是曾文平正古雅的文风非常符合理学家的文章标准。著有《元丰类稿》等。

墨池记

临川之城东[①],有地隐然而高[②],以临于溪[③],曰新城。新城之上,有池洼然而方以长[④],曰王羲之之墨池者[⑤],荀伯子《临川记》云也[⑥]。羲之尝慕张芝[7],临池学书,池水尽黑,此为其故迹,岂信然邪[8]?方羲之之不可强以仕[9],而尝极东方,出沧海[10],以娱其意于山水之间,岂其徜徉肆恣[11],而又尝自休于此邪[12]?羲之之书晚乃善,则其所能,盖亦以精力自致者[13],非天成也。然后世未有能及者,岂其学不如彼邪?则学固岂可以少哉[14]!况欲深造道德者邪[15]?

墨池之上,今为州学舍[16]。教授王君盛恐其不章也[17],书"晋王右军墨池"之六字于楹间以揭之[18],又告于巩曰:"愿有记。"推王君之心[19],岂爱人之善[20],虽一能不以废[21],而因以及乎其迹邪[22]?其亦欲推其事以勉学者邪[23]?夫人之有一能[24],而使后人尚之如此[25],况仁人庄士之遗风余思[26],被于来世者如何哉[27]。庆历八年九月十二日[28],曾巩记。

(选自:陈杏珍、晁继周点校:《曾巩集》(上册),中华书局 1984 年版,第 279 页。)

【注释】

① 临川:宋时为江南西路抚州临川郡,今江西省抚州市临川区。

② 隐然:不显露的样子。

③ 临:靠近,两者含有高低差别。

④ 洼然:低凹的样子。

⑤ 王羲之:王羲之(303—361 年,一作 307—365 年,又作 321—379 年),字逸少,东晋人,官至右军将军、会稽内史,世称"王右军"。他是古代最著名的书法家,世称"书圣"。

⑥ 荀伯子《临川记》:荀伯子,南朝刘宋人,曾任临川内史,著有《临川记》六卷。书中提到:"王羲之尝为临川内史,置宅于郡城东南高坡,名曰新城。旁临回溪,特据层阜,其地爽垲,山川如画。今旧井及墨池犹存。"

⑦ 张芝:东汉末年书法家,善草书,世称"草圣"。据《晋书·王羲之传》记载,王羲之"曾与人书云:'张芝临池学书,池水尽黑,使人耽之若是,未必后之也。'"

⑧ 信然:可靠。

⑨ 方:正当……时。强以仕:勉强让他做官。

⑩ 极:穷尽,遍游。极东方,出沧海:据《晋书·王羲之传》,王羲之原与王述齐名,但他轻视王述,两人感情不好。后羲之任会稽内史时,朝廷任王述为扬州刺史,管辖会稽郡。羲之深以为耻,称病去职,誓不再仕,从此"遍游东中诸郡,穷诸名山,泛沧海"。

⑪ 徜徉:徘徊,漫游。肆恣:任意,尽情。徜徉肆恣:尽情游览。

⑫ 休:停留

⑬ 以精力自致者:靠自己用功、勤学苦练达到的。

⑭ 固:原来,本。

⑮ 造:造就,达到某种程度或境界。

⑯ 州学舍:指抚州官学的校舍。

⑰ 教授:官名。宋朝在路学、府学、州学都置教授,主管学政和教育所属生员。章:通"彰",彰显,为人所知。

⑱ 楹:房屋前面的柱子。楹间:指两柱子之间悬挂匾额的地方。揭:悬挂,揭示。

⑲ 推:推究。

⑳ 善:好处,才华。

㉑ 一能:一技之长,指王羲之的书法。废:埋没。

㉒ 迹:遗迹,指墨池。

㉓ 推:推广。

㉔ 夫:语气词,放在句首,表示将发议论。

㉕ 尚:尊重,崇尚。

㉖ 仁人庄士:指品德高尚、端庄正派的君子。

㉗ 被:影响到。

㉘ 庆历八年:公元 1048 年。庆历(1041 年 11 月—1048 年),宋仁宗赵祯的年号。

【文本赏析】

朱熹曾说:"予读曾氏书,未尝不掩卷废书而叹,何世之知公浅也。"理学家对于曾巩的文章历来推崇备至,在于"其词严而理正",文章往往体现对封建道统、观念的重视与彰显,而文词风格也与内容性质相一致,刘熙载《艺概》评价“曾文穷尽事理,其气味尔雅深厚,令人想见硕人之宽”,十分符合理学家的审美品位。这种道德与文章的统一,也非常契合唐宋古文运动强调的文以载道观,所以曾巩在当时就获得了极高的评价,他的老师欧阳修说:“过吾门者百千人,独于得生(曾巩)为喜。”苏轼也说:“醉翁门下士,杂沓难为贤。曾子独超轶,孤芳陋群妍。”他的好友王安石更是赞誉其为:“曾子文章众无有,水之江汉星之斗。”但随着民国以来文学观念发生变化,文学作为艺术的独立性特征愈发得到强调,文道关系发生裂变,特别是封建理学之道成为受批判的对象,衍说道理、平正典雅而缺乏激烈情感变化和复杂技巧应用的曾文地位便随之被边缘化,成为唐宋八大家中最不为人所熟知的一位。这种变化是历史文化演变选择的结果,有其必然的道理,但即便如此,曾文饱经锤炼、纯熟严谨的行文手法和文中蕴含的优秀传统文化观念,在今天仍有继续学习和传承的价值,我们通过这篇《墨池记》来探知一二。

第一段写墨池的地理位置与得名来历,词总平实,但娓娓有致。从“临川之城东”到“新城”,再由“新城”定位到墨池,层层推进,读来如漫步闲游、悠然而现。作者在形容这些景物时用到的话是“隐然而高”“洼然而方以长”,显得质朴平凡,并没有夸张的景致足以吸引人耳目,与一般的山水亭台之记重在景色的渲染描绘判然有别,可见在作者看来墨池值得作记的价值并不在此。这么普通的一处景观之所以得名是因为与书圣王羲之产生了关联,“羲之尝慕张芝,临池学书,池水尽黑”,此地的价值在于文化内涵,但有意思的是,作者接下来却用反问的方式表达了一种模棱两可的怀疑态度,这种怀疑也并非没有道理,因为传为王羲之墨池旧迹的,在浙江会稽等地还有多处,不过作者在这里保持这种态度实际上是说明了墨池的价值也不在于其作为历史文化古迹的真实性。

第二段沿着“信然”进行推论,从《晋书·王羲之传》中找到此地为墨池的历史依据,但仍然是用问句表推测,不过是种传说可能罢了,其目的仅是为后面能借此发挥做铺垫。接下来由王羲之的行踪考据回到其书法成就上,认为其“晚乃善”,虞和《论书表》云:“羲之书在始未有奇,殊不胜庾翼郗愔,迨其末年,乃造其极。尝以章草答庾亮,亮以示翼。翼叹服,因与羲之书云:‘吾昔有伯英章草书十纸,过江亡失,常痛妙迹永绝。忽见足下答家兄书,焕若神明,顿还旧观’。”可见其“晚乃善”的评价是有依据的,而作者借此真正要谈的是“则其所能,盖亦以精力自致者,非天成也”。至此才真正揭示本文主题,对后天学习的重视,墨池真正价值不在于景致、不在于真实性,而是在于刻苦学习的精神上。而后又用两个问句对这一主题进行引申推高,一个人最终的成就与为学习付出的努力程度有关,而最有价值的学习内容就是关于道德的学习。重视道德修养与强调刻苦学习正是儒家思想的核心观念和主要方法,文章由小及大,与儒家正统价值观念相联结,内涵走向正大深远,也正是因为曾巩文章每每呈现这种思路,所以才会受到封建正统的推崇。

第三段叙及作文因由,因为州学官王盛想要彰显墨池所蕴藏的文化价值,而书楹以揭,并请作者作记。作者便分析王盛如此做的因由,得出两条结论,一是认为任何人通过刻苦学习而达成某种成就都值得肯定,即“爱人之善”;二是作为州学官借此事勉励学生一心向学、用功读书,用心不可谓不良苦。文章最后作者对“王君之心”和行为进一步引申推广,像王羲之这样刻苦写字便能受到如此推重,那么对那些“仁人庄士之遗风余思,被于来世者”的推崇就更加令人畅想了,读来极为振奋人心,而振奋的对象正是上段“欲深造道德者”,彰显了儒家价值评判和激励体系的效果。

全文层次分明,精当详悉,由小及大,至正至明,善用问句以诱人反思及引导情绪。实际上曾巩作为唐宋八大家,和文中王羲之一样被人推崇纪念,同样离不开他自身的刻苦学习,而且是在十分艰苦的环境下进行的,他有《读书》诗曾对此有过记述:“荏苒岁云暮,家事已独当。经营食众口,四方走遑遑。一身如飞云,遇风任飘扬。山川浩无涯,险怪靡不尝。落日号虎豹,吾未停车箱。波涛动蛟龙,吾方进舟航。所勤半天下,所济一毫芒。”这种时刻不忘读书学习的刻苦精神仍然值得我们今人学习。

【思考练习】

1. 本文使用了几处问句,这种写法的效果是什么?请结合原文具体语句展开分析。

2. 文中“况仁人庄士之遗风余思,被于来世者何如哉”,什么样的人适合这种评价?对他们的推崇赞誉又是什么样的?请结合实例进行论述。

3. 请模仿本文,选择一处具有文化内涵的名胜古迹写一篇记叙文。

【拓展阅读】

学舍记

予幼则从先生受书,然是时,方乐与家人童子嬉戏上下,未知好也。十六七时,窥六经之言与古今文章,有过人者,知好之,则于是锐意欲与之並。而是时,家事亦滋出。自斯以来,西北则行陈、蔡、谯、苦、睢、汴、淮、泗,出于京师;东方则绝江舟漕河之渠,逾五湖,並封禺会稽之山,出于东海上;南方则载大江,临夏口而望洞庭,转彭蠡,上庾岭,繇浈阳之泷,至南海上。此予之所涉世而奔走也。蛟鱼汹涌湍石之川,巅崖莽林貙虺之聚,与夫雨旸寒燠风波雾毒不测之危,此予之所单游远寓,而冒犯以勤也。衣食药物,庐舍器用,箕筥碎细之间,此予之所经营以养也。天倾地坏,殊州独哭,数千里之远,抱丧而南,积时之劳,乃毕大事,此予之所遘祸而忧艰也。太夫人所志,与夫弟婚妹嫁,四时之祠,属人外亲之问,王事之输,此予之所皇皇而不足也。予于是力疲意耗,而又多疾,言之所序,盖其一二之粗也。得其闲时,挟书以学,于夫为身治人,世用之损益,考观讲解,有不能至者。故不得专力尽思,琢雕文章,以载私心难见之情,而追古今之作者为並,以足予之所好慕,此予之所自视而嗟也。

今天子至和之初,予之侵扰多事故益甚,予之力无以为,乃休于家,而即其旁之草舍以学。或疾其卑,或议其隘者,予顾而笑曰:“是予之宜也。予之劳心困形,以役于事者,有以为之矣。予之卑巷穷庐,冗衣砻饭,芑苋之羹,隐约而安者,固予之所以遂其志而有待也。予之疾则有之,可以进于道者,学之有不至。至于文章,平生所好慕,为之有不暇也。若夫土坚木好高大之观,固世之聪明豪隽挟长而有恃者所得为,若予之拙,岂能易而志彼哉?”遂历道其少长出处,与夫好慕之心,以为《学舍记》。

(选自:陈杏珍、晁继周点校:《曾巩集》(上册),中华书局 1984 年版,第 284~285 页。)

王安石

王安石(1021—1086年),字介甫,号半山,抚州临川(今江西抚州)人。宋仁宗庆历二年(1042年)中进士第。熙宁二年(1069年)任参知政事,次年拜相。熙宁七年(1074年),被罢相。次年复相。熙宁九年(1076年),辞去相位,退居江宁(今江苏南京),封荆国公,世称"荆公"。卒谥文。王安石主张为文应"有补于世",认为"巧且华,不必适用""适用,亦不必巧且华"(《上人书》)。他的散文简洁峻切,刚劲峭拔,雄健奇崛,在"唐宋八大家"中自具一格,著有《临川集》等。

游褒禅山记

褒禅山亦谓之华山[①],唐浮图慧褒始舍于其址[②],而卒葬之,以故其后名之曰"褒禅"。今所谓慧空禅院者,褒之庐冢也[③]。距其院东五里,所谓华山洞者,以其乃华山之阳名之也[④]。距洞百余步有碑仆道[⑤],其文漫灭[⑥],独其为文犹可识,曰"花山"。今言"华"如"华实"之"华"者,盖音谬也。其下平旷,有泉侧出,而记游者甚众[⑦],所谓前洞也。由山以上五六里,有穴窈然[⑧],入之甚寒,问其深,则其好游者不能穷也[⑨],谓之后洞。余与四人拥火以入[⑩],入之愈深,其进愈难,而其见愈奇。有怠而欲出者[⑪],曰:"不出,火且尽。"遂与之俱出。盖予所至,比好游者尚不能十一,然视其左右,来而记之者已少。盖其又深,则其至又加少矣。方是时,予之力尚足以入,火尚足以明也。既其出,则或咎其欲出者[12]，而予亦悔其随之，而不得极夫游之乐也。

于是予有叹焉。古人之观于天地、山川、草木、虫鱼、鸟兽，往往有得[13]，以其求思之深而无不在也。夫夷以近[14]，则游者众；险以远，则至者少。而世之奇伟瑰怪非常之观[15]，常在于险远，而人之所罕至焉，故非有志者，不能至也。有志矣，不随以止也，然力不足者，亦不能至也。有志与力而又不随以怠，至于幽暗昏惑，而无物以相之[16]，亦不能至也。然力足以至焉，于人为可讥，而在己为有悔。尽吾志也而不能至者，可以无悔矣，其孰能讥之乎？此予之所得也。余于仆碑，又以悲夫古书之不存[17]，后世之谬其传而莫能名者[18]，何可胜道也哉[19]！此所以学者不可以不深思而慎取之也。

四人者，庐陵萧君圭君玉[20]，长乐王回深父，余弟安国平父、安上纯父[21]。至和元年七月某日，临川王某记。

（选自：王水照主编：《王安石全集》（第七册），复旦大学出版社 2016 年版，第 1463～1464 页。）

【注释】

① 褒禅山：在今安徽含山北。

② 浮图：梵语音译，亦译作“浮屠”。“佛图”，对佛或佛教徒的称呼，也专指和尚。慧褒：唐代著名僧人。

③ 庐（lú）：屋舍。冢（zhǒng）：坟墓。庐冢：古时为了表示孝顺父母或尊敬师长，在他们死后的服丧期，为守护坟墓而盖的屋舍。

④ 阳：山的南面或水的北面。

⑤ 仆道：倒在路上。

⑥ 文：指成篇的文章。下句“其为文”的“文”，指碑上残存的文字。漫灭：指碑文剥蚀，模糊不清。

⑦ 记游者甚众：指题字留念的人很多。

⑧ 窈然：幽深的样子。

⑨ 穷：尽。

⑩ 拥火:举着火把。

⑪ 怠:懈怠。

⑫ 咎:怪罪。

⑬ 有得:有心得。

⑭ 夷:平坦。

⑮ 瑰怪:壮丽奇异。

⑯ 相:辅助。

⑰ 悲:感叹。

⑱ 莫能名:不能说出事物的真相。

⑲ 胜:尽。

⑳ 庐陵:今江西吉安。萧君圭:字君玉,生平不详。

㉑ 安国平父:王安国,字平父。安上纯父:王安上,字纯父。

【文本赏析】

本文创作于至和元年(1054年)七月,作者时年三十四岁,正在舒州通判任上。这虽是一篇游记,却将说理蕴含其中,通观全篇,可分为两大部分,前半部分主要是记游,重点写所见,后半部分主要是论说,抒发所感,彰显出王安石散文的特有风貌。

文章开篇即点明褒禅山得名的由来,指出褒禅山即是昔日的华山,褒禅山之名是因为唐朝和尚慧褒最初在这里筑室定居,并在死后葬于此地而得。紧接着提及现在所说的慧空禅院,乃昔日"褒之庐冢也",至此引出距禅院东边五里处的华山洞,为后文游洞做下铺垫。最后指出"距洞百余步"的道路上所倒伏的石碑虽然碑文已经模糊不清,但残存其上的文字犹可辨认,叫作"花山",现在把"华"字读为"华实"的"华",大概是把字音读错了。至此,可以发现,作者在本段以非常严谨的笔墨对褒禅山以及周边环境进行了叙述,与一般游记的写法有别。

接着主要写游洞的经历。先交代前洞之"平旷"与"记游者甚众",而后写到后洞之幽深与寒冷,究竟有多深,作者并未给予明确答案,但“好游者不能穷也”一句已足以说明洞之深不可测。“余与四人拥火以入,入之愈深,其进愈难,而其见愈奇”,几人正在享受洞中景致之奇妙时,却有“怠而欲出者”以火把将要烧尽为由劝大家出洞,于是大家就一起都出来了。他们所到达的深度,尚不及“好游者”之十分之一,但是环顾四周,能来并且刻字留念的人就已经很少了。于是,作者据此推测“盖其又深,则其至又加少矣”。而此时,“予之力尚足以入,火尚足以明也”,后悔随人而出,“不得极夫游之乐也”,这亦成为引发后续议论的联结点,承上启下,过渡自然。

第二段紧承上文,由游洞经历生发开来,展开了层次分明、逻辑严密的议论。首先提出“世之奇伟瑰怪非常之观,常在于险远,而人之所罕至焉,故非有志者,不能至也”,将游洞所见与人生追求相联系,强调志向在实现目标过程中的引领作用。若“非有志者”,则不能见到“世之奇伟瑰怪非常之观”,这恰似人生道路上,只有胸怀大志者才可能突破舒适区,探寻未知的精彩。接着,作者进一步指出:“有志矣,不随以止也,然力不足者,亦不能至也。有志与力而又不随以怠,至于幽暗昏惑,而无物以相之,亦不能至也。”在此,王安石辩证地论述了“志”“力”“物”三者之间的关系,指出仅有“志”尚不够,还需要“力”足和“物”辅助,三者相辅相成,缺一不可,这也体现出作者考虑问题的周密。

最后,作者以“然力足以至焉,于人为可讥,而在己为有悔。尽吾志也而不能至者,可以无悔矣,其孰能讥之乎?此予之所得也”等句进一步阐明自己的观点,指出若“力足以至”而事实上却没有达到,在别人看来是可以讥笑的,自己也会感到懊悔。但是若“尽吾志也而不能至者”,那就不必后悔了,也不会引来别人的讥笑。这就表明在实现理想(目标)的过程中,意志坚定、全力以赴非常重要,即使不成功,那也可以无憾了。此段是全文的中心,也是作者所要表达的主旨之所在。

接着从第一段中所提到的仆碑引出议论,感叹由于古代书籍文献的散失，后人常常以讹传讹，因而读书求学的人必须要“深思”“慎取”。这与前文的游山感悟相互呼应，进一步拓展了文章的思想深度。

《游褒禅山记》一文结构精巧，叙事与议论紧密结合，前半部分的记游为后半部分的议论奠定基础，后半部分的议论则赋予前半部分的游历以深刻意义，二者水乳交融、相得益彰，体现出作者的深刻思考，今日读来，仍能给人生以启迪。

【思考练习】

1. 明代杨慎说：“王半山之文愈短愈妙。”（《丹铅杂录》卷九）你如何看待这一评价？

2. 清代刘熙载在《艺概》中说：“半山文善用揭过法，只下一二语，便可扫却他人数大段，是何简贵！”请结合此材料，论述王安石散文的风格。

3. 王安石在《游褒禅山记》一文中提到“世之奇伟瑰怪非常之观，常在于险远，而人之所罕至焉，故非有志者，不能至也”，请结合你自己的学习经历，谈谈对这句话的感悟。

【拓展阅读】

鄞县经游记

庆历七年十一月丁丑，余自县出，属民使浚渠川，至万灵乡之左界，宿慈福院。戊寅，升鸡山，观碶工凿石，遂入育王山，宿广利寺。雨，不克东。辛巳，下灵岩，浮石湫之壑以望海，而谋作斗门于海滨，宿灵岩之旌教院。癸未，至芦江，临决渠之口，转以入于瑞岩之开善院，遂宿。

甲申，游天童山，宿景德寺。质明，与其长老瑞新上石望玲珑岩，须猿吟者久之，而还食寺之西堂，遂行至东吴，具舟以西。质明，泊舟堰下，食大梅山之保福寺庄。过五峰，行十里许，复其舟以西，至小溪，以夜中。质明，观新渠及洪水湾，还食普宁院。日下昃，如林村。夜未中，至资寿院。质明，戒桃源、清道二乡之民以其事。凡东西十有四乡，乡之民毕已受事，而余遂归云。

（选自：王水照主编：《王安石全集》（第七册），复旦大学出版社 2016 年版，第 1462~1463 页。）

苏轼

苏轼(1037—1101年),字子瞻,号东坡居士,眉州眉山(今属四川)人。嘉祐二年(1057年),参加殿试中乙科,赐进士及第。嘉祐六年(1061年),参加制科考试,授大理评事、签书凤翔府判官。宋神宗时,曾在杭州、密州、徐州、湖州等地任职。元丰三年(1080年),因"乌台诗案",被贬为黄州团练副使。宋哲宗即位后,出任兵部尚书、礼部尚书等职,后外放治理杭州、颍州、扬州、定州等地。新党再次执政后,相继被贬惠州、儋州(今海南岛儋州市)。宋徽宗时,获赦北还,建中靖国元年(1101年)病逝于常州。南宋时期,追赠太师,谥号"文忠"。

苏轼是继欧阳修之后的北宋中期文坛领袖,是宋世公认的文学天才,在诗、词、文、书、画等方面都取得极高成就。其诗代表了宋诗的最高成就,与黄庭坚并称"苏黄"。其词开创了豪放派词风,提出了"自是一家"、词"为诗之苗裔"的理论,被认为"指出向上一路",与辛弃疾并称"苏辛"。其文气势雄放,语言平易自然,艺术风格生动多样,是"唐宋八大家"之一。其书与黄庭坚、米芾、蔡襄合称"宋四家"。除了文学艺术成就之外,其进退自如、豁达冷静的人格范式和和蔼可亲、幽默机智的生动形象,同样对后世产生了深远的影响,获得了广泛的喜爱。著有《东坡七集》《东坡易传》《东坡乐府》等。

喜雨亭记[①]

亭以雨名，志喜也[②]。古者有喜，则以名物，示不忘也。周公得禾，以名其书[③]；汉武得鼎，以名其年[④]；叔孙胜狄，以名其子[⑤]。其喜之大小不齐，其示不忘一也。

余至扶风之明年[⑥]，始治官舍[⑦]，为亭于堂之北，而凿池其南，引流种树，以为休息之所。是岁之春，雨麦于岐山之阳[⑧]，其占为有年[⑨]。既而弥月不雨[⑩]，民方以为忧。越三月乙卯[⑪]，乃雨，甲子又雨，民以为未足，丁卯，大雨，三日乃止。官吏相与庆于庭[⑫]，商贾相与歌于市，农夫相与抃于野[⑬]，忧者以乐，病者以愈，而吾亭适成。

于是举酒于亭上以属客[⑭]，而告之曰："五日不雨，可乎？"曰："五日不雨，则无麦。""十日不雨，可乎？"曰："十日不雨，则无禾。"无麦无禾，岁且荐饥[⑮]，狱讼繁兴，而盗贼滋炽[⑯]，则吾与二三子，虽欲优游以乐于此亭[⑰]，其可得耶！今天不遗斯民，始旱而赐之以雨，使吾与二三子，得相与优游以乐于此亭者，皆雨之赐也。其又可忘耶！

既以名亭，又从而歌之，曰："使天而雨珠，寒者不得以为襦[⑱]。使天而雨玉，饥者不得以为粟。一雨三日，繄谁之力[⑲]。民曰太守[⑳]，太守不有。归之天子，天子曰不然。归之造物，造物不自以为功。归之太空，太空冥冥。不可得而名，吾以名吾亭。"

（选自：苏轼撰：《苏轼文集》（第二册），中华书局1986年版，第349~350页。）

【注释】

① 喜雨亭：陕西凤翔东湖的亭子，宋代大学士苏轼所建，位于陕西省宝鸡市凤翔区。

② 志：记。

③ "周公"句：据《尚书·微子之命》记载，周成王的同母弟，得到一株特异的稻禾（异株

何为一个稻头),献给成王。成王赏赐给周公,周公为了表示对成王的谢意,作《嘉禾》。《嘉禾》为《周书》篇名,今已佚。

④ 鼎:上古炊具,多用青铜制成,圆形,三足两耳,也有方形四足。古代贵族多用作祭祀、宴享等活动时的礼器,因此常被看作是国家、权力的象征。“汉武”句:据《史记·汉武本纪》记载,汉武帝元狩七年(前116年)六月,汾阳发现宝鼎,奏闻,迎鼎至甘泉宫,改年号为元鼎。《资治通鉴考异》认为得宝鼎应在元鼎四年(前113年),元鼎年号是后来追改的。

⑤ “叔孙”句:据《左传·文公十一年》记载,狄人侵鲁,鲁文公使叔孙得臣击败狄军。俘获狄军首领侨如,并把叔孙得臣之子宣伯改名侨如,以表彰其功。

⑥ 扶风:旧郡名,指凤翔府,治所在今陕西凤翔县。余至扶风之明年:指宋仁宗嘉祐七年(1062年)。苏轼于前一年到任凤翔府签书判官(辅佐行政长官的官职)。

⑦ 治:修建。

⑧ 雨麦:天上下起了麦子。其原因可能是龙卷风将地面的麦子卷入天空,产生“雨麦”现象。古代多有这类记载,但因为不能正确解读其产生原因,而被涂上迷信色彩。岐山:在今陕西岐山县,凤翔东北。阳:山的阳面,南面。岐山之阳:岐山的南面。

⑨ 年:年成,收成。有年:指丰收。

⑩ 弥月:整夜,满月。

⑪ 乙卯:计日的干支数,农历四月初二。后面的“甲子”,农历四月十一日。“丁卯”,农历四月十四日。

⑫ 相与:会聚。

⑬ 抃(biàn):欢乐、喜悦。

⑭ 属(zhǔ)客:向客人劝酒。

⑮ 荐饥:连年饥荒。古人说:“连岁不熟曰荐。”

⑯ 滋:增多。炽:旺盛。

⑰ 优游:安闲舒适、无忧无虑的样子。

⑱ 襦(rú):本意短衣,此处代表所有的衣服。

⑲ 繄(yī):助词。多用于句首,相当于“惟”。

⑳ 太守:指宋选,字子才,荥阳人。嘉祐八年(1063年)正月,他罢任,由陈希亮接任凤翔

知府。宋时已改郡为州或府,郡的最高长官也改为"知州"或"知府"。但人们仍常常以"太守"称呼"知府"。

【文本赏析】

嘉祐六年(1061年)在欧阳修推荐下,苏轼兄弟参加"贤良方正能直言极谏科"的制科考试(宋沿隋唐的贡举制度,设进士科以得常才,又设制科以待非常的人杰)。九月,苏轼的对策被评为第三等(一、二等虚设,第三等为实际上第一等),宋朝之前只有一个吴育中过这种制科的第三等,因此苏轼中第三等被称为"百年第一"。其后被任命为大理评事、签书凤翔府判官,这是苏轼从政以后的第二份官职。大理评事只是阶官(正八品),而签书凤翔府判官才是实际职务,简称签判,负责协助知府处理各种公事文书,有如现在副省级市政府的秘书长。关于凤翔府,值得说明的是,唐宋时期,府与州同级,都为二级行政区(一级为路,相当于省),但府较少,一般设在国都、陪都及具有重要地位的地区,地位较州为高,大约相当于现在的副省级城市。任命苏轼这一职位,可见当时对他的重视,而他本人也正踌躇满志,"到任已来,日夜厉精",希望在此施展他经国治民的抱负。正是在这样背景下,在苏轼到职的次年,时年二十六岁,写下了这篇《喜雨亭记》,以喜雨亭命名为引,记录了他初到凤翔所经历的一件民生事件,但却由小见大、见微知著,阐述了自己的政治观念,其中也蕴含着他的价值观和哲学观。虞集称赞此篇:"题小而语大,议论干涉国政民生大体,无一点尘俗气,自非具眼者,未易知也。"

文章开篇破题,点明亭子命名原因是要"志喜",而目的是"示不忘"。雨有何喜?在于喜雨的情感中所体现的政治价值,有利于维护国家的统治,通篇命意也是由此衍发。接着连用"周公得禾,以名其书""汉武得鼎,以名其年""叔孙胜狄,以名其子"三个典故说明"古者有喜,则以名物,示不忘也"的传统,用来论证自己给喜雨亭命名的合理性。而周公、汉武、叔孙所遇到的喜事都是能够预示、彰显、维护国家繁荣兴盛的大事,所以作者有"其喜之大小不齐”之语。虽然事有大小,但其背后体现的政治观念和情感价值是一致的,因此作者喜雨的事虽然小,影响不及三者,但仍可以以小见大,体现出与三者同样值得铭记“不忘”的价值内涵。

第二段先是说明亭子由来功用,是作者到此后建成用于休息的私亭。接下来说明造亭、名亭的背景,当年年初先是天降麦子,占卜应当是丰收之年,但接下来又是整整一个月没有下雨,跟年初占卜相反,人们开始担心今年会有旱灾,然后终于下雨了,人们还是担心雨量不足,最后连续三日下大雨,终于打消了人们对旱灾的担忧,整个过程可谓一波三折、跌宕起伏、扣人心弦。地方官的责任是要此地百姓富足、安居乐业,在封建社会这需要以农业的顺利进行为核心基础,而雨量的丰沛是其重要保障,只有理解这点的重要性,才能明白何以“官吏相与庆于庭,商贾相与歌于市,农夫相与抃于野”,为什么自上而下都会因为下雨而如此喜悦,因为生存与稳定的民生根本问题得到了解决。文中虽然没有写到,但实际上在此期间太守做了多种祈雨的努力,作者作为签判也协助其做过不少工作,《祷龙水祝文》《真兴寺阁祷雨》《凤翔太白山祈雨祝文》就是作于此时,虽然在今天看来这属于封建迷信范畴,不值得提倡,但在他们和百姓看来这充分体现出了地方官诚心请命、任职任责的应有态度,“太守亲从千骑祷,神翁远借一杯清”“府主舍人存心为国,俯念舆民。燃香霭以祷祈,对龙湫而恳望”,所以后面才会有“一雨三日,繄谁之力。民曰太守”,百姓认为是太守的诚意感动了上苍。喜雨亭就是在这种背景下建成的,而这个时机也有讲究,“‘吾亭适成’一语,为安顿得体,方雨而亭成,则未雨而始经营此亭,于民为不堪,于时为不宜,于太守为不忍。今却紧接‘忧者以喜,病者以愈’,极苦事翻作极喜事,最为奇笔”(《古文评注》)。

第三段以对话的形式,在追问中层层推进展开。今日作者等人之所以能在亭中“优游以乐”,是源自这场雨,所以雨可以喜。一方面如果不下雨,农业失序,百姓饥荒,社会就会动荡,“无麦无禾,岁且荐饥,狱讼繁兴,而盗贼滋炽”,说明在封建社会适宜农业生产的天气对社会稳定具有重要意义。另一方面说明封建官僚统治阶层的生活是建立在社会繁荣稳定的基础上，与百姓息息相关，所以为官之人应当以民生为本，切不可忘，这是儒家一贯重农、重民的仁政思想。

文章尾声以诗笔重新阐述了命名写记的意义。百姓的衣食系托于苍天之雨，而百姓是社会稳定的根源，社会稳定士大夫才能优乐生活，所以士大夫应当用心于民、感恩于天、有喜于雨。而雨是怎么来的呢？功归于谁呢？百姓能看到的是太守一系列祈雨行为，但太守却不敢居功，要推让，这种“推功让德”的思想源自《礼记·祭义》：“天子有善，让德于天；诸侯有善，归诸天子；卿大夫有善，荐于诸侯；士庶人有善，本诸父母，存诸长老。”太守是天子任命的，天子又是苍天的象征，自然要归功于天子，但在天子看来又有谐媚之嫌，所以乾隆帝评价此处称：“天固妙万物而不有者也，轼故曰：‘造物不自以为功，归之太空也。’虽然，妙万物而不有万物，是以大有，人人不自有其善，天下于是大善，而岂区区焉，斤斤焉，饰貌矜情，以谐媚君父，矫诬上天云尔哉？轼斯记也，几于道矣。”而这里对造物、太空的认知体现了以作者为代表的蜀学的宇宙观。蜀学特点是融三教于一体，宇宙观多借助道家，心性论则借助释家，所以这里对造物、太空的认知是更接近于道家的，它是非人格化也非道德化的，不可言不可见的，也不以人力为转移，所以其性质是“功成身退，天之道”，因此这个大功美名最终是无处可托的，只能用于亭子的命名来记此美事。其实这里体现了作者作为士大夫优乐同乎民、成事本乎诚、居功不在人的儒家意旨和圣人情怀。

本文写来条理兼备、层次分明、曲折生动、轻松幽默，写法也十分多样，值得学习，“只就‘喜雨亭’三字，分写，合写，倒写，顺写，虚写，实写，即小见大，以无化有。意思愈出而不穷，笔态轻举而荡漾，可谓极才人之雅致矣”（《古文观止》）。

【思考练习】

1. 请结合原文谈谈作者为什么要以“喜雨亭”来命名这座亭子，为什么雨可以喜？为什么要“示不忘”？

2. 请谈谈为什么从太守、天子到造物、太空都不居其功呢？

3. 结合苏轼的生平经历，谈谈本文体现了他哪些政治观念和理想，又是如何践行的。

【拓展阅读】

喜　雨　赋

仰重华于齐政，步文命之彝伦。何天道之云远？亦明徵之在人。迄中夏而自春，遘愆阳而为亢。云重结而复解，雨才滴而还障。山祠植珪而不答，田畯倚耒而怊怅。京兆来奏，音官撰曲，将土龙而矫首，请神巫而顿足。彼有凭而可举，予何抑而未许？恐岁凶之及人，宁天谴于我身。尔乃洁斋坛墠，五精是祠，暴立炎赫，三日为期。上帝临我，衷诚不欺。重泉蒸润，触石吐滋。平云黯而铺幕，密雨森其散丝。无雷无电，不震不眩；匪疾匪徐，乍合乍疎；泛草泊树，垂珠点露；过阙入楼，含烟杂雾；或喷薄而攒集，或淋漓而灌注；乱积水之圆文，拂微风之斜度。寰海浃而康乐，畎亩欣而相顾。丝管合兮夜将晓，芙蓉开兮日未暮。原夫雨之为德也：无小大之异情，无高卑之不平，无华朽之偏润，无臭薰之隔荣。喜夫雨之今应也，起一言而不舍，经累辰而广泻；纳清阴之浮凉，同颢气之飘洒；感作霖于殷命，讽其滂于周雅。家尚知乎礼节，国有望于丰霸。小阳台之神人，却大宛之走马。观云行而雨施，吾何事乎天下。

（选自：周绍良主编：《全唐文新编》（第一部第一册），

吉林文史出版社 2000 年版，第 257 页。）

超然台记[1]

凡物皆有可观。苟有可观,皆有可乐,非必怪奇伟丽者也。哺糟啜醨皆可以醉[2],果蔬草木皆可以饱。推此类也,吾安往而不乐。夫所为求福而辞祸者,以福可喜而祸可悲也。人之所欲无穷,而物之可以足吾欲者有尽。美恶之辨战乎中[3],而去取之择交乎前[4],则可乐者常少,而可悲者常多。是谓求祸而辞福。夫求祸而辞福,岂人之情也哉。物有以盖之矣[5]。彼游于物之内,而不游于物之外。物非有大小也,自其内而观之,未有不高且大者也。彼挟其高大以临我,则我常眩乱反复[6],如隙中之观斗[7],又乌知胜负之所在[8]。是以美恶横生,而忧乐出焉。可不大哀乎。

余自钱塘移守胶西[9],释舟楫之安[10],而服车马之劳[11],去雕墙之美,而庇采椽之居[12],背湖山之观[13],而行桑麻之野。始至之日,岁比不登[14],盗贼满野,狱讼充斥,而斋厨索然[15],日食杞菊[16]。人固疑余之不乐也。处之期年[17],而貌加丰,发之白者,日以反黑。余既乐其风俗之淳,而其吏民亦安予之拙也[18],于是治其园圃,洁其庭宇,伐安丘、高密之木以修补破败,为苟全之计[19]。而园之北,因城以为台者旧矣,稍葺而新之[20]。时相与登览,放意肆志焉。南望马耳、常山[21],出没隐见[22],若近若远,庶几有隐君子乎[23]?而其东则庐山[24],秦人卢敖之所从遁也[25]。西望穆陵[26],隐然如城郭,师尚父、齐桓公之遗烈[27],犹有存者。北俯潍水[28],慨然太息[29],思淮阴之功[30],而吊其不终[31]。台高而安,深而明,夏凉而冬温。雨雪之朝,风月之夕,余未尝不在,客未尝不从。撷园蔬[32],取池鱼,酿秫酒[33],瀹脱粟而食之[34],曰:乐哉游乎!

方是时,余弟子由适在济南[35],闻而赋之[36],且名其台曰超然。以见余之无所往而不乐者,盖游于物之外也。

(选自:苏轼撰:《苏轼文集》(第二册),中华书局 1986 年版,第 351~352 页。)

【注释】

① 超然台:在今山东省潍坊市诸城市,密州故城北城墙中心偏西处。苏轼于北宋熙宁八年(1075 年)修建,1948 年被毁,2007 年诸城市重建超然台。

② 哺:吃。糟:酒糟。啜:饮。醨(lí):淡酒。

③ 中:指内心。

④ 前:指眼前、目前。

⑤ 盖:掩盖、遮蔽。

⑥ 眩乱反复:指悲喜忧乐变化无常,迷乱眩目。

⑦ 隙中之观斗:在缝隙中看人打斗。

⑧ 乌知:安知。

⑨ 钱塘:今杭州。胶西:密州,治所在今山东诸城,胶河以西。钱塘移守胶西:苏轼于熙宁七年(1074 年)由杭州通判移知密州。

⑩ 释:放弃。

⑪ 服:从事,适应。

⑫ 庇:托庇,居住在。采:通棌,柞木。采椽:以柞木作椽,不加削斫。采椽之居:指简陋的房屋。

⑬ 背:离开。观:美景。

⑭ 比:连续。登:丰收。岁比不登:连续几年没有丰收。

⑮ 索然:指厨房没有东西可食。

⑯ 杞(qǐ)菊:枸杞和菊花。这里指野菜。

⑰ 期(jī)年:一周年。

⑱ 安:习惯。

⑲ 苟全:苟且保全,指当其作为寄身之所。

⑳ 葺(qì):修理。

㉑ 马耳、常山:二山名,在密州城南。

㉒ 见(xiàn):通“现”,显现。

㉓ 庶几:大概。

㉔ 庐山:山名,在密州城东。

㉕ 秦人卢敖之所从遁:卢敖,秦朝博士,燕人,秦始皇使其求神仙,不得,逃避入庐山。

㉖ 穆陵:关名,故址在今山东临朐南大岘山上。春秋时为齐国南境,山谷峻狭,称为齐南天险。

㉗ 师尚父:对姜太公吕尚的尊称。武王灭商后,吕尚被封于齐。齐桓公:春秋五霸之一。遗烈:功业。师尚父、齐桓公之遗烈:穆陵为齐地,吕尚封于齐,桓公霸于齐,故有此说。

㉘ 潍(wéi)水:今潍河。据《史记·淮阴侯列传》记载,韩信伐齐,楚使龙且率兵二十万救齐,两军夹河列阵。韩信乃夜壅潍水,后使人决壅,大败楚军,杀龙且。

㉙ 太息:叹息。

㉚ 淮阴:指淮阴侯韩信。淮阴之功:韩信在楚汉争夺天下中立下了赫赫战功,起到了重要的作用。

㉛ 吊:凭吊、怜悯。不终:不得善终。公元前 196 年,韩信因被诬谋反被杀。

㉜ 撷(xié):采摘。

㉝ 秫(shú)酒:黄米酿的酒。

㉞ 瀹(yuè):煮。脱粟:只去皮壳、不加精制的糙米。瀹脱粟:煮糙米饭。

㉟ 子由:苏轼弟弟苏辙,字子由。当时在齐州(今济南)做官。

㊱ 闻而赋之:指苏辙的《超然台赋》。

【文本赏析】

宋神宗熙宁四年(1071 年),苏轼上书谈论新法的弊病。对此王安石颇感愤怒,于是让御史谢景温在神宗面前陈说苏轼的过失。苏轼于是请求出京任职,被授为杭州通判。熙宁六年(1073 年),因为弟弟苏辙调任齐州掌书记,所以苏轼也请求调往京东路任职,次年秋天,便被调往密州任知州。据苏辙记载密州“其地介于淮海之间,风俗朴陋,四方宾客不至。受命之岁,承大旱之余孽,驱除螟蝗,逐捕盗贼,廪恤饥馑,日不遑给”。可见此时苏轼的政治环境和工作条件都不如意,但正是在这种背景下他写出了《超然台记》,总结出了一种对待事物、艰苦环境时超然物外、无往不乐的哲学理念和人生态度,为其后来在遭遇包括乌台诗案在内的一系列挫折打击时仍能保持平和乐观的心态奠定了基础,是我们解读苏轼及其作品所体现的人格观念的重要凭据。同时本文哲学思想根源于道家老庄学说,但经过苏轼改造和演绎后,重心变为如何建构一种豁达超然的文化人格,追求一种自由审美的生活体验,充分体现了唐宋文化心理、审美方式的重大转变。

文章前两段分别扣住“物”与“吾”来谈。就“物”而言,是否“凡物皆有可观”呢。如果我们熟悉唐宋诗的话,就知道典型的唐诗以兴象为主,通过感官形象作为人格情感的对象化以塑造美,其结果必然是选择“怪奇伟丽者”。典型的宋诗以理趣见长,是通过智慧的观照从平凡事物中发现美,这种美是成熟内敛心境的体现,所以不避平凡。唐诗宋诗谁更美见仁见智,但无疑两者体现了不同的文化心理,一个是求于外物,一个是求于心境,好比一个是寻找光亮,一个是自身发光。因此,作者既然能从任何事物中发现美,自然就有审美之乐,“苟有可观,皆有可乐”,这是非常典型的宋人审美心理。就“吾”而言,吾之乐,是由谁而定呢?是外在的环境,还是内在心境?在作者看来对外在环境的追求只在于维持生存即可,这是很容易满足的,其思想源自《庄子·达生》:“达生之情者,不务生之所无以为;达命之情者,不务知之所无奈何。”既然如此只要保持心境的超然平和,自然“安往而不乐”。

然后以哲理思辨的方式提出人之忧乐的根源所在。常人的心理都是“求福而辞祸”的,这里福祸是人外在的境遇,而这种外在境遇在人的认知中是有差别的,“福可喜而祸可悲”,但按照这种心理最终导致的结果恰恰与初衷相反,成为“求祸而辞福”。造成这种反转的原因在于,如果将自身的忧乐完全寄托于外在的境遇,而外在境遇又不能由你自主把控、能够永远满足你的欲求,那么你必将受困于患得患失的情绪,最终导致心理的失衡。所以对此作者提出了自己的观点来解释和解决这一问题,也就是本文的题眼,“游于物之内,而不游于物之外”,不要将自我寄托于外在的物,而要用超然的态度凌驾于物之上,并详尽分析了这一过程中的心理逻辑。

第二段转为叙事,写作者从环境安逸的杭州转到环境艰难的密州,这种环境变化,从常人心理来说必然会觉得不开心,所以“人固疑余之不乐也”,但与常人所料相反的是,作者“处之期年,而貌加丰,发之白者,日以反黑”,身体状况却越来越好。身体状况变好一般有两种原因,一是物质条件充裕,一是精神状态安乐。显然对作者而言不是前者而是后者。是什么造成作者精神状态安乐的呢?因为“余既乐其风俗之淳,而其吏民亦安予之拙也”,这就印证了前面说的“凡物皆有可观。苟有可观,皆有可乐,非必怪奇伟丽者也”。再联系作者在朝廷政治中的失意,方能懂得此时他如此说法的关注点是如何解决自身的精神困境,其背后的心理因素十分复杂。通过心态的调整,达成平和自适的心境,便能以积极乐观的态度投入日常生活中去,才有了后面治园圃、洁庭宇、修补破败等“苟全之计”,虽说是“苟全”,但本质上却指向对现实生活本身的关注与重视。

接着,写于超然台上的所见所感。览四方景致,想到其中有“隐君子”存在,而隐逸是古代士人在政治失意时寻求自我精神解脱的一种常见方式。历史变化无常,既有成就千秋功业的师尚父、齐桓公,也有功成而不终的韩信,如何去评判他们,是为功业壮烈而激昂奋起,还是为其不终而苦痛失落,其实都是自物内而观,作者则游于其外,将其化为一种对历史的深慨,以其观照自己一身的得失,从而获得一种精神上的释然和超然。笔锋至此忽然一转,回到平静美好简朴充实的现实生活,着力书写一种生活情趣,并从中感到“乐哉游乎!”这种超然自得的生活态度与思想理念在作者黄州时期的作品中得到进一步升华和凝练,本文可谓《赤壁赋》的先声,不妨对读一番。吴楚材《古文观止》评及此段称:“忽及四方之形胜,忽入四时之佳景,俯仰情深,而总归之一乐,真能超然物外者矣。”

作者还有一首《望江南·超然台作》,同样是写于此台上的所见所感,与本段可以对读:“春未老,风细柳斜斜。试上超然台上看,半壕春水一城花。

烟雨暗千家。寒食后，酒醒却咨嗟。休对故人思故国，且将新火试新茶。诗酒趁年华。”

“对故人思故国”，既包含对现实政治的喻指，又有对难以改变的境遇的感慨，都是陷入物之内。“将新火试新茶”，是以体验的方式与物接触，从中获得新鲜感和生活美感，是建立在游于物之外的前提下。本文提出了超然，那超然之后的生活应该是什么样的呢？这首词给出了答案，“诗酒趁年华”，执着于当下，用审美的方式对待生活。

文末一段述及其弟苏辙为此台命名并作赋的事，至此方点明“超然”二字，对前文“余之无所往而不乐者”的事和“盖游于物之外”的理进行了精准概括，具有曲终奏雅、画龙点睛之妙，与之前《喜雨亭记》写法正相反。全文说理畅达，叙事生动，行文间有一种洒脱超然的卓逸之气，化道家哲学理念为一种人生处世态度，将深奥的玄理写成一篇美学散文。

【思考练习】

1. 请解释为什么人心是要“求福而辞祸”的，可结果却成了“求祸而辞福”。

2. 请分析本文前半部分的说理与后半部分的叙事间的关联。

3. 请阅读拓展部分苏辙的《超然台赋》，与本文进行比较。

【拓展阅读】

超然台赋并叙

子瞻既通守余杭，三年不得代，以辙之在济南也，求为东州守。既得请高密，其地介于淮海之间，风俗朴陋，四方宾客不至。受命之岁，承大旱之余孽，驱除螟蝗，逐捕盗贼，廪恤饥馑，日不遑给，几年而后少安。顾居处隐陋，无以自放,乃因其城上之废台而增葺之,日与其僚览其山川而乐之。以告辙曰:“此将何以名之?”辙曰:“今夫山居者知山,林居者知林,耕者知原,渔者知泽。安于其所而已,其乐不相及也,而台则尽之。天下之士奔走于是非之场,浮沉于荣辱之海,嚣然尽力而忘反,亦莫自知也,而达者哀之。二者非以其超然不累于物故邪?老子曰:‘虽有荣观,燕处超然。’尝试以超然命之,可乎?”因为之赋以告曰:

东海之滨,日气所先。岿高台之陵空兮,溢晨景之絜鲜。幸氛翳之收霁兮,逮朋友之燕闲。舒堙郁以延望兮,放远目于山川。设金罍与玉斝兮,清醪洁其如泉。奏丝竹之愤怨兮,声激越而眇绵。下仰望而不闻兮,微风过而激天。曾陟降之几何兮,弃溷浊乎人间。倚轩楹以长啸兮,袂轻举而飞翻。极千里于一瞬兮,寄无尽于云烟。前陵阜之汹涌兮,后平野之湠漫。乔木蔚其蓁蓁兮,兴亡忽乎满前。怀故国于天末兮,限东西之险艰。飞鸿往而莫及兮,落日耿其夕躔。嗟人生之漂摇兮,寄流枿于海壖。苟所遇而皆得兮,遑既择而后安?彼世俗之私已兮,每自予于曲全。中变溃而失故兮,有惊悼而汍澜。诚达观之无不可兮,又何有于忧患?顾游宦之迫隘兮,常勤苦以终年。盍求乐于一醉兮,灭膏火之焚煎。虽昼日其犹未足兮,俟明月乎林端。纷既醉而相命兮,霜凝磴而跰蹸。马踯躅而号鸣兮,左右翼而不能鞍。各云散于城邑兮,徂清夜之既阑。惟所往而乐易兮,此其所以为超然者邪?

(选自:苏辙撰:《栾城集》(上册),上海古籍出版社 1987 年版,第 413~414 页。)

赤　壁　赋[①]

壬戌之秋[②],七月既望[③],苏子与客泛舟[④],游于赤壁之下。清风徐来[⑤],水波不兴[⑥]。举酒属客[⑦],诵明月之诗[⑧],歌窈窕之章[⑨]。少焉[⑩],月出于东山之上,徘徊于斗牛之间[⑪]。白露横江[⑫],水光接天。纵一苇之所如[⑬],凌万顷之茫然[⑭]。浩浩乎如冯虚御风[⑮],而不知其所止,飘飘乎如遗世独立,羽化而登仙[16]。

于是饮酒乐甚，扣舷而歌之[17]。歌曰："桂棹兮兰桨[18]，击空明兮泝流光[19]。渺渺兮予怀[20]，望美人兮天一方[21]。"客有吹洞箫者[22]，倚歌而和之[23]，其声呜呜然[24]，如怨如慕，如泣如诉[25]。余音嫋嫋[26]，不绝如缕[27]。舞幽壑之潜蛟[28]，泣孤舟之嫠妇[29]。

苏子愀然[30]，正襟危坐[31]，而问客曰："何为其然也[32]？"客曰："'月明星稀，乌鹊南飞[33]'，此非曹孟德之诗乎[34]？西望夏口，东望武昌[35]。山川相缪[36]，郁乎苍苍。此非孟德之困于周郎者乎[37]？方其破荆州，下江陵，顺流而东也[38]，舳舻千里[39]，旌旗蔽空，酾酒临江[40]，横槊赋诗[41]，固一世之雄也，而今安在哉？况吾与子渔樵于江渚之上，侣鱼虾而友麋鹿[42]。驾一叶之扁舟，举匏樽以相属[43]。寄蜉蝣于天地[44]，渺沧海之一粟。哀吾生之须臾[45]，羡长江之无穷。挟飞仙以遨游，抱明月而长终。知不可乎骤得，托遗响于悲风[46]。"

苏子曰："客亦知夫水与月乎？逝者如斯[47]，而未尝往也。盈虚者如彼[48]，而卒莫消长也[49]。盖将自其变者而观之，则天地曾不能以一瞬[50]。自其不变者而观之，则物与我皆无尽也，而又何羡乎？且夫天地之间，物各有主。苟非吾之所有，虽一毫而莫取。惟江上之清风，与山间之明月，耳得之而为声，目遇之而成色，取之无禁，用之不竭。是造物者之无尽藏也[51]，而吾与子之所共食[52]。"客喜而笑，洗盏更酌。肴核既尽[53]，杯盘狼籍。相与枕藉乎舟中[54]，不知东方之既白。

（选自：苏轼撰：《苏轼文集》（第一册），中华书局1986年版，第5~6页。）

【注释】

① 赤壁：湖北黄冈的赤鼻矶，据说为三国时期周瑜火烧赤壁大破曹操的地方。但长江、汉水流域共有五处名为赤壁的地方，苏轼所游之地未必为历史上的赤壁。

② 壬（rén）戌（xū）：宋神宗元丰五年（1082年），古代以干支纪年，该年为壬戌年。

③ 既望：农历每月十六。农历每月十五日月圆为"望日"，十六日为"既望"。

④ 子:古代对成年男性的通称。苏子:苏轼自称。

⑤ 徐:缓慢的。

⑥ 兴:起。

⑦ 属(zhǔ)客:向客人劝酒。

⑧ 明月之诗:指《诗经·陈风·月出》。

⑨ 窈(yǎo)窕(tiǎo)之章:《诗经·陈风·月出》诗首章为:"月出皎兮,佼人僚兮。舒窈纠兮,劳心悄兮。""窈纠"同"窈窕"。

⑩ 少焉:过了一会儿。

⑪ 斗牛:两个星座名,都属于二十八宿,即斗宿(南斗)、牛宿。

⑫ 白露横江:白茫茫的水气横浮在江面上。

⑬ 纵:任凭。一苇:比喻极小的船。《诗经·卫风·河广》:"谁谓河广,一苇杭(航)之。"如:往,到。纵一苇之所如:听任小舟自由漂荡。

⑭ 顷(qǐng):土地面积单位。一百亩为一顷。茫然:指江面旷远迷茫的样子。凌万顷之茫然:凌驾于这广阔浩渺的江面之上。

⑮ 冯(píng):通"凭",乘。虚:太空。冯虚:凭空,凌空。御:驾御。冯虚御风:乘风腾空而遨游。

⑯ 羽化:指成仙。道家用语,道家认为成仙的人能像长了翅膀一样飞升。

⑰ 舷(xián):船的两侧。扣舷:敲打着船边,为唱歌打节拍。

⑱ 桂、兰:都是称其材质之美。棹(zhào)、桨:都是划船工具,前推的叫桨,后推的叫棹。兮:语气助词,表感叹,楚辞中的固定格式。桂棹兮兰桨:桂树做的棹,兰木做的桨。

⑲ 空明:指在月光映照下的清澄江面。泝:同"溯",逆流而上。流光:水波上流动的月光。

⑳ 渺渺:悠远的样子。

㉑ 美人:古人常用来作为心中美好的理想或圣贤的君王的象征。

㉒ 客:指道士杨世昌,四川绵竹人,识音律,擅吹箫,画山水。

㉓ 倚歌而和之:按着歌声的曲调节拍,吹箫应和伴奏。

㉔ 呜呜:箫的声音特征就是呜呜的。

㉕ 怨:哀怨。慕:眷恋。泣:哭泣。诉:倾诉。如怨如慕,如泣如诉:箫音表现的情感婉转

凄绝,富于感染力,引人情思。

㉖ 嫋嫋:同“袅袅”,声音婉转悠扬的样子。

㉗ 不绝如缕:余音不断,宛如细丝一样连续。

㉘ 幽壑(hè):深谷。

㉙ 嫠(lí)妇:寡妇。

㉚ 愀(qiǎo)然:忧愁凄怆,容色改变的样子。

㉛ 正襟危坐:整理衣襟,端正严肃地坐着。

㉜ 何为其然也:箫声为什么会这么悲凉呢?

㉝ 月明星稀,乌鹊南飞:出自曹操《短歌行》。

㉞ 曹孟德:曹操的字。曹操:(155—220 年),字孟德,沛国谯县(今安徽亳州)人。古代杰出的政治家、军事家、文学家,中国东汉末年的权臣,亦是曹魏政权的奠基者。生前统一了中国北部,封魏王,子曹丕称帝后,追尊为武帝。

㉟ 夏口:故城在今湖北武昌。武昌:今湖北省鄂州市鄂城区。

㊱ 缪(liáo):通“缭”,盘绕。

㊲ 周郎:周瑜二十四岁为中郎将,吴中皆呼为周郎。孟德之困于周郎:指汉献帝建安十三年(208 年),吴将周瑜指挥吴、蜀联军在赤壁之战中击溃曹操号称的八十万大军。

㊳ 方:当。荆州:辖南阳、江夏、长沙等八郡,今湖南、湖北一带。江陵:当时的荆州首府,今湖北县名。“方其”三句:指建安十三年(208 年)刘琮率众向曹操投降,曹军不战而占领荆州、江陵。

㊴ 舳(zhú):船后掌舵处。舻(lú):船前摇棹处。舳舻:战船前后相接,这里指战船。

㊵ 酾(shī)酒:滤酒,这里指斟酒。

㊶ 槊(shuò):长矛。出自元稹《唐故工部员外郎杜君墓系铭》:“建安之后,天下文士遭罹兵战,曹氏父子鞍马间为文,往往横槊赋诗。故其抑扬怨哀悲离之作,尤极于古。”横槊赋诗:横执长矛,吟赋诗篇。

㊷ 侣、友:都是名词活用作动词。侣鱼虾而友麋(mí)鹿:与鱼虾做伴,同麋鹿为友。

㊸ 匏(páo):葫芦的一种。匏樽:用葫芦做成的酒器。

㊹ 蜉(fú)蝣(yóu):一种小飞虫,夏秋之交生于水边,成虫仅能生存几小时。

㊺ 须臾:片刻,很短的时间。

㊻ 遗响:余音,指杨世昌刚才吹的箫声。悲风:秋季江面上凄凉凛厉的晚风。

㊼ 逝者如斯:语出《论语·子罕》:"子在川上曰:'逝者如斯夫,不舍昼夜。'"

㊽ 盈虚者:指月亮,月亮有圆有缺。

㊾ 卒莫消长:最终没有减少或增多。

㊿ 曾(zēng)不能:固定词组,连……都不够。一瞬:形容时间极短。佛教《摩诃僧祇律》载:"须臾者,二十念名一瞬,二十瞬名一弹指,二十弹指名一罗预,二十罗预名一须臾。"

51 无尽藏(zàng):无穷无尽的宝藏。

52 共食:共同享用。当时有问轼"食"字之义,轼曰:"如食吧之'食',犹共用也。"明代版本将"共食"改为"共适"。

53 肴(yáo)核:菜肴、果品。

54 藉(jiè):作衬垫的东西,这里和"枕"都是名词作动词。枕藉:互相枕着靠着睡觉。

【文本赏析】

世称苏轼为坡仙,在于其天才横溢,个性洒脱,文思超凡,常常在诗文中引用佛教和道教思想,抒发超然出世之念。作于因乌台诗案而被贬黄州期间的前后《赤壁赋》就充分体现了苏轼上述特点,展现了其对人生荣辱变迁、历史浮沉变幻的洞观与超越,最终建构了一种豁达超然、自足审美的人生态度与人格范式。

第一段先点明游玩的时间、地点和人物,结合作者此时的境遇可知,这次游玩必然带有排遣胸中苦闷的目的,试图在美好宽广的自然环境中散发忧闷情怀,所以开头便有一种仪式感,"诵明月之诗,歌窈窕之章",指的都是《诗经·陈风·月出》,"月出皎兮,佼人僚兮。舒窈纠兮,劳心悄兮"。通过对月色皎洁美妙的赞美与融入,换来一种情感的疏解与迁移,这个过程仍有形迹可循,情感正在酝酿中。但随着时间的推移,游览的深入,"月出于东山之上,徘徊于斗牛之间",明月升空,主宰一切,"白露横江,水光接天",水天茫茫,隔绝世俗,加之作者在小舟中飘摇凌御的特殊感受,让他脱略了形迹,忘怀了世事,油然而起的是一种摆脱束缚、自由放纵、轻松舒畅的感觉,内心的情感也随浪潮飘荡弥漫于天地之间,本段的描写重心由有形的游迹转变为无形的情感。

第二段在升涌奔腾自在愉悦的情感推拥下,作者自然地会寻找一种释放的通道:“扣舷而歌”。歌是对此刻兴起的情感的一种升华表现和明确导引,歌辞采用楚辞句法,借用楚辞中的香草美人传统来与情感进行匹配,含蓄有致。前两句起兴,写外在实景,寄托着空灵美好的情感。后两句写内心的渴望和思致,情感在无拘束的状态下被转化凝聚成一种对美好事物真诚无尽的渴望,无论是前面的明月,还是这里的美人,都象征着人心中一种美好而有价值的对象物,它可以成为人心灵的寄托,它的具象形式可以是伟大不朽的功业,可以是一种生活状态,因人而异。而人能够正视和倾诉这种渴望,前提是本真情感不能受到压抑、掩藏,而作者此时能唱出这首歌离不开前面环境和酒对本真情感的解放。另一方面对于这个对象物又总是求而不得的,引动人情感的惆怅感伤,表现为幽婉绵长,带有很强的审美性质。接下来由作者的歌声引发的是客所奏的箫曲,音乐在各种艺术门类中是与人的情绪感受接触最直接的,天然具有极强的情绪感染力,而作为乐器的箫音色“呜呜然”,本身就带有一种悲凉伤感的味道。这一曲箫音把作者歌辞中不尽的情感发扬演绎到极致,艺术的魅力,能够贯通人们情绪的本质,“如怨如慕,如泣如诉”,求而不得,相思何尽,至此乐翻为悲。

第三段进入主客问答,对事理进行辩驳。前两段由水月之景而生乐情,又经箫音为媒而转悲情,核心是情,但支撑情的一定是理。那么是什么让客将作者之歌演绎得如此之悲呢?客之理是由事而生的,通过两个事例的枚举,进行双重否定,见出人生的空虚悲凉,话虽出自客口,但实际上是作者在不同人生层次中的感受与质疑,是其精神困境的体现。首先即赤壁之景,联想到此处是赤壁大战曹操兵败受困于周瑜的地点。曹操也曾经一样在此赏过明月,通过诗歌寄托过感慨,不过情境与此时完全不同。自“方其”以下数句,一气呵成,气势豪迈,声威壮大,令人想见曹操当时的雄豪气魄和得意风光,大丈夫用世于天下的英雄气概和统一华夏的志向追求恐怕莫过于此,但赤壁一败令其梦想破灭,随之寄寓的价值理想的意义也受到质疑,一切有为的追求至此都是空虚,历史淘尽了胜败荣辱,都是一场空。英雄豪杰尚且如此,更何况我们这些无论主动还是被动,都只能"渔樵于江渚之上,侣鱼虾而友麋鹿"没有用世价值的人呢。在这茫茫的宇宙中,个体存在是无尽的渺小,"寄蜉蝣于天地,渺沧海之一粟",想要拥抱无尽的天地,真正超然于物外,却立刻见出人生的有限性,既无法凭依,也不能自遣,只剩下无尽悲哀怅惘的情绪。从历史到当下,从有为到无为,前者否定了第二段以"美人"寄寓的人生功业理想,后者否定了第一段兴起的飘飘登仙的自由情感,始终都找不到精神的寄托。因为价值追求不可得,所以否定了追求,而去除了价值追求后人只剩下渺小须臾的生命本身,由此兴起的生命悲剧意识是所有生灵所共通的,这就是前面箫音能有如此惊心动魄艺术魅力和感染力的根源。

第四段是对上一段生命、价值之悲的开解与超越,用哲理智慧和态度选择来实现自我的解脱。客以事论,主以象征,即以眼前的水月之象说明变化的永恒性,以及表象与本质间的差别。所以人究竟是要困于表象,还是去追求本质,如果困于表象,就难免患得患失,在失落中否定一切,最终导致价值空虚的精神困境,才有的客之悲,所以应当从"其不变者而观之",去追求事物的本质。但水月是大自然的一部分,可以无穷无尽,人又如何无尽呢?对于人的"不变者"又是什么?这是理解本文的关键,这个不变就是找到自我,呈现为一种宽容稳定的精神状态,外在的境遇可以变,而内在精神如果足够强大,不被外物所动摇,不再患得患失,以不变应万变,就是依据本质,达成了永恒,形成了一种可为范式的人格境界。变与不变本质区别是在于自内还是自外来审视世界与自我。"天地之间,物各有主",一切事物都有自身的命运,人也是自己的主宰,不属于自己的,不需要强求也可以自足,属于自己的,同样不应该受到外物的动摇。不为有限而具象的外物迷惑,而与无限而审美的天地相交通,“江上之清风,与山间之明月”即是如此,进一步回答了自我是什么,自我就在每时每刻的当下,自我是在对当下情感心理的自觉与体认中建构的,作者在不同作品中提到的“吾生本无待”“思我无所思”都与之同意,这种自我的追求本质是通过审美的方式来实现人生境界的提升,指向的是心灵的开放与自足。

最后,在解决了精神困扰和危机之后,便能尽情于此时此景,脱略形迹,忘怀外物,“不知东方之既白”。

本文不仅哲思深刻,诗情动人,在笔法技巧上也十分高超,历来被认为是宋代文赋的典范之作。一是采用汉大赋中主客问答、抑客伸主的基本结构,在矛盾辨诘中层层超越,破除内心的困惑,实现自我的解脱。二是景、情、事、理的完美融合,四者本身已各造巅峰,又能在步步推进中形成有机的整体。三是骈散结合的艺术造诣,既具有声情之美,而又不拘泥,用散文笔法串联全文,流畅而不呆板,饶有逸气。

【思考练习】

1. 请结合原文,谈谈作者是如何实现景、情、事、理的融合的。
2. 请解释一下什么是“自其不变者而观之,则物与我皆无尽也”。
3. 将本文与王羲之《兰亭集序》、李白《春夜宴从弟桃花园序》比较,说说它们之间异同之处。

【拓展阅读】

后赤壁赋

是岁十月之望,步自雪堂,将归于临皋。二客从予,过黄泥之坂。霜露既降,木叶尽脱。人影在地,仰见明月。顾而乐之,行歌相答。已而叹曰:“有客无酒,有酒无肴,月白风清,如此良夜何?”客曰:“今者薄暮,举网得鱼,巨口细鳞,状如松江之鲈,顾安所得酒乎?”归而谋诸妇。妇曰:“我有斗酒,藏之久矣,以待子不时之须。”于是携酒与鱼,复游于赤壁之下。江流有声,断岸千尺。山高月小,水落石出。曾日月之几何,而江山不可复识矣。予乃摄衣而上,履巉岩,披蒙茸。踞虎豹,登虬龙。攀栖鹘之危巢,俯冯夷之幽宫。盖二客不能从焉。划然长啸,草木震动。山鸣谷应,风起水涌。予亦悄然而悲,肃然而恐,凛乎其不可久留也。反而登舟,放乎中流,听其所止而休焉。时夜将半,四顾寂寥,适有孤鹤,横江东来,翅如车轮,玄裳缟衣,戛然长鸣,掠予舟而西也。须臾客去,予亦就睡,梦一道士,羽衣蹁跹,过临皋之下,揖予而言曰:“赤壁之游乐乎?”问其姓名,俛而不答。“呜呼噫嘻,我知之矣,畴昔之夜,飞鸣而过我者,非子也耶?”道士顾笑,予亦惊悟。开户视之,不见其处。

(选自:苏轼撰:《苏轼文集》(第一册),中华书局1986年版,第8页。)

记承天夜游[1]

元丰六年十月十二日[2],夜,解衣欲睡,月色入户,欣然起行。念无与为乐者[3],遂至承天寺,寻张怀民[4]。怀民亦未寝[5],相与步于中庭。庭下如积水空明[6],水中藻荇交横[7],盖竹柏影也[8]。何夜无月,何处无竹柏,但少闲人如吾两人者耳[9]。黄州团练副使苏某书[10]。

(选自:苏轼撰:《苏轼文集》(第五册),中华书局1986年版,第2260页。)

【注释】

① 承天:承天寺,故址在今湖北黄冈南。

② 元丰:宋神宗赵顼年号(1078—1085年)。元丰六年:1083年。

③ 念:考虑,想到。念无与为乐者:想到没有可以一起交谈取乐、共赏美景的人。

④ 张怀民:张梦得,字怀民,清河(今河北清河)人。元丰六年(1083年)也被贬到黄州,

寓居承天寺。

⑤ 寝:入寝,睡觉。

⑥ 积水空明:月光恍如一泓积水那样澄净明亮。

⑦ 藻:水草的总称。荇(xìng):一种多年生水草,叶子呈心脏形状,面绿背紫,夏季开黄花。藻、荇:均为水生植物,这里是水草。

⑧ 盖:句首语气词,表示原因。

⑨ 但:只。闲人:指清闲少事而能从容赏景的人。苏轼和张怀民都因被贬为有职无权的闲官,故有此说。

⑩ 黄州:今湖北省黄冈市。团练副使:唐代始建官制,负责一方团练(自卫队)的军事官职,宋朝常用以安置贬降官员。黄州团练副使:苏轼于元丰二年(1079年),因被诬作诗"谤讪朝廷"被捕入狱,史称"乌台诗案",被贬为黄州团练副使。

【文本赏析】

苏轼在《自评文》中曾经自称:"吾文如万斛泉源,不择地皆可出。在平地滔滔汩汩,虽一日千里无难。及其与山石曲折、随物赋形而不可知也。所可知者,常行于所当行,常止于不可不止,如是而已矣。其他虽吾亦不能知也。"他的文章体现了一种高度的艺术自由,随心驾驭,随势而就,自然天成,却恰到好处。其策论类长文纵横捭阖、滔滔不绝,读来却不觉烦乱,而短文则信手拈来、句句入神,却又能做到结构完整自洽、情境宛然俱在,堪称妙品。这篇《记承天夜游》最能体现苏轼短文的艺术造诣,全文虽不足百字,但内部起承转合、链条环环相扣,增一句不必,减一句不能,叙事、写景、议论、抒情各得其所、各展其能。

"元丰六年十月十二日,夜,解衣欲睡,月色入户,欣然起行。"作为本文之起,妙在自然流畅,一气呵成,内部也蕴含着一层起承转合逻辑。首先将时间定位在一个平常的夜晚,是起;夜晚自然应当解衣入睡,是承;月色入户则既自然又突兀,自然是因为夜晚有月光再正常不过了,突兀是因为它引发了作者心灵的某种美好感受,形成了一种强烈的感召,由平凡的日常情境转入审美情境，是转；在这种情境的激荡感召下，作者决定打破日常生活规律，怀揣着美好期待的情绪开启一场没有预期的夜游，是这部分的合，同时又引出了后文。

“念无与为乐者，遂至承天寺，寻张怀民。怀民亦未寝，相与步于中庭。”这是本文之承。一场美妙的夜游需要有人同行分享快乐，这是人性的自然需求，背后却也透着知音甚少的无奈。从月色美好到欣然情动，这里又加了一层对知己相与的期待，使文章的情感浓度不断加深。而让人欣慰的是，作者这份情感期待得到了回应，一个“亦”字包含了作者的喜悦与同道之情。如果说月色入户是天时得宜，两人同贬黄州是地利相近，那么张怀民的未寝就是人和相得，《世说新语》中王子猷雪夜访戴的故事里，王子猷虽乘兴而往但未见到戴安道便兴尽而返，终不如苏轼与张怀民能相与步于中庭来得圆满。

“庭下如积水空明，水中藻荇交横，盖竹柏影也。”这是本文之转。由叙事转为写夜游庭中所见之景，虽仅寥寥三句，但呈现了极高的艺术想象力。庭中如一个巨大的容器盛满了无色无形的月光，月光的性状如水一样空明，空是无，明是有，在有无虚实之间尽显一种灵性的美感。在现代潜水设备成熟之前，人是无法自内而外观赏水中景致的，所以作者的比喻也带来一种非现实的新奇体验。第二句乍看不能解，令人惊奇，月光入庭只是性状像水，又不是真水，怎么能有藻荇交横呢？第三句则解开疑团，庭中确实不可能有藻荇，但一定有竹柏，竹柏之影在这个月色笼罩的环境中使人产生一种错觉，仿佛是藻荇交横，这个解释合情合理，将真实场景与幻觉情境融为一体，达成了一场真幻交织的审美体验。作者通过其高超的艺术想象力，实现以少胜多，将读者带入这个令人神往的精致的艺术情境，作为承托全文的美学内核，也是后面议论价值建立的基点。

“何夜无月，何处无竹柏，但少闲人如吾两人者耳。”这是本文之合，是全篇点睛之笔。如此如梦似幻的景致，其实仔细想来非常常见，并不特殊，正因如此其常常为人所忽视，更加让人感到遗憾，究其原因就在于缺乏“闲人”。

"闲人"的自称背后蕴含的情绪是复杂的,既有无奈又有旷达,可以作两种解读,第一,此时的作者名义上是"团练副使",却"本州安置,不得签书公事",也就是有职无权的闲官,被贬谪至此的张怀民与他同病相怜,他们的闲是被动的,其中寄寓着贬谪的悲凉和壮志难酬的人生感慨。第二,强调的是一种心有余裕的状态,而只有这种状态才最适合进行审美,在这种心态审视下万事万物都具备美的品格,这既是一种美学原理,也是一种人生态度。后者中的人生态度正是作者面对前者中的人生困境时所找到的解决方法,这种方法从黄州到惠州、儋州,作者用一生去探索和践行,为我们后人留下了大量宝贵的精神财富,供我们去发掘。

【思考练习】

1. 请尝试对本文增多一句或者减少一句,并说说其中的理由。

2. "怀民亦未寝"中的"亦"字是否可以删除,这个字起到什么作用?体现了作者怎样的情感?

3. 请结合苏轼当时的境遇,谈谈"闲人"的内涵所指。

【拓展阅读】

记游定惠院

黄州定惠院东小山上,有海棠一株,特繁茂。每岁盛开,必携客置酒,已五醉其下矣。今年复与参寥师及二三子访焉,则园已易主,主虽市井人,然以予故,稍加培治。山上多老枳木,性瘦韧,筋脉呈露,如老人项颈。花白而圆,如大珠累累,香色皆不凡。此木不为人所喜,稍稍伐去,以予故,亦得不伐。既饮,往憩于尚氏之第。尚氏亦市井人也,而居处修洁,如吴越间人,竹林花圃皆可喜。醉卧小板阁上,稍醒,闻坐客崔成老弹雷氏琴,作悲风晓月,铮铮然,意非人间也。晚乃步出城东,鬻大木盆,意者谓可以注清泉,瀹瓜李,遂夤缘小沟,入何氏、韩氏竹园。时何氏方作堂竹间,既辟地矣,遂置酒竹阴下。有刘唐年主簿者,馈油煎饵,其名为甚酥,味极美。客尚欲饮,而予忽兴尽,乃径归。道过何氏小圃,乞其藂橘,移种雪堂之西。坐客徐君得之将适闽中,以后会未可期,请予记之,为异日拊掌。时参寥独不饮,以枣汤代之。

(选自:苏轼撰:《苏轼文集》(第五册),中华书局1986年版,第2257页。)

苏辙

苏辙(1039—1112年),字子由,号东轩长老,晚号颍滨遗老。眉州眉山(今属四川)人。嘉祐二年(1057年)登进士第。宋神宗时,因反对王安石变法中的青苗法,外贬为河南留守推官。此后随张方平、文彦博等人历职地方。元丰二年(1079年)因受其兄乌台诗案牵连,被贬为监筠州盐酒税。宋哲宗即位后,入朝历官右司谏、御史中丞、尚书右丞、门下侍郎等职,位列宰执。哲宗亲政后,因上书谏事而被贬知汝州,连谪数处。宰相蔡京掌权时,再降朝请大夫,遂以太中大夫致仕,筑室于颍昌。独门谢客十余载,致力于整理旧著、教育子弟。政和二年(1112年)去世,被追复为端明殿学士、宣奉大夫。宋高宗时累赠太师、魏国公,宋孝宗时追谥“文定”。

苏辙与父亲苏洵、兄长苏轼合称“三苏”,名列“唐宋八大家”之一。与其父兄同创苏氏蜀学,与荆公新学、二程洛学相对立,是当时具有重要影响的学术派别。其文擅长政论和史论,延续父兄风格,而自有特色,苏轼称其文“汪洋澹泊,有一唱三叹之声,而其秀杰之气终不可没”。著有《栾城集》。

上枢密韩太尉书[1]

太尉执事[2]:辙生好为文,思之至深,以为文者气之所形。然文不可以学而能,气可以养而致。孟子曰:“我善养吾浩然之气[3]。”今观其文章宽厚宏博，充乎天地之间，称其气之小大[4]。太史公行天下[5]，周览四海名山大川，与燕赵间豪俊交游[6]，故其文疏荡[7]，颇有奇气。此二子者岂尝执笔学为如此之文哉[8]？其气充乎其中而溢乎其貌，动乎其言而见乎其文，而不自知也。

辙生十有九年矣，其居家所与游者[9]，不过其邻里乡党之人[10]，所见不过数百里之间，无高山大野可登览以自广[11]。百氏之书虽无所不读，然皆古人之陈迹，不足以激发其志气。恐遂汩没[12]，故决然舍去，求天下奇闻壮观，以知天地之广大。过秦汉之故都[13]，恣观终南嵩华之高[14]，北顾黄河之奔流，慨然想见古之豪杰。至京师仰观天子宫阙之壮[15]，与仓廪府库城池苑囿之富且大也[16]，而后知天下之巨丽。见翰林欧阳公[17]，听其议论之宏辩，观其容貌之秀伟，与其门人贤士大夫游，而后知天下之文章聚乎此也。

太尉以才略冠天下，天下之所恃以无忧，四夷之所惮以不敢发[18]，入则周公、召公[19]，出则方叔、召虎[20]，而辙也未之见焉。且夫人之学也，不志其大[21]，虽多而何为？辙之来也，于山见终南嵩华之高，于水见黄河之大且深，于人见欧阳公。而犹以为未见太尉也。故愿得观贤人之光耀，闻一言以自壮，然后可以尽天下之大观而无憾者矣。

辙年少，未能通习吏事。向之来非有取于斗升之禄[22]，偶然得之，非其所乐。然幸得赐归待选[23]，使得优游数年之间，将归益治其文[24]，且学为政。太尉苟以为可教而辱教之[25]，又幸矣。

（选自：苏辙撰：《栾城集》（上册），上海古籍出版社 1987 年版，第 477 页。）

【注释】

① 枢密：指枢密使，掌军政大权。太尉：秦汉时官名，是全国军事首脑。枢密使相当于太尉，故称。韩太尉：韩琦（1008—1075 年），字稚圭，号赣叟。相州安阳（今属河南）人。宋仁宗时任检校太傅，充枢密使。宋神宗时任宰相，封魏国公，勋望极高，为当时名臣。本文是作者十九岁考中进士后写给韩琦的一封信。

② 执事：左右的人。旧时心中常用作对对方的尊称，表示不敢直指。

③ 我善养吾浩然之气：出自《孟子·公孙丑上》。

④ 称(chèn)：相称，符合。

⑤ 太史公：指西汉史学家司马迁，曾任太史令，自称太史公。

⑥ 燕赵：战国时的两个国家。这里泛指河北、山西一带。

⑦ 疏荡：指文风疏放洒脱、跌宕多姿。

⑧ 岂尝：难道曾经。

⑨ 游：交往。

⑩ 邻里乡党：相传周制以五家为邻，二十五家为里，以五百家为党，一万二千五百家为乡。后因以“邻里乡党”泛指乡里。

⑪ 自广：扩大自己的视野。

⑫ 汩(gǔ)没：沉没、埋没。引申为无所成就。

⑬ 秦汉之故都：指秦都城咸阳、西汉都城长安、东汉都城洛阳。

⑭ 恣观：尽情观赏。终南：在今陕西南部。嵩：中岳嵩山，在今河南登封北。华：西岳华山，在今陕西华阴。

⑮ 京师：指北宋京城汴梁。

⑯ 仓廪：粮仓。府库：指国家贮藏财物、兵甲的处所。城池：指城墙和护城河。苑囿：种植花木、畜养禽兽的园子。

⑰ 翰林欧阳公：指欧阳修，曾任翰林学士。

⑱ 四夷：古代对中原周边各族的统称，即，东夷、南蛮、西戎和北狄的合称，亦泛指外族、外国。惮：忌惮，畏惧。发：侵扰。

⑲ 周公：姬旦。召公：姬奭(shì)。两人都为周初大臣，武王之弟，在朝堂中辅助幼主成王，政绩显著。

⑳ 方叔：西周宣王时卿士。召虎：召穆公。两人都为宣王时名臣，在外征战有功，为宣王中兴做出了巨大贡献，成为重臣名将的代表。

㉑ 不志其大：没有立下大志。

㉒ 斗升之禄：微薄的俸禄。

㉓ 赐归待选：朝廷允许回乡等待朝廷的选拔。

㉔ 治：钻研、提高。

㉕ 辱:谦辞。辱教:屈尊指教。

【文本赏析】

仁宗嘉祐元年(1056年),十八岁的苏辙与其兄苏轼来到开封,在经受父亲苏洵多年来以不同时流的学术思想、文风观念的精心培育后,想要凭着一身才学在京都一试身手。适逢此时欧阳修知礼部贡举,进行文风改革,作为宋代古文运动的标志性事件,斥黜险怪奇涩的太学体,提倡平易畅达的健康文风。而这与苏洵对二子的教育培养方向不谋而合,因此次年兄弟二人同中进士,成为当时京中冉冉升起的两颗新星。苏轼后来回忆这段岁月时曾写道:"当时共客长安,似二陆初来俱少年。有笔头千字,胸中万卷;致君尧舜,此事何难?"从中不难看出二人此时英华奋进、踌躇满志的精神风貌。他们在这一时期拜会了以欧阳修为代表的大批朝中名人,而时任枢密使主掌军事大权名高权重的韩琦也是他们拜访对象之一,本文就是在这种背景下苏辙写给韩琦的一封求见信。文中一反此类干谒文卑微浮薄阿谀谄媚的倾向,而是以"养气说"为引,通过精密的布局、高超的文法、从容的行文不知不觉中导向求见的立意,不卑不亢,委婉自然,时时还能见出少年英特不凡之气。对于本文我们将从文论、文法、干谒类应用文三个角度进行赏析。

首先,从文论角度分析。苏辙当时作为以文得名的少年英才,其最大优势就在于文,所以想要吸引住韩琦,进行交流的破冰,选择带有公共性质的文论作为话题是很好的选择。开篇苏辙即抛出自己"思之至深"的文论观点:"以为文者气之所形。然文不可以学而能,气可以养而致。"这段话里包含两个内容。第一,决定文章创作根本的是"气",而不是可学习的文学技巧。"气"是中国特有的一个哲学概念,在这里指包括气质禀赋、人格修养在内的人全部精神层面的整合。将"气"与文学联系起来的"文气说"最早见于曹丕《典论·论文》:"文以气为主,气之清浊有体,不可力强而致。"但曹文重点是通过"文气说"来解释文学才能差异和文学风格多样的原因。到唐代古文运动,韩愈在《答李翊书》中提出:“气盛,则言之短长与声之高下者皆宜。”将文学创作关键归因为“气盛”,这样如何使“气盛”也就被纳入讨论范围。宋代古文运动是唐代古文运动的延续,所以作为唐宋八大家之一的苏辙正是在这一脉络下对韩愈的观点做出自己的诠释。第二,想要写出优秀的文章,就要学会“养气”。孟子的文章“宽厚宏博,充乎天地之间”、司马迁“其文疏荡,颇有奇气”都是通过“养气”的方式达到的,是自然的结果,而非刻意写出来的。而养气的方式是“求天下奇闻壮观,以知天地之广大”“以激发其志气”,这里面的“奇闻壮观”既包括物也包括人。这部分是苏辙对“养气说”的重要发展,也是提领全文展开的枢纽所在。

其次,从文法角度分析。苏辙在比较自己和兄长苏轼文章时曾说:“子瞻之文奇,吾文但稳耳。”苏轼写文章每以奇特的文思、敏锐的辩才、雄放的气势个性鲜明地吸引读者,而苏辙的文章则在章法的布局、层次的照应、行文的流畅等方面显出非凡的功底,写来从容不迫、扎实严谨,对于初学文章想要打好基础的人来说很有参考价值。第一,本文布局巧妙,纡徐曲折。吴楚材《古文观止》称其:“以作文养气,引起历见名山大川、京华人物,注意在此,而立言在彼,绝妙奇文。”一波三折之后,方委婉见旨,足见其设思布局的新颖巧妙。第二,写作功底深厚,层次呼应,条理分明。第二段先通过居家所见的凡庸、窄小、陈腐对比以见出出游所见的壮阔、繁华、丰富、鲜活,出游部分又可分为四层,先是物之壮观,后是人之壮观,物之壮观生出人之壮观,所以“过秦、汉之故都”“慨然想见古之豪杰”,“至京师”则有欧阳修、韩琦,而两人又分出一文一武,又分为一见一未见,又是对前面“邻里乡党之人”和“古人之陈迹”的照应。而至此方引出欲拜见韩琦之意,从逻辑上看也是合情合理。从这些条理的照应中便能看出苏辙思维的缜密、文笔的严谨。

最后,从干谒类应用文角度分析。此类文章难点在于如何奉承对方而不陷入阿谀谄媚,如何推荐自己而不显得虚泛干涩。苏辙的办法是将这个主题含而不发,替换关注点和思路来达成目的。将对方的思绪先引入对“养气说”的认同,再随着作者的作文养气经历,不知不觉将对方立场同化到作者身上,对这样有志青年自然谁都会衷心赞许、乐于其成,而在这个过程中对方最终却发现自己成为作者欲观的“天下之大观”中的一环,既嘉其志,自然不能拒绝这个合情合理的要求,至此水到渠成。全文通过巧妙的布局将自身的展现、对对方夸赞和求见之意融为一体,读来妥帖舒服,令人印象深刻。

【思考练习】

1. 请分析作者这种“注意在此,而立言在彼”的写法有什么好处。

2. 请阅读“拓展阅读”部分苏洵的《上欧阳内翰第一书》,比较两篇文章在写法、风格、特色方面有什么不同。

3. 模仿本文与“拓展阅读”文章,拟写一封求见信给当今任何一位名人,要结合对方的身份,写出特色。

【拓展阅读】

上欧阳内翰第一书

内翰执事:洵布衣,穷居尝窃有叹。以为天下之人,不能皆贤,不能皆不肖。故贤人君子之处于世,合必离,离必合。往者天子方有意于治,而范公在相府,富公为枢密副使,执事与余公、蔡公为谏官,尹公驰骋上下,用力于兵革之地。方是之时,天下之人,毛发丝粟之才,纷纷然而起,合而为一。而洵也,自度其愚鲁无用之身,不足以自奋于其间,退而养其心,幸其道之将成,而可以复见于当世之贤人君子。不幸道未成,而范公西,富公北,执事与余公、蔡公分散四出,而尹公亦失势,奔走于小官。洵时在京师,亲见其事,忽忽仰天叹息,以为斯人之去,而道虽成,不复足以为荣也。既复自思,念往者众君子之进于朝,其始也,必有善人焉推之;今也,亦必有小人焉推之。今之世无复有善人也，则已矣；如其不然也，吾何忧焉！姑养其心，使其道大有成而待之，何伤？退而处十年，虽未敢自谓其道有成矣，然浩浩乎，其胸中若与曩者异。而余公适亦有成功于南方，执事与蔡公复相继登于朝，富公复自外入为宰相，其势将复合为一。喜且自贺，以为道既已粗成，而果将有以发之也。既又反而思其向之所慕望爱悦之而不得见之者，盖有六人。今将往见之矣，而六人者已有范公、尹公二人亡焉，则又为之潸然出涕以悲。呜呼，二人者不可复见矣！而所恃以慰此心者，犹有四人也，则又以自解。思其止于四人也，则又汲汲欲一识其面，以发其心之所欲言。而富公又为天子之宰相，远方寒士未可遽以言通于其前；余公、蔡公远者又在万里外；独执事在朝廷间，而其位差不甚贵，可以叫呼扳援而闻之以言。而饥寒衰老之病，又痼而留之，使不克自至于执事之庭。夫以慕望爱悦其人之心，十年而不得见，而其人已死，如范公、尹公二人者；则四人之中，非其势不可遽以言通者，何可以不能自往而遽已也？

执事之文章，天下之人莫不知之；然窃自以为洵之知之特深愈于天下之人。何者？孟子之文，语约而意尽，不为巉刻斩绝之言，而其锋不可犯。韩子之文，如长江大河，浑浩流转，鱼鼋蛟龙，万怪惶惑，而抑遏蔽掩，不使自露；而人自见其渊然之光，苍然之色，亦自畏避，不敢迫视。执事之文，纡余委备，往复百折，而条达疏畅，无所间断；气尽语极，急言竭论，而容与间易，无艰难劳苦之态。此三者，皆断然自为一家之文也。惟李翱之文，其味黯然而长，其光油然而幽，俯仰揖让，有执事之态。陆贽之文，遣言措意，切近的当，有执事之实。而执事之才，又自有过人者。盖执事之文，非孟子、韩子之文，而欧阳子之文也。夫乐道人之善而不为谄者，以其人诚足以当之也。彼不知者，则以为誉人以求其悦己也。夫誉人以求其悦己，洵亦不为也；而其所以道执事光明盛大之德，而不自知止者，亦欲执事之知其知我也。

虽然，执事之名满于天下，虽不见其文，而固已知有欧阳子矣。而洵也，不幸堕在草野泥涂之中，而其知道之心，又近而粗成。而欲徒手奉咫尺之书，自托于执事，将使执事何从而知之，何从而信之哉？洵少年不学，生二十五岁，始知读书，从士君子游。年既已晚，而又不遂刻意厉行，以古人自期。而视与己同列者，皆不胜己，则遂以为可矣。其后困益甚，然后取古人之文而读之，始觉其出言用意，与己大异。时复内顾，自思其才则又似夫不遂止于是而已者。由是尽烧曩时所为文数百篇，取《论语》、《孟子》、韩子及其他圣人、贤人之文，而兀然端坐，终日以读之者七八年。方其始也，入其中而惶然；博观于其外，而骇然以惊。及其久也，读之益精，而其胸中豁然以明，若人之言固当然者，然犹未敢自出其言也。时既久，胸中之言日益多，不能自制，试出而书之，已而再三读之，浑浑乎觉其来之易矣。然犹未敢以为是也。近所为《洪范论》、《史论》凡七篇，执事观其如何？嘻，区区而自言，不知者又将以为自誉，以求人之知己也。惟执事思其十年之心如是之不偶然也而察之！

（选自：苏洵撰：《嘉祐集笺注》，上海古籍出版社 1993 年版，第 327 页。）

黄州快哉亭记[①]

江出西陵[②]，始得平地。其流奔放肆大[③]，南合湘沅[④]，北合汉沔[⑤]，其势益张。至于赤壁之下[⑥]，波流浸灌[⑦]，与海相若[⑧]。清河张君梦得谪居齐安[⑨]，即其庐之西南为亭[⑩]，以览观江流之胜，而余兄子瞻名之曰快哉。盖亭之所见[⑪]，南北百里，东西一舍[⑫]，涛澜汹涌，风云开阖[⑬]。昼则舟楫出没于其前，夜则鱼龙悲啸于其下。变化倏忽[⑭]，动心骇目，不可久视[⑮]。今乃得玩之几席之上[⑯]，举目而足。西望武昌诸山[⑰]，冈陵起伏，草木行列，烟消日出，渔夫樵父之舍，皆可指数[⑱]，此其所以为快哉者也。至于长洲之滨[⑲]，故城之墟[⑳]，曹孟德、孙仲谋之所睥睨[㉑]，周瑜、陆逊之所骋骛[㉒]。其流风遗迹，亦足以称快世俗。

昔楚襄王从宋玉、景差于兰台之宫[㉓]，有风飒然至者，王披襟当之曰[㉔]：“快哉此风，寡人所与庶人共者耶[㉕]？”宋玉曰：“此独大王之雄风耳，庶人安得共之?"玉之言盖有讽焉。夫风无雌雄之异,而人有遇不遇之变[26]。楚王之所以为乐,与庶人之所以为忧,此则人之变也,而风何与焉[27]? 士生于世,使其中不自得[28],将何往而非病[29]? 使其中坦然,不以物伤性[30],将何适而非快[31]? 今张君不以谪为患[32],窃会计之余功[33],而自放山水之间[34],此其中宜有以过人者。将蓬户瓮牖无所不快[35],而况乎濯长江之清流[36],揖西山之白云[37],穷耳目之胜以自适也哉? 不然,连山绝壑,长林古木,振之以清风,照之以明月,此皆骚人思士之所以悲伤憔悴而不能胜者,乌睹其为快也哉[38]?

元丰六年十一月朔日赵郡苏辙记[39]。

(选自:苏辙撰:《栾城集》(上册),上海古籍出版社 1987 年版,第 512~513 页。)

【注释】

① 黄州快哉亭:在黄州(治所在今湖北黄冈)城南。苏轼曾命名过三处快哉亭,分别在密州、徐州、黄州。

② 西陵:西陵峡,又名夷陵峡,长江三峡之一,在湖北宜昌市西北。

③ 肆:极,甚。肆大:水势迅疾、浩大。

④ 湘沅:湘江和沅江。两水都在长江南岸,流入洞庭湖,注入长江。

⑤ 汉沔(miǎn):就是汉水。汉水源出陕西宁羌,初名漾水,东流经沔县(今陕西省勉县)南,称沔水,又东经褒城,纳褒水,始称汉水。汉水在长江北岸,于武汉注入长江。

⑥ 赤壁:赤鼻矶。现湖北黄冈市附近,苏辙误以为周瑜破曹操处。

⑦ 浸、灌:都是注入的意思。浸灌:形容水势又急又猛。

⑧ 相若:相似。

⑨ 清河:现河北清河县。张梦得:字怀民,苏轼友人。齐安:宋代黄冈为黄州齐安郡。

⑩ 即:就着,依靠。

⑪ 盖:句首助词,无实义。

⑫ 一舍(shè):三十里。古代行军每天走三十里宿营,叫作"一舍"。

⑬ 开:开启。阖(hé):闭合。风云开阖:指风云时聚时散,变幻不定。

⑭ 倏(shū)忽:迅速,顷刻间,指时间短。

⑮ 不可久视：这是说，以前没有亭子，无休息之地，不能长久地欣赏。

⑯ 几：小桌，茶几。今乃得玩之几席之上：可以在亭中的桌旁席上赏玩这些景色。

⑰ 武昌：指今湖北鄂城，与黄冈隔长江相望，并非今日武昌。

⑱ 指数：名词作状语，可以用手指一一点清。

⑲ 长洲：江中长条形的沙洲或江岸。

⑳ 故城：指郑城，战国时楚宣王所建，遗址在黄冈西北。隋唐时改置黄州，治所在今黄冈。墟：旧有的建筑物已被毁平而尚留有遗迹的空地。

㉑ 睥睨：斜视的样子。曹孟德、孙仲谋之所睥睨：曹操（字孟德）、孙权（字仲谋）所窥伺争得的地方。

㉒ 骋（chěng）骛（wù）：形容他们驰骋疆场的样子。周瑜、陆逊之所骋骛：周瑜、陆逊活跃的地方。两人均为三国时东吴的重要将领。周瑜曾破曹操于赤壁，陆逊曾袭关羽于荆州，败刘备于夷陵，破魏将曹休于皖城。

㉓ 楚襄王从宋玉、景差于兰台之宫：此事出于宋玉《风赋》。楚襄王，即楚顷襄王，名横，楚怀王之子。宋玉、景差都是楚襄王之侍臣。兰台宫遗址在湖北钟祥市东。

㉔ 披襟当之：敞开衣襟迎接、感受风。

㉕ 共：共享，共有。

㉖ 遇不遇：是否能得到机遇实现自身，封建时代往往特指士人是否得到君主的重用。

㉗ 与（yù）：参与，引申为有何关系。

㉘ 中：内心，心中。

㉙ 病：忧愁。

㉚ 以物伤性：因外物（指环境）而影响天性（本性）。

㉛ 适：到，去。

㉜ 患：忧愁。

㉝ 窃：偷得，这里是利用之意。会计：办理征收钱谷、管理财务行政等事务。余功：之外的空闲。

㉞ 放：纵。自放：自适，放情。

㉟ 蓬户瓮牖：用蓬草编门和用破瓮做窗，指生活条件艰苦。

㊱ 濯（zhuó）：洗涤。

㊲ 揖(yī):拱手行礼。

㊳ 乌:哪里。

㊴ 元丰:宋神宗赵顼年号(1078—1085 年)。元丰六年:1083 年。朔日:农历每月第一天。赵郡:苏辙先世为赵郡栾城(今河北赵县)人。

【文本赏析】

本文可与苏轼《超然台记》对读,超然台是由苏辙命名,苏轼作记,快哉亭是由苏轼命名,苏辙作记,题名都出自古籍,一出自《老子》,一出自《楚辞》。两文的主旨也十分相近,“余之无所往而不乐者,盖游于物之外也”,“使其中坦然,不以物伤性,将何适而非快”,都是追求一种能够自主的强大内心,如此则在任何境遇中都能感到适意,对于这种适意之感,前文用“乐”来形容,文中凡八出,后文用“快”来表现,文中凡七出,选词虽不同但实质相同。两文的相似并非巧合,说明了这种哲学逻辑、人生态度是苏氏兄弟所共有的,是在他们人生和作品中一以贯之的,是对他们进行解读时一个重要的切入点和归结点,而这种思想带有鲜明的宋人文化心理特点,与汉唐那种以政治为本体而大喜大悲的文化心理迥异,是对其的发展和超越。

首段写与快哉亭相关的三方面因素,为全文张本。江流至此其势益张,达到了“与海相若”的地步,地理优势带来的览胜价值,是快哉亭建立之基;张梦得遭贬谪来此,在所居附近建亭以观赏,是快哉亭建设之源;同被贬谪于黄州,有共同遭遇的张梦得好友苏轼为亭命名,是快哉亭得名之始。至此,与快哉亭相关的三方面因素都得到总合概述,而后文布局也正是从这三个方面分别展开的,依次写亭中所见的江景和所感的快意、解释苏轼命名由来和寄寓的道理、写张君梦被贬后的生活与心态。

自“盖亭之所见”起先写江景的变化无常、开阖汹涌,让人心神荡漾难以自持,而快哉亭的修建,找到了一个立足点将浩瀚无常的江景进行统摄,使人可以“得玩之几席之上,举目而足”,随着视野的开阔,心态也得以自足,而本文的主旨实际上就是在写心态。接着从两部分写所见所感,第一部分是“西望武昌诸山”,所有美景都历历在目、尽收眼底,这种明晰感和掌控感,就是“快哉”情绪的来源,因为心态是超然的,与“游于物之外”相似。第二部分是“长洲之滨,故城之墟”,由景及人,想到了此处关联的历史文化,英雄豪杰奋其智勇争夺天下的精彩历史可谓“称快世俗”。亭中所见所感的一个共同的情绪归节点就是“快”。

自“昔楚襄王从宋玉、景差于兰台之宫”起展开议论,“快哉”之名取自宋玉《风赋》,楚襄王认为风给人的感受是“快哉”的,不论身份所有人都可以享有,宋玉则否定这点,认为有大王之雄风和庶人之雌风的差别,并不共通。苏辙认为这是用来讽谏的,即他不赞同宋玉提出的观点。取名的苏轼,同样反对宋玉的说法,他在词中曾说:“堪笑兰台公子,未解庄生天籁,刚道有雌雄。一点浩然气,千里快哉风。”以庄子的“天籁”观来否定宋玉的观点,“天籁”出自《齐物论》,相对于“地籁”“人籁”都需要借助外在条件来发出声响,“天籁”则是无待的,真正自主的:“夫吹万不同,而使其自己也。咸其自取,怒者其谁邪?”苏轼在《赤壁赋》中也认为风月“是造物者之无尽藏也,而吾与子之所共食”,是所有人都可以享受的。苏辙的观点与其兄相同,“快哉”本质在于能够做到自控自得,坦然于“遇不遇”的变化,不受外物的干扰,随遇而安。

结尾以事证理,以论述事。快哉亭主人张君梦正是“不以谪为患”,以快哉亭为媒介自放于山水,寻求精神的自适、审美化的生活,并更进一步点破让人真正获得解脱的不是山水,同样的山水换种心态就成为“悲伤憔悴而不能胜者”,从反面论证了心态超然自主的重要性。这里赞扬张梦得,又何尝不是在写因乌台诗案被贬谪的其兄苏轼,及被牵连贬到筠州而五年不得升调的自己呢,其中蕴含着患难中人间的相互理解与慰藉,也发展了苏轼此前关于“超然”的理论,并基于他在黄州时期真实的心得体会,建构了一种快哉自适、超然物外的人生境界。全文融写景、议论、叙事为一炉,纡徐稳健,汪洋澹泊,有一唱三叹之致。

【思考练习】

1. 请结合全文及相关资料,解释苏轼为什么给此亭命名为“快哉”,作者苏辙又是对此如何理解的。

2. 文中“今张君不以谪为患,窃会计之余功,而自放山水之间,此其中宜有以过人者”,“过人者”指的是什么?

3. 比较本文与苏轼《超然台记》,两文在内容观点上有什么共通点,写法上又有什么不同之处。

【拓展阅读】

风　赋

楚襄王游于兰台之宫,宋玉景差侍。有风飒然而至,王乃披襟而当之曰:“快哉此风!寡人所与庶人共者邪?”宋玉对曰:“此独大王之风耳,庶人安得而共之?”王曰:“夫风者,天地之气,溥畅而至,不择贵贱高下而加焉,今子独以为寡人之风,岂有说乎?”宋玉对曰:“臣闻于师,枳句来巢,空穴来风。其所托者然,则风气殊焉。”

王曰:“夫风始安生哉?”宋玉对曰:“夫风生于地,起于青苹之末。侵淫溪谷,盛怒于土囊之口。缘太山之阿,舞于松柏之下。飘忽淜滂,激扬熛怒。耾耾雷声,回穴错迕。蹶石伐木,梢杀林莽。至其将衰也,被丽披离,冲孔动楗,眴焕粲烂,离散转移。故其清凉雄风,则飘举升降。乘凌高城,入于深宫。抵华叶而振气,徘徊于桂椒之间,翱翔于激水之上,将击芙蓉之精。猎蕙草,离秦衡。概新夷,被荑杨。回穴冲陵,萧条众芳。然后倘佯中庭,北上玉堂。跻于罗帏,经于洞房。乃得为大王之风也。故其风中人状,直惨凄惏栗,清凉增欷。清清泠泠,愈病析酲,发明耳目,宁体便人。此所谓大王之雄风也。”

王曰："善哉论事！夫庶人之风，岂可闻乎？"宋玉对曰："夫庶人之风，塕然起于穷巷之间，堀堁扬尘。勃郁烦冤，冲孔袭门。动沙堁，吹死灰。骇溷浊，扬腐余。邪薄入瓮牖，至于室庐。故其风中人状，直憞溷郁邑，殴温致湿。中心惨怛，生病造热。中唇为胗，得目为蔑。啖齰嗽获，死生不卒。此所谓庶人之雌风也。"

（选自：萧统编：《文选》（第二册），上海古籍出版社 1986 年版，第 581~584 页。）

张岱

张岱(1597—1689年),字宗子、石公,号陶庵、蝶庵,山阴(今浙江绍兴)人,明末清初文学家。张岱出身簪缨之家,自幼聪颖异常,被舅父夸为"今之江淹",终其一生,未入仕途。明亡后,隐居著述。其著有《石匮书》《琅嬛文集》《陶庵梦忆》《西湖梦寻》等。《西湖七月半》《湖心亭看雪》都是为人所称道的名篇。

西湖七月半

西湖七月半,一无可看,止可看看七月半之人。看七月半之人,以五类看之。其一,楼船箫鼓[①],峨冠盛筵[②],灯火优傒[③],声光相乱,名为看月而实不见月者,看之;其一,亦船亦楼,名娃闺秀[④],携及童娈[⑤],笑啼杂之,环坐露台,左右盼望,身在月下而实不看月者,看之;其一,亦船亦声歌,名妓闲僧,浅斟低唱[⑥],弱管轻丝[⑦],竹肉相发,亦在月下,亦看月,而欲人看其看月者,看之;其一,不舟不车,不衫不帻[⑧],酒醉饭饱,呼群三五,跻入人丛,昭庆、断桥,嚣呼嘈杂[⑨],装假醉,唱无腔曲[⑩],月亦看,看月者亦看,不看月者亦看,而实无一看者,看之;其一,小船轻幌[⑪],净几暖炉[⑫],茶铛旋煮[⑬],素瓷静递,好友佳人,邀月同坐,或匿影树下,或逃嚣里湖[⑭],看月而人不见其看月之态,亦不作意看月者,看之。

杭人游湖,巳出酉归[⑮],避月如仇。是夕好名,逐队争出,多犒门军酒钱[⑯]。轿夫擎燎[⑰],列俟岸上[⑱]。一入舟,速舟子急放断桥[⑲],赶入胜会。以故二鼓以前[20]，人声鼓吹，如沸如撼，如魇如呓[21]，如聋如哑，大船小船一齐凑岸，一无所见，止见篙击篙、舟触舟、肩摩肩、面看面而已。少刻兴尽，官府席散，皂隶喝道去，轿夫叫船上人，怖以关门[22]，灯笼火把如列星，一一簇拥而去。岸上人亦逐队赶门，渐稀渐薄，顷刻散尽矣。

吾辈始舣舟近岸[23]。断桥石磴始凉[24]，席其上，呼客纵饮。此时月如镜新磨，山复整妆，湖复颒面[25]，向之浅斟低唱者出，匿影树下者亦出，吾辈往通声气，拉与同坐。韵友来，名妓至，杯箸安[26]，竹肉发。月色苍凉，东方将白，客方散去。吾辈纵舟，酣睡于十里荷花之中，香气拍人，清梦甚惬。

（选自：张岱撰：《陶庵梦忆 西湖梦寻》，上海古籍出版社2001年版，第111~112页。）

【注释】

① 楼船：高大有楼的战船，此处指有楼饰的游船。箫鼓：箫与鼓。泛指乐奏。

② 峨冠：高冠。盛筵（yán）：盛大的宴席。

③ 优傒（xī）：歌伎和婢仆。

④ 娃：美女。

⑤ 童娈：美童也。

⑥ 浅斟低唱：斟着茶酒，低声歌唱。形容悠然自得、遣兴消闲的样子。

⑦ 弱管轻丝：形容乐声轻柔细弱。

⑧ 帻（zé）：古代的头巾。

⑨ 嚣呼：高声乱嚷。

⑩ 无腔曲：没有腔调的歌曲。

⑪ 幌：窗帘；帷幔。

⑫ 暖炉：取暖用的炉子，旧时宫廷乃至民间普遍使用的掌中取暖工具。暖炉是由火盆逐渐发展演变而来，自唐朝始创，到明清时期尤为盛行。

⑬ 铛（chēng）：温茶、酒的器具，似锅，三足。

⑭ 逃嚣：避开喧闹。

⑮ 巳：上午九点至十一点。酉：下午五点至七点。

⑯ 犒(kào):用酒食或财物慰劳。门军:指守门的士兵。

⑰ 擎(qíng):向上托,举。燎(liào):火把、火烛。

⑱ 俟(sì):等待。

⑲ 速:催促。

⑳ 二鼓:二更的意思,古代夜晚用鼓打更,因此二更天也称为二鼓,指晚上九时至十一时。

㉑ 魇(yǎn):梦中惊叫,或觉得有什么东西压住不能动弹。呓(yì):梦中说话。

㉒ 怖:恐吓。

㉓ 舣(yǐ)舟近岸:拢船靠岸。

㉔ 磴(dèng):石头台阶。

㉕ 颒(huì)面:洗脸,形容湖面重新呈现出明净如洗的样子。

㉖ 杯箸(zhù):杯与筷子。泛指食具。

【文本赏析】

“七月半”,指农历七月十五日中元节,文章开篇“西湖七月半,一无可看,止可看看七月半之人”句视角颇为独特,既没有写西湖的旖旎风光,也没有写月色,而是将目光聚焦在游湖之人上,直接引出下文。

“看七月半之人,以五类看之”,哪五类呢?作者一一列出。一类是“楼船箫鼓,峨冠盛筵,灯火优傒,声光相乱,名为看月而实不见月者”,这类人名义上来看月而实际上并不能看到月亮。一类是“亦船亦楼,名娃闺秀,携及童娈,笑啼杂之,环坐露台,左右盼望,身在月下而实不看月者”,这类人虽然身在月下但实际上也并不能看到月亮。一类是“亦船亦声歌,名妓闲僧,浅斟低唱,弱管轻丝,竹肉相发,亦在月下,亦看月,而欲人看其看月者”,这类人也在月下,也看月,但想要别人看他们赏月。一类是“不舟不车,不衫不帻,酒醉饭饱,呼群三五,跻入人丛,昭庆、断桥,嚣呼嘈杂,装假醉,唱无腔曲,月亦看,看月者亦看,不看月者亦看,而实无一看者”,这类人既看月,也看看月和不看月的人,但实际上什么也没有看到。一类是“小船轻幌,净几暖炉,茶铛旋煮,素瓷静递,好友佳人,邀月同坐,或匿影树下,或逃嚣里湖,看月而人不见其看月之态,亦不作意看月者",这类人在真正地看月亮但别人看不到他们看月的样子,他们自己也不刻意做出看月的样子,毫无矫揉造作之态。以上五类人看月的心态,各有不同,作者虽然以冷眼旁观的姿态来叙述,但仍然能从字里行间中感受到最后一类人的境界最高,他们不在意别人的目光,只想安静地赏月,足见其清雅。

第二段以时间为线索,写出了杭州人中元节这一天赏月的过程。杭州人游西湖本喜欢"巳出酉归",他们在平时"避月如仇",但"是夕好名,逐队争出,多犒门军酒钱"。所以在二更以前,人声鼓吹,"如沸如撼,如魇如呓,如聋如哑",从听觉上感受到现场的嘈杂喧闹。"止见篙击篙、舟触舟、肩摩肩、面看面而已",从视觉上看到当晚游湖人之众多,摩肩接踵的情形淋漓尽致地展现出来。但是不一会儿,他们就兴致殆尽,"官府席散,皂隶喝道去,轿夫叫船上人,怖以关门,灯笼火把如列星,一一簇拥而去"。游人渐渐稀少,不一会儿就全部散去了。这也正回应了开篇所提到的"一无可看,止可看看七月半之人"的论断,既承接上文,又为下文做了铺垫。

第三段写游人散去之后,"吾辈"开始登场,在渐凉的断桥石磴上席地而坐,"呼客纵饮"。而"此时月如镜新磨,山复整妆,湖复颒面",月光皎洁,湖光山色,焕然一新,令人神清气爽。此刻,"向之浅斟低唱者出,匿影树下者亦出,吾辈往通声气,拉与同坐。韵友来,名妓至,杯箸安,竹肉发",与客畅饮,共同享受这下半夜的月光,别具一番韵味。月色苍凉,东方将白,众人都离去了。吾辈继续纵舟,"酣睡于十里荷花之中,香气拍人,清梦甚惬",结尾富于诗意,颇具雅趣,沁人心脾,令人回味无穷。

【思考练习】

1. 在《西湖七月半》中,作者将七月半游西湖的人分为哪五类?请详细描述这五类人的特点,并分析作者对每类人的态度是怎样的。

2. 文章结尾处“吾辈纵舟,酣睡于十里荷花之中,香气拍人,清梦甚惬”,请结合全文,谈谈这一结尾在文章结构和内容上有何意义,体现出作者怎样的情趣。

3. 请结合《湖心亭看雪》,论述张岱小品文的风格。

【拓展阅读】

湖心亭看雪

崇祯五年十二月,余住西湖,大雪三日,湖中人鸟声俱绝。是日更定矣,余拏一小舟,拥毳衣炉火,独往湖心亭看雪。雾凇沆砀,天与云与山与水,上下一白,湖上影子,惟长堤一痕,湖心亭一点,与余舟一芥,舟中人两三粒而已。

到亭上,有两人铺毡对坐,一童子烧酒炉正沸。见余大喜,曰:“湖中焉得更有此人!”拉余同饮,余强饮三大白而别。问其姓氏,是金陵人,客此。及下船,舟子喃喃曰:“莫说相公痴,更有痴似相公者!”

(选自:张岱撰:《陶庵梦忆 西湖梦寻》,上海古籍出版社 2001 年版,第 56 页。)

纪昀

纪昀(1724—1805年),字晓岚,晚号石云,直隶河间府献县(今河北沧州市)人。乾隆十九年(1754年)进士及第,入翰林院为庶吉士。历任侍读学士、学政、知府等。乾隆三十三年(1768年),因姻亲两淮盐运使卢见曾罹法,纪昀为其通风报信而获罪,谪戍乌鲁木齐三年,后遇赦返京。乾隆三十八年(1773年),纪昀受命任《四库全书》总纂官。后累官至礼部尚书、协办大学士。清嘉庆十年(1805年)因病逝世,享年八十二岁,谥号文达。

纪昀学宗汉儒,博览群书,工诗及骈文,尤长于考证训诂。《四库全书》是中国古代最大的文化工程,对中国古典文化进行了一次最系统、最全面的总结,作为总纂修官的他对成书的整体方向、总体质量有着重要的影响。晚年所撰《阅微草堂笔记》是清代文人笔记小说的典范之作,内容博杂广泛,文笔清雅凝练,曾风行于世。后人辑有《纪文达公遗集》。

河中石兽

沧州南一寺临河干①,山门圮于河②,二石兽并沉焉。阅十余岁③,僧募金重修,求二石兽于水中,竟不可得,以为顺流下矣。棹数小舟④,曳铁钯⑤,寻十余里无迹。

一讲学家设帐寺中⑥,闻之笑曰:“尔辈不能究物理⑦。是非木柿⑧,岂能为暴涨携之去？乃石性坚重，沙性松浮，湮于沙上[9]，渐沉渐深耳。沿河求之，不亦颠乎[10]？”众服为确论。一老河兵闻之，又笑曰：“凡河中失石，当求之于上流。盖石性坚重，沙性松浮，水不能冲石，其反激之力，必于石下迎水处啮沙为坎穴[11]。渐激渐深[12]，至石之半，石必倒掷坎穴中[13]。如是再啮，石又再转。转转不已，遂反溯流逆上矣[14]。求之下流，固颠[15]；求之地中，不更颠乎？”如其言，果得于数里外。然则天下之事，但知其一、不知其二者多矣，可据理臆断欤[16]！

（选自：纪昀撰：《阅微草堂笔记》（下册），中华书局 2014 年版，第 1239 页。）

【注释】

① 干（gān）：岸。河干：河岸。

② 圮（pǐ）：坍塌。

③ 阅：经过。

④ 棹（zhào）：长的船桨。这里名词作动词，指划船。

⑤ 曳（yè）：拖。钯（pá）：通“耙”。铁钯：用于聚谷、平土的一种农具。

⑥ 设帐：古代指先生设馆教书。

⑦ 物理：事物的道理、规律。

⑧ 柿（fèi）：削下来的木片。木柿：木片。

⑨ 湮（yān）：埋没。

⑩ 颠：通“癫”，荒唐，错误。

⑪ 啮（niè）：咬，这里是侵蚀、冲刷的意思。坎（kǎn）穴：坑洞。

⑫ 激：冲刷，冲荡。

⑬ 倒掷（zhì）：倾倒。

⑭ 溯（sù）流：逆流。

⑮ 固：固然。

⑯ 臆（yì）断：凭自己主观想法判断。

【文本赏析】

笔记是中国古代一种特殊的文体,刘叶秋在《历代笔记概述》中将其分为小说故事类、历史琐闻类、考据辩证类等三类,后两类属于史学记录和学术研究范畴,是古代特有的学术生态的体现。可见笔记与我们现今认知的文学小说是有差别的,这种差别将影响到它的体式、标准、重心、地位等方面。而以古代小说论,又分为白话小说和文言小说,文言小说又分为笔记小说和传奇小说。前者肇源于魏晋南北朝时期的志人、志怪小说,重在记录存志,所以往往粗陈梗概,语言径省,情节渲染成分不多。而后者以唐传奇为代表,按照鲁迅在《中国小说史略》里的说法,"叙述宛转,文辞华艳……始有意为小说",故事性和表现力成为创作重心和主要特点。清代蒲松龄的《聊斋志异》属于一书而兼二体,但书中最出色的篇章无疑是其中传奇体的部分,纪昀《阅微草堂笔记》的创作必然受到《聊斋志异》风行影响,两书内容主题也相近,但在写法和关注点上,纪昀却对其颇有微词:"《聊斋志异》盛行一时,然才子之笔,非著书者之笔也……今燕昵之词,媟狎之态,细微曲折,摹绘如生,使出自言,似无此理,使出作者代言,则何从而闻见之?又所未解也。"如果我们从今天文学小说的标准来看,这种批评并无道理,但如果我们回到乾嘉时代的学术风尚、纪昀的正统学者身份、小说在当时的社会地位以及笔记体复杂的文体脉络与范畴上看,那么这种批评也并非无因,所以完全复归笔记体的《阅微草堂笔记》在当时也得到了大量文人的推崇与效仿。

本文所述并不涉及神鬼报应内容,但却是超出常人常识理解的一件奇怪之事。沧州某寺庙山门坍塌,十余年后,为了重修山门,想要寻回沉入河中的门前的石狮子,这个石狮子究竟沉在哪里成为全文的最大悬念,也是关键所在。按照一般人的常识想法,水向下流,必然将石狮子冲到下游,但结果并没有如预期在下游找到,这是文章第一层。至此可知此事并非是用一般人常识可以解决的,就需要请有学问的人来进行深入辨析,讲学家以物理设论,提出石头密度较高,所以石狮子应当是就在原地沉到沙底,讲学家的假设有理有据,一般人包括读者至此都应当被说服了,但事实是否如此呢,这是文章第二层。接下来老河兵又提出第三种假设,这种假设最偏离人们的主观常识认知,认为石狮子是越冲越逆流而上,而结果恰恰是在上游找到了。最不符合大众印象的反而是正确的,由此可见主观性认知不能涵盖现实的所有复杂情况,要想验证主观认知的正误,必须得在实地进行实证,老河兵之所以能提出正确观点,在于他常年与河流打交道,对河流的水、石、泥沙等习性有更真切的认知,这是文章第三层。由此作者以小见大、以事喻理,揭示本文的主旨:"然则天下之事,但知其一、不知其二者多矣,可据理臆断欤!"作者身处乾嘉时代,一生讲究考证,"三十以前,讲考证之学,所坐之处,典籍环绕如獭祭……五十以后,领修秘籍,复折而讲考证"(《姑妄听之》序)。考证之学,固然要求据理分析推想,但这仅是知其一,更重要的是要有现实材料作为支撑,才能知其二,不陷入主观臆断的错误,这可看作是作者对自己一生学术经验的一次总结和感喟。

本文以奇为引,以理为本,叙事简练而有波澜,述理精当而见条理,文章主题极富有教育意义,而故事又让人联想到刻舟求剑的寓言。

【思考练习】

1. 请分析文中讲学家和老河兵两个"笑"字,以及两人话中的三处"颠"字,在文中的效果。

2. 请用自己的语言结合本文内容,解释"然则天下之事,但知其一、不知其二者多矣,可据理臆断欤!"

3. 查阅相关专业书籍,了解中国古代小说的文体分类和发展脉络。

【拓展阅读】

日　喻

生而眇者不识日，问之有目者。或告之曰："日之状如铜盘。"扣盘而得其声。他日闻钟，以为日也。或告之曰："日之光如烛。"扪烛而得其形。他日揣籥，以为日也。日之与钟、籥亦远矣，而眇者不知其异，以其未尝见而求之人也。道之难见也甚于日，而人之未达也，无以异于眇。达者告之，虽有巧譬善导，亦无以过于盘与烛也。自盘而之钟，自烛而之籥，转而相之，岂有既乎！故世之言道者，或即其所见而名之，或莫之见而意之，皆求道之过也。然则道卒不可求欤？苏子曰："道可致而不可求。"何谓致？孙武曰："善战者致人，不致于人。"子夏曰："百工居肆以成其事，君子学以致其道。"莫之求而自至，斯以为致也欤？南方多没人，日与水居也，七岁而能涉，十岁而能浮，十五而能浮没矣。夫没者，岂苟然哉，必将有得于水之道者。日与水居，则十五而得其道。生不识水，则虽壮，见舟而畏之。故北方之勇者，问于没人，而求其所以没，以其言试之河，未有不溺者也。故凡不学而务求道，皆北方之学没者也。昔者以声律取士，士杂学而不志于道。今者以经术取士，士求道而不务学。渤海吴君彦律，有志于学者也，方求举于礼部，作《日喻》以告之。

（选自：苏轼撰：《苏轼文集》（第五册），中华书局 1986 年版，第 1980~1981 页。）

姚鼐

姚鼐(1732—1815年),字姬传,一字梦谷,世称惜抱先生,安庆府桐城(今安徽桐城市)人。幼年好学,跟随刘大櫆学习古文,刘大櫆对姚鼐特别器重,称其"时甫冠带,已具垂天翼"。乾隆二十八年(1763年)中进士,授庶吉士,三年后散馆改主事,曾任山东、湖南副主考,会试同考官。乾隆三十八年(1773年)入四库全书馆充纂修官,次年秋,借病辞官。归里后,以授徒为生,先后主讲扬州梅花书院、安庆敬敷书院、歙县紫阳书院、南京钟山书院,培养了一大批学人弟子,造就了桐城派的骨干力量。嘉庆二十年(1815年),逝世于钟山书院,享年八十三岁。

姚鼐与方苞、刘大櫆并称为"桐城三祖",主张"道与艺合,天与人一",提出文章要"义理""考证""文章"三者相互为用,艺术上提倡"阴阳刚柔说",强调"神、理、气、味、格、律、声、色"八字,为桐城派古文建立完整的理论体系。所编《古文辞类纂》,为桐城派古文学习使用的重要选本。著有《惜抱轩全集》。

登泰山记

泰山之阳[①],汶水西流[②];其阴,济水东流[③];阳谷皆入汶[④],阴谷皆入济;当其南北分者,古长城也[⑤]。最高日观峰[⑥],在长城南十五里。

余以乾隆三十九年十二月[⑦],自京师乘风雪[⑧],历齐河、长清[⑨],穿泰山西北谷，越长城之限[10]，至于泰安[11]。是月丁未，与知府朱孝纯子颖由南麓登四十五里[12]，道皆砌石为磴，其级七千有余。泰山正南面有三谷：中谷绕泰安城下，郦道元所谓环水也[13]。余始循以入[14]，道少半[15]，越中岭[16]，复循西谷，遂至其巅。古时登山循东谷入，道有天门[17]。东谷者，古谓之天门溪水，余所不至也。今所经中岭及山巅崖限当道者[18]，世皆谓之天门云[19]。道中迷雾冰滑，磴几不可登[20]。及既上，苍山负雪，明烛天南。望晚日照城郭，汶水、徂徕如画[21]，而半山居雾若带然。

戊申晦[22]，五鼓[23]，与子颖坐日观亭待日出[24]，大风扬积雪击面。亭东自足下皆云漫，稍见云中白若樗蒱数十立者[25]，山也。极天云一线异色，须臾成五采。日上，正赤如丹，下有红光动摇承之。或曰："此东海也。"回视日观以西峰，或得日，或否，绛皓驳色[26]，而皆若偻[27]。亭西有岱祠[28]，又有碧霞元君祠[29]。皇帝行宫在碧霞元君祠东[30]。

是日观道中石刻，自唐显庆以来[31]。其远古刻尽漫失，僻不当道者皆不及往。山多石少土，石苍黑色，多平方，少圜[32]。少杂树，多松，生石罅[33]，皆平顶冰雪。无瀑水，无鸟兽音迹。至日观数里内无树，而雪与人膝齐。桐城姚鼐记。

（选自：姚鼐撰：《惜抱轩诗文集》，上海古籍出版社 1992 年版，第 220~221 页。）

【注释】

① 阳：山的南面。后文的"阴"指山的北面。

② 汶（wèn）水：山东省境内黄河下游支流。发源于山东旋崮山北麓沂源县境内，汇泰山山脉、蒙山支脉诸水，向西南流经泰安东。

③ 济水：发源于河南济源市西王屋山，东流到山东入海。

④ 谷：两山之间的流水道，现通称山涧。

⑤ 古长城：指春秋时期齐国所筑长城的遗址，古时齐鲁两国以此为界。

⑥ 日观峰：泰山名胜，位于玉皇顶东南，因观日出而闻名。

⑦ 乾隆三十九年:1774 年。

⑧ 乘:这里是“冒着”的意思。

⑨ 齐河、长清:地名,都在山东。

⑩ 限:门槛,将城墙比喻为门槛。

⑪ 泰安:位于泰山南面,清属泰安府,在今山东省泰安市。

⑫ 朱孝纯子颍:朱孝纯,字子颍,是当时泰安府知府。麓:山脚。

⑬ 环水:中溪,俗称梳洗河。郦道元所谓环水:指郦道元《水经注》中“《山海经》曰:环水出泰山,东流注于汶。即此水也。环水又左入于汶水。”

⑭ 循:沿着。

⑮ 少半:接近一半。

⑯ 中岭:黄岘岭,中溪发源于此。

⑰ 天门:泰山峰名。《山东通志》:“泰山周回一百六十里,屈曲盘道百余,经南天门,东西三天门,至绝顶,高四十余里。”

⑱ 山巅崖限当道者:山崖像门槛一样横在路上。

⑲ 云:语气助词,无实义。

⑳ 几:几乎。

㉑ 徂(cú)徕(lái):徂徕山,在泰安东南。

㉒ 晦:晦日,农历每月最后一天。

㉓ 五鼓:第五更,即天将明,寅正四刻(凌晨四时四十八分左右)。旧时将自黄昏至拂晓一夜之间,分成五个时间节点,谓之“五更”。

㉔ 日观亭:泰山名亭,在日观峰上。

㉕ 摴(chū)蒱(pú):古代的一种赌博游戏,这里指博戏用的“五木”。五木两头尖,中间广平,立起来很像山峰。

㉖ 绛:大红。皓:白色。驳:杂。绛皓驳色:或红或白,颜色错杂。

㉗ 偻:驼背。若偻:像脊背弯曲的样子。引申为鞠躬、致敬的样子。日观峰西面诸峰都比日观峰低,所以这样说。

㉘ 岱祠:旧称“东岳庙”,主祀“东岳泰山之神”,也是古代帝王来泰山封禅告祭时居住和举行大典的地方。

㉙ 碧霞元君:道教著名女神,信仰起源于山东泰安一带。碧霞元君祠:碧霞祠,位于泰山极顶之南,天街东首。

㉚ 行宫:皇帝出外巡行时居住的住所。这里指乾隆登泰山时住过的宫室。

㉛ 唐显庆:唐高宗的年号(656—661 年)。

㉜ 圜:通“圆”。

㉝ 石罅:石缝。

【文本赏析】

桐城派古文继承并发展了唐宋古文运动中成型的古文风格,以简洁精当,畅达分明著称。本文起首一段便用极为简洁分明的语言为读者勾勒和介绍了泰山的基本地理环境与分界标志,并以此为坐标定位了作者所登的观日峰,为后文埋下伏笔。

第二段,作者先介绍了他登泰山前的时间气候、来路经历、同行旅伴、起登位置等背景信息,接下来从整体上为我们展开一条长达四十五里的山路总貌,“道皆砌石为磴,其级七千有余”,使人想见泰山之高与登山之艰辛。但在此过程中的见闻感受作者却未提及,而是将重心放到对南麓登泰山的路线辨析上,展现一种理性视角。桐城派强调古文写作要义理、考证、文章统一,重视考证也是强调实践的重要性,作者在《〈泰山道里记〉序》中曾说:“余尝病天下地志谬误,非特妄引古记,至纪今时山川道里远近方向,率与实舛,令人愤叹。设每邑有笃学好古能游览者,各考纪其地土之实迹,以参相校订,则天下地志何往不善……余疑《水经注》于汶水左右水源流方面,颇有舛误。”

可见作者登山不仅仅是观览风光、畅快心情,同时也在从实证的角度对山川道里的情况进行考订记录,本文的翔实说明就体现了作者的这种关注,对于汶水源流的质疑想必也是从此次登泰山旅程中实际观察而生。在经历了“道中迷雾冰滑,磴几不可登”的艰难攀登后,终于攀登到顶峰,视野由此打开,用“苍山负雪,明烛天南”八个字生动形象地点明了冬日泰山的独特奇景,以及对此的印象感受。作者曾提出文之精在于"神、理、气、味",此句可谓"神、理"兼备。登泰山本是为看日出,但未见日出,先见晚日,作者俯瞰远眺,在夕阳余晖的照耀下汶水、徂徕城郭宛如一幅图画,而回望半山云雾如带,飘然若仙居,使人心气舒爽、惬意适怀。

第三段集中写观日出的全过程,先标明时间为本年最后一天即将日出前的五鼓,烘托一种期待的情绪。"大风扬积雪击面",营造一种寒冷迫人的氛围,这既是冬日时令的正常表现,也与峰顶高处极寒积雪有关,而太阳未出也加剧了这一冷寒之感,另一方面这种压迫也使作者期待的心情更加激昂。在此时四望,但见云海苍茫,群山隐约,景色奇异超凡,见出此处视野的阔大,是观赏日出的绝佳地点。"极天云一线异色,须臾成五采",用极精准的笔触写出日出刹那的光影变化,动感十足。"日上,正赤如丹,下有红光动摇承之",写日出后的壮美景致,以及日出东海两相交界处特有的光影现象。这是逆光而迎时的所见,此时顺光回望就又是一番景象,随日光映照不均,形成了一种光色杂驳、动态融变的瞬间情境,一个"偻"字则从侧面显出了日出的正大光明与雄伟壮阔。接着就近以日观亭为中心周览附近人文景观,显出泰山历史与文化的厚重。本段描写可谓"声、色"鲜明,

在《岁除日与子颍登日观观日出作歌》一诗中作者用瑰丽雄放的文笔书写日出刹那的壮丽,可与本文此处相互参证:"夜半云海浮岩空,雪山灭没空云中。参旗正拂天门西,云汉却跨沧海东。海隅云光一线动,山如舞袖招长风。使君长髯真虬龙,我亦鹤骨撑青穹。天风飘飘拂东向,拄杖探出扶桑红。地底金轮几及丈,海右天鸡才一唱。不知万顷冯夷宫,并作红光上天上。使君昔者大峨眉,坚冰磴滑乘如脂。攀空极险才到顶,夜看日出尝如斯。"

第四段则散写道中所见景色,文笔精简,善于捕捉冬日泰山特色,营造一种寂静苍冷的氛围,笔致中带有一种独特的"气、味",余韵悠长。

值得一提的是乾隆三十九年(1774 年)十二月这个时间节点,在这一年作者托病辞掉四库纂修之职,回家专心著书授徒,发扬桐城文脉,是他人生的

一次重大转折，将本文放在这一背景下将会更好地理解当时作者复杂的心曲。作者之所以选择在四十四岁的壮年辞官，与在四库馆中汉、宋学之争有关，在姚莹的《惜抱先生行状》中曾清楚写到作者此时在四库馆中遭受的排挤打击情状和学术方向的分歧："纂修者竞尚新奇，厌薄宋元以来儒者，以为空疏，掊击讪笑之，不遗余力。先生往复辨论，诸公虽无以难，而莫能助也。将归，大兴翁覃溪学士为叙送之，亦知先生不再出矣，临行乞言，先生曰：诸君皆欲读人未见之书某则愿读人所常见书耳。"

翁方纲《送姚姬川郎中归桐城序》也写到在四库馆里作者难以施展自己的学术抱负："窃见姬川之归，不难在读书，而难在取友；不难在善述，而难在往复辨正；不难在江海英异之士造门请益，而难在得失毫厘悉如姬川意中所欲言。"

所以文中"是日观道中石刻，自唐显庆以来。其远古刻尽漫失，僻不当道者皆不及往"看似平常记述，实际上隐含着对乾嘉学派拘于琐碎考据的批判。

正是怀着这股愤然不平的心情，作者一气"自京师乘风雪，历齐河、长清，穿泰山西北谷，越长城之限，至于泰安"，想要通过登泰山观日出获得某种精神上的领悟和指引。本文中对此并未明言，但在《岁除日与子颍登日观观日出作歌》中则直白地透露了由观日获得的自信与抱负："男儿自负乔岳身，胸有大海光明暾。即今同立岱宗顶，岂复犹如世上人。""驭气终超万物表，东岱西峨何复论。"作者正是胸怀如此雄心抱负，一扫此前苦闷阴霾，回乡创立了属于自己的事业，使桐城文派经他之手发扬光大、走向鼎盛。

【思考练习】

1. 结合全文，请分析作者都从哪些方面记叙了这次登泰山的旅程。

2. 姚鼐提出"神、理、气、味、格、律、声、色"为文章八要，请分析本文是如何体现这些要素的。

3. 请参考本文写法，写一篇登山游记。

【拓展阅读】

游灵岩记

泰山北多巨岩，而灵岩最著，余以乾隆四十年正月四日，自泰安来观之。其状如垒石为城墉，高千余雉，周若环而缺其南面。南则重嶂蔽之，重溪络之。自岩至溪，地有尺寸平者，皆种柏，翳高塞深。灵岩寺在柏中，积雪林下，初日澄彻，寒光动寺壁。寺后凿岩为龛，以居佛像，度其高当岩之十九，峭不可上，横出斜援乃登。登则周望万山，殊鹜而诡趣，帷张而军行。岩凥有泉，皇帝来巡，名之曰甘露之泉，僧出器酌以饮余。回视寺左右立石，多宋以来人刻字，有墁入壁内者，又有取石为砌者，砌上有字曰政和云。

余初与朱子颍约来灵岩，值子颍有公事，乃俾泰安人聂剑光偕余。聂君指岩之北谷，泝以东，越一岭，则入于琨瑞之山。盖灵岩谷水西流，合中川水入济；琨瑞山水西北流入济，皆泰山之北谷也。世言："佛图澄之弟子曰竺僧朗，居于琨瑞山，而时为人说其法于灵岩，故琨瑞之谷曰朗公谷，而灵岩有朗公石焉。"当苻坚之世，竺僧朗在琨瑞，大起殿舍，楼阁甚壮。其后颓废至尽，而灵岩自宋以来，观宇益兴。

灵岩在长清县东七十里，西近大路，来游者日众。然至琨瑞山，其岩谷幽邃乃益奇也，余不及往，书以告子颍。子颍他日之来也，循泰山西麓，观乎灵岩，北至历城，复泝朗公谷东南，以抵东长城岭下，缘泰山东麓，以返乎泰安，则山之四面尽矣。张峡夜宿，姚鼐记。

（选自：姚鼐撰：《惜抱轩诗文集》，上海古籍出版社 1992 年版，第 221～222 页。）

林觉民

林觉民(1887—1911 年),字意洞,福建闽县(今福州)人。光绪二十八年(1902 年)考入全闽大学堂,开始接受民主革命思想,推崇自由平等学说。光绪三十三年(1907 年)自费留学日本,期间加入中国同盟会。1911 年春回国,四月二十四日写下绝笔《与妻书》,后与族亲林尹民、林文,随黄兴、方声洞等革命党人参加广州起义,转战途中受伤力尽被俘。宣统三年(1911 年)五月三日,于广州天字码头被枪杀,年仅二十四岁,为“黄花岗七十二烈士”之一。

与妻书

意映卿卿如晤[①],吾今以此书与汝永别矣!吾作此书时,尚是世中一人;汝看此书时,吾已成为阴间一鬼。吾作此书,泪珠和笔墨齐下,不能竟书而欲搁笔[②],又恐汝不察吾衷,谓吾忍舍汝而死,谓吾不知汝之不欲吾死也,故遂忍悲为汝言之。

吾至爱汝,即此爱汝一念,使吾勇于就死也[③]。吾自遇汝以来,常愿天下有情人都成眷属;然遍地腥云,满街狼犬,称心快意,几家能彀[④]?司马青衫[⑤],吾不能学太上之忘情也[⑥]。语云:仁者老吾老以及人之老;幼吾幼以及人之幼[⑦]。吾充吾爱汝之心,助天下人爱其所爱,所以敢先汝而死,不顾汝也。汝体吾此心于啼泣之余,亦以天下人为念,当亦乐牺牲吾身与汝身之福利,为天下人谋永福也。汝其勿悲!

汝忆否四五年前某夕吾尝语曰："与使吾先死也，无宁汝先吾而死[8]。"汝初闻言而怒，后经吾婉解，虽不谓吾言为是，而亦无辞相答。吾之意盖谓以汝之弱，必不能禁失吾之悲，吾先死留苦与汝，吾心不忍，故宁请汝先死，吾担悲也。嗟夫！谁知吾卒先汝而死乎？

吾真真不能忘汝也！回忆后街之屋，入门穿廊，过前后厅又三四折有小厅，厅旁一室为吾与汝双栖之所[9]。初婚三四个月，适冬之望日前后，窗外疏梅筛月影依稀掩映[10]；吾与并肩携手，低低切切[11]，何事不语？何情不诉？及今思之，空余泪痕。又回忆六七年前，吾之逃家复归也，汝泣告我："望今后有远行必以告妾，妾愿随君行。"吾亦既许汝矣。前十余日回家，即欲乘便以此行之事语汝，及与汝相对，又不能启口，且以汝之有身也[12]，更恐不胜悲，故惟日日呼酒买醉。嗟夫！当时余心之悲，盖不能以寸管形容之[13]。吾诚愿与汝相守以死，第以今日事势观之[14]，天灾可以死，盗贼可以死，瓜分之日可以死，奸官污吏虐民可以死，吾辈处今日之中国，国中无地无时不可以死。到那时使吾眼睁睁看汝死，或使汝眼睁睁看吾死，吾能之乎？抑汝能之乎？即可不死，而离散不相见，徒使两地眼成穿而骨化石，试问古来几曾见破镜能重圆[15]？则较死为苦也，将奈之何？今日吾与汝幸双健。天下人不当死而死与不愿离而离者，不可数计，钟情如我辈者，能忍之乎？此吾所以敢率性就死不顾汝也。吾今死无余憾，国事成不成，自有同志者在。依新已五岁[16]，转眼成人，汝其善抚之，使之肖我。汝腹中之物，吾疑其女也，女必像汝，吾心甚慰。或又是男，则亦教其以父志为志，则吾死后尚有二意洞在也[17]。甚幸甚幸！吾家后日当甚贫，贫无所苦，清静过日而已。吾今与汝无言矣。吾居九泉之下，遥闻汝哭声，当哭相和也。吾平日不信有鬼，今则又望其真有。今人又言心电感应有道[18]，吾亦望其言是实，则吾之死，吾灵尚依依旁汝也[19]，汝不必以无侣悲。

吾平生未尝以吾所志语汝，是吾不是处；然语之又恐汝日日为吾担忧。吾牺牲百死而不辞，而使汝担忧，的的非吾所思[20]。吾爱汝至，所以为汝体者惟恐未尽。汝幸而偶我[21]，又何不幸而生今日之中国！吾幸而得汝，又何不幸而生今日之中国！卒不忍独善其身。嗟夫！巾短情长[22]，所未尽者，尚有万千，汝可以模拟得之[23]。吾今不能见汝矣！汝不能舍吾其时时于梦中得我乎一恸。

辛未三月廿六夜四鼓[24]，意洞手书。

家中诸母皆通文[25]，有不解处，望请其指教，当尽吾意为幸。

（选自：邹鲁著：《广州三月二十九革命史》，商务印书馆 1947 年版，第 128~130 页。）

【注释】

① 卿卿：旧时夫妻间的爱称，多用于丈夫称呼妻子。如晤：意思是如同见面，旧时书信用语。

② 竟：完成。

③ 就死：赴死。

④ 彀(gòu)：同“够”。

⑤ 司马青衫：白居易被贬为江州司马，《琵琶行》中有“座中泣下谁最多？江州司马青衫湿”。

⑥ 太上之忘情：刘义庆《世说新语·伤逝》有“圣人忘情，最下不及情，情之所钟，正在我辈”。

⑦ “仁者”两句：语出《孟子·梁惠王上》。

⑧ 无宁：不如。

⑨ 双栖：比喻夫妻同居共处。

⑩ 筛：用筛子过物。这里指月光被梅枝筛成碎影。依稀掩映：指月光梅影朦胧相映，看不清楚。

⑪ 低低切切：小声亲密说话的样子。

⑫ 有身：怀孕。

⑬ 寸管：毛笔，这里指用语言文字。

⑭ 第：但。

⑮ 破镜能重圆:比喻夫妻失散后重新团聚,出自唐孟棨《本事诗 · 情感》,南朝陈徐德言夫妻,国亡时,破镜各执一半为信,后得重聚。

⑯ 依新:林觉民长子。

⑰ 意洞:林觉民自称,意洞是他的字。

⑱ 心电感应:这个词语由 19 世纪英国灵力研究协会提出,认为人死后心灵还有知觉,能与活人的精神、心情交相感应。

⑲ 旁:依傍。

⑳ 的的:的确。

㉑ 偶我:作为我的配偶。

㉒ 巾:作者写这封信时用的是一块白布方巾。

㉓ 模拟:根据前文内容模拟猜测。

㉔ 辛未三月廿六夜四鼓:应是"辛亥",此书作于黄花岗起义前三天的 1911 年 4 月 24 日,即农历辛亥年三月廿六日深夜。广州黄花岗起义爆发于 1911 年 4 月 27 日,与辛亥革命在武昌取得成功在同一年。辛亥革命乃后来之词,那时尚未有统一称呼,此处作"辛未"。四鼓:四更天。

㉕ 诸母:各位伯母、叔母。

【文本赏析】

天下唯真情最能动人,而情之大者,推己爱化为家国天下;情之公者,别己爱勇于舍身赴死;情之至者,则自然流为至文。1911 年,在中国最后一个封建王朝清朝灭亡前夕,同盟会志士林觉民告别家人赴广州参加起义。在起义前三天的 4 月 24 日,林觉民与战友在香港滨江楼同宿,深夜难眠,心潮起伏,感念前途生死飘摇,心受革命激情磨荡,思念挚爱妻子恐成永诀,一时间激昂壮烈与留恋不舍之情相互交织,在一方白巾上写下了这篇大义凛然、至爱情深、千古不灭的至文《与妻书》。

"意映卿卿如晤",在夫妻间甜蜜称呼的后面,紧接的却是永别的讯息,奔涌的情感在跌宕中扑面而来,不可止抑。在吾与汝、生与死、作书与看书、阴间与阳世的关联对比中,形成了巨大的情感张力,构成了全文的情感基底。所以本文特点首当是以情佐文,故有"泪珠和笔墨齐下"之语,同时以理统文,用以剖白"吾衷",并非"吾忍舍汝而死""吾不知汝之不欲吾死也"。

"吾至爱汝,即此爱汝一念,使吾勇于就死也"扣住"爱"与"勇"之间转变的逻辑进行剖析,将一己私爱上升为天下大爱,背后彰显的是推己及人的同理共情心、家国一体的使命责任感、舍生取义的价值选择法,其依据来源正是中华民族主流的价值传统和思维方式,中华文明能够源远流长不至于断裂消亡,正是因为有此作为支撑。所以当摆在作者面前的理想与现实间的矛盾是"愿天下有情人都成眷属",而"遍地腥云,满街狼犬,称心快意,几家能彀"时,他的选择必然是"牺牲吾身与汝身之福利,为天下人谋永福也",并以此志、乐来慰藉妻子的悲痛,这便是"吾衷"的内核。

"汝忆否?"当此生死临别之际,作者想起昔年夫妻间关于生死的一些旧谈。他曾经说过愿意妻子先于自己而死,乍看上去似乎不合常情,但这是因为不愿对方承受伴侣离世的悲痛,背后是一种更深沉的爱。但现在却不得不选择先妻子而死,将这种悲痛留给她,看似与之前的想法相矛盾,这并非是不爱妻子,而是为了天下人的利益所做出的割舍,这种割舍为作者带来了更深层次的痛苦,交织着自责与不舍。

"吾真真不能忘汝也!"在生命的尽头、死亡的映照下,心底最牵系的还是妻子,深挚的情感至此回旋往复,不舍之情、忆爱之念缱绻缠绕于心中,这些回忆美好至极的同时也更让人肝肠寸断。所忆的三件往事,分别见出两人的情亲、志同、别恨,使人真切体会到此刻作者"真真不能忘汝"的心情。

"吾诚愿与汝相守以死",情感宣泄到极致,承接的是理性的复归。相爱相守的愿望虽然美好,但现实却难以实现,究其根源在于当今中国是乱世,而通过层层推演思辨可知,乱世中人命如草芥,有无数种丧命不能相全的可能,个人的命运与国家的兴亡是息息相关的,所以"敢率性就死不顾汝"之举,既是无奈也是必然。

“吾今死无余憾”，情尽理达之后，了然通透的作者交代身后之事。对于国事，他有着坚定的信念，并不担忧，因为中华民族有无数与他同样视挽救民族危亡为己任的爱国志士，必不至于亡。对于家事，将子女托于妻子，他足够信任，若孩子能继承遗志，他感到幸甚，而未来生活贫穷，他已有预期，比起人情感的悲痛，生活条件的贫乏不足为苦。

“吾今与汝无言矣”，后事交代已毕，理当无言，但真能无言吗？此中深情真可言尽吗？死生永别真可忍受吗？对于妻子的挚情真爱超越生死的分别，真情不泯，永相依伴，于此又生出一层波澜，牵荡人心。

文章末尾，千思百解，在是不是、忍不忍、幸不幸中恸然绝笔。三日后林觉民参加广州起义，奋勇参战，不幸力竭被俘，面对清廷的会审，据相关记载，他“侃侃而谈，畅论世界大势，以笔立言，立尽两纸，书至激烈处，解衣磅礴，以手捶胸”，最终英勇就义，年仅二十四岁。起义失败后，有心人秘密将此信与另一封《禀父书》在半夜里塞进林家门缝里，第二天清晨家人才发现这两封信，当真验证了信首所说：“吾作此书时，尚是世中一人；汝看此书时，吾已成为阴间一鬼。”两年后，悲痛欲绝的陈意映也因病伴随丈夫长眠于地下。据说在抗战时期，林家人携此信原件路遇土匪，土匪得知林觉民事迹后，读罢此信泪流满面，长跪不起，将所劫财物悉数奉还，并护送他离开。每一位有血性、有良知的中国人都会为林觉民信中所展现的崇高情怀和生死深情所感动，中华民族今日能屹立于世界民族之林，并走向前所未有的伟大复兴，正是在这样一批批志士的奋斗与牺牲中实现的。

林觉民处在封建社会末期，现代白话文还没兴起，他用古文的形式为我们展现了他的壮志宏愿与悱恻深情，再次展现了这种形式所具备的高度的审美价值与表现力，也说明了支撑一篇好文章最重要的因素莫过于真情实感。

【思考练习】

1. 结合全篇结构与内容，分析本文以情佐文、以理统文的特点。

2. 结合文意与史实,说说为什么“此吾所以敢率性就死不顾汝也”。

3. 阅读拓展部分的《谭嗣同传》,分析两文在人物形象的表现和塑造上各有什么特点。

【拓展阅读】

谭嗣同传(节选)

君之始入京也,与言皇上无权西后阻挠之事,君不之信。及七月二十七日,皇上欲开懋勤殿设顾问官,命君拟旨,先遣内侍持历朝圣训授君,传上言谓康熙、乾隆、咸丰三朝有开懋勤殿故事,令查出引入上谕中,盖将以二十八日亲往颐和园请命西后云。君退朝,乃告同人曰:“今而知皇上之真无权矣。”至廿八日,京朝人人咸知懋勤殿之事,以为今日谕旨将下,而卒不下,于是益知西后与帝之不相容矣。

二十九日,皇上召见杨锐,遂赐衣带诏,有“朕位几不保,命康与四卿及同志速设法筹救”之语。君与康先生捧诏恸哭,而皇上手无寸柄,无所为计。时诸将之中,惟袁世凯久使朝鲜,讲中外之故,力主变法。君密奏请,皇上结以恩遇,冀缓急或可救助,词极激切。

八月初一日,上召见袁世凯,特赏侍郎。初二日复召见。初三日夕,君径造袁所寓之法华寺,直诘袁曰:“君谓皇上何如人也?”袁曰:“旷代之圣主也。”君曰:“天津阅兵之阴谋,君知之乎?”袁曰:“然,固有所闻。”故乃直出密诏示之曰:“今日可以救我圣主者,惟在足下,足下欲救则救之。”又以手自抚其颈曰:“苟不欲救,请至颐和园首仆而杀仆,可以得富贵也。”袁正色厉声曰:“君以袁某为何如人哉?圣主乃吾辈所共事之主,仆与足下同受非常之遇,救护之责,非独足下,若有所教,仆固愿闻也。”君曰:“荣禄密谋,全在天津阅兵之举,足下及董、聂三军,皆受荣所节制,将挟兵力以行大事。虽然,董、聂不足道也,天下健者惟有足下。若变起,足下以一军敌彼二军,保护圣主,复大权,清君侧,肃宫廷,指挥若定,不世之业也。”袁曰:“若皇上于阅兵时疾驰入仆营,传号令以诛奸贼,则仆必能从诸君子之后,竭死力以补救。”君曰:“荣禄遇足下素厚,足下何以待之?”袁笑而不言。袁幕府某曰:“荣贼并非推心待慰帅者。昔某公欲增慰帅兵,荣曰:‘汉人不可假大兵权。’盖向来不过笼络耳。即如前年胡景桂参劾慰帅一事,胡乃荣之私人,荣遣其劾帅而已,查办昭雪之以市恩,既而胡即放宁夏知府,旋升宁夏道。此乃荣贼心计险极巧极之处,慰帅岂不知之?”君乃曰:“荣禄固操莽之才,绝世之雄,待之恐不易易。”袁怒目视曰:“若皇上在仆营,则诛荣禄如杀一狗耳。”因相与言救上之条理甚详。袁曰:“今营中枪弹火药皆在荣贼之手,而营哨各官亦多属旧人。事急矣!既定策,则仆须急归营,更选将官,而设法备贮弹药则可也。”乃丁宁而去,时八月初三夜漏三下矣。

至初五日,袁复召见,闻亦奉有密诏云。至初六日变遂发。时余方访君寓,对坐榻上,有所擘划,而抄捕南海馆(康先生所居也)之报忽至,旋闻垂帘之谕。君从容语余曰:“昔欲救皇上既无可救,今欲救先生亦无可救,吾已无事可办,惟待死期耳。虽然,天下事知其不可而为之,足下试入日本使馆,谒伊藤氏,请致电上海领事而救先生焉。”余是夕宿日本使馆,君竟日不出门,以待捕者。捕者既不至,则于其明日入日本使馆与余相见,劝东游,且携所著书及诗文辞稿本数册、家书一箧托焉。曰:“不有行者,无以图将来;不有死者,无以酬圣主。今南海之生死未可卜,程婴、杵臼,月照、西乡,吾与足下分任之。”遂相与一抱而别。初七、八、九三日,君复与侠士谋救皇上,事卒不成。初十日遂被逮。

被逮之前一日,日本志士数辈苦劝君东游,君不听。再四强之,君曰:“各国变法,无不从流血而成。今中国未闻有因变法而流血者,此国之所以不昌也。有之,请自嗣同始!”卒不去,故及于难。君既系狱,题一诗于狱壁曰:“望门投宿思张俭,忍死须臾待杜根。我自横刀向天笑,去留肝胆两昆仑。”盖念南海也。

以八月十三日斩于市，春秋三十有三。就义之日，观者万人，君慷慨神气不少变。时军机大臣刚毅监斩，君呼刚前曰：“吾有一言……”刚去不听，乃从容就戮。呜呼，烈矣！

（选自：梁启超撰：《戊戌政变记》（卷六），新民丛报社印1899年版，第12~15页。）